Pauline Gill

Évangéline et Gabriel

Les Éditions
Coup d'œil

Graphisme et mise en pages :
Sophie Binette

Couverture :
Jessica Papineau-Lapierre

Correction : Fleur Neesham

www.facebook.com/EditionsCoupDoeil

Dépôt légal : 3e trimestre 2013
Bibliothèque et Archives nationales du Québec
Bibliothèque et Archives Canada

Imprimé au Canada

ISBN : 978-2-89731-175-9

De la même auteure

La porte ouverte, biographie, Éditions du Méridien, 1990.
Les enfants de Duplessis, biographie, Libre Expression, 1991.
Le château retrouvé. Les souliers magiques, roman, Libre Expression, 1996.
Dans l'attente d'un oui, biographie, Éditions Edimag, 1997.
Guide pour les aidants naturels, guide pratique, CLSC Longueuil, 1999.
La cordonnière, tome II, roman, VLB, 1998.
La cordonnière, tome I : *La jeunesse de la cordonnière,* roman, VLB, 1999.
La cordonnière, tome III : *Le testament de la cordonnière,* roman, VLB, 2000.
Réveil brutal à la forêt de Bonamandou, collectif Hommage aux libraires, VLB, 2000.
Béni des dieux, nouvelle, collectif pour les 25 ans de Québec Loisirs, été 2000.
L'enfant du métro dans *Lignes de métro,* collectif, l'Hexagone, 2001.
Québec, je t'aime, magazine *Au Québec,* juillet-août 2002.
Et pourtant, elle chantait, roman, VLB, 2002.
La cordonnière, tome IV : *Les fils de la cordonnière,* roman, VLB, 2003.
Marie-Antoinette, la dame de la rivière Rouge, roman, Québec Amérique, 2005.
Docteure Irma, tome I : *La louve blanche,* roman, Québec Amérique, 2006.
Dans les yeux de Nathan, Bouton d'or Acadie, album jeunesse, 2006.
Le miracle de Juliette, Éditions du Phoenix, roman jeunesse, 2007.
Évangéline et Gabriel, Lanctôt éditeur, roman, 2007
(réédition Les Éditions Coup d'œil, 2013).
Docteure Irma, tome II : *L'indomptable,* roman, Québec Amérique, 2008.
Docteure Irma, tome III : *La soliste,* roman, Québec Amérique, 2009.
Samuel chez les Abénaquis, roman jeunesse, Cornac, 2011.
Je vous ai tant cherchée, biographie, VLB, 2012.
Gaby Bernier, tome I, roman, Québec Amérique, 2012.
Gaby Bernier, tome II, roman, Québec Amérique, 2013.

Note de l'auteure

Sans trahir la réalité historique générale de la déportation des Acadiens, après avoir lu nombre d'ouvrages sur le sujet, essais, romans, correspondances, journaux de bord, j'ai pris certaines distances avec les archives pour les besoins romanesques de ce récit. Ces lectures m'ont fait découvrir que même l'imagination la plus débridée ne parviendrait pas à inventer le drame de la déportation dans tous les replis de son horreur. La réalité dépasse la fiction.

Le registre de langue, à cette époque en Acadie, était le vieux français. Pour une bonne compréhension du texte, nous avons dû opter pour le français international sauf dans les dialogues, qui sont teintés d'une couleur locale. Le nom de famille Lajeunesse, accordé à Gabriel dans le poème de Longfellow, n'existait pas en Acadie en 1755. J'ai pris la liberté de le remplacer par Melanson pour rendre hommage à cette noble famille de pionniers.

Quant à Évangéline, que Longfellow privait de mère depuis l'enfance, dans ce roman, elle aura Marie-Ange Forest pour mère, une descendante de bâtisseurs acadiens.

Personnages mythiques, Évangéline et Gabriel ne le sont que de noms. Pour nous, ils portent l'histoire d'un peuple dépossédé, déraciné, déchiré dans ses valeurs, dans sa dignité et dans ses amours.

Écrit dans le souvenir de la douleur ressentie par des milliers d'enfants et d'adultes en 1755, puisse ce roman ouvrir les consciences et inciter à une plus grande humanité.

Chapitre 1

Une nuit étrange

À la Grand'Prée, depuis le début du printemps 1755, régnait un calme de mauvais augure, au dire de certains Acadiens, ces colonisés français devenus joyaux de la couronne britannique depuis six ans.

– Je le savais !

Marie-Ange Forest, la mère d'Évangéline, s'active à préparer le déjeuner, reprenant deux fois la même tâche, par distraction. Le matin est arrivé encore trop tôt pour elle et son époux, Benoît Bellefontaine, tirés de leur lit par les mêmes préoccupations.

– Je le savais ! Je le savais qu'avant longtemps, les Anglais montreraient les dents, lance-t-elle.

– Oui, et avec Lawrence à la tête de la Nouvelle-Écosse, c'est tous les Acadiens qu'il est venu chercher, craint Benoît.

Benoît et Marie-Ange, tous deux courbaturés et alourdis par le manque de sommeil, partagent la même opinion sur la suite des événements. C'est d'un ton grave que Benoît enchaîne :

– Ce que Blanchard a en tête depuis que les Anglais ont tué sa fille Félicité, je crois le savoir. La même chose que moi. S'ils pensent sortir de leur trou à rats, pis venir gruger sur nos terres quand ça leur tente… y a pas un coin d'ombre qui restera sans fusils. C'est moi qui te le dis.

– Ce qui se prépare est plus effrayant que tout ce qu'on pourrait imaginer. Je le sens. Je le sais. Chaque sacrée journée…

– Sa mère !

– Quand ce n'est pas le bon Dieu qui nous rappelle ou la mer qui a l'hypocrisie de nous prendre, c'est les Anglais qui s'en mêlent.

– Avec Blanchard et les autres, c'est tout parlé. C'est le temps des fusils, ma femme. On sait ce qu'on a à faire.

Benoît prend le temps de bien regarder son épouse afin qu'elle se rassure un peu dans ses yeux. D'une voix basse et nouée, elle lui répond :

– Je me demande s'ils n'ont pas réussi à tuer Évangéline aussi. L'as-tu vue faire sa besogne depuis qu'elle a perdu sa grande amie ? L'as-tu vue les yeux remplis d'eau du matin au soir ? Elle a beau travailler toute la journée, elle a l'air aussi morte que Félicité.

À l'angoisse de ses propres mots, Marie-Ange se laisse tomber sur le banc de bois à côté de son mari. Le rempart de sa solidité de Forest s'ébrèche ; elle pleure la crainte et le chagrin retenus pendant les derniers jours. Benoît garde les yeux sur sa douce.

Tous les deux, à l'enterrement de Félicité, ont vu venir des Acadiens de toute la région des Mines et d'aussi loin qu'ils pouvaient marcher et ramer. Des têtes basses, mais beaucoup plus de têtes hautes. Benoît et sa femme les ont vus, au cimetière, retrouver leur dignité et promettre de demander des comptes. Mais, ce matin, certaines questions n'ont pas encore trouvé de réponses.

Benoît n'a pas jamais vu sa Marie-Ange souffrir autant. En vingt-trois ans de mariage, leurs ennuis comme leurs joies se sont si souvent retrouvés à bord d'un même cœur ! Leurs silences n'ont toujours été qu'un tête-à-tête éloquent de compréhension et d'amour. Benoît sait qu'en ce moment son épouse prie dans son chagrin. Qu'elle questionne le bon Dieu. Qu'elle trouve une force là où elle seule peut aller. Il l'aime pour chaque saison née avec elle et pour chacune des profondeurs d'où elle émerge plus sage et plus solide.

– On ne pourra plus se sauver de la mort, mon mari. Ça, c'est écrit en anglais de Pigiquit à Rivière-aux-Canards, dit Marie-Ange, comme pour elle-même.

Le feu se meurt dans l'âtre, mais elle ne semble pas le remarquer, elle qui se charge habituellement de le nourrir. Benoît se lève et va croiser deux rondins sur la braise pour chasser l'humidité de la maison. Il sait bien que tous les habitants de la Grand'Prée vivent pareilles inquiétudes, se posent les mêmes questions sur la mort de Félicité. Personne n'est sûr de rien, mais Benoît sait que dans chaque maison et dans chaque tipi, des hommes mûrissent des plans, doublent leurs munitions et apprêtent leurs fusils.

– Ce n'est pas d'hier qu'il faut trimer dur pour avoir le seul droit de respirer sur nos terres, Benoît.

– Mais ce n'est pas d'hier non plus qu'on trouve toujours la façon de ne pas se faire prendre comme des morues dans le filet.

– On va bien finir par savoir qui a tué Félicité et pourquoi. Je le sais, tu penses comme moi, mon mari.

La pluie rageuse embue les fenêtres et empêche la lumière du matin d'éclairer la cuisine. Les bougeoirs, suspendus aux murs, restent allumés. L'air humide colle à tout dans la maison. Des odeurs de terre mouillée s'immiscent par les joints que le mélange de sable et de chaux de coquillages n'a pas réussi à colmater parfaitement.

– Bouger. C'est la meilleure défense contre les menteries que les Anglais vont encore nous raconter, affirme Marie-Ange.

– Tant qu'on vivra en Acadie, il faudra toujours rester aux aguets. Ce n'est pas parce que nos terres et nos rivières sont généreuses qu'on peut se permettre de passer nos hivers les pieds au chaud…

Des souvenirs douloureux et de vives appréhensions gonflent les paupières de Marie-Ange. De ses mains de guérisseuse, elle éponge son visage avec son long tablier blanc.

Contrairement à son mari qui arpente la pièce en maugréant, elle reste assise, silencieuse, rongée par la tristesse d'Évangéline, par ses pleurs, la nuit, et par la découverte d'un sac de jute trouvé sous le lit de sa fille, dans lequel la blouse tachée du sang de Félicité a été cachée. Marie-Ange tourne et retourne ses pensées. La voix pleine de compassion, elle confie à son mari :

– Ce n'est ni la force ni le courage qui risque de nous manquer. C'est le temps.

– Et les outils…

– Et entre chaque mort, il faut vivre, insiste Marie-Ange, hantée par l'accablement de sa fille.

– Justement. J'ai peur qu'on ne puisse continuer de vivre encore bien longtemps coincés comme on est entre la France et l'Angleterre. Pour ce monde-là, on ne peut pas être neutres. On est pour ou on est contre, dit Benoît, le dos à la fenêtre.

– Sans compter que ça les énerve de voir qu'on est capables de se tirer d'affaire tout seuls. On leur glisse des mains comme des anguilles.

Benoît revient vers son épouse et l'entoure de ses bras en fermant les yeux. La chaleur de leur tendresse leur apporte plus que les prières du matin.

– Tu serais la plus rusée des anguilles que tu ne réussirais pas à échapper à mon amour, lui murmure-t-il.

Cette étreinte vient lénifier l'inquiétude de Marie-Ange et redessiner un sourire sur son visage.

– Tes frères puis les autres devraient arriver dans l'heure. Il va falloir que la pluie s'en retourne chez le bon Dieu si on veut que nos moutons se fassent tondre ce matin, dit-elle, plus sereine.

∞∞∞

Évangéline, encore alourdie par un sommeil trop court, se lève, ramasse ses cheveux en torsade sur sa nuque avant de les recouvrir de sa câline et va rejoindre Marie-Ange et

Benoît dans la cuisine. Ses mains fermement posées sur sa jupe de coton bleu, elle plonge ses grands yeux bruns dans ceux de ses parents.

– Moi, je ne me marierai pas. Ça attire trop la cruauté des Anglais, dit-elle sur un ton à ne pas contrarier.

La phrase tombe, sèche et franche, ramenant Benoît et Marie-Ange brusquement sur terre. Benoît s'avance vers sa fille... souhaitant la rassurer. D'une voix aimante, il lui conseille d'enterrer le souvenir de son amie Félicité, présumément noyée par les Anglais, et de réserver son cœur pour les belles choses que l'avenir lui réserve. Mais sa compassion rencontre une Évangéline roidie par la peur du futur.

Le souffle coupé, Marie-Ange se retourne vivement vers la huche pour cacher sa peine. Pas un son ne sort de sa bouche. Sa fille unique, tant désirée, arrachée de justesse à une mort prématurée, tente d'assassiner ses rêves d'avenir... comme si le destin ne trouvait pas son chemin tout seul. Marie-Ange chérit sa fille de tout l'amour qui aurait dû abriter une dizaine d'enfants.

Ses poings s'enfoncent dans la pâte avec la même vigueur qui brûlait dans son ventre le 15 mai 1733.

À son réveil, ce matin-là, une certitude l'attendait. Marie-Ange avait beau la repousser dans tous les coins de la maison, elle revenait l'habiter. Cette certitude épousait son corps, du dedans comme du dehors. Une certitude pareille à celle qu'Évangéline vient d'afficher en clamant qu'elle ne se marierait pas. Quand elle descendit au puits, qu'elle souleva le seau plein d'eau, comme elle le faisait tous les matins, et qu'elle sentit l'eau se déverser partout autour d'elle, Marie-Ange vit la certitude l'éclabousser de toute son évidence.

En dépit des prédictions des femmes expérimentées qui, sans l'ombre d'un doute, lui annonçaient un fils, l'épouse de Benoît Bellefontaine s'entêtait à parier qu'elle accoucherait d'une fille.

Chaque soir, au cours des trois dernières semaines de sa grossesse, elle avait prié la Vierge Marie pour que son bébé naisse entre les mains d'Éléonore Doucet, la femme du forgeron, la seule accoucheuse en qui elle avait confiance. Ses calculs et le poids de son ventre lui indiquaient un retard… inquiétant. Elle n'arrivait plus à accomplir ses tâches habituelles, sauf la veille où, tôt le matin, elle s'était attaquée au lavage des planchers. Benoît était parti à la bergerie avant le lever du soleil, avant même qu'elle ait ouvert un œil. Le crépitement du bois dans le poêle et la chaleur qui se glissait déjà sous la porte de la chambre le lui confirmaient. Les exigences de son travail laissaient peu de temps à son mari pour les cajoleries, mais dès qu'il apparaissait dans la maison, sa seule présence l'enveloppait de tendresse et de bonheur. Marie-Ange se perdait dans la flamme amoureuse des grands yeux azurés de son homme. Dans cette flamme, elle lisait les plus beaux poèmes d'amour de la terre, rien que pour elle et pour l'enfant qu'elle portait. Sa façon de lui chuchoter « ma biche adorée », allumait en elle le même brasier qu'à leur première rencontre. Un brasier qui, après vingt-trois ans de vie commune, poussait encore sa flamme au-delà des bourrasques et des tempêtes. Marie-Ange n'avait que dix-sept ans lorsqu'elle dut prendre la plus grande décision de sa vie, choisir entre Benoît, de six ans son aîné, et Hector, un voisin de son âge. Les deux hommes la courtisaient galamment. Les bonnes manières, la jovialité d'Hector et la fortune de son père l'avaient séduite ; mais la détermination, les talents et le bon jugement de Benoît avaient eu raison de son hésitation. Deux ans plus tard, Marie-Ange, épouse comblée et femme heureuse, s'apprêtait à accoucher de son premier bébé. Une expérience qui la rendait à la fois fébrile et quelque peu anxieuse.

« Je dois me rendre chez madame Éléonore. Oh ! Vierge Marie, faites que j'aie le temps d'arriver. Benoît, il faudrait le faire avertir. Oh ! Il ne faudrait pas qu'il s'inquiète de mon absence, advenant que… » Un ondoiement, comme une vague nonchalante venue de loin, la surprit. Marie-Ange pressa la main sur son ventre en écarquillant les yeux. C'était donc cela, une contraction. Éléonore lui en avait parlé l'hiver d'avant par précaution…

– C'est comme la marée montante. La première vague vient de tellement loin qu'elle atteint à peine l'endroit où on se trouve sur la rive. Puis, la prochaine se rapproche et ainsi de suite jusqu'à ce que nous devenions la mer elle-même. C'est pour cela que ces deux mots, « mer » et « mère », se prononcent pareil. Il n'y a que la façon de l'écrire qui est différente. Mais nous, celles qui parlent juste, on n'en fait pas, de différence. On sait, nous autres, que c'est la même mère (ou mer !). Peut-être parce que c'est les hommes, pas les femmes, qui ont inventé l'écriture et qu'ils pensaient que ce n'était pas la même chose. En tout cas, ce n'est pas grave, parce que moi, je le dis aux jeunes mères ; quand elles arrivent sur la rive et que les vagues commencent à se rapprocher, elles savent ce que je veux dire. À ce moment-là, il reste juste à laisser ces petites beautés nager dans les eaux tumultueuses de la grande vie. Garde-les bien dans tes bras, ces petits êtres, les premiers jours, ma chère Marie-Ange, parce qu'ils ne savent pas où est-ce qu'ils sont rendus, puis c'est épeurant en diable pour eux autres. Leur maman est toute la terre pour ces p'tits-là. Serre-les bien contre ton cœur. C'est leur port d'attache, ton cœur, avant de retourner dans la Grande Source. Tu n'auras pas de misère avec ça, toi, belle Marie-Ange, tu es tellement douce, tellement plaisante. Puis, je sens que t'auras une belle p'tite fille toute douce comme toi. Une enfant qui changera ta vie.

Éléonore, chez qui elle se rendait… péniblement, était la seule accoucheuse à lui avoir prédit une fille.

La boue laissée par la pluie des deux jours précédents collait aux sabots de Marie-Ange. Les clôtures à enjamber et les champs vaseux à traverser eurent tôt fait de l'essouffler. Elle s'appuya à un piquet qui semblait plus solide que les autres et regarda tout autour en reprenant son souffle.

Un étalement de beauté, aussi loin que sa vision pouvait s'étendre. La vue du cap Blomidon, au caractère franc comme Benoît et à la végétation riche comme le cœur de son homme, lui apporta un regain d'énergie. Marie-Ange se dit que la vallée dans laquelle Benoît l'avait emmenée vivre n'avait pas son pareil. Les rivières qui la serpentaient se magnifiaient dans le bassin des Mines, un peu plus dans la baie Française, plus encore dans l'océan, puis éperdument dans l'immensité. Celle que l'on voyait dans les yeux d'un enfant.

De celle qui naîtrait dans quelques heures et qu'elle ramènerait dans la maison que Benoît avait bâtie. La petite fille qu'elle promènerait entre la maison et la bergerie, le temps d'aller porter le dîner et deux baisers au meilleur éleveur de moutons de la Grand'Prée.

Dix autres minutes de marche la conduisirent tout près de l'endroit où elle et Benoît avaient souvent pique-niqué, l'été de leur mariage. Une deuxième vague, plus forte, lui traversa le bassin. Marie-Ange posa doucement la main sur son ventre, comme pour signifier à ce petit être vigoureux qu'elle avait bien remarqué ce signal. L'émotion brouillait maintenant le paysage, et les collines se confondaient aux nuages qui tardaient à quitter le ciel. Marie-Ange s'essuya les yeux et reprit sa marche. Elle eut la conscience soudaine et angoissante qu'elle était seule en pleine mer, voguant sur une toute petite barque juste assez grande pour elle. Il était vital, sentait-elle, d'écouter ce que son corps lui dictait de faire. « C'est ça, l'instinct », laissa-t-elle échapper de sa gorge. Le son de sa propre voix la surprit.

Son regard, jusqu'alors intériorisé, se projeta tout à coup vers le lointain, vers le village de Pigiquit dans lequel elle avait grandi et où elle pourrait enfin s'en remettre aux bons soins d'Éléonore Doucet. Elle aperçut, flanquée sur un vallon, la maison et la fonderie du forgeron Doucet, d'où émanait un claquement métallique qui ne lui était pas inconnu. Le petit bâtiment gris rempli d'objets sombres de toutes formes était un des premiers à l'orée du village. Marie-Ange sentit venir une autre secousse et s'accroupit sur ses talons. Celle-ci fit jaillir un gémissement de sa gorge. Avant de reprendre sa marche, Marie-Ange fixa la maison d'Éléonore.

Lorsqu'elle arriva à la porte de la fonderie, René Doucet, le mari d'Éléonore, était courbé sur son travail. La sueur au front et au cou, il ne l'avait pas entendue arriver. Il ne se rendit compte de sa présence que lorsqu'elle contourna avec difficulté le support sur lequel étaient suspendus tous les fers à cheval fabriqués pendant la semaine. Le marteau à la main, prêt à cogner le métal encore chaud, il arrêta son élan tout sec.

– Oh ! Ma foi ! Ma p'tite Marie-Ange ! Je ne vous avais pas entendue ! s'écria-t-il.

Il se hâta de s'essuyer le front du revers de sa manche recouverte de suie, ne se doutant pas qu'elle avait dessiné sur son front, jusqu'à sa tempe, une longue trace noirâtre.

Marie-Ange sourit à cet ami cher à son père.

– Ne vous excusez pas, monsieur Doucet. Vous êtes tout à votre travail et c'est très bien. Je ne veux pas vous déranger. Je suis venue voir votre femme.

Marié depuis trente et un ans avec une accoucheuse, le forgeron Doucet put juger de l'urgence de la situation en un seul coup d'œil.

– T'as marché tout ce chemin-là dans un tel état ?

– Oui. Mais ne vous inquiétez pas pour moi. Votre femme va s'occuper de nous deux, dit Marie-Ange en caressant son ventre tendu. Avec elle, ça se passe toujours bien, qu'on m'a dit.

– Mais c'est qu'elle n'est pas là ! s'excusa René Doucet.

Il s'empressa de balayer de ses grandes mains aguerries un petit banc et aida Marie-Ange à s'y asseoir. Des femmes bien rondes, le visage rougi et les yeux inquiets, il en avait vu des dizaines arriver chez lui. Elles partageaient toutes le même courage et la même concentration. Il bavarda le temps que Marie-Ange reprenne son souffle.

– Elle est partie visiter sa sœur. Mais elle va revenir aujourd'hui.

La crainte de devoir mettre sa fille au monde sans l'assistance d'Éléonore donna le vertige à Marie-Ange.

– Si ça ne vous dérange pas, je voudrais l'attendre, dit-elle, un peu confuse. Je vais me reposer et prier un peu. Vous pouvez continuer votre travail, monsieur Doucet.

– Tu me déranges pas, ma belle fille ! Mais sois sûre que je te laisserai pas repartir de même.

Marie-Ange se sentait sur un radeau au cœur d'une énorme tempête. Les contractions, de plus en plus rapprochées et tranchantes, crispaient son visage. Ces changements d'expression, comme les aiguilles d'une horloge, indiquaient la continuité du temps. L'épouse de Benoît ferma les yeux et tenta de retrouver un peu de tranquillité à l'intérieur d'elle-même. Les coups sur l'enclume du forgeron frappaient son tympan de notes lugubres, comme s'ils marquaient les minutes avant le grand passage… vers la vie ou vers la mort. « Je dois me changer les idées », se dit Marie-Ange.

– Qu'est-ce que vous faites ? demanda-t-elle à monsieur Doucet qui souriait en regardant le gros chaudron sur lequel il travaillait.

– Je m'amuse à imaginer la tête de la veuve Bourgeois quand je vais enfin lui rapporter le fameux chaudron qu'elle utilise depuis trente ans pour faire son savon. J'ai suivi à la lettre toutes ses recommandations et je pense qu'elle va être contente. C'est tout un tour de force, quand on connaît le caractère de la veuve.

Le chaudron à savon allait être livré le lendemain. René Doucet se faisait un point d'honneur de raconter longuement à chacun de ses clients la petite histoire de l'objet qu'il leur apportait. Il le fit aussi pour distraire Marie-Ange de sa douleur et de son inquiétude.

Tous les jours, sauf le dimanche, il s'affairait à la fabrication d'objets divers, du chaudron au fer à cheval en passant par les outils et les poignées de porte. Nous étions vendredi. D'habitude, le forgeron réservait ce jour-là à la préparation des commandes de la semaine qu'il livrait tous les samedis. Il aimait ce jour plus que tout autre. Il allait de maison en maison rencontrer les gens et leur remettre fièrement les objets qu'il avait fabriqués si soigneusement en pensant à eux.

René Doucet était sans doute l'homme le plus respecté du canton. Tous les habitants s'entendaient pour dire qu'il n'y avait pas sur terre homme à la fois plus noble et plus modeste. Pour lui, fabriquer un objet de métal pour quelqu'un d'autre, c'était tisser un lien d'amitié indéfectible avec cette personne. L'amour qu'il vouait à son métier se propageait dans ses œuvres. On allait jusqu'à dire que ses fers à cheval étaient non seulement les plus réussis, mais qu'ils portaient chance. Plus que tous ceux des autres forgerons.

Éléonore arriva peu avant le dîner. Très tôt ce matin-là, elle avait pris la route sur sa charrette. Sa sœur, qu'elle ne voyait que très rarement, l'avait bien suppliée de rester un autre jour, mais Éléonore avait senti qu'elle devait partir. Quand elle se présenta devant la porte ouverte de la fonderie et qu'elle reconnut Marie-Ange, elle comprit pourquoi. Du travail l'attendait. Tout de suite.

Marie-Ange tenta d'aller à sa rencontre, mais elle dut s'agripper au mur du bâtiment pour mieux mater sa douleur. Pour retenir l'enfant qui devait attendre encore un peu…

– Ma petite Marie-Ange! lança la sage-femme en descendant agilement de sa charrette.

Tapotant doucement d'une main le cou du cheval pour le remercier du voyage, elle donna l'autre à Marie-Ange.

– Je suis là! Viens, rentrons.

Éléonore s'inquiéta des traces grisâtres qui cernaient les yeux de Marie-Ange. Les minutes qui suivirent confirmèrent son appréhension et l'angoisse noya son visage de sueur. La mère et l'accoucheuse, parachutées au cœur d'une tragédie imminente devaient répondre à la vie… Marie-Ange entendit la question. Qui Éléonore devait-elle arracher à la mort? La mère ou l'enfant?

– Ce que le bon Dieu décidera. Si ma fille ne survit pas, c'est que la vie aurait été trop dure pour elle. Si je dois lui donner la mienne, c'est qu'elle sera meilleure que… meilleure que bien d'autres. Si nous nous en sortons toutes deux vivantes, pas un jour ne passera sans que j'en remercie Dieu, la Vierge Marie et Glooscap, murmura-t-elle dans un filet de voix. Au prix d'efforts gigantesques et de douleurs inhumaines, Marie-Ange, épuisée, eut tout juste le temps de voir sa petite fille vivante avant de sombrer dans un état comateux. Ce n'est qu'aux cris de son enfant qu'elle reprit connaissance pour constater que toutes deux avaient vaincu la mort. Le forgeron avait attendu le signal d'Éléonore avant d'aller annoncer à Benoît qu'il était le père d'une belle petite fille et que Marie-Ange se portait bien.

Éléonore avait laissé le temps à la jeune maman de savourer cette victoire avant de lui annoncer qu'elle avait peu de chance de donner d'autres enfants à Benoît. Dans la maison d'Éléonore, Marie-Ange avait bercé, des heures durant, sa petite fille sur son ventre chaud. D'étales en marées montantes, ses émotions trouvaient le repos dans le corps paisible de son bébé. «Toi... ma petite biche... tu vas t'appeler Évangéline. Ce grand bonheur-là que tu nous donnes, à ton père et à moi, d'arriver aujourd'hui, bien portante, jamais on l'oubliera. Toute ta vie, ta victoire sur la mort restera marquée dans ton corps et dans ton cœur, ma belle biche.»

Pour ce combat qu'elles menèrent main dans la main, pour tous les autres enfants qui ne virent pas le jour, Marie-Ange avait toujours cru qu'en compensation sa fille avait le droit de cumuler les bonheurs.

La perte de sa meilleure amie, si éprouvante fût-elle, n'avait pas à pousser la cruauté jusqu'à enlever à Évangéline le goût du mariage... le goût de vivre. Benoît n'en pensait pas moins. Il aurait voulu se mentir, mais il constatait bien lui aussi qu'Évangéline n'était plus la même.

∞∞∞

Ahurie par ses propres paroles et par celles que ses parents retiennent, Évangéline sort et se dirige droit vers le bassin des Mines pour jeter ses états d'âme dans les profondeurs bleues. Un rendez-vous quotidien avec la mer qui l'accueille avec des bras ouverts à l'infini et qui l'écoute sans l'interrompre. Cette mer dans laquelle se mire le cap Blomidon, aussi abrupt que les coups bas du destin. Félicité est toujours là. Sa mort subite et mystérieuse s'est installée dans l'existence d'Évangéline avec son implacable loi de non-retour. Un deuil qui la retient captive et qui dépouille l'horizon de tout intérêt. Une obsession dans sa pensée que ce drame.

À l'enterrement de Félicité, Évangéline, enroulée dans ses pensées, avait marché seule vers l'église, en retrait du malheur des autres. Habituée à trouver consolation auprès de sa meilleure amie, aucun des mots de sympathie qui lui avaient été adressés ce matin-là ne ressemblait à ceux que sa bonne amie lui aurait murmurés. Elle avait fait le tour des derniers jours, n'avait rien trouvé qui pût lui procurer le centième du bonheur que lui apportaient les rires de Félicité, sa fraîcheur, son imbattable optimisme et la limpidité de leurs échanges. Tout en elle refusait d'admettre que le moindre petit demain vienne sans Félicité. C'était son premier vrai rendez-vous avec la mort. La mort de quelqu'un qu'elle avait vu bouger, qu'elle avait entendu parler, qu'elle avait aimé tout de suite. Oh, il y en avait eu d'autres. De plus petites morts. Elle avait connu la peine, mais cette fois, c'était de la mort tout entière dont elle était frappée. De l'injustice cavalière de la vie. D'un désarroi trop profond pour être endigué.

Évangéline avait gravi en tanguant les marches de l'église. Elle s'était arrêtée sur le parvis et, comme la vingtaine de fidèles navrés de ne trouver de siège libre dans la nef, elle s'était contentée de regarder vers la porte restée ouverte.

Gabriel Melanson, demeuré dans le vestibule, s'était inquiété de ne pas la voir arriver. Elle était là, droite et fragile dans son épaisse blouse bleu profond qui descendait sur ses hanches jusqu'à la moitié de son corps et sa jupe noire, large d'étoffe, qui cachait ses sabots de bois. Un châle noir retenu par une broche sur sa poitrine couvrait entièrement ses épaules. Batis Arsenault, un de ses soupirants, avait tenté de la rejoindre, mais Gabriel Melanson l'avait devancé et se tenait aux côtés d'Évangéline.

– Tu veux entrer ? lui avait-il demandé.

Évangéline Bellefontaine avait levé les yeux vers lui, gratifiant son aménité d'un acquiescement muet. Elle s'était avancée, mais si péniblement que Gabriel lui avait tendu son bras. Les six gros cierges qui encadraient le cercueil de Félicité éclairaient les pas d'Évangéline et de Gabriel, qui s'engageaient dans l'allée centrale, jusqu'en avant de la nef. Ce trajet que Félicité Blanchard et son amoureux, Louis Cormier, auraient dû franchir au mois d'août, pour se marier.

Les Bellefontaine s'étaient faits tout petits pour laisser une place à Gabriel Melanson sur le bout du banc, à côté d'Évangéline.

D'une voix accablée, le curé Chauvreulx avait récité les prières de circonstance sans lever les yeux vers ses fidèles. Au moment si redouté de l'homélie, le célébrant, démuni de toute son éloquence, s'était rabattu sur des passages de l'Ancien Testament où le saint homme Job, dépouillé de tous ses biens, malade et abandonné de tous, avait dit:

– Dieu m'a tout donné. Dieu m'a tout enlevé. Que son saint nom soit loué.

Joignant les mains sur sa poitrine, il avait ajouté:

– Que Sa volonté soit faite. Amen.

Dans l'assistance, il n'y avait pas que la détresse qui fit pleurer. Le curé Chauvreulx avait bien senti l'indignation et la révolte qui fomentaient dans le cœur des dizaines de fidèles qui avaient marché une dernière fois derrière Félicité. Aussi, après avoir récité les dernières oraisons et avoir aspergé d'eau bénite le cercueil qui allait être glissé en terre, il s'était tourné vers les fidèles venus au cimetière et, délaissant le latin, il leur avait exprimé un vœu avec des accents de supplication:

– Je vous exhorte, mes frères, à vous soumettre aux volontés de Dieu qui nous appelle à devenir des saints pour que nous soyons tous réunis un jour au paradis. Que les épreuves que notre divin Père nous envoie n'accablent pas nos âmes du désir maléfique de l'outrage et de la vengeance. Qu'elles soient acceptées comme une purification de nos cœurs pour que nous méritions notre salut. Jésus a dit: «Si ton frère te frappe sur la joue gauche, tends-lui la joue droite.» Voilà le précepte d'amour que tous les chrétiens dignes de ce nom doivent respecter.

– C'est pas vrai, avait marmonné Évangéline à l'oreille de Gabriel.

– Quoi?

– Ce que dit le curé… son précepte d'amour, c'est pas vrai, lui avait-elle répété.

– Il s'est bien trompé, le curé, s'il croit que nous, les Acadiens, allons tendre la joue droite aux Anglais ! avait renchéri Gabriel.

– Moi, je pense que tout est fini, Gabriel…

– Non. Ça commence. Ça fait juste commencer, Évangéline.

La mort de Félicité hante Évangéline jusque dans son sommeil.

« Je comprends qu'elle ait été si heureuse à la pensée de se marier. Mais si c'est pour finir dans l'eau d'une rivière… avec, dans son sac, une robe de mariée à moitié cousue, je préfère y renoncer. Je ne veux pas voir mon fiancé, mes parents et mes amis pleurer parce que je ne me serai pas rendue jusqu'à l'église. Pourquoi je me raconterais des histoires si je ne suis pas pour le vivre au complet, le grand amour ? Pas un homme ne peut me le garantir… Et Batis, je ne l'aime pas tant que ça. Pas assez pour passer ma vie avec lui. De toute façon, avec les menaces des Anglais qui nous arrivent de partout, on a bien d'autres choses à penser qu'à rêver au grand amour. »

Assise entre la mer et les prés, Évangéline souhaiterait rester là, le corps enveloppé par le vent marin. Tant de choses à se dire à elle-même. Pour aujourd'hui et pour demain.

Un bruit, d'abord sourd, puis plus manifeste vient la rejoindre dans les replis mêmes de sa solitude. Évangéline tourne le dos au bassin. Des hommes et des femmes arrivent à la bergerie de son père. Malgré les drames, la corvée de la tonte des moutons n'attend pas. La vie reprend ses droits. Accablée, Évangéline retourne vers la maison.

Dans le voisinage des Bellefontaine et dans le village de la Grand'Prée, les saisons sont marquées par le rassemblement des hommes et des femmes travaillant de concert à leur subsistance matérielle. L'entraide est coutume, et les habiletés de chacun sont mises à contribution. Chacune des étapes de la tonte des moutons demande aux hommes une grande endurance. Avant que les grandes chaleurs n'assèchent la laine, ils devront travailler quelques jours chez Benoît et, ainsi, assurer un approvisionnement suffisant pour la confection des vêtements.

Comme son père, Basile, et tous les Melanson, Gabriel participera à la corvée. Il marche, le cou et le visage allongés au-devant des épaules, le corps arqué contre les vents des gigantesques marées de la baie. Sur ses cheveux bruns et ondulés, attachés sur la nuque par une mince lanière de cuir, une casquette ronde. Une large ceinture tissée enserre ses pantalons bouffants sur ses mollets. Il y a juste assez de clarté pour que sa chemise blanche se découpe sur le paysage vert scintillant laissé par la pluie. À la meunerie, sans Gabriel, les deux autres garçons de la famille Melanson, devenus assez grands pour la tâche, aideront leur père à faire tourner le moulin.

De ses grands pas de géant, Gabriel avance dans les prés vers les bâtiments des Bellefontaine, accompagné de Daniel, le frère cadet de Louis Cormier, le fiancé de feue Félicité. Au-dessus de leur tête, le soleil reste caché sous des nuages opaques. La pluie des derniers jours a cessé, mais l'herbe détrempe savates et bas.

Gabriel déplore l'absence de Louis en pareille circonstance. « Les corvées, c'est toujours bon pour le moral... », pense-t-il. Mais Louis a résisté aux pressions de ses amis et, endeuillé de la tête aux pieds, il a pris le chemin de sa future maison ; il continue de travailler à sa construction comme si Félicité devait encore venir l'habiter.

Gabriel et Daniel marchent ensemble le demi-mille qui les sépare des bâtiments des Bellefontaine. À quelques dizaines de pas se dresse la bergerie avec son toit en pente douce. Tous les voisins et amis sont réunis devant la grande porte où Benoît les accueille : Germain et Antoine, ses deux beaux-frères ; Laurent Blanchard, le père de Félicité ; Émile, l'oncle de Gabriel ; Olivier Arsenault et Batis, son fils aîné qui donnerait cher pour gagner l'affection de la fille de Benoît. De là, ils aperçoivent les femmes venues aider Évangéline et sa mère à étendre la laine et à la préparer au cardage. Ils sont plus d'une vingtaine de personnes, incluant les jeunes enfants.

Les hommes manieront avec habileté les forces, ces ciseaux qui servent à tondre les moutons, et les deux filles Arsenault seront affectées à l'aiguisage.

Les bêlements incessants des moutons et leur empressement à s'entasser près de la clôture traduisent leur nervosité. Benoît et sa fille savent les calmer de caresses au cou et sur le dos. Vient à leur rescousse Gabriel Melanson qui, en passant près d'Évangéline, prend le temps de lui dire :

– S'il y a des gens qui méritent qu'on les aide, c'est bien vous autres. Toi, surtout...

La bouche vide de mots, Évangéline le suit d'un regard intrigué. Dans ses longs bras vigoureux, il transporte une brebis qu'il vient déposer devant Marie-Ange et sa fille. Les deux frères Dugas préparent la table sur laquelle les moutons seront étendus.

– C'est Odile, dit Évangéline, la mère supérieure de notre troupeau. Si elle est en confiance, elle ne gémira pas et tous les autres vont s'approcher sans peur. Avais-tu deviné ça ?

– Ça se voit quand tu t'y connais un peu et que tu te donnes le temps d'observer, répond Gabriel d'un air taquin. Allez, viens, ma belle Odile. Tu vas voir qu'on ne te fera pas de mal.

– Au contraire, on va te soulager, ajoute Marie-Ange.

– Tu fais bien ça, mon Gabriel, encourage Benoît.

– C'est moi qui vais la tondre, propose Batis.

– Va t'occuper ailleurs, je vais le faire, s'oppose Gabriel. Vous autres, les p'tits Dugas, vous la tiendrez... solide, mais sans lui faire mal. Aidez-moi à l'embarquer.

– V'là le grand qui se mêle de donner des ordres ! réplique Batis en essayant de dissimuler l'humiliation que Gabriel lui a fait subir. Si t'as de la misère, tu viendras me voir !

Une compétition s'installe entre Gabriel Melanson et Batis Arsenault. Évangéline n'en est pas contrariée. Batis est un garçon entreprenant, intelligent, mais porté sur l'alcool et la conquête des jeunes filles. Après deux ans d'efforts de séduction couronnés de peu de succès, il démontre une persévérance qui commence à importuner Évangéline. « Que Gabriel lui remette les esprits en place ne lui fera pas de tort », conclut-elle en son for intérieur.

– Même si elle guide les troupeaux, il n'y en a pas une plus docile qu'Odile avec les humains, dit Marie-Ange pour apaiser les esprits.

– J'en connais qui aimeraient bien ça qu'on ressemble à un bon gros troupeau de moutons… fait remarquer Gabriel.

– Les Anglais, par exemple ! ajoute Benoît, un agneau collé à la jambe. Ça fait presque cinquante ans qu'ils essaient de nous mener comme on mène du bétail. Si tu ne rends pas service aux Français, t'es jugé comme un traître ; si tu ne prends pas les armes pour défendre l'Angleterre, tu manques de loyauté.

– C'est rendu qu'on ne sait même plus de quel bord est le bon Dieu ! ose Marie-Ange en dirigeant d'un mouvement de bras le regard de sa fille vers le cap Blomidon.

Toutes deux entonnent en chœur une strophe de l'incantation micmaque traduite par le père Maillard, le missionnaire de leur territoire :

Blomidon, tu te penches depuis des jours sans
[nombre
Sur l'infini jusqu'au royaume des dieux
Mêle éperdument au refrain de nos aïeux
Nos voix priantes avant que notre barque
[sombre.

Autour d'elles, des femmes prient ou fredonnent des cantiques en débarrassant la laine de ses charpies. Les grands-mamans qui ne sont occupées ni à garder les bambins ni à préparer le dîner offrent leur aide quand vient le temps d'amadouer un agneau plus nerveux. Sans répit, les tondeurs s'appliquent à obtenir le plus de laine possible.

Les jeunes Dugas se placent de chaque côté de l'animal afin de maintenir ses pattes et sa tête. Gabriel active ses forces sur la poitrine d'Odile, puis sur ses flancs et sur son dos. Évangéline et sa mère recueillent la laine avec reconnaissance avant de l'entasser dans des barils. Gabriel parle peu.

L'angélus vient de sonner. L'heure du dîner est accueillie avec joie. On se délasse, on fraternise et on reprend des forces. Devant les seaux d'eau tirée du puits, chacun s'arrête pour se rafraîchir le visage. L'odeur forte des moutons s'accrochant aux vêtements, les tondeurs retirent leur salopette avant de passer à table.

Sous le gros saule, une longue table a été dressée. Des cruches d'eau fraîche et des grosses miches de pain attendent de rassasier les estomacs affamés. Un fumet de fricot de bœuf se mêle à la chaudronnée de morues prête à servir.

Assis à un bout de la table, Gabriel retire sa casquette. Il relève la tête vers Évangéline qui, les bras chargés d'assiettes, s'apprête à lui présenter la sienne. De sa main, il frôle volontairement celle de la jeune fille… Son sourire parle pour lui. Depuis les funérailles de Félicité, Gabriel pense aux mots qu'ils ont échangés dans le vestibule de l'église; aux pas qu'ils firent ensemble jusqu'à l'autel. Il sent qu'un rapprochement s'est fait entre eux. Qu'Évangéline lui a accordé une attention et une confiance qui ont attisé son désir d'être auprès d'elle.

– Merci, belle demoiselle, chuchote-t-il.

La timidité empourpre le visage de la jolie Bellefontaine. La tristesse qui l'habite depuis la fin mai se marie mieux au silence qu'aux badineries. Gabriel croit avoir aperçu une étincelle dans le regard d'Évangéline. Il lui tarde de retourner à la tonte. Près d'elle. Pour laisser chacun de ses regards, de ses soupirs, déposer une empreinte sur sa peau.

Les yeux de Marie-Ange se posent sur sa fille comme une étreinte de tendresse.

Les jeunes enfants ont déjà mangé et jouent à cache-cache autour des arbres, indifférents au ciel qui reste sans soleil, gris et lourd.

∞∞∞

Le travail harassant de la tonte des moutons terminé, tous sont retournés chez eux pour un repos bien mérité. Mais le jour n'a pas encore réussi à pousser l'obscurité de l'autre côté du globe qu'un sifflement se fait entendre. Une fois, deux fois, Marie-Ange tend l'oreille; ce son ne lui est pas inconnu. Soucieuse de ne pas réveiller son mari, elle se lève aussitôt et, sur la pointe des pieds, va devant la fenêtre de la cuisine, une bougie allumée à la main. Un troisième sifflement. C'est le signal convenu. Le loquet de la porte pivote sous le pouce de Marie-Ange quand une main se pose sur son épaule.

– Qu'est-ce qui se passe, maman ?

– Trois sifflements… Tu sais ce que ça veut dire, toi ?

– Attendez-moi. Je veux aller voir avec vous, dit Évangéline en ajustant sa capeline sur sa chevelure encore emmêlée.

La porte grince inopinément. Marie-Ange grimace.

– Vous avez une idée, maman ?

– Une idée ? Des frissons plein le dos, Évangéline.

– Raison de plus pour ne pas que vous sortiez seule.

– Si ce n'était que pour ma vie que je tremble, ce serait un moindre mal.

– Vous m'inquiétez, maman.

– De toute façon, il faut aller voir.

Ici, c'est l'herbe qui plie l'échine sous les sabots ; là, ce sont les cailloux du chemin qui mène à la grange qui maugréent. Tout, dans l'opacité de cette nuit, sonne le mystère. La menace, même.

Marie-Ange s'arrête et demande à sa fille d'en faire autant.

– T'as entendu… des pas ?

– Oui. Du côté gauche, maman.

Une lueur dansante leur donne raison.

Derrière la bergerie, deux Micmacs exposent leur visage à la lumière de leur torche. Koucdaoui et Faoua lèvent une main ouverte à hauteur d'épaule, en signe d'amitié. Rassurées, les deux Bellefontaine les font entrer dans le bas-côté. En gestes plus qu'en paroles, Faoua leur fait comprendre qu'il y a deux jours, une trentaine de vaisseaux anglais et trois frégates équipées d'une vingtaine de canons sont arrivés dans la baie de Chignectou avec plus de deux mille soldats à bord. Le lendemain, ils auraient jeté l'ancre près du fort Lawrence, situé juste en face du fort français, et auraient monté leur campement tout près, dans ce qu'il reste de maisons et de granges dans la région, pour s'emparer du fort Beauséjour.

– C'est ça qui se tramait, dit Marie-Ange.

– C'est ce que vous ressentiez sans pouvoir le nommer, ajoute Évangéline.

Le laconisme des Micmacs étant bien connu de Marie-Ange, elle est persuadée qu'ils en savent plus encore. Elle les prie de tout leur dire. Faoua leur annonce alors qu'un émissaire viendra sous peu réclamer l'aide de tous les hommes du bassin des Mines qui sont en état de porter les armes.

– Qu'est-ce qu'il dit, maman ?

Marie-Ange hésite à lui dire la vérité.

– Je veux savoir, maman…

– Nos amis ne seraient pas venus jusqu'ici en pleine nuit si les habitants des Mines pouvaient dormir en toute tranquillité.

Grâce au missionnaire Maillard, Faoua commence à se familiariser avec le français. Il a saisi l'essentiel des propos des deux femmes. Aussi s'empresse-t-il de les prévenir des conséquences de l'opération militaire de Beaubassin advenant une victoire de l'armée anglaise : emprisonnement, confiscation des biens, et peut-être même déportation.

Marie-Ange réclame leur avis.

– Ils nous conseillent de nous préparer, traduit-elle à sa fille.

– Nous préparer à quoi, maman ?

– À une attaque… armée.

Les deux Micmacs doivent regagner leur wigwam avant l'aurore. Ils ne veulent pas le faire sans avoir réitéré leur promesse de demeurer du côté des Acadiens et de les défendre en tout temps.

Tremblantes d'effroi, Marie-Ange et sa fille lèvent à leur tour une main ouverte à hauteur d'épaule pour remercier les deux messagers.

– Qu'est-ce qu'on va devenir ? demande Évangéline d'une voix faible.

– Pour commencer, on va tout raconter à ton père. Comme je le connais, je me doute de ce qu'il va faire…

– Rassembler les hommes ?

– Avant ça, courir chez Claude Célestin. L'opinion du sage de notre village nous est plus nécessaire que jamais.

– Si les Anglais prennent les armes, jamais l'armée française n'en viendra à bout.

– Je le sais bien. J'ai peur qu'on ne s'en sorte pas, cette fois, réplique sa mère, peu surprise d'apercevoir la cuisine tout éclairée.

– Papa est debout ? On a pourtant fait attention pour ne pas faire de bruit.

– Dans certaines occasions, il est comme moi, ton père. L'ombre du danger le réveille.

Une théière fume sur le poêle. Benoît est assis à la table, sa tête nichée entre ses mains endurcies par le maniement des charrues et de la hache. Ses épaules, équarries par le poids des sacs de grain et des billots, semblent tomber ce matin sous le fardeau de l'appréhension.

– Vous auriez dû m'avertir et m'attendre.

– J'ai pas pensé que c'était nécessaire, Benoît.

– Passons ! Reste que je sais trop bien que vous ne sortez pas à une heure pareille pour des insignifiances. Qu'est-ce que c'est ? demande-t-il, promenant un regard inquisiteur de son épouse à sa fille.

– Un message des Micmacs… répond Marie-Ange.

– Les Anglais, je gage ?

– Oui.

Benoît s'est levé, les mâchoires serrées, prêt à se défendre.

– Qu'est ce qu'ils préparent encore ?

– Ils ne sont pas loin d'ici, papa.

– Où sont-ils ?

– À Beaubassin, avec toute une armée, lui apprend Évangéline.

– Ils sont en mesure d'attaquer l'armée française au fort Beauséjour, précise Marie-Ange.

– Le fort Beauséjour ! Un château de cartes ! s'écrie Benoît, venu se poster devant la fenêtre, les poings enfoncés avec rage dans ses poches à défaut de ne pouvoir les utiliser à l'instant même pour défendre les siens.

De fait, l'enceinte de ce fort pentagonal large de deux cent soixante pieds n'est constituée, à l'extérieur, que d'une simple palissade adossée à un rempart de terre battue et, à l'intérieur, que d'un terre-plein de moins de dix pieds de hauteur. Son armement se limite à vingt-six canons et un seul mortier de cuivre.

– Veux-tu bien me dire ce que les Français avaient dans la tête quand ils l'ont juché là ? Ils ont pas pensé qu'en le plaçant sur un terrain élevé comme ça, ils allaient se lancer dans la gueule du loup ?

– Il paraît qu'ils veulent s'emparer du fort Gaspareaux aussi, ajoute Marie-Ange.

– Le fort Gaspareaux ! Celui-là ne mérite même pas le nom de fort, maugrée Benoît.

Enceinte carrée délimitée par une palissade, à l'embouchure d'un petit cours d'eau, ce fort n'est défendu que par quatre canons de petit calibre.

– As-tu une idée du nombre de soldats capables actuellement de défendre ces deux forts-là ? s'inquiète Marie-Ange.

– Au plus, cinq ou six cents Acadiens et moins de deux cents soldats des Compagnies franches de la Marine, estime Benoît, dévasté.

– Mais, un général, ça doit bien avoir prévu une attaque tôt ou tard, suppose Évangéline.

– Y a pas de capitaine plus pourri que Vergor ! Il ne sait même pas lire ni écrire…

– Comment peut-il se retrouver à la tête d'une armée ?

– À cause de l'intendant Bigot. Ils étaient tous les deux en poste à Louisbourg. Ces deux-là ne cherchent qu'une chose : tirer la crème des Acadiens et s'enrichir à leurs dépens, lance-t-il, indigné.

Les Bellefontaine tentent de trouver une issue.

– Nos amis micmacs ont promis de continuer de nous défendre, dit Marie-Ange. Puis, on sait à quel point les Anglais en ont peur.

– Ils ne sont sûrement pas sans y penser.

– Raison de plus pour s'armer jusqu'aux dents, ajoute Benoît.

Plus un mot dans la maison. Que des soupirs d'impuissance et d'indignation.

Benoît vient se flanquer devant les deux femmes qui l'observent et dit :

– Je file chez Claude Célestin. Je veux savoir ce qu'il pense de tout ça. En attendant que je revienne, pas un mot à personne, recommande-t-il.

Sur le point de sortir, il fait demi-tour et attrape son mousquet. Évangéline et sa mère le regardent s'éloigner, l'estomac dans un étau.

– Un bon thé chaud et des crêpes, ça va nous faire du bien, propose Marie-Ange. Benoît a raison. Faut savoir ce que notre sage va en penser.

– Je n'ai pas très faim, avoue Évangéline, pour la énième fois depuis la mort de son amie.

« Je me demande qu'est-ce qui pourrait bien nous ramener notre Évangéline d'avant… » pense Marie-Ange.

– Vous y avez bien pensé, maman ? Espérer gagner contre des soldats aussi bien armés, ce n'est pas possible. En plus, peu d'Acadiens acceptent de prendre les armes.

– Ça n'a pas toujours été le cas, Évangéline.

– Vous pensez à la dernière attaque des Anglais ? Je m'en souviens. J'avais quatorze ou quinze ans quand ils ont débarqué par centaines à la Grand'Prée…

– Au début, ils n'étaient pas plus de deux cent cinquante. Mais il s'en est ajouté près de quatre cents autres. Ils allaient attaquer Beaubassin, justement. Mais, comme on était en plein mois de février, leurs deux vaisseaux ne pouvaient plus avancer.

– Puis, ils ont décidé, comme ça, d'établir leurs quartiers ici, à la Grand'Prée.

– Sans se gêner ! Ils ont choisi vingt-quatre ou vingt-cinq de nos maisons et se sont installés, en disant qu'elles leur appartenaient comme tout le reste de l'Acadie anglaise.

– Qu'est-ce qu'ils ont dit, ceux qui se sont fait prendre leur maison ? s'enquiert Évangéline.

– La plupart ne se sentaient tellement pas en sécurité qu'ils ont préféré aller vivre chez d'autres habitants tout le temps que les soldats étaient chez eux. En tant que sujets britanniques…

– … on ne pouvait pas leur refuser l'hospitalité.

– C'est ça. Même si on se doutait bien qu'ils s'en prendraient tôt ou tard aux Acadiens de Beaubassin.

– Mais on l'a gagnée, cette bataille-là, je m'en souviendrai toujours. En pleine tempête de neige, la nuit du 11 février, dit Évangéline, en enrobant sa crêpe d'une mélasse épaisse.

Le souvenir de cette victoire semble raviver son appétit.

– Grâce à notre sentinelle, ils se sont fait jouer un sale tour. Notre petite milice de deux cent quarante Canadiens aidés d'une soixantaine de Micmacs les a surpris en pleine nuit et les a sortis de nos maisons de la belle manière : la leur.

– Cette fois, c'est le sang des Anglais qui a coulé, dit Évangéline, triomphante à l'idée de venger la mort de Félicité.

– Seulement quatre Français puis deux Micmacs y ont laissé leur vie, rappelle Marie-Ange.

Dans le regard de sa fille, une lueur sombre est venue balayer le bref enthousiasme qui l'a animée à l'évocation du fait d'armes des siens.

– Auriez-vous des tricots à terminer, maman? Ça m'occuperait l'esprit, dit Évangéline.

– Tu sais bien que j'en ai toujours deux ou trois en marche, dit-elle, empressée, lui apportant son panier de tricots. Tiens, un chandail pour homme ici, même si ton père n'a pas semblé apprécier la couleur.

– Elle est belle pourtant... entre celle du vin et celle de la grève.

– On trouvera bien quelqu'un qui va être fier de le porter, si ton père ne le prend pas.

– Raison de plus pour m'appliquer, dit Évangéline.

Devant la vingtaine d'hommes que Benoît a sortis de leur lit et rassemblés à sa bergerie, ce matin du 4 juin 1755, se tient un vieillard que la population de la Grand'Prée vénère plus que quiconque. Plus même que monsieur le curé, dans certaines circonstances. Claude Célestin, laconique, ses petits yeux d'un bleu polaire rivés sur l'assemblée, n'a pas à demander le silence.

– Mes amis, j'ai peur pour notre belle Acadie. On me rapporte que des bateaux de guerre mouillent près de Beaubassin, dit-il, voûté sous le fardeau des luttes menées par les Acadiens depuis les cinquante dernières années.

– La chicane a repris entre la France et l'Angleterre? demande Camille Cormier, le père de Louis.

– Elle ne s'est jamais vraiment arrêtée, mon pauvre ami : leurs rivalités continuent de fermenter. On ne sait jamais quand la marmite va déborder.

– Pourquoi s'en prendre aux habitants de Beaubassin ?

– Les Anglais et les Français n'ont jamais pu s'entendre sur les limites du territoire entourant la rivière Missaguash. Ça leur sert de prétexte, mais les vraies raisons ne sont pas avouables…

– Tout Acadien digne de ce nom devrait les connaître, soutient Benoît.

– Je vais vous les dire, reprend aussitôt le sage Célestin. Écoutez-moi bien. Ça fait quarante-deux ans que notre peuple paie pour l'ambition démesurée de la Grande-Bretagne. Et depuis cinq ans, c'est pire encore. Ce n'est pas pour rien que le roi George a nommé Charles Lawrence comme lieutenant-gouverneur de la Nouvelle-Écosse. Il savait qu'il pouvait lui faire confiance, c'est un vrai loup. En plus, cet homme-là hait les Acadiens. La première chose qu'il a faite a été de bâtir un fort près de la rivière Missaguash, juste en face du fort Beauséjour, puis d'y installer toute une armée.

– Ce n'est pas en venant narguer les Français comme ça qu'il va avoir la paix, dit Camille. C'est pourtant la seule chose qu'on exige en notre belle Acadie.

– T'as bien raison, mon Camille. Mais même ça, c'est trop demander. Les Anglais aiment mieux la guerre. Toute une flotte de vaisseaux de guerre serait arrivée du Massachusetts avec quelque deux mille soldats. S'ils réussissent à s'emparer des deux fortifications françaises, ne pensez pas qu'ils vont s'arrêter là. Ils savent bien qu'aux Mines, on a les terres les plus riches de l'Acadie…

– Lawrence ne vise qu'une chose: retourner en Angleterre en disant au roi que, grâce à lui, toute l'Acadie lui appartient, soutient Gabriel.

– Heureusement que les Micmacs sont venus nous avertir! s'écrie Louis.

– Si je comprends bien, monsieur Célestin, on doit tout laisser là, nos champs, nos commerces et nos familles, puis changer nos haches et nos pioches contre des fusils? demande Basile Melanson.

Un tumulte d'indignation s'élève dans le moulin. Laurent, Louis, Gabriel et une bonne dizaine d'hommes se disent prêts à tout sacrifier pour voir couler le sang des Anglais. Benoît les prie de se calmer.

– Qu'est-ce que vous nous conseillez, monsieur Célestin? demande-t-il.

– De tirer des leçons du passé. On les a vus aller, les soldats de la Nouvelle-Angleterre, en 1704. Ils sont venus nous attaquer en pleine nuit. On s'est défendus comme on a pu, mais tout notre village a été brûlé. Aujourd'hui, alors que partout en Acadie on ne demande que la paix, ils débarquent par milliers comme si nous leur avions déclaré la guerre. Non, mes amis, on n'a plus de temps à perdre. Il faut se dépêcher de faire des provisions et d'emplir nos greniers. Avant longtemps, on ne pourra peut-être compter que sur la production des terres des Mines pour survivre.

Benoît, qui ressent aussi cette urgence d'agir, reprend la parole.

– Les conseils de Célestin nous ont toujours bien guidés dans le passé. C'est pourquoi je vous propose qu'on fasse le tour des moulins pour en sortir tout ce qu'on peut : farine, grain, bois de chauffage… Qu'on finisse de tondre nos moutons le plus vite possible.

– Ce qui veut dire que tous nos enfants en âge d'aider devraient abandonner l'école ? demande Antoine Forest, le frère de Marie-Ange.

– Oui, oui. On ferait mieux de fermer l'école, pour un temps. On ne peut pas laisser les enfants là. Faut qu'ils restent avec leur mère maintenant… répond Benoît en regardant Célestin pour s'assurer de son assentiment. On va aussi ramener avec nous autres tous ceux qu'on n'a pas encore informés. On ne sera pas de trop…

– N'oubliez pas, il faut rester ensemble, soutient Célestin. Je vous laisse au partage des tâches. Je saurai où vous trouver, au besoin.

La vie quotidienne est d'un coup chambardée, mais les hommes ne se laissent pas affoler. Les corvées s'organisent. La main-d'œuvre de chaque foyer sera mise à contribution. Les plus costauds s'affaireront, les uns dans les moulins à grain et à scie, les autres dans les moulins à carder. Pendant ce temps, des volontaires aideront les éleveurs de moutons à finir la tonte.

La vingtaine d'hommes a quitté la grange des Bellefontaine d'un pas non moins volontaire que celui des soldats de Lawrence.

Sous les conseils de Célestin, en un rien de temps, les maisons de la Grand'Prée se sont vidées de tous leurs habitants aptes au travail. Le moulin de Basile Melanson régurgite le blé plus vite qu'il ne l'a jamais fait. Les fours à pain près des maisons sont combles de pâte pétrie par les jeunes filles. Les garçons aguerris à la coupe du bois accompagnent leur père. D'autres rassemblent les troupeaux de moutons pour la tonte ou farcissent de poudre les canons de tous les fusils qu'ils peuvent trouver. Les enfants charrient silencieusement l'eau du puits à la maison et dégarnissent les nids des poules de leurs œufs. Tous ces bras forcent à la mesure de leur détermination à ne pas se laisser dominer par les Anglais.

La liberté s'entasse dans un coin de leur cœur. Le soleil de juin allonge modestement sa clarté. Les heures s'arrêtent trop vite sur toutes les corvées non achevées. L'empressement rend nombre d'hommes sourds à la faim qui les tenaille et alanguit leur esprit. On cause peu. On s'acharne, on s'éponge, on ingurgite une tasse d'eau et on reprend le travail sans laisser la fatigue réclamer ses droits.

Les journées envoyées par le bon Dieu sont éreintantes. Le crépuscule qui enveloppe la Grand'Prée se resserre en dégradé de gris au-dessus de l'église Saint-Charles. Près du chemin de la rivière, la coupe de bois laissée par les hommes est martelée par la pluie. Les arbres encerclent les fermes comme des ombres funèbres dansant au gré du vent mauvais. Le tonnerre n'attend plus pour secouer le bassin des Mines. Dans les maisons, les fenêtres se cabrent contre l'humidité, mais elles laissent filer le gémissement du vent. Exténués, hommes, femmes et jeunes gens entrent se mettre à l'abri de l'orage, le temps de s'offrir quelques heures de sommeil avant de reprendre les corvées.

Malgré la fatigue, Gabriel n'arrive pas à dormir. Insolente, la pluie tambourine ses notes discordantes sur le toit de la maison. Allongé dans son lit, les yeux rivés au plafond, l'aîné des Melanson ressasse les idées et les souvenirs qui se bousculent dans sa tête.

Le récit que son grand-père Melanson lui a fait de la dévastation commandée par le colonel Church en 1704 se ravive. À douze ans, Gabriel pouvait lire, dans la détresse qui noyait les yeux de son grand-père, les regards catastrophés des femmes qui serraient le dernier-né contre leur poitrine, les visages stupéfiés des enfants qui avaient cessé de jouer, l'acharnement des hommes à arracher au pillage des soldats leurs biens les plus précieux. Il ressentait la frayeur de toutes ces familles réfugiées derrière des montagnes de billots, d'où elles assistèrent à l'incendie de leur village. Le brasier fumait encore quand elles virent les soldats s'acharner à détruire les aboiteaux, et la mer avaler d'une seule marée toutes les semences du printemps. Depuis, la seule évocation du mot «Church» fait frémir toute la Grand'Prée. «C'est à croire que Lawrence a hérité de sa cruauté», se dit Gabriel, craignant que ce vent de menaces qui sourd de Beaubassin annonce une apocalypse imminente.

Loin de l'atterrer, cette appréhension le hisse au-delà de la peur. «Plus personne ne me fera reculer d'un pas, jure-t-il, la dignité et la liberté de tous les Acadiens le valent bien.»

«Je devrais être en train de me construire une maison, de penser à me marier et à fonder une famille au lieu de me dépêcher d'engranger mes récoltes sous la contrainte.

On vit sur une terre à nous autres, mais avec une armée qui vient toujours renifler ce qu'on fait. On est supposément britanniques, puis les Britanniques nous attaquent. Est-ce qu'on l'aura un jour la paix? Moi, je n'attendrai pas qu'on me dise c'est où et quand je peux vivre. Mon père en a assez fait. Défendre les forts des Français, se faire écœurer par les Anglais. Ils auront ni ma peau ni celle du monde que j'aime. Je vais prendre mes précautions. Je le sais que mon père et mes frères pensent pareil. C'est pas dans mon lit que je voudrais être, mais en train de faire sauter les Anglais.»

Le grondement du tonnerre roule sur les toits et les nuages se vident en fouettant les murs de la maison. Poussé par le nord, le vent s'époumone et vient se fracasser contre les fenêtres.

Gabriel tasse sa catalogne d'un coup de talon et s'assoit sur le rebord de son lit. La pleine noirceur l'enveloppe dans une bulle d'indignation et de rétivité. Son pouls s'accélère à la seule pensée que ses poings et son fusil materaient les Anglais. L'inaction à laquelle la nuit le condamne lui est insupportable. C'est maintenant que Gabriel veut creuser la tombe des Anglais.

Incapable de contourner ses pensées, Gabriel demeure un moment suspendu entre l'offense qu'il fait à Dieu et la rage qui s'abat sur lui. Ses genoux rencontrent le sol et ses mains se joignent sur ses draps.

«Notre Père qui êtes aux cieux, veillez sur tous les Acadiens plus que d'habitude…»

Un vacarme sur le perron fait bondir Gabriel. Il attend, debout, sans bouger. Trois coups francs contre la porte résonnent. Il enfile sa chemise et, tout de go, attrape un des mousquets appuyés au mur. Son père, sa mère, ses sœurs et ses jeunes frères, réveillés par le bruit, surgissent dans la pièce aussi vite que lui. Sa mère et ses sœurs, muettes d'effarement, restent dissimulées derrière les rideaux. Une bougie à la main, Basile Melanson pointe son menton vers les fusils que ses deux autres fils s'empressent d'empoigner.

– C'est qui ? hurle-t-il.

Des coups de poing violemment assénés sur la porte lui répondent.

– Vous êtes mieux de dire qui vous êtes au plus vite… parce qu'ici dedans, on a des fusils.

Gabriel n'attend pas la réponse. Il soulève le loquet d'un grand coup vers le haut et tasse la porte d'un coup de pied. Il se plante en plein milieu de la pièce, devant son père et ses frères, et pointe son arme sur l'ombre dessinée sur le plancher. Les yeux féroces, les trois Melanson toisent la silhouette qui avance vers l'entrée.

William Barker est projeté dans la maison par une rafale. D'un coup de pied, il referme la porte derrière lui. Sa casquette de pêcheur, complètement trempée et renfoncée sur sa tête, camoufle son visage. Barker ose tendre la main. Les trois hommes se regardent et, d'un commun accord, refusent la poignée de main de cet étranger.

Alexander Murray, hanté par le plan qu'il a concocté, reste posté en sentinelle à l'extérieur de la maison des Melanson. Les déplacements de son émissaire et le peu d'éclairage de la maison l'obligent à ramper dans la boue pour se rapprocher d'une fenêtre. Le fusil en bandoulière, il s'écrase sur ses talons et surveille, impatienté par la lenteur de son sergent. Il l'imagine en train de débiter les phrases qu'il lui a dictées.

– Venu pêcher *but... rain has started to fall.*

Le fusil de Gabriel est toujours braqué sur lui.

– Pêcher ? Pêcher où ?

– Rivière aux Canards.

– Tu viens d'où ?

– Maine.

– T'es venu avec qui ?

– *Alone.* Perdu mes amis. *Alone.* Pas savoir où je suis. *Please ! I'll leave at daylight.*

Barker fait de son mieux pour laisser croire qu'il ne maîtrise presque pas la langue française. Murray, toujours caché sous la fenêtre, rugit intérieurement. « Qu'est-ce qu'il fait là, Barker ? Il lui laisse bien trop de temps pour réfléchir ! Ce foutu crétin d'Acadien pourrait lui tirer dessus et donner l'alerte. *Go* Barker, grouille-toi ! »

Murray lui a bien expliqué qu'il doit tout simplement insister pour se chauffer près du feu jusqu'à l'aurore. La famille retournera se coucher et il pourra s'emparer de tous les fusils accrochés au mur. Il ne faut surtout pas bavarder. Mais, dans la maison des Melanson, la stratégie ne fonctionne pas comme prévu. Les mains de Gabriel sont crispées sur son fusil.

– Enlève ta calotte, ordonne Gabriel au pêcheur.

Barker pose sur lui des yeux interrogateurs comme s'il ne comprenait pas la question.

– Ôte ton casque, reprend Basile, ajoutant des gestes à ses paroles.

– Oh ! *Sorry.*

William Barker voudrait vomir. « Qu'est-ce que je fais ici, en pleine nuit, à jouer la comédie au lieu d'être tranquillement chez moi à Londres ? Je ne connais rien à la pêche et je ne savais même pas que les Acadiens existaient avant les dernières semaines passées au fort Edward. Sale vie que celle d'un soldat ! » Barker se sent parachuté au bout du monde, une arme chargée entre les yeux, forcé d'exécuter les ordres de Murray qui exécute les ordres de Monckton qui exécute les ordres de Lawrence, à des lieues de la région des Mines.

D'un naturel peu loquace, Basile Melanson observe l'étranger, étudie ses moindres gestes, hésitant à miser sur son honnêteté. Non moins inquisiteur, Gabriel a tiré ses conclusions. Il n'est pas question qu'il abandonne son arme.

– Enlever mon linge mouillé ? M'asseoir à côté du feu ? demande Barker, dans une ultime tentative de remplir sa mission.

Sans baisser sa garde, Basile, d'un bref signe de tête, autorise l'étranger à s'asseoir et à retirer son manteau trempé.

Barker fixe du regard le chaudron suspendu à la crémaillère du foyer. Des murmures plaintifs, venant de derrière le rideau qui sépare la grande pièce des chambres, attirent l'attention des hommes. Gabriel grimace. D'un battement de cils, son père lui recommande le silence. « Les filles ont peur et leur mère n'arrive pas à les calmer », suppose-t-il. À la lueur de l'âtre, la mâchoire du pêcheur se contracte et ses yeux fuient le regard de Gabriel.

De toute évidence, l'inconfort a gagné les trois hommes. Les bourrasques de vent et la pluie ont eu raison de leur endurance.

– Tu n'as pas choisi le bon temps pour pêcher, le jeune, risque Basile pour tenter de percer un peu plus l'étoffe de l'étranger.

Pas un mot. Un simple hochement de tête.

– Autant te le dire, je ne te conseille pas de t'aventurer la nuit à la Grand'Prée, surtout par les temps qui courent…

Gabriel perçoit quelque chose de pathétique dans l'allure de Barker. Dans ses gestes, aussi. Un signe de désarroi, ou la fébrilité qui précède l'affrontement ? Un guet-apens ? Gabriel le redoute de plus en plus.

La présence des navires anglais à Chignectou et la menace que ces derniers représentent pour les Mines ont vidé la région de ses réserves de quiétude. Gabriel est en alerte, nullement enclin à faire confiance au visiteur. Son père semble tout autant remué que lui par l'apparition de cet intrus. Dans la pièce, la lueur diffuse des tisons et de la bougie n'éclaire pas suffisamment pour décoder ses mimiques.

– Le père, il a bien dit qu'il y en avait d'autres… qui se sont perdus ? demande Gabriel, réfléchissant tout haut.

– Hum, hum.

– Ils seraient où ? Perdus alentour ?

– Ça doit… Il fait bien mauvais.

– Les autres pêcheurs ont dû aller frapper à d'autres maisons. Celui-là a l'air tranquille, presque poli, mais les autres, on ne sait pas.

– Faudrait aller voir, Gabriel.

Sans plus tarder, Gabriel file dans sa chambre, s'habille chaudement et ressort, avec son fusil en bandoulière. Inquiet, Barker se lève et reprend son manteau, prêt à déguerpir.

– Toi, reste assis ! lui ordonne Basile.

Barker se rassoit, le regard braqué sur Gabriel. Décidément, rien ne se passe comme prévu.

« Murray m'avait dit que ce serait simple ! Que les colons ne se douteraient de rien. Que je sortirais avec les fusils aussi facilement que j'étais entré dans la maison », ronchonne-t-il en lui-même, avec un dépit qui frôle la colère. Il a tenté de négocier avec Murray, lui expliquant qu'il préférerait faire le guet dehors, qu'il a horreur d'arnaquer des gens… Refusant de l'entendre, Murray lui a clairement rappelé que, en sa qualité d'officier supérieur, il lui revient de se poster à l'extérieur et d'attendre qu'il sorte avec les armes et la poudre.

Une centaine de soldats ont reçu les mêmes consignes. Ils se sont cachés dans les herbes hautes ou embusqués derrière les arbres, et ont attendu que la nuit noircisse les bâtiments. Deux par deux, déguisés en pêcheurs, ils doivent s'introduire dans les maisons et les vider des armes qui s'y trouvent.

Le dos tourné à Barker, Basile Melanson dicte ses recommandations à Gabriel.

– Va d'abord chez tes deux oncles Cyr, demande-leur d'organiser une équipe d'hommes qui iront de maison en maison pour voir comment ça se passe. On ne prend pas de chances.

Après avoir refermé la porte derrière son fils, Basile Melanson vient se rasseoir en face de Barker, le fusil posé entre les jambes, un pied sur le barreau de la chaise de son visiteur.

Alexander Murray a entendu la porte claquer et voit surgir une ombre à deux pas de lui. Pas un geste, pas un souffle même, jusqu'à ce que la silhouette s'éloigne. Il distingue Gabriel armé, une torche à la main, se dirigeant vers l'écurie. Transi, Murray doit réfléchir à toute allure : doit-il fuir de l'autre côté de la maison, s'il en a encore le temps, ou faire le mort dans l'espoir de ne pas être aperçu ? Un coup d'œil vers la fenêtre suffit à le convaincre que la situation de Barker n'est guère plus rassurante que la sienne. Son capuchon rabattu sur son visage effaré, Murray sent sa haine contre ce peuple hostile couler comme un venin dans ses veines. « Je vous soumettrai un par un s'il le faut ! Aucun de vous n'aura suffisamment de courage ou de puissance pour m'empêcher de marcher sur votre pays. Et toi qui penses te sauver, je te garde en mémoire… »

Gabriel ne se doute pas que Murray vient de trancher sur son sort, et il file à toute vitesse sur le chemin de la Grand'Prée.

Le vent court vers la mer et le cheval de Gabriel galope… aussi vite que bat son cœur dans sa poitrine. Le jeune homme a les nerfs à vif. Il rentre la tête dans les épaules et tient serrées les brides de Champion. La nuit est dense et les sabots de son cheval s'enfoncent dans la boue. Un mélange de crainte et d'exaltation au cœur, Gabriel abandonne le chemin menant à la ferme des Cyr et bifurque vers l'est. Sa boussole dans cette brume opaque ? Une pulsion qui le projette au-delà des recommandations de son père. Une responsabilité qui transcende toutes les autres. Une conscience qui le fait mûrir d'un coup.

Gabriel s'est engagé sur le chemin lézardé par les charrettes. Le hennissement de son cheval et le claquement de ses sabots ont réveillé les Bellefontaine. Leur porte s'ouvre avant même que Gabriel soit descendu de son cheval. Une bougie à la main, debout dans l'embrasure, Benoît cherche à identifier le visiteur inopiné.

– Qui vient à cette heure-ci ?

– C'est Gabriel Melanson, monsieur Benoît !

– Gabriel ? Qu'est-ce qui se passe ?

– Gabriel ! s'écrie Évangéline, devançant son père sur le perron.

– Évangéline !

– Qu'est-ce que tu fais là ? reprend Benoît, inquiété par l'arrivée du jeune Melanson.

– Un homme s'est présenté chez nous…

– Rentre, Gabriel, dit Évangéline, ignorant son père.

– Ben oui, mon gars, rentre vite, renchérit Benoît.

Pour la seconde fois, Évangéline devance les gestes de son père. Elle glisse des chaises près du feu et dit, une main posée sur le bras de Gabriel :

– Viens. Enlève ton manteau, t'es tout mouillé.

– Un homme, tu dis ? questionne Benoît.

– Un homme… Un pêcheur, d'un bateau du Maine, en pleine nuit. Supposément perdu. L'équipage aussi, à cause de la tempête, répond Gabriel en se tournant vers Évangéline plus souvent que vers Benoît.

– Combien ils sont ? demande ce dernier.

– Aucune idée ! Comme mon père, je pense qu'il faut se méfier, et passer le mot aux autres.

– Se méfier. Jamais arrêter de se méfier. Contre tout ce qui n'est pas acadien… ronchonne Benoît. Célestin nous a assez avertis…

– Personne n'est venu ici ? demande Gabriel, tourné vers Évangéline.

– Personne, Gabriel.

Marie-Ange, un châle sur les épaules, n'a encore rien dit, mais elle s'inquiète.

– Il est où, là, le pêcheur ? s'enquiert-elle.

– Dans la maison. Il dit qu'il veut juste l'hospitalité pour la nuit et qu'il va partir aussitôt que la clarté va se montrer. Mon père a le fusil en main, mais il n'a pas eu à s'en servir… pas avant que je parte, en tout cas…

– As-tu remarqué s'il lorgnait autour de lui… comme pour voler quelque chose ? demande Marie-Ange.

– Si vous l'aviez vu… Pas méchant, en apparence, mais il a quelque chose de louche.

– En apparence, tu dis bien, reprend Marie-Ange, tenaillée par le doute.

– Faut pas s'y fier, je sais.

– Encore moins ce printemps, précise-t-elle, taisant les mots qui se bousculent dans sa bouche.

Marie-Ange a appris à décoder les signes qu'elle reçoit dans son ventre, à mi-chemin entre son cœur et son nombril. Les uns incitent à la réjouissance, les autres, à la prudence, et certains sonnent la fatalité.

– Faut que j'aille chez mon oncle Germain, annonce Gabriel. Je devais passer là en premier, mais… finalement, je suis venu ici avant.

« Vers celle que le temps et un peu de chance pourraient te rendre très précieuse. Plus précieuse que toutes les autres Acadiennes », pense Marie-Ange.

– Merci pour tout, laisse-t-elle tomber, posant son regard sur Gabriel pour ensuite le ramener vers Évangéline.

– Oui, merci, Gabriel, d'être venu, ajoute Évangéline dans un murmure.

– Je pars chez Célestin, annonce Benoît.

– Même cachée derrière un mur de nuages, ta bonne étoile te guide, Benoît, dit Marie-Ange avec cette assurance qui dissuade de toute réplique.

– Moi, je dois aller chez mes oncles, puis chez les Blanchard aussi, ajoute Gabriel.

Dépouillée de sa réserve habituelle, Évangéline avance d'un pas vers lui et chuchote :

– Reviens, Gabriel…

Pour éviter qu'un malheur arrive à d'autres familles, les deux hommes doivent laisser derrière eux des femmes chamboulées.

En ce moment, Marie-Ange regrette d'avoir permis à des voix innommables de se frayer un chemin jusqu'à son esprit. Elle regrette de leur avoir prêté l'oreille. Non pas qu'elles l'aient dupée, au contraire. « À cause d'elles, je tremble avant tout le monde et je souffre deux fois au lieu d'une », se dit-elle en livrant une bûche d'érable aux flammes mourantes. Les faire taire. Elle sait qu'elle en a le pouvoir. Mais comment oublier tant de démarches suggérées qui se sont avérées salvatrices? Après la naissance d'Évangéline, la découverte d'une herbe des plus efficaces contre les maladies respiratoires lui a permis d'arracher des dizaines de bébés à la mort. Combien de fois a surgi cette pulsion irrésistible qui l'a conduite vers une demeure de la Grand'Prée où l'aide d'une accoucheuse devenait indispensable! En cette nuit, les signaux abondent, hétéroclites. Les uns, porteurs de mise en garde; les autres, présages de bonheur. «Gabriel n'est pas simplement venu porter un message. Le plus important ne parle ni d'Anglais, ni de dangers, ni de guerre. Il est destiné à ma fille.» La tendresse avec laquelle Gabriel vient d'envelopper le cœur d'Évangéline, l'empressement avec lequel elle s'est précipitée vers lui sans égard aux témoins, rien de tout cela n'a échappé à la clairvoyance de Marie-Ange.

Gabriel a semé l'inquiétude dans la maison des Bellefontaine, mais il n'est pas reparti sans inspirer à Évangéline le goût de se glisser dans ses couvertures pour cajoler et tenir au chaud l'embryon de bonheur qu'il a enchâssé dans son ventre. Mais Marie-Ange soupire. Trop de mots retenus dans sa gorge. Évangéline les entend sans pouvoir les traduire.

– À quoi faudrait-il s'attendre, maman?

– À ce qu'on ne soit pas au bout de nos peines... D'un autre côté, la vie se charge toujours de nous réserver une petite place douillette...

Évangéline ne peut s'empêcher de sourire. Elle restera près de sa mère tant qu'elle le souhaitera. Elle espère que sa présence, mieux que le brasier qui s'emballe dans l'âtre, chassera la froidure qui tient les bras de Marie-Ange croisés sur sa poitrine. « Ce n'est qu'un juste retour des choses », se dit-elle au souvenir du réconfort que sa mère lui a apporté depuis le décès de Félicité.

Les mots sont superflus. Son empressement à servir une tisane chaude à celle qui la devance de moins de vingt ans, à couvrir ses épaules d'un châle plus chaud, le sien, parle pour elle. L'apaisement qu'elles réussissent à se donner l'une l'autre éloigne un peu de la maison les spectres terrifiants collés aux talons de Gabriel.

– Je pense que j'arriverai à dormir, dit Marie-Ange après avoir avalé sa tisane. Et toi ?

– Oui, je le pense bien, maman.

Évangéline souffle les bougies.

Chez les Melanson, moins de vingt minutes après le départ de Gabriel, le pêcheur s'est levé d'un bond et a suffisamment baragouiné pour faire comprendre à Basile Melanson qu'il est si inquiet pour ses amis qu'il lui tarde de courir à leur recherche. Sachant Gabriel en route pour avertir tous les habitants, son père laisse partir l'étranger.

De peur d'être surveillé, Barker fait mine de prendre la route avant de revenir sur ses pas. Murray, furieux, croyant qu'il a perdu la tête, se met à sa poursuite. Quand il le rattrape, il lui crache sans ménagement colère et insultes au visage. Barker doit attendre que Murray se calme pour tenter de lui expliquer pourquoi il est sorti de la maison les mains vides.

Murray jongle un instant puis dévoile son nouveau plan : Barker entrera dans les maisons qui auront été visitées par les émissaires de Gabriel et il profitera de l'absence des hommes pour s'emparer des fusils. Les hommes sont trop méfiants. Il lui semble que les femmes, laissées seules, céderont facilement sous le poids de la peur. Barker ne lui cache pas son assentiment. Murray pose une condition : pas plus d'un échec par trois maisons. Murray veut les fusils des Acadiens et il les aura.

Certain de reconnaître le cheval de Gabriel, Murray court vers le sien, attaché à un arbre, hors de vue, et ordonne à Barker de le suivre. Les ordres du capitaine sont clairs : se tenir à proximité de la première maison que quittera Gabriel accompagné de l'homme de la maison.

– Ici, décide Murray. Vas-y, Barker !

Le faux pêcheur n'a pas à frapper trois fois avant qu'on lui ouvre. Évangéline se précipite pour ouvrir… à Gabriel, croit-elle.

– Madame… s'il vous plaît… supplie le visiteur aux vêtements dégoulinants.

Évangéline demeure stupéfaite devant une scène identique à celle que Gabriel vient de leur raconter.

– Vous êtes un des pêcheurs ? demande Évangéline.

L'homme redresse son visage, enfoui jusque-là sous le collet de son manteau.

– Oui ! oui ! dit-il en montrant les flammes qui sautent dans l'âtre.

Marie-Ange se place en face du pêcheur, le menton accusateur et les prunelles brillantes. Elle ne prononce que peu de mots, mais se fait bien comprendre en prenant le mousquet entre ses mains.

– Je ne vous donne pas plus d'une heure. Vous restez assis et vous ne bougez pas.

La voix d'Évangéline a troublé Barker. Il cherche pourquoi. Le vertige dans sa tête. Puis, tout à coup, un souvenir foudroyant. « C'est bien elle ! C'est celle que j'ai entendue venant de la barque lors de la noyade ! Mais quel mauvais sort me poursuit ? Jamais je ne me résignerai à lui voler les deux fusils accrochés juste là. Pas après ce que j'ai vu à la rivière aux Canards ! Son acharnement à vouloir réanimer la noyée, ses hurlements de désespoir… Non, je ne pourrai pas. Qu'est-ce que je fais ici, encore une fois ? Maudite vie de chien ! » Ses mains portées au-dessus du feu, ses pieds collés à l'âtre, Barker réfléchit mieux. « Je me suis peut-être trompé. Il faut que je la fasse parler encore. »

– *Thank you, Miss. Thank you very much. You're very…*

– *Okay, Sir.* J'ai compris. Séchez-vous vite.

– *I say. Excuse me. I'm starving. Would you have a piece of bread for me, please ?*

– Qu'est-ce qu'il dit ? demande Marie-Ange.

– Il a faim. Je vais le surveiller, si vous acceptez de lui donner un croûton avec un morceau de lard. Comme ça, on le menotte, chuchote Évangéline. Il n'osera pas nous faire du mal si c'était son intention…

Barker se tord d'envie de leur donner raison. De les complimenter. De les mettre en garde, même.

Murray n'entend rien, mais il voit tout de la fenêtre près de laquelle il est accroupi. Trempé jusqu'aux os, il crève de convoitise à la vue de son officier qui s'empiffre, bien au chaud. « Va-t-il passer sa nuit à manger, cet imbécile de Barker ? C'est moi qui aurais dû y aller, cette fois. Mais qu'attend-il pour prendre les mousquets ? N'y a-t-il

pas un seul de mes hommes sur qui je puisse compter ?»
L'exaspération de Murray atteint son paroxysme quand Barker tend la main aux deux femmes et sort de la maison… les mains vides.

Devant Murray qui, fou de colère, vocifère, Barker brandit son droit à un échec sur trois. Mais Alexander Murray ne considère pas l'insuccès de l'opération comme faisant partie de sa stratégie…

L'aube a précédé Benoît à la maison des Bellefontaine. Marie-Ange n'en est pas surprise. Pas plus que de s'être réveillée plus tard ce matin-là. Après le départ du faux pêcheur, elle s'est emmaillotée de quiétude et a dormi d'un sommeil profond.

Évangéline tarde à sortir du lit. Le besoin de repos l'en justifie, mais plus encore celui de ramener à sa mémoire la façon dont Gabriel murmure son prénom… la plus belle des mélodies à son oreille. De permettre à ses rêves ensevelis de renaître dans le bleu de ses yeux. De ramener à ses narines l'odeur de ses mains lui confiant sa redingote détrempée.

Marie-Ange va sans cesse du poêle à la fenêtre. Le thé, sur le point de bouillir, marque l'attente qui, ce matin, prend une longueur d'éternité. «Le temps de se rendre chez Célestin… de ratisser le village et les abords du bassin des Mines… C'est normal que Benoît ne soit pas revenu, se dit Marie-Ange pour contrer son affolement. En plus, il fait si beau. Une tragédie sous un soleil aussi flamboyant serait une offense à la nature.»

Des pas dans la chambre d'Évangéline musclent sa détermination.

– J'espérais justement qu'on déjeune ensemble, lance Marie-Ange avant même que sa fille apparaisse dans la cuisine.

– Déjà huit heures, s'exclame Évangéline venue compter les lignes blanchies par le soleil sur le cadre de la fenêtre. Papa…

– … en compagnie de notre bon Célestin, je suppose.

– Mon Dieu, mais ce n'est pas normal!

Évangéline tremble pour plus d'un homme ce matin.

∞∞∞

Au fort Edward, des soldats tremblent aussi devant la furie du capitaine Alexander Murray.

Leur affectation au vol des armes et des barques s'est soldée par un échec pour la moitié d'entre eux. Certains allèguent que, trop suspicieux, les *Neutrals* de la Grand'Prée les ont fait craindre pour leur vie. D'autres ont croulé sous les orages et se sont endormis dans le coin d'une grange ou d'une bergerie.

La mâchoire inférieure crispée et les mains plantées sur les hanches, Murray tire avantage de l'enceinte qu'il domine. Dans cette construction de briques percée de dizaines de meurtrières, l'écho amplifie sa voix, et il se plaît à croire que les cent cinquante soldats réprimandés la reçoivent comme une violente gifle. Seul le sergent Barker ose se montrer impassible.

– Toi, Barker! Je te le jure sur ma vie: le lieutenant-gouverneur Lawrence sera informé de ta piètre performance de cette nuit ! Je ne ménagerai aucun effort pour te jeter également en disgrâce auprès de John Winslow.

Barker ne bronche pas.

– Qu'il soit ton beau-frère ne m'empêchera pas de tout lui raconter... Ta lâcheté, ta paresse, tes états de fait, et même... j'en inventerai ! ajoute Murray prenant plaisir à humilier William Barker devant tous les soldats revenus porter leur récolte d'armes et de barques au fort Edward.

Barker sait qu'il n'est pas bienvenu de répliquer et que, de toute manière, ça ne lui servirait à rien.

– Tu m'as bien compris, cette fois ? Ta conduite, dans les prochaines heures, devra être exemplaire. Nous ne sommes pas dans un salon de thé, monsieur le gentleman.

Sous son masque d'impassibilité, Barker éprouve une envie irrésistible de sauter au visage de Murray. « Il va me la payer, celle-là. Qu'il ne me donne jamais l'occasion d'être seul avec lui, parce que je vais lui faire ravaler ses menaces et les lui enfoncer dans les tripes. Maudit Écossais ! »

Le capitaine Murray ne peut tolérer la moindre erreur de la part de ses soldats. Dans ses yeux apparaît aussitôt le malin plaisir qu'il prend à voir crouler sous ses ordres soldats et ennemis. Il est sans pardon devant la déroute de la nuit précédente.

– Videz tout le bassin des Mines de ses munitions, de ses mousquets et de ses barques ! Que les Acadiens qui possèdent des bateaux de commerce les conduisent devant le fort. Ne tolérez aucune résistance. Que le jeune, le vieux, la femme, le pauvre ou le riche qui tentera de se soustraire à mes ordres soit capturé sur-le-champ. Il sera considéré comme rebelle et traité en tant que tel.

Je veillerai moi-même à le juger sans complaisance. Je veux tout le butin ici avant la fin de journée.

Les yeux révulsés et des cris dans la gorge, Murray prend la tête du peloton.

– À mon commandement ! Regroupés en rangs serrés, les soldats britanniques s'avancent par les champs et par les routes.

Un vacarme sourd se fait entendre depuis les premières maisons entre Pigiquit et la Grand'Prée. Depuis la maison des Melanson. Encore habité par le tumulte de la nuit précédente, Gabriel enfourche son cheval et file en direction du hameau voisin, vite arrêté par des hurlements, des vociférations, puis une scène à couper le souffle : Daniel Cormier, le frère de Louis, et Rachel, sa mère, tirent de toutes leurs forces sur l'embarcation qu'un soldat anglais veut leur confisquer. « Au secours ! Au secours ! » entend-il. Gabriel lance Champion au galop. D'un bond, il se précipite vers le soldat. Gabriel est résolu à lui faire lâcher prise.

– Toi, tu restes là ! lui crie en anglais le soldat, pointant son arme sur lui.

– Vous n'avez pas le droit ! C'est à eux autres, cette chaloupe-là.

– Tais-toi, le sale, ou je te fais exploser la tête, croit comprendre Gabriel.

– Je vais te montrer, moi, c'est qui le sale ! rétorque Gabriel, prêt à lui enfoncer son pied dans l'abdomen.

– Non ! Non ! Gabriel ! Il va te tirer dessus ! le supplie Daniel.

L'officier braque son arme sur chacun, à tour de rôle. Gabriel se ravise.

– Laissez-la-lui, Rachel. Votre vie vaut plus qu'une chaloupe. Je vais aller prévenir les autres familles pour qu'elles aient le temps d'en cacher le plus possible, dit-il.

– Va vite ! le prie Daniel. Les bras tendus, les mains vides, Rachel pousse un long gémissement.

La tristesse, l'indignation et la soif de vengeance courbent Gabriel sur sa monture qu'il fait galoper d'une maison à l'autre en criant :

– Vos barques ! Cachez vos barques ! Les soldats de Murray s'en viennent vous les prendre !

Gabriel file chez Évangéline. Les hommes regroupés chez Célestin sont sortis aussi vite que possible de la maison en entendant la clameur qui monte de l'armée de Murray.

– Vous voyez ce que je vois ? demande Louis, pointant l'église et le presbytère cernés de rouge.

Une dizaine de cavaliers se dirigent vers eux, précédés par le capitaine Alexander Murray.

– Ce n'est pas le temps de s'éparpiller, répète Benoît.

– Même si on n'est pas nombreux, on leur tient tête quand même, êtes-vous d'accord ? demande Célestin.

À l'unanimité, les hommes décident de prendre ce risque. De leur torse bombé et de leur menton levés en signe de mépris, ils narguent les soldats armés jusqu'aux dents.

– Ne bougez plus ! leur crie le capitaine Murray, dressé sur son cheval, son fusil bien en vue.

– Qu'est-ce que tu veux, Murray ? répond Benoît.

La réplique fouette la colère de Murray qui porte sur l'Acadien un regard fulminant. Puis, se tournant vers Célestin, il lui enjoint de traduire ses ordres.

– Au nom du roi d'Angleterre et du lieutenant-gouverneur de la Nouvelle-Écosse, monsieur Charles Lawrence, vous êtes sommés de déposer tous vos mousquets et toutes vos barques immédiatement.

Aucun Acadien ne bouge. Célestin ne leur a fait aucun signe. Murray poursuit, comme si leur silence témoignait de leur soumission.

– Vous nous avez démontré ces derniers temps que vous ne savez pas quand ni comment vous en servir. Vous êtes dangereux ! Si vous ne nous les remettez pas immédiatement, vous serez traités comme des criminels.

Murray a l'impression que ses paroles sont mal traduites, tant les hommes demeurent impassibles. « Cette fois, ils vont comprendre », se dit-il. Il brandit son long fusil et ordonne à ses soldats d'en faire autant. Il livre ses derniers ordres, s'égosillant pour être sûr de son effet.

– Le droit de posséder une embarcation vous est retiré définitivement. Terminé, le commerce illégal !

Murray fait avancer doucement son cheval vers Célestin. D'une voix rauque de rage, ne s'adressant qu'à lui, il ajoute :

– Je vous avertis : les têtes que vous enflammerez tomberont l'une après l'autre.

Murray tire sur la bride de son cheval et, suivi de sa meute, le pousse vers la maison des Arsenault.

– Qu'est-ce qu'on fait ? demande Benoît en se tournant vers le groupe d'hommes. On résiste ?

– Pensez-vous qu'ils vont vraiment nous emmener en prison si on refuse de leur livrer nos biens? demande Louis Cormier.

– J'en ai bien peur. À moins qu'on réussisse à ramasser le plus de monde possible, hommes, femmes et enfants, et que personne n'obéisse aux ordres de Murray. On ne donne pas une barque, pas un fusil, suggère Célestin.

– On n'a pas une minute à perdre, lance Benoît. On se partage les maisons pendant que deux ou trois d'entre nous restent ici, au cas où…

– Vos femmes et vos enfants avant vos barques, dit Célestin.

À demi vaincus, tous se précipitent vers leur demeure, sauf Louis Cormier qui se dirige vers l'église. Étonnamment, la porte du presbytère est ouverte. Assis dans sa grosse chaise berçante de bois, le bréviaire appuyé sur un genou, le curé Chauvreulx, les yeux hagards, respire difficilement. Dans un filet de voix, il avoue avoir été assommé de menaces par Murray, qui est passé au presbytère avant de se présenter devant Célestin.

– Quel genre de menaces, monsieur le curé?

– Que notre divin Maître veuille nous en épargner, répond-il, terrorisé.

– Monsieur le curé, qu'est-ce qu'il vous a dit, Murray? C'est grave, là…

– Le capitaine a failli me piétiner avec son cheval. Il m'accuse de vous monter la tête contre eux. De vous encourager à l'insoumission.

– De quoi avez-vous peur, donc?

– Que le sang de mes fidèles coule pour…

– Il vous a trop fait peur, Murray. C'est ça qui vous fait déraisonner, monsieur le curé. Je vais aller chercher la mère d'Évangéline, elle aura sûrement quelque chose pour vous calmer.

– Ne me laisse pas tout seul, Louis, je t'en prie.

– Je reviens le plus vite possible, monsieur le curé.

À bout de souffle, Louis s'engage dans la montée des Bellefontaine. Marie-Ange, qui avait repris la lessive, se lance au-devant de lui.

– Pas un autre malheur, quand même !

– Monsieur le curé… bien mal en point.

Il cherche son souffle.

– Une crise de cœur ?

– Une grosse peur. Une trop grosse peur. Faudrait le soulager, madame Benoît.

– C'est bon. Je vais te donner quelque chose pour lui.

D'un grand panier d'herbes médicinales, Marie-Ange tire quelques racines, feuillages et autres substances, et les enveloppe précieusement.

– Va faire brûler ça dans un de ses chaudrons de fer et dis-lui de respirer profondément la fumée qui va s'en dégager. Il va s'en remettre. Va vite, Louis.

Pendant ce temps, Gabriel a fait galoper son cheval autant qu'il le pouvait. À quelques arpents de la maison des Bellefontaine, il aperçoit Évangéline, penchée au-dessus d'une grande cuve de bois. Au claquement des sabots, elle relève la tête, laisse tomber sa palette de bois dans l'eau savonneuse et fait deux pas vers la route.

– Gabriel ?

– Évangéline, où est ton canot ?

– Il faut se sauver ?

– Peut-être pas nous autres, mais il faut cacher toutes nos chaloupes en plus de nos fusils. Où l'as-tu laissé, Évangéline ?

– Derrière un taillis, près de la rivière Gaspereau.

– Dans quel bout ?

– J'y vais avec toi, Gabriel.

– Non. Tu restes ici, c'est trop dangereux. Il y a des Anglais partout. Ils sont une centaine, Évangéline. Faut que j'arrive avant eux autres.

– Attends-moi. Je vais avertir maman.

Évangéline n'a pas à se rendre jusque dans la maison pour trouver sa mère. Elle est là, sur le perron, alertée elle aussi par l'arrivée du cheval, navrée que ce ne soit pas celui de son mari.

– T'as une idée d'où sont les hommes ? demande-t-elle à Gabriel.

– Chez Célestin, près du bassin des Mines. Je leur ai crié de se dépêcher d'aller cacher leurs barques.

– Nooon ! Pas les barques !

– Ils ramassent aussi tous les fusils qu'il reste aux Mines.

– Plus rien pour se protéger ! Plus rien pour sortir d'ici ! s'écrie Évangéline, affolée.

– Murray veut nous désarmer et nous couper du reste de la presqu'île. Il faut cacher le plus de mousquets et de chaloupes possible.

– Faut se dépêcher de cacher les nôtres ! lance Évangéline.

Marie-Ange court chercher un des deux fusils cachés dans la maison et le tend à Évangéline.

– Gabriel, tu pars avec ce qui m'est le plus précieux au monde. Je t'en supplie, ramène-moi ma fille… vivante.

– Je transporterais de l'or que je ne ferais pas plus attention, madame Marie-Ange.

– Revenez avant la nuit, mes enfants. Elle risque d'être plus dangereuse que la dernière, murmure-t-elle à l'échappée.

« Mon Dieu ! Faites qu'ils aient le temps de se rendre avant que les Anglais ne les surprennent ! » Marie-Ange connaît tous les méandres de cette rivière. Elle l'a très souvent empruntée pour se rendre chez ses amis micmacs. Mais elle se ressaisit : « Jamais il ne faut laisser le désespoir nous malmener. » Marie-Ange ferme les yeux et, de tout son amour pour sa belle biche, elle s'efforce d'imaginer Évangéline et Gabriel qui font route en toute sécurité… et qui reviennent triomphants. « J'y suis parvenue. Ils y arriveront », se dit-elle, se cramponnant à l'espoir.

Évangéline et Gabriel profitent de la marée montante pour accélérer leur fuite. Les rivières de la Grand'Prée oscillent avec les gigantesques marées venues de la mer. Les battures se couvrent d'eau sur des milles. Gabriel, les deux genoux repliés, rame à grands coups silencieux, tranchant le courant inexorable dans son mouvement. Pour lui, ce jour-là met son audace à l'épreuve. Il a eu le cran d'inciter les habitants à ne rendre ni leurs armes ni leurs barques. Il a maintenant le courage de s'aventurer avec Évangéline, son canot et son arme, et de promettre de la protéger de tout danger.

Gabriel a vécu les dernières heures dans une adrénaline essoufflante. Le corps moite d'angoisse. Un bourdonnement incessant de vieilles et de nouvelles pensées. La vie d'avant... Ce qu'il en restera après... Il conclut facilement au pire, imaginant la catastrophe la plus insensée. Il se sent mal, sauf quand il peut s'activer. Sauf quand Évangéline, même perdue, même bousculée par l'effroi le regarde droit dans les yeux. Alors, le courage monte en lui. Des envies de bravoure et un mépris du danger qu'il ne se connaissait pas l'enflamment. Elle peut se tenir là, muette. Elle peut parler, rire et pleurer. Elle peut tout et le faire revivre surtout. Il se surprend à respirer plus aisément lorsqu'il se trouve près d'elle... une infinie seconde d'air pur où s'oublie la fin du monde.

Évangéline surveille. En arrière. À gauche. À droite.

– Murray est bien capable d'avoir placé des soldats le long de la rivière, dit-elle, à l'affût.

– Je n'en serais pas surpris. Il y en avait partout ce matin.

– Ils ne sont pas sans se douter qu'on va essayer de leur passer entre les pattes, croit Évangéline.

– Tant que je m'appellerai Gabriel Melanson, ils ne feront pas de nous ce qu'ils voudront. Nos ancêtres ont tenu le coup, nos enfants méritent qu'on en fasse autant, dit-il, posant sur Évangéline un regard limpide comme la Gaspereau, invincible comme le cap Blomidon, généreux comme le sol de cette Acadie dans lequel ses ancêtres se lovent depuis plus d'un siècle.

D'un coup, le chagrin et la peur abandonnent Évangéline, chassés par une assurance et une détermination qui portent le nom de Gabriel Melanson. Les battements de son cœur, dictés hier par la menace, prennent soudain le rythme de l'amour naissant.

Ses forces décuplées, Évangéline veut se porter à l'aide de l'homme qui, assis devant elle, empoigne sa rame sans la quitter des yeux.

– Cache-toi dans le fond, Évangéline, au cas où des coups de feu seraient tirés. Comme ça, dit-il, la guidant d'une main, ses longues jambes placées de chaque côté du thorax de sa protégée.

– S'il fallait que tu sois blessé, Gabriel…

– J'en guérirai… mais pas de te voir souffrir, Évangéline. Ça, jamais !

– Gabriel…

– Je l'envie, l'homme qui méritera de prendre soin d'une femme comme toi toute sa vie, murmure-t-il.

Gabriel a dit ces mots d'une voix presque éteinte, lasse comme une bougie en fin de course. Évangéline ne parle pas, mais son silence n'est pas hostile. Elle se replie, toute petite, assise au fond du canot, à l'ombre des jambes de Gabriel. Elle enlève son bonnet, le glisse dans sa poche et cache sa longue tresse dans le col de sa blouse. Elle ne dit toujours rien. Elle fixe sur Gabriel un regard si profond qu'il semble lire en lui. Le visage juste sous celui du jeune homme, elle guette ses avertissements. Les gestes précis de Gabriel, ses décisions rapides et ingénieuses lui procurent un sentiment de sécurité malgré les heures difficiles. Elle avait voulu partir avec lui. Instinctivement. Être auprès de Gabriel la rassure, l'apaise.

À chaque coup de rame, les bras de Gabriel frôlent ses épaules. Évangéline se redresse et hasarde une main timide sur sa joue. Gabriel ne dit rien non plus. Il laisse courir la main de la jeune femme, immensément reconnaissant de cette caresse. Sa joue se pose dans la paume d'Évangéline et avale sa chaleur. Un coup de vent parfumé. Aujourd'hui, Évangéline est toutes les marées du monde. Un moment étrange qui galvanise la réalité prisonnière de leur cœur.

– Avec toi, je n'ai pas peur, confie Évangéline.

– Avec toi, c'est tellement mieux…

Gabriel ne laisse qu'une main sur la rame. Il absorbe tendrement le visage offert d'Évangéline et glisse ses doigts dans ses cheveux.

– J'avais tellement envie de faire ça… avoue-t-il, intimidé.

Un long silence s'installe. Une gêne complice, en équilibre, plus près du ciel que de la mer.

– C'est ici ! Je reconnais l'arbre ! s'écrie soudain Évangéline, se dégageant doucement de l'étreinte des jambes de Gabriel.

Gabriel laisse traîner la rame derrière lui pour diriger l'embarcation.

À quelques pieds de la rive, il saute du canot, les savates et les pantalons enfoncés dans l'eau salée. Évangéline lui prête main-forte, et, ensemble, ils tirent le canot vers le renflement de terre. Pour un temps, le rivage éloigné de la Gaspereau, aux rochers parsemés d'arbustes denses, dérobera l'embarcation aux yeux des soldats anglais.

– Personne ne pourra le voir ici, le rassure Évangéline.

– Oui, tu as raison. Tu vas savoir où venir le chercher si tu en as besoin. Juste à côté de l'arbre qui tombe dans la rivière. Il a l'air d'un grand héron.

Une inquiétude sillonne son front.

– Mais c'est loin de chez toi, Évangéline.

– Pas si je reviens avec toi, Gabriel.

– Et que je te garde comme ça, bien à l'abri dans mes bras, murmure-t-il, épris.

Évangéline est soulevée par ces mots. Un grand vent d'amour lui caresse le cœur. Gabriel meurt d'envie de poser ses lèvres sur sa bouche. Il ferme les yeux et refrène, de justesse, le mouvement de son désir.

Cette brèche dans le temps projette une nouvelle lumière sur leur vie.

– Tant que je sentirai ton cœur battre contre le mien… je me battrai pour vivre, Gabriel.

Gabriel voudrait bien faire un geste, quelque chose de plus, mais le temps presse.

– Ta mère m'a demandé de te ramener… vivante. T'es belle, Évangéline.

– Tes petits yeux tout effarouchés, c'est beau aussi…

– T'as eu tellement de peine, ma belle… beaucoup trop… J'aurais tellement le goût de te faire oublier tout ça, ne serait-ce qu'un moment. Ici. Maintenant. Mais il faut partir. Les Anglais nous volent même du temps…

– Maman ne t'en voudra pas d'avoir pris un p'tit coin de mon cœur, tu sais.

À regret, Gabriel commence à marcher. Évangéline s'avance à ses côtés et rythme ses pas aux siens. Elle ne peut s'empêcher de repenser à Félicité. « Dis-moi son nom, je te promets sur la tête de mes futurs enfants que je ne le dirai à personne », l'avait-elle suppliée la veille de sa mort. « Félicité, du haut de ton ciel, écoute-moi. Je vais te le dire, aujourd'hui. Il s'appelle Gabriel. »

La brise froisse les feuilles et l'air est imprégné des odeurs de la mer. Gabriel connaît les moindres recoins des environs. À l'est, face à l'église, Évangéline et lui gravissent le chemin du moulin Melanson et contournent la terre à bois. La brunante a gagné la fin du jour et c'est dans un ombrage incertain qu'ils aperçoivent une lueur vacillante à la fenêtre de la maison des Bellefontaine.

Trop vite pour Gabriel, Évangéline est ramenée à sa mère. Marie-Ange peut reprendre son souffle… et pardonner à cette journée de lui avoir fait vivre les pires angoisses.

Chapitre 2

Le prix de la dignité

Le chapelet de belles journées apportées par le printemps s'égrène en sombres pensées pour les habitants des Mines. À la Grand'Prée, les villageois s'empressent de cacher ce qu'il leur reste d'armes et de chaloupes. Sur toutes les lèvres court le nom d'Alexander Murray.

Benoît convoque une douzaine d'hommes dans la sacristie de l'église Saint-Charles. La redoutable semonce du capitaine Murray et le déploiement de ses officiers partout dans la Grand'Prée méritent une objection notoire.

Gabriel presse le pas vers l'église. Depuis la mort de Félicité, il dort peu et mal. Les malheurs qui s'abattent sur le bassin des Mines lui volent des instants précieux, et les rêves de cette vie qu'il souhaiterait concrétiser lui glissent entre les doigts. Les menaces des autorités anglaises le chamboulent, le révoltent. Son mépris envers les Anglais n'en devient que plus intense. Il ne le cache pas aux hommes, qu'il trouve réunis autour de leur curé et de Célestin. Les manches de chemise relevées aux coudes, le foulard rouge trempé de sueur, Gabriel demande la parole à Célestin.

– Les Anglais sont venus chez nous, dans nos maisons, voler nos fusils ! Ils ont exigé qu'on leur rende nos barques. Maintenant, ils voudraient qu'on leur livre nos bateaux ! Quand un homme n'a ni fusil ni bateau, qu'est-ce qu'il peut espérer ?

Un lourd silence s'installe dans la sacristie. Les paroles de Gabriel sont d'une lucidité saisissante.

– Je sais que vous pensez comme moi. Il ne faut pas se laisser faire comme ça ! reprend-il, posant ses yeux sombres sur l'un et sur l'autre pour appuyer ses dires.

Le silence qui s'étire énerve Gabriel qui arpente la sacristie. Les boucles éparses sur ses épaules suivent la cadence de ses pas. Ses sabots résonnent sur le plancher de bois. Il poursuit :

– Il ne faut pas se comporter comme des moutons car ils s'y attendent. Faut les surprendre. Les Anglais pensent qu'on a tellement peur qu'on ne bougera pas. Bien, on va bouger ! Pas juste deux ou trois d'entre nous, mais tout le monde ; tous les hommes ensemble ! On va les faire réfléchir. De toute façon, on n'a plus rien à perdre.

Gabriel veut convaincre. Il veut fouetter le sang de ses compatriotes. Du regard, il adjure Célestin, sachant que son accord incitera les hommes à bien considérer sa proposition.

– Il faut faire une pétition pour que le capitaine Murray nous rende nos fusils et nos barques. Une pétition qu'on ira lui porter nous-mêmes.

Émile Melanson, l'oncle de Gabriel, nerveux, s'empresse d'intervenir.

– Tu dis, Gabriel, qu'en perdant nos fusils et nos barques, on a tout perdu… Mais voyons donc ! Il nous reste encore nos terres, nos bâtiments, nos animaux…

– Puis notre foi et notre langue ! s'empresse d'ajouter le curé Chauvreulx.

– En plus, reprend Émile, soucieux d'approuver son curé, ça crève les yeux que les Anglais ont peur de nous autres. C'est rien que pour ça qu'ils nous ont désarmés et qu'ils veulent nous couper des Acadiens du nord et de l'ouest en nous enlevant nos barques.

Émile ne partage pas l'opinion de Gabriel et craint son initiative qu'il juge dangereuse. Narguer sans fusils des adversaires armés lui semble un risque qui pourrait leur coûter la vie. Il recommande plutôt de faire des compromis, de ne rien provoquer.

Quelques hommes font les cent pas dans la sacristie ; d'autres, collés à leur chaise, tête baissée, réfléchissent. Émile, Gabriel et le curé ont été les premiers à prendre la parole ; les autres attendent que le grand sage donne son opinion pour en inspirer leur décision. Le vieux Abraham Landry, le bonnet sur les genoux, reste assis à l'ombre d'une immuable fougère. Si les bribes de la conversation ne se sont pas rendues jusqu'à ses oreilles, pas un geste n'a échappé à son regard.

Célestin aussi a écouté attentivement le discours de Gabriel et les considérations d'Émile. Les conseils que mendient auprès de lui les hommes de la Grand'Prée l'accablent d'une responsabilité de plus en plus éprouvante.

À soixante-quinze ans, sa vitalité n'est plus celle de sa jeunesse et les événements des dernières semaines le tourmentent. Les bras appuyés sur les accoudoirs du fauteuil, il arrête son regard sur son vieil ami Abraham Landry. « Le temps serait-il venu de laisser des jeunes comme Gabriel, Louis Cormier, Batis Arsenault et certains autres du village agir à leur manière ? », se demande-t-il. Abraham semble se poser la même question. Il sort sa pipe de bois du fond de sa poche, la bourre délicatement de tabac, puis laisse tomber, comme une réflexion longuement mûrie :

– Penser à d'autres moyens de se faire respecter, ce ne serait peut-être pas mauvais…

Charles Béliveau n'attendait que cette ouverture pour exprimer son opinion.

– Ils ont agi comme des lâches en se faisant passer pour des pêcheurs. On ne va pas fermer les yeux là-dessus ! On ne va pas faire semblant qu'on n'a rien vu !

– Du côté des Acadiens, c'est arrivé aussi qu'on utilise cette ruse-là, soulève Benoît. Vous vous souvenez, il y a cinq ans, quand notre commandant Boishébert déguisé en pêcheur a parcouru toute la Nouvelle-Écosse pour mesurer notre degré de loyauté envers la France ? Sauf que lui, il n'a rien volé à personne.

– Justement, Benoît, approuve Laurent Blanchard. Je vous ferai remarquer que ce n'est pas seulement nos fusils et nos barques qu'ils nous ont enlevés, les Anglais. C'est notre paix. Mes filles et ma femme ne veulent même plus sortir de la maison. Y a plus personne qui dort comme du monde chez nous. C'est pas une vie, ça.

Le curé Chauvreulx déplore que la discussion soit davantage inspirée par l'animosité que par la charité chrétienne. « Une escalade d'agressivité risque de se produire… », pense-t-il, croyant de son devoir de pasteur d'intervenir.

– Vous avez le droit de vous défendre, mais avec des moyens pacifiques, comme tout bon chrétien doit le faire.

– Des moyens pacifiques ? pour faire comprendre aux Anglais qu'on a droit au respect et à la liberté ? Je n'y crois pas, rétorque Gabriel. En plus, on leur donnerait l'impression d'avoir quelque chose à se faire pardonner. Je m'excuse, monsieur le curé, mais je pense que ce temps-là est passé. Ils sont rendus trop loin dans leur sauvagerie, les Anglais.

Célestin sent qu'il est temps de faire la part des choses.

– Écoutez-moi, mes amis. Essayons d'être plus rusés que les Anglais. En mettant sur papier que nous n'avons pas l'intention de partir en guerre s'ils nous laissent tranquilles, je pense qu'ils n'auront pas d'autre choix que de nous rendre notre butin.

Benoît et d'autres lui donnent raison. L'homme d'église profite de ce moment d'accalmie pour reprendre la parole.

– Messieurs, Émile aussi a eu cette idée d'envoyer une lettre… Je pense qu'il a trouvé les mots pour toucher les autorités britanniques. Des mots remplis de sagesse. Il faut éviter la provocation. Elle n'est pas inspirée par l'Esprit Saint.

Le curé Chauvreulx porte sur chaque homme présent un regard qui se veut persuasif. Presque toutes les têtes s'inclinent. Il s'empresse de profiter de l'émotion créée.

– Émile, lis donc à tout le monde le texte que tu m'as montré ce matin. Messieurs, écoutons-le avec notre cœur.

Émile sort un papier de sa poche. Ses mains tremblent, sa voix aussi.

Capitaine Murray, monsieur le lieutenant-gouverneur Lawrence,

Nous ne comprenons pas que, depuis la nuit du 8 juin, vous nous traitiez comme des sujets qu'il faut punir. Punir de quoi ? Bien loin de ne pas honorer le serment que nous avons prêté, nous l'avons au contraire maintenu en son entier, malgré les sollicitations d'une autre puissance. Nous sommes aujourd'hui, messieurs, dans les mêmes dispositions, les plus pures et les plus sincères, de prouver notre loyauté à Sa Majesté George II. Comme par le passé, nous continuons de souhaiter la paix. Nous pensons que vous avez mal perçu nos intentions.

Nous avons besoin de nos armes pour protéger nos femmes et nos enfants en cas de danger, et pour défendre nos bestiaux qui sont souvent attaqués par des bêtes sauvages. Nous avons besoin de nos embarcations pour rapporter à manger à nos familles.

– Je ne peux pas croire qu'on envoie une lettre comme ça à Murray, grince Gabriel.

Plus de la moitié des regards fuient celui du curé Chauvreulx. Les autres ne se cachent pas pour désapprouver le texte d'Émile, une lettre d'enfant soumis, plutôt qu'une pétition signée par des hommes d'honneur.

Le curé Chauvreulx reçoit le message en plein cœur. Il tente d'opter pour un ton conciliant, mais sa voix trahit son dépit.

– Je vois. Plusieurs ont déjà fait leur choix. Un choix qui pourrait vous attirer de grands malheurs... que vous pourriez regretter toute votre vie.

– Je n'ai rien dans mes poches, répète Gabriel. Rien pour me défendre. Rien pour partir. En plus, n'importe quel soldat anglais peut m'envoyer une balle dans le front avec un de mes fusils!

Les fenêtres fermées de la sacristie emprisonnent la chaleur accablante. Les hommes grimacent en enfonçant les mains dans leurs poches. Célestin, décidé à intervenir, se lève péniblement de son fauteuil. L'assemblée semble prête à entendre les conseils de son sage. Il fait quelques pas au milieu de la sacristie et vient prendre place à côté de Gabriel qui, malgré les avertissements du curé, ne change pas d'avis.

– Mon jeune, on a écouté ce que tu avais à dire et je vois bien que tu n'es pas le seul à penser de même. Mais il y a aussi des hommes qui penchent plutôt du côté d'Émile.

– Je sais. Mais si on envoie la lettre d'Émile comme ça, on va faire rire de nous autres!

– Peut-être, peut-être. Mais n'oublie pas que si on choisit la pétition, c'est l'avenir de tous les habitants des Mines qui est en jeu. Faut bien réfléchir. Des vieux comme Abraham et moi, ça veut laisser un bel héritage à leurs enfants. Que toi, mon Gabriel, tu rêves d'un bel avenir... je comprends ça. Tenir compte de tout le monde, ce n'est pas facile, tu sais. Abraham et moi, on va sortir un peu. L'air pur remet les idées en place.

Le sage de la Grand'Prée, tenant son ami Abraham par le bras, descend le petit escalier extérieur de la sacristie. Abraham Landry retient un sourire qui agace Célestin.

– Veux-tu bien me dire pourquoi tu souris comme ça ? Y a rien de drôle dans notre monde ce matin.

– C'est curieux de voir comment la vie fait les choses, des fois, réfléchit à haute voix Abraham.

– Qu'est-ce que tu veux dire ?

– Les opinions les plus opposées viennent souvent de gens qui se ressemblent…

– Parle donc pour que je te comprenne !

L'amitié qui lie depuis si longtemps ces deux hommes supporte facilement la franchise.

– Gabriel Melanson… Il me fait tellement penser à toi quand tu étais plus jeune.

– Qu'est-ce que tu vas chercher là, toi ?

– Tu as toujours été le premier à penser qu'il fallait voir plus loin que le bout du village. Qu'il fallait se tenir la colonne droite si on ne voulait pas se faire manger la laine sur le dos.

– Abraham, les lettres, que ce soit une pétition ou une requête, ne pourront jamais régler les affaires entre les Acadiens et les Anglais. Ils n'arrêtent pas d'en écrire, eux autres, puis regarde où on en est… à zéro.

– Bien juste. Mais nous, on n'en a jamais écrit comme celle qu'on enverrait à Murray. Ça ne leur traverse même pas l'esprit qu'on pourrait aussi jouer ce jeu-là.

– Je peux bien te le dire, à toi… Si je m'écoutais et si je n'étais pas si vieux, c'est moi qui irais voir Murray au fort Edward pour lui régler son compte…

– C'est en plein ce que Gabriel a dit ce matin. Mais ça prend pas juste une personne qui dirait sa façon de penser à Murray, c'est pas assez. Il faut que tous les hommes du village se déplacent… et signent la pétition.

– Je ne sais vraiment pas quoi leur conseiller, Abraham. Quand on est vieux, comme tu disais, nos yeux finissent par en voir trop.

– Célestin, t'as toujours été capable de voir dans les hommes, y a pas de raison pour que ça change ce matin.

– Je te le dis…, râle le vieil homme.

– Voyons, Célestin… Célestin, qu'est-ce que t'as ?

Prenant appui sur un saule, Célestin tente de retrouver une respiration normale. Une douleur le poignarde au milieu du dos et enserre son ventre comme un étau.

– Hum… c'est correct…

– Je ne suis pas sûr de ça, moi. T'es blanc comme un drap.

– Je te dis que je suis correct. C'est juste qu'il fait trop chaud dehors. Viens, on va retourner dans la sacristie.

Gabriel, appuyé sur le coin d'une petite table, tente de mettre de l'ordre dans ses pensées pendant que les hommes vont au-devant de Célestin, impatients de l'entendre.

– Bon… on n'a pas tellement de temps pour la jasette, tranche Célestin en réprimant le mal qui lui serre la poitrine. On va l'envoyer cette pétition-là. Gabriel, qu'est-ce qui devrait être dit de plus que dans la lettre d'Émile ?

Trouve le moyen de nous écrire ça pour que tout le monde soit d'accord.

– Il faut qu'ils nous redonnent le droit de transporter de la nourriture par bateau, et qu'ils nous rendent les fusils et les barques qui nous appartiennent. Le droit à la propriété nous est acquis et il n'a jamais été question d'y renoncer. On leur demande aussi de revoir le serment d'allégeance qu'ils nous ont fait signer. Ils verront bien que nous avons raison.

Benoît se frotte les mains de satisfaction.

– Le capitaine Murray et le lieutenant-gouverneur Lawrence vont ravaler leur mépris, dit-il. Lequel des deux, déjà, a dit que toute l'ambition des Acadiens tenait dans un dé à coudre ?

– Peu importe ! Il a bien menti ! s'exclame Antoine.

Le sentiment de faire un geste noble et digne délie les langues. La lettre que Gabriel a modifiée se promène de main en main ; la relire et la toucher nourrit le courage des habitants, enflammés par le défi que ce bout de papier représente.

Célestin réussit à lever un bras tremblant pour obtenir le silence et annonce :

– C'est le temps de voter. Ceux qui sont d'accord pour qu'on ajoute les phrases de Gabriel à la pétition, levez la main.

Célestin maintient son bras levé. À son vote s'ajoutent ceux de Gabriel, Basile, Louis, Benoît, Antoine, Abraham, Camille, Laurent et Charles.

– Ceux qui préfèrent le texte d'Émile, levez la main.

Les mains d'Émile Melanson, du curé Chauvreulx et de Batis Arsenault témoignent de leur position. Gabriel n'est pas surpris de l'opposition de Batis. Il doute même de ses motifs réels. « On se guette comme chien et chat depuis la cour d'école », pense-t-il.

Louis Cormier n'est pas le seul à s'étonner de voir la main du curé… levée.

– Un prêtre ne devrait pas avoir le droit de voter. Il n'a ni famille, ni fusil, ni barque, fait remarquer Louis Cormier.

Offusqué, Jean-Baptiste Chauvreulx demande la parole. Elle lui est refusée. Benoît, reprenant les propos de Louis avec plus de calme, tente de les justifier.

– Monsieur le curé, c'est vrai, ce sont nos affaires, à nous. Ce sont les noms de ceux qui possèdent des terres et des biens qui doivent apparaître sur ce papier-là.

Le dos courbé, soumis, Jean-Baptiste Chauvreulx sort de la sacristie d'un pas pesant et va s'agenouiller devant le tabernacle. « Je me suis échiné à calmer les esprits, à rassembler autour de Vous, mon Dieu, les cœurs meurtris de mes fidèles. J'ai peut-être fait des erreurs, mais c'est tout de même vers moi, leur curé, que ces hommes devraient se tourner ce matin. Me demander mon opinion, suivre mes conseils. Leur curé n'est-il pas la lumière dans l'obscurité ? N'est-il pas imprégné de Vos desseins pour leur salut ? » confie-t-il à Dieu.

Charles Béliveau, le cousin de Gabriel, se réjouit plus que tout autre des changements apportés à la pétition. Le ton, plus viril, plaît à ce capitaine et fabricant de voiliers qui a une dent contre un maître de vaisseau anglais.

– Je suis un de ceux qui ne seront pas fâchés de leur faire ravaler leur mépris. Quand je pense qu'au mois d'avril passé… Benoît, te souviens-tu du *Pembroke*? le vaisseau anglais d'une cinquantaine de tonneaux qui est arrivé à la Grand'Prée, le mât cassé par la tempête? Le capitaine a su que j'étais charpentier et que je connaissais les bateaux. Il m'a demandé de changer le mât pour un neuf. Jusque-là, pas de problème, mais il me crie de faire ça au plus vite, de tasser tout mon ouvrage pour régler son problème. On s'est engueulés un peu et j'ai fini par m'attaquer à la réparation de son voilier. J'y ai travaillé jour et nuit. Quand est venu le temps de payer, il a refusé, l'effronté!

– Pour quelle raison? demande Gabriel.

– Il m'a dit en pleine face, et en riant, que c'était pour nous, les Acadiens, qu'il le faisait réparer, ce vaisseau-là.

– Qu'est-ce qu'il voulait dire? demande Benoît.

– Aucune idée! Mais je peux te dire qu'il a payé quand il m'a vu prendre ma hache et menacer d'abattre le mât que je venais d'installer.

– C'est bien toi, ça, Béliveau! dit Gabriel, pas peu fier de son cousin.

– Et voir si on a besoin de leurs bateaux! dit Antoine.

– C'est eux qui ont l'air d'avoir besoin des nôtres, ironise Abraham.

Les éclats de rire fusent dans la sacristie, pour la première fois de la matinée.

– Vous comprenez maintenant pourquoi ça me fait tant plaisir de la signer, cette pétition-là. Passe-moi la feuille, Benoît.

La signature saccadée de Charles Béliveau est suivie de neuf autres.

– Il ne reste plus qu'à en faire d'autres et aller demander aux hommes du village de signer le plus vite possible, dit Célestin. Louis, tu fais l'est de la Grand'Prée ; Gabriel, l'ouest ; Antoine, le sud et Abraham et moi, le nord. Demain matin, on se retrouve ici avec nos feuilles et on les envoie porter au fort Edward.

– Bon… j'ai du travail qui m'attend, dit Émile Melanson. Faut aller finir la tonte chez Boudrot. C'est toujours à nous, ces moutons-là.

Troublés par la décision qu'ils viennent de prendre, les hommes ne s'aperçoivent pas tout de suite qu'Émile est déjà sorti de la sacristie.

– Émile ! Attends ! Ta signature, lui rappelle Gabriel. Émile revient sur ses pas et griffonne son nom à la hâte.

– Bon ! On a onze signatures ! Maintenant, les gars, allez nous chercher celles de tous les hommes de la Grand'Prée, insiste Célestin.

– Mais qui va aller porter la pétition à Murray ? demande Gabriel, préoccupé.

– Je vais demander à Michel Longuépée. Il est comme son cheval : rusé, endurant et courageux. En plus, il n'a ni femme ni enfants.

– C'est dangereux ? questionne Gabriel.

– Vaut mieux être bien prudent.

L'inquiétude de Gabriel sur le danger que représente cette mission au fort Edward n'est pas étrangère aux sentiments qu'il éprouve depuis quelques semaines pour Évangéline.

Les hommes se séparent d'un geste de la main, pressés de retourner à leurs occupations quotidiennes. Les chevaux, attachés à la rangée d'arbres longeant le côté de l'église trépignent sous un plafond de nuages traînés par le vent du sud. Les naseaux grands ouverts, les bêtes ont eu soif, malgré l'ombre projetée par les grands saules.

D'un pas alerte, Gabriel file sur la longue allée s'étendant de l'église au chemin et bifurque vers l'orée d'un bosquet. Enfin, dans le silence et à l'abri de tout regard, assis en tailleur, il fixe le cap Blomidon pour mieux réfléchir. Il est fier d'avoir pris la parole devant les hommes les plus avisés de son village. Mais il mesure le poids de ses convictions… et leurs possibles conséquences sur lui-même et sur ceux qu'il aime. Persuadé toutefois d'avoir encouragé le bon geste, il laisse dériver ses pensées vers Évangéline. La belle Éva… Ses grands yeux bruns souriants, une immensité où les rêves les plus fous trouvent leur espace. Comment savoir si, lui, Gabriel Melanson crée chez Évangéline Bellefontaine la fascination, l'admiration, la fougue qu'elle suscite en lui ? « Si je pouvais être sûr qu'elle m'aime un peu, au moins. Comment savoir ? » se demande-t-il, quand il est soudainement tiré par la manche de sa chemise.

– Eille ! Melanson, tu m'entends ?

– Louis ? Qu'est-ce que tu fais ici ?

– Je voulais te parler… de ce qui s'est passé ce matin. Mais où est-ce que t'étais rendu ? T'avais l'air bien loin…

– T'as connu ça, toi aussi…

– Qu'est-ce que tu veux dire ?

– Oublie ça, Louis ! Qu'est-ce que tu penses de la pé…

– Attends. Attends un peu, toi. T'es en amour, je gage ! Ah, ben ! Gabriel Melanson, en amour !

– L'amour, l'amour… faut être deux. Je ne sais même pas si je l'intéresse.

– Depuis le temps que tu fais le difficile… ne me dis pas qu'il y en a une qui te dérange ! Je veux savoir son nom. C'est qui ?

– Louis, je me sens mal à l'aise de jaser de ça avec toi.

– Toi, Gabriel Melanson, gêné avec moi ? Je ne te crois pas.

– Il me semble que de parler de ces affaires-là avec toi, ça risque de te faire mal.

– Gabriel ! N'importe quoi me fait penser à Félicité, si c'est ça que tu veux dire. Parle donc.

– Évangéline Bellefontaine.

– Hum.

– Quoi, hum ?

– Je m'en doutais. Ça pouvait juste être elle.

– Comment ça ?

– Écoute ! Une femme aussi bien de sa personne… plus instruite que la plupart des filles de la Grand'Prée… Une belle créature qui parle pas beaucoup, mais qui le fait avec aplomb. Qui n'a pas froid aux yeux. Qui n'a peur de rien, on dirait. En plus, tu la connais depuis la petite école.

– Oui, mais c'est pas pareil, là… Elle est encore plus belle que dans ce temps-là. Elle n'est vraiment pas comme les autres, dit Gabriel en mordillant une brindille de foin.

– Je le sais bien. T'as besoin de te dépêcher ! T'es pas le seul à la vouloir, cette fille-là. Batis la suit comme un chien de poche.

– Je le sais, Louis, je vois clair : si je pouvais donc… Tout à coup que je me serais fait des accroires…

– Tu vas commencer par aller lui parler, sans rien précipiter. N'oublie pas de toujours guetter ses yeux. Elle est là, la réponse que tu cherches, mon ami.

– Tu dois le savoir mieux que moi. Louis, j'ai l'air d'un fou ! Je suis capable de parler devant les hommes et leur dire ce que je pense, mais devant elle… c'est bien simple, je deviens tout mou.

Louis éclate d'un grand rire franc et envoie une tape sur l'épaule de Gabriel.

– C'est bien ça, le grand : t'es en amour ! Moi aussi, avec Félicité, c'était de même. Je te le dis, regarde dans ses yeux. Ils vont te dire la vérité. Moi, je pense qu'Évangéline t'a remarqué…

Gabriel pose sur lui de grands yeux… exaltés.

∞∞∞

Pendant que les hommes discutent dans la sacristie, chez les Bellefontaine, les deux femmes scrutent l'avenir.

Le vent qui a rugi toute la nuit est tombé. La lumière blanche du matin court sur l'onde des prés et s'infiltre par toutes les fenêtres. En d'autres temps, Évangéline et Marie-Ange se délecteraient de cette douceur matinale.

Les progrès d'Évangéline, depuis la tonte des moutons, ravivent l'espoir de Marie-Ange. Elle a recommencé à sourire et à savourer les petites joies du quotidien.

– Maman, vous ne mangez pas ? Vous êtes inquiète pour papa ?

– Un peu, oui. Depuis quelques jours, si on se nourrissait d'inquiétudes, on n'aurait jamais faim.

– Je suis surprise de vous entendre parler comme ça, maman. Vous qui n'avez jamais courbé l'échine…

– La garder droite… je voudrais bien, mais je me demande si j'y arriverai…

– Ça me fait de la peine de vous voir comme ça, maman.

– C'est si difficile de se débarrasser des idées noires qu'il ne faudrait jamais les laisser entrer dans notre tête, confie Marie-Ange.

Les deux femmes partagent un autre instant de silence.

– À bien y penser, maman, il nous reste de bien belles choses à vivre… Moi, en tout cas, j'ai décidé de ne pas attendre des semaines pour aller reprendre mon canot.

– Oui, les belles choses, tu as raison de ne pas les faire attendre, approuve Marie-Ange.

– Félicité n'aurait pas attendu, elle ! Elle aurait amené Louis chez le curé dès le lendemain de la grande demande si elle s'était écoutée.

– Elle vous protège de là-haut, Louis et toi… pour le reste de votre vie.

– Pensez-vous ? Elle qui aurait tant aimé qu'on se marie le même jour. Ça doit être elle qui met du beau monde sur mon chemin.

– Tu parles de Gabriel Melanson ? Il est bien courageux, de ce temps-là, le grand Gabriel.

– Oh oui ! En plus de trimer fort à la meunerie, il se démène pour convaincre les hommes de résister aux Anglais. J'ai tellement aimé qu'il prenne le temps de venir avec moi cacher mon canot. Je le trouve bien brave et… solide.

– S'il est comme son père…

– Il est bien mieux encore ! interrompt Évangéline. Il parle bien comme ça se peut pas et ses yeux deviennent tout petits quand il sourit parce que… parce que son sourire prend tout son visage. Ses mains sont grandes ! Quand il rame, je vous jure que l'eau se tasse.

– Il a de bien belles qualités, ce gars-là ! admet Marie-Ange, l'œil espiègle.

– Il prend soin de nous comme si on était sa famille.

– Ma belle biche, quand un homme est aussi empressé d'aider une fille, c'est parce que le bonheur est en train de passer par là… Bon ! Faut que je profite du beau temps pour aller chercher des herbes chez nos amis micmacs.

– Et moi, je reprends mon tricot en attendant le retour des hommes…

« Des hommes ! Elle a bien dit… des hommes ! Je ne m'étais pas trompée, donc ! Gabriel est là, dans son cœur. Il est arrivé juste à temps dans la vie de ma fille. Il a été plus fort que tout le reste », constate Marie-Ange, sentant poindre un peu de cette légèreté qui l'a abandonnée depuis des mois.

Évangéline regarde sa mère s'éloigner dans sa longue robe de lin bleu, un panier au bras, sa capeline semblant valser au rythme de ses pas. La démarche alerte de Marie-Ange lui rappelle que cette femme n'a que quarante et un ans. « Pourquoi suis-je portée à oublier l'âge de maman ? Il est vrai que si je mettais bout à bout toutes les vies qu'elle a sauvées avec ses mains de guérisseuse, elle aurait bien des fois cent ans! Sans compter tous les gens qu'elle a aidés et sortis de leur misère ou du désespoir. Je pense même que je suis de ceux-là», se dit Évangéline.

Sur le point de reprendre un tricot inachevé, elle se ravise. Elle se rend à sa chambre et, pour la première fois depuis les funérailles de Félicité, elle retire lentement la robe de mariée de son amie du coffre d'érable. Il reste une manche à coudre, la longueur à ajuster, les pièces du jupon à assembler et à attacher à la taille de la robe. Les rubans de dentelle, qu'elle était allée chercher chez la tante Germaine, sont restés dans sa besace de jute, accrochée derrière la porte de sa chambre.

Évangéline y plonge sa main… timidement, avec de petits mouvements entravés par une appréhension diffuse. Elle sent au bout de ses doigts la petite boîte de métal dans laquelle la tante Germaine avait pris la précaution de ranger les rubans et l'agrippe.

Assise sur le bord du lit, la robe de Félicité étendue devant elle, Évangéline déroule la dentelle qu'elle juxtapose au col et au rebord des manches pour admirer l'effet avant de la coudre. «Tu aurais été si belle dans cette robe, ma douce Félicité! Aujourd'hui, tu mérites que je la termine. Pendant que je fais ça, toi, tu protèges maman puis nos hommes. Tu sais qu'on vit des temps difficiles… à cause des Anglais. Penses-tu, Félicité, que ça met des chances de mon côté si je travaille sur une robe de mariée? Je sais que je te demande bien des affaires, mais est-ce que ce serait encore trop exiger que tu me fasses un signe?»

Évangéline joint les mains sur sa poitrine et presse la robe sur son cœur. Sa complicité avec Félicité se réinstalle.

«Pour célébrer notre amitié, je vais la terminer, ta robe, ma belle amie. Pour le 12 août, comme tu le voulais», lui promet-elle.

Comme s'il était indécent d'exposer cette robe au regard des autres, Évangéline se sent obligée de demeurer dans sa chambre pour faire ce travail. Mais le manque de lumière la ramène à la table de la cuisine; il lui reste à attacher la manche au corsage et à terminer la couture du jupon. À bien y penser, si quelqu'un arrive, elle aura le temps de tout rapporter dans sa chambre. Marie-Ange ne sera de retour qu'en milieu d'après-midi et Benoît passe toujours jeter un coup d'œil à ses bâtiments avant d'entrer. L'idée de retourner s'asseoir sur la catalogne près du grand saule lui traverse l'esprit. «Je n'en ai pas la force, pas maintenant. J'ai encore trop de peine. Et je n'aime pas me retrouver seule dehors par les temps qui courent.»

Évangéline va d'une fenêtre à l'autre. Personne à l'horizon. Que les brebis qui broutent nonchalamment.

«J'aimerais donc leur ressembler! Elles sont si calmes! D'un autre côté, je ne serais pas du tempérament à me laisser tondre la laine sur le dos, se dit-elle. Ça me fait penser... Toi, Félicité Blanchard, ma friande de secrets, je suis certaine que tu as entendu tout ce que j'ai dit à ma mère au sujet de Gabriel! Je te vois frétiller, et je t'entends me presser de parler. Oui. Tu te rappelles comme tu aurais aimé qu'on soit amoureuses toutes les deux en même temps? Tu pensais même que je cachais quelque chose à tout le monde. Mais je te l'ai dit et c'était vrai: pas un Acadien ne m'intéressait vraiment comme futur mari. Mais, depuis quelques jours, ce n'est plus pareil. C'est drôle, en plus, que ce soit le meilleur ami de ton beau Louis… ma tannante… Aïe! je suis en train de me piquer. Je devrais être plus à mon affaire. Eh! que tu dois rire là! C'est moi qui te disais d'arrêter de parler, et de coudre… et je fais pareil. C'est donc de ça qu'on a l'air quand on est en amour!… Je ne sais pas si tu as pu voir Gabriel, mais il a été tellement fin avec ton fiancé. Si Louis ne l'avait pas eu, je pense qu'il ne serait plus de ce monde lui non plus. Puis avec moi, donc! L'as-tu vu? As-tu entendu ce qu'il m'a dit en sortant du cimetière? Un homme de même dans ma vie… Oui, j'aimerais ça. Mais tu me connais! La peur de m'inventer des histoires, je l'ai collée à mes semelles. J'ai vite ramassé mon petit espoir, je l'ai emmailloté et je l'ai caché dans le fond de mon canot. Bien, crois-le ou non – je sais que tu vas le croire si tu es encore aussi superstitieuse –, c'est là, dans mon canot que je voulais cacher aux Anglais que mes espoirs sont revenus! Plus grands qu'avant. Tu as compris ce qu'il m'a dit, le beau Melanson: "Je l'envie, l'homme qui méritera de prendre soin d'une femme comme toi toute sa vie." En plus, il m'a prise dans ses bras pour m'aider à descendre du canot. Pas comme un étranger. Pas comme mon père, non plus. Comme un homme qui… Oh! Félicité! je suis en train de croire que je pourrais l'aimer. Toi comme moi, on n'avait jamais eu l'occasion de le connaître vraiment. À l'école, tu t'en souviens? Ses travaux étaient toujours finis avant les autres, et il se dépêchait d'aller rendre service aux religieuses ou à d'autres élèves moins talentueux. Quand on revenait de la récréation, il était tout trempé tellement il avait joué. Qu'il en a rentré, des cordes de bois, dans le bas-côté du couvent! Qu'il en a apprêté, des poissons, pour le souper des religieuses! On aurait pu se douter qu'il avait du cran et qu'il ne parlait jamais pour ne rien dire. Qu'il avait le cœur sur la main. Une belle grande main charnue avec de grands doigts vigoureux. Je les vois encore sur les rames: de la force à revendre. À la tonte des moutons aussi, il a été fin… Il m'a souri plusieurs fois. Oh… Félicité, je pense que je suis en train de me mettre à l'aimer, ce Gabriel Melanson.»

Évangéline éclate de rire en constatant qu'elle travaille deux fois moins vite en se confiant à son amie. «C'est bien un autre signe que je suis sur le point de me laisser gagner par Gabriel Melanson… si jamais c'est encore son intention!»

La manche manquante est maintenant cousue à l'épaule. Évangéline étale la robe sur la table et admire le résultat avant de s'attaquer au jupon.

Le hennissement d'un cheval la fait sursauter. Évangéline court attraper un des mousquets cachés sous sa paillasse.

– C'est moi, Évangéline. Ouvre-moi.

Évangéline reçoit la voix en plein cœur et se précipite dehors.

– Gabriel!

Son nom, prononcé par Évangéline, est aussi beau, aussi doux que le gazouillis d'une source. Gabriel encercle la taille d'Évangéline, la garde tout contre lui, tenté de couvrir sa nuque de baisers. Mais il se ravise. Il ne veut pas brûler les étapes.

– Tu es toute seule ici? demande-t-il, inquiet.

– Oui, mais j'ai mon fusil ! répond-elle avant de se dégager doucement de l'étreinte de Gabriel et de replacer son arme sous la paillasse.

Gabriel lui sourit.

– Ton père n'est pas revenu de sa tournée ?

– Il est bien trop de bonne heure…

L'inconfort les bâillonne. Gabriel se sent gauche. Il se contenterait de la regarder…

– Il faut qu'on trouve un moyen de ne plus se faire peur l'un l'autre, trouve-t-il à dire.

– Un moyen… comme un sifflement particulier, suggère-t-elle, l'émotion à fleur de peau.

– Si tu veux, en attendant de trouver mieux…

Évangéline croit deviner son intention, mais elle la noie de doutes. Ce serait trop tôt. Trop fort. Trop beau.

– Comme celui de la sturnelle des prés ! s'écrie-t-elle, éprise autant du chant que de la beauté de cet oiseau au dos brun rayé et au ventre d'un jaune éclatant paré d'un V noir.

– Oui. Ti-ou-ti-ti-yu. Comme ça, dit Gabriel en s'exécutant. À ton tour, maintenant.

– Ti-ou-ti-ti-yu. Ti-ou-ti-ti-yu.

– On dirait une vraie sturnelle ! s'exclame Gabriel.

– Je vais essayer de m'améliorer… quand tu seras loin d'ici, lui promet-elle.

– Pas nécessaire, Évangéline. Je te reconnaîtrai sans ça…, lui dit Gabriel, le sourire aux lèvres, tentant de retrouver ses esprits. Bon, faudrait que je voie si ton père a récolté plus de signatures que moi…

– Tu es déçu ?

– Bien déçu. Et c'est de ma faute, confie-t-il, balayant d'un regard gris la feuille qu'il a sortie de sa poche.

– Comment ça, de ta faute ?

– Oui. À cause des dernières lignes.

– Montre-moi ton papier, demande Évangéline.

– À partir d'ici, dit-il en pointant la feuille du doigt.

Son bras tout contre le sien, Évangéline lit à haute voix :

De plus, ces fusils et ces embarcations nous appartiennent. Le droit à la propriété nous est acquis et il n'a jamais été question d'y renoncer. Relisez le serment d'allégeance que vous nous avez fait signer et vous verrez que nous avons raison.

Son bras effleurant toujours celui de Gabriel, Évangéline dit :

– Je veux la signer, cette requête ! Je serai probablement la seule femme à le faire, mais je le ferai, affirme-t-elle. Il y a un début à tout !

– Mais ça ne se fait pas, Évangéline ! Tu ne… Je ne peux pas te laisser faire ça ! Tu courrais un trop grand risque.

– Pas plus que toi, Gabriel.

– Un homme sait mieux se défendre. Voir si je laisserais une femme se mettre en danger de même. Surtout pas toi, Évangéline.

– On a besoin de tous les hommes et de toutes les femmes. Moi, je veux mon nom à côté du tien.

En retournant vers la table pour apposer sa signature sous celle de Gabriel, Évangéline est saisie, paralysée. Elle avait oublié que la robe de Félicité y était tout étalée.

Elle décèle dans le regard de Gabriel de l'étonnement, des questions, de l'émoi.

– J'ai pensé que ce serait une bonne idée de finir de la coudre, cette robe-là, murmure-t-elle. Et puis, ça me fait du bien…

Gabriel est médusé. La timidité d'Évangéline couvre sa peau de frissons. Un doux mélange de force et de fragilité qui le séduit…

– Tu penses qu'elle pourrait servir un jour ? ose-t-il, voilant à peine le désir qui enflamme ses grands yeux.

– Félicité le mérite…

– Personne d'autre ?

– C'était la sienne…

– Oui, ça devait être la sienne, riposte Gabriel, la gorge et les lèvres en feu.

La voix de Benoît maîtrisant son cheval devant la maison vient écorcher les douces secondes suspendues entre Évangéline et Gabriel. Des pas martèlent d'abord le gravier, les marches, puis le perron.

– J'ai cru reconnaître Champion, Gabriel. Puis, ta quête de signatures ? lui demande-t-il alors qu'Évangéline s'empresse de débarrasser la table et d'aller tout cacher dans sa chambre. La mine abattue, Gabriel avoue que bien peu d'habitants sollicités ont accepté de signer.

– Même chose pour moi. Tout le monde veut ravoir ses biens, mais ils ont peur que nos paroles offensent les grosses têtes d'en haut !

– Moi, je trouve qu'il est temps qu'ils se rendent compte qu'on n'est pas des lâches, réplique Évangéline.

Laissez-moi la feuille et je vous garantis que je reviens avec d'autres signatures.

– J'ai fait tout le tour, Évangéline, riposte son père.

– Pas au complet. Regardez, réplique-t-elle, soulignant de son index le nom d'Évangéline Bellefontaine sous celui de Gabriel Melanson.

– Tu ne feras pas ça, Évangéline !

Un bref moment, Gabriel veut intervenir, mais Benoît avance de deux pas vers sa fille et l'interpelle sans retenue.

– Tu ne trouves pas qu'on court assez de dangers comme ça ? As-tu idée de ce que les Anglais pourraient te faire subir si…

– Ça ne me fait pas peur. Il n'y a pas que les biens des hommes qu'ils ont pris. Ceux des femmes aussi.

Benoît hoche la tête, il a envie de capituler devant la détermination de sa fille. Une détermination qu'il connaissait, mais dont il n'avait pas encore anticipé l'ampleur.

– Qu'est-ce que t'en penses, toi, Melanson ?

– J'ai les mêmes peurs que vous… Mais c'est une femme, maintenant, ce n'est plus une petite fille.

– Ouais !

Benoît promène son index sur son menton, réfléchit et dit :

– Évangéline, repenses-y à tête reposée. On envoie porter les papiers à Murray seulement demain matin. Puis…

– Puis quoi, papa ?

– Laisse les autres femmes décider par elles-mêmes. Ne va pas les influencer… Tu pourrais te ramasser avec des remords pour le reste de tes jours.

– Bon ! Je n'irai pas voir les autres femmes. Mais pour le reste, je ne changerai pas d'idée. Mon nom est là et il va y rester.

Les deux hommes sortent de la maison en même temps. Gabriel pour aller livrer des sacs d'avoine et de farine aux habitants de la Grand'Prée, et Benoît pour faire le tour de ses bâtiments avant d'aller aider à la tonte chez les Arsenault. Il échange cependant quelques mots avec Gabriel au pied de l'escalier.

– Sa mère et moi, on n'a rien de plus précieux au monde.

– Je ne suis pas loin d'en dire autant pour moi, réplique Gabriel, se hâtant de sauter dans sa charrette avant que Benoît ne voie sur son visage l'émoi qu'y a fait naître cet aveu.

De nouveau seule, Évangéline voudrait réfléchir froidement. Mais la visite de Gabriel et ses allusions l'entraînent dans une vague d'exaltation, puis dans une écume d'angoisse, pour finalement la laisser choir, désemparée. Entre la raison et le cœur, elle ne voit plus que la déraison. Entre la prudence et l'audace, qu'une fougue indéfinissable. Un sentiment d'urgence qui ne l'avait encore jamais effleurée.

Si elle n'écoutait que son cœur, elle balancerait le tricot inachevé et se hâterait de terminer la robe de mariée. « Encore quelques heures pour la robe, et je reprendrai mon tricot quand maman sera sur le point d'arriver », décide-t-elle, recluse dans sa chambre pour se soustraire aux questions de son père. En fin de matinée, le soleil pousse ses rayons jusque sur son lit, et comme la finition du jupon demande moins de minutie, cette lumière diffuse lui convient.

∞∞∞

Le lendemain matin, une surprise attend les hommes, encore une fois reçus par le curé Chauvreulx. Évangéline accompagne son père à la remise des pétitions signées. Sur toutes les lèvres des hommes qui se présentent au rendez-vous, la même question :

– Mais en quel honneur, Benoît, nous amènes-tu ta belle fille, ce matin ?

– J'aurais été capable de venir toute seule, rétorque Évangéline. Je viens pour savoir qui a signé.

Célestin intervient.

– Mes bons amis, admettez que les femmes de notre village ont le droit elles aussi de s'intéresser à ce qui arrive à notre peuple. Assieds-toi, Évangéline.

– Une femme à part des autres ! Comme sa mère, dit Laurent Blanchard, en s'adressant à Basile.

– Il nous en faudrait plus comme elle, riposte Gabriel. Il n'avait pas prévu s'attirer des quolibets.

– Tu n'as pas pensé au casse-tête que ça te donnerait s'il y en avait plus d'une comme Évangéline Bellefontaine ! lui lance Louis Cormier.

– Tu penses, toi ? réplique Gabriel, évitant de croiser le regard d'Évangéline.

Les joues de la jeune femme se sont empourprées. Célestin ramène son monde au but de la rencontre.

– Montrez-moi donc vos feuilles, messieurs.

La déception se lit sur le visage du vieillard qui compte les signatures une seconde fois.

– On n'en a pas assez ? s'inquiète Évangéline.

– Vingt-six signatures en tout, annonce Célestin. Je me demande si…

– Je sais ce que vous allez dire, l'interrompt Gabriel. Moi aussi, j'ai rencontré des habitants qui refusaient de signer notre pétition à cause des trois dernières lignes, que j'ai demandé d'ajouter. Écoutez-moi bien : je vais aller moi-même la porter à Murray, cette pétition. Je vais pouvoir m'expliquer. Ça ne me fait pas peur.

– Non, Gabriel ! On l'envoie comme ça, et c'est Michel Longuépée qui ira la porter au fort Edward. Ma décision ne changera pas, tranche Célestin, au grand soulagement d'Évangéline.

Le 10 juin au matin, Michel Longuépée traverse la palissade du fort Edward avec la pétition signée par vingt-cinq hommes de la Grand'Prée et une femme.

Moins de quarante-huit heures plus tard, le capitaine Murray, ayant fait part de cette outrageuse requête au lieutenant-gouverneur de la Nouvelle-Écosse, reçoit des ordres qui sont loin de lui déplaire. Assis dans le calme de son bureau surplombant le bassin des Mines, il relit la lettre en souscrivant aux propos signés par Charles Lawrence.

Outrage et insolence de la part de ces gens qui n'ont rien apporté sur nos marchés en plus de se montrer rebelles. Et tant qu'ils n'auront pas prêté le serment à Sa Majesté, ce qu'ils ne feront jamais sans y être forcés, il n'y a aucun espoir qu'ils s'amendent. Nous voulons des sujets obéissants et nous allons le leur faire comprendre. Que tous les signataires de cette requête soient conduits au fort Edward.

Le lieutenant-gouverneur de la Nouvelle-Écosse, Charles Lawrence

Murray n'est ni surpris ni opposé à l'intransigeance de Lawrence. Il est même disposé à faire ce qu'il demande. Aussi s'empresse-t-il de sauter sur l'occasion d'assouvir sa vengeance sur William Barker en lui donnant des ordres qui, croit-il, vont l'acculer à l'échec. Juché sur un balconnet du fort Edward, le capitaine s'adresse aux soldats empoussiérés qui se tiennent en rang dans le champ d'exercices.

– Nous avons reçu les ordres du lieutenant-gouverneur Lawrence. Préparez-vous à partir.

Puis, s'adressant au sergent, il le somme de descendre à la Grand'Prée et de lui ramener tous les signataires de la pétition. « Vingt-six personnes, pas une de moins », ordonne-t-il.

Barker sait maintenant que Murray n'usera d'aucune complaisance à son égard, qu'il ne cessera de le mettre au défi, mais il n'a d'autre choix que de s'activer sans laisser transparaître ses doutes. Il estime toutefois qu'accompagner les Acadiens au fort Edward peut se faire sans violence, d'autant plus qu'il n'a pas à les informer du but réel de cette convocation.

Le premier homme que Barker croise à l'entrée du village de la Grand'Prée ne lui est pas totalement étranger. En équilibre sur son cheval qui ne cesse de piaffer, il salue l'Acadien et lui fait signe de s'approcher. Barker reconnaît Basile Melanson, à qui il a demandé l'hospitalité la nuit du vol des fusils. Craignant d'être identifié, il s'empresse de lui transmettre les ordres de Murray: tous les signataires doivent se rendre au fort du Vieux-Logis le 15 juin au matin. De là, ils se rendront tous au fort Edward. Sans attendre la réponse de l'Acadien, Barker agite les rênes sur le dos de son cheval et le lance au galop dans la direction opposée.

À la Grand'Prée, la nouvelle, répandue comme une traînée de poudre par Basile Melanson, fait trembler. Les signataires, quelques épouses, Célestin, Abraham Landry et même les habitants qui ont refusé de signer la requête, tous se rendent à la meunerie des Melanson pour en savoir davantage sur l'injonction que Barker a lancée au visage de Basile. Encore une fois, il faut s'organiser devant la poigne des Anglais qui se resserre. Tous ne perçoivent pas cette sommation de la même manière. Gabriel et Benoît y voient une occasion de s'expliquer.

– À vingt-cinq, on va pouvoir rapporter toutes nos embarcations et nos fusils, prévoient-ils, confiants.

Célestin et Marie-Ange, entre autres, doutent qu'un aussi petit nombre d'Acadiens, si courageux soient-ils, puissent y parvenir.

– Ça pourrait être un piège, allègue la mère de Gabriel, inquiète pour son mari et son fils aîné. Ils pourraient vous obliger à vous battre au côté de leurs soldats.

Basile va plus loin.

– Ils vont peut-être nous demander d'aller à l'autre fort, celui de Beaubassin, pour les aider.

– Ils savent très bien que jamais on ne se battra contre les Français ! Pas plus qu'on ne prêtera le serment sans condition, rétorque Gabriel.

– Ils ne sont pas à court de moyens, ajoute Charles Béliveau.

Ces moyens, nombre d'entre eux peuvent très bien les imaginer. Mais ils se gardent de les évoquer pour éviter de semer la panique. À l'idée que les signataires soient gardés captifs jusqu'à ce qu'ils se soumettent à la volonté des Britanniques, que leur famille soit punie, qu'une sentence de mort soit prononcée contre eux, les mots restent coincés dans les gorges. Que les hommes ne soient pas là pour cueillir le fruit des champs qu'ils ont ensemencés est inconcevable. Que les femmes doivent assumer seules toutes les tâches de la ferme, inhumain.

Célestin entend penser ces hommes et ces femmes, et il ne pourrait ni ne saurait les contredire. Dans les yeux d'Évangéline, une flamme nourrie du désir encore présent de venger la mort de Félicité se ravive. Il le remarque et s'en inquiète. Les rancunes s'attisent. Depuis un mois, trop d'événements suscitent la rébellion. À la Grand'Prée, le firmament le plus limpide cache plus d'un orage… sur le point d'éclater.

– Que je sois avec les hommes au fort du Vieux-Logis, ça va justement surprendre les Anglais, lance Évangéline.

– Mais tu ne vas pas suivre les signataires jusqu'au fort Edward ! s'exclame Marie-Ange.

– Pourquoi pas ? J'ai signé ! Son regard croise celui de Gabriel.

– On sera vingt-cinq pour la protéger, promet-il à Marie-Ange.

– Je me doutais bien que ça tournerait mal, maugrée Batis Arsenault.

– Rien ne nous dit que ça va mal tourner, réplique Gabriel, heureux d'apostropher Batis. C'est juste une bonne affaire de rafraîchir la mémoire aux Anglais ! Aurais-tu oublié que c'est pour retrouver la paix qui nous est due qu'on fait tout ça ?

– Même si je n'ai pas signé, je vous approuve et je vous admire, intervient Cyprien Richard, le seul octogénaire du village.

Depuis qu'Évangéline a mentionné son intention d'accompagner les hommes, Marie-Ange, les yeux rivés au sol, les mains jointes sur ses genoux, n'entend plus les discussions autour d'elle. Célestin, qui aime Évangéline comme sa propre fille, comprend l'angoisse de Marie-Ange, et sa voix se fait plus douce quand il s'adresse à elle.

– Ta fille a plus de courage que bien des hommes… Si tu tasses ta peur et que tu regardes ce que ça va faire aux Anglais, tu vas la laisser aller. On ne peut presque pas se passer de son courage… On a toutes les chances que ça marche si elle est avec nous autres. En plus, j'ai une autre petite idée pour accueillir les soldats quand ils vont venir nous chercher…

Marie-Ange agrippe la main de Benoît et opine de la tête, les yeux toujours baissés. Le sacrifice est lourd.

D'autres Acadiens réticents imitent le geste de Cyprien et expriment leur appui aux signataires et à Évangéline. Gabriel en ressent une vive fierté.

Une fois le rassemblement terminé, il attend que les derniers hommes à se disperser libèrent la meunerie pour pouvoir se retrouver seul avec Évangéline.

– Les ouvriers et les clients sont sur le point d'arriver… On pourrait aller marcher jusqu'à la source au bout de la terre ? lui propose-t-il, impatient de connaître ses sentiments.

– Oh, oui ! Marcher sur nos terres pendant qu'elles sont encore à nous… murmure-t-elle.

– Pardon ?

– Je me parlais…

– Attends. Je vais aller chercher une chaudière propre dans la maison. Ma mère aime bien que je lui rapporte de l'eau de la source.

Cette attention touche Évangéline. Elle regarde Gabriel atteindre le perron en quelques enjambées et revenir vers elle avec l'empressement et le plaisir… des retrouvailles. Le sentier qui mène à la source est étroit, tortueux et bordé de longues herbes sauvages. Gabriel s'y engage, devance Évangéline de quelques pas, puis revient marcher à ses côtés, une main sur l'anse du seau et l'autre qu'il lui tend… Son cœur s'emballe. La main d'Évangéline, c'est toute l'Acadie venue se blottir dans la sienne.

C'est assez de courage pour franchir des continents d'herbes folles, de marais et de forêts. C'est plus que ce qu'un homme peut espérer d'amour et de bonheur. C'est elle, Évangéline Bellefontaine, dite LaBiche. Sa longue jupe aux couleurs de canna zigzague entre les herbes, s'y accroche parfois. Pas assez souvent pour Gabriel, à qui le plaisir est alors offert d'apercevoir furtivement la fine jambe d'Évangéline, d'imaginer sa main remontant le long de ses cuisses, de ses hanches, allant même jusqu'à ses seins. Les paroles seraient insolentes. Les soupirs, les regards branchés sur le cœur suffisent. Gabriel regrette de n'être pas doué de la verve du poète pour rendre justice aux sentiments qu'il éprouve pour cette femme tendre sans mollesse, courageuse sans témérité, vibrante sans excès, belle sans vanité.

Les longues inspirations de Gabriel, qui ne se rassasie pas de humer la fraîcheur de ce matin lumineux, apaisent Évangéline et la rendent heureuse. Plus encore qu'elle ne l'avait rêvé... Un homme comme Gabriel Melanson. Un homme racé, forgé par la terre dont il écoute la voix, reçoit les parfums et palpe le ventre.

À deux pas de la source, Gabriel délaisse la main d'Évangéline, se penche pour plonger son récipient... Un genou sur le sol, il regarde l'eau cristalline où miroite, comme un diamant, le visage de sa bien-aimée. Évangéline a retiré sa capeline et s'accroupit pour se désaltérer d'un peu d'eau fraîche. Des mèches de cheveux glissent lentement, frôlent son épaule et se balancent, coquines, dessinant des arabesques sur les replis de l'eau. Fasciné, Gabriel voudrait immortaliser cette image, cet instant magique.

Il relève la tête, croise le regard d'Évangéline, lui rend son sourire. Sa chaudière remplie, il la pose en équilibre en bordure de la source, plonge ses mains dans l'eau fraîche et vient les poser sur le visage de la femme qui l'a conquis. Heureux mariage de la fraîcheur et de la chaleur. Heureuse symbiose entre le silence et l'éloquence. Heureuse communion du désir et de l'anticipation. Cette fois, Gabriel lit dans les yeux d'Évangéline la réponse qu'il espérait… Son amour est partagé.

Pressés par le temps, ils doivent prendre le chemin du retour. Évangéline joint sa main à celle de Gabriel sur l'anse de la chaudière. À mi-chemin entre la source et la meunerie, Gabriel murmure :

– Demain…

– Demain et les jours suivants, Gabriel.

– Tu es sûre de vouloir te rendre jusqu'au fort ?

– Oui, et encore plus parce que tu y vas, toi. Je veux être là où tu es.

Tous deux dirigent leur regard vers leurs mains… solidaires, complices. Tous deux doivent se séparer et emprunter une direction opposée sans pour autant que leurs esprits s'éloignent l'un de l'autre. Évangéline se hâte de rejoindre sa mère. Une légèreté nouvelle l'habite, la transporte.

Marie-Ange, occupée à faire sécher des herbes médicinales sur un drap étendu au soleil, l'attend, le front soucieux.

– Papa est…

– … parti chercher des réserves pour nos moutons… au cas où il serait retenu plus longtemps que prévu au fort Edward.

– Vous vous faites du souci pour nous deux ?

– Le contraire serait bien difficile, ma belle biche… Surtout avec ce qu'on vient d'apprendre…

– Quoi, encore, maman ?

– Viens t'asseoir, Évangéline. Ce qui vient d'arriver à Beaubassin est grave.

Marie-Ange transmet à sa fille des informations bouleversantes. Les Britanniques ont atteint et bombardé le fort des Français. Les Acadiens, à l'exception d'une vingtaine, ont abandonné les travaux de fortification du fort Beauséjour pour éviter la canonnade. Les braves qui sont restés au service de l'artillerie sont parvenus à bloquer l'entrée du fort et à garder les Britanniques en état d'alerte toute la nuit… en attendant que du renfort arrive. Mais une dépêche de l'île Royale a eu un effet dévastateur : le soutien attendu ne viendrait pas.

– Mon Dieu, c'est de partout que les Anglais attaquent… De partout… Peu de chances de victoire pour l'armée française.

– C'est ce que ton père prétend…

– La défaite nous fera mal à nous aussi, vous croyez ?

– Très mal, balbutie Marie-Ange, visiblement projetée dans un avenir qu'elle voudrait tellement plus réjouissant pour sa fille.

« Un avenir aussi prometteur que le grain livré à nos terres. Des terres que l'ingéniosité et la vaillance de nos ancêtres ont rendues fertiles. Si fertiles que les Anglais cherchent à nous les voler et qu'un peu de notre sang doit être versé pour les défendre », pense Marie-Ange.

Évangéline aimerait réconforter sa mère, mais elle la sait trop lucide pour s'aventurer dans de vains propos.

– Qu'est-ce que vous aimeriez que je fasse, aujourd'hui ? lui demande-t-elle.

– Normalement, on sèmerait nos légumes. La terre est prête. Mais avec tout ce qui arrive…

– Je ne vois pas pourquoi on ne ferait pas notre jardin, maman. Il met des légumes dans nos assiettes pendant une partie de l'hiver.

– Quand tu reviendras du fort Edward, on en reparlera.

Évangéline ne peut s'empêcher d'enrager contre les Anglais et l'emprise qu'ils exercent sur le bonheur de ses proches. Sur le sien. Sur celui de Gabriel.

∞∞∞

Sept heures n'ont pas encore sonné, le matin du 15 juin, que le sergent William Barker, accompagné des officiers Sharp et Harrow, attend déjà les signataires devant le fort du Vieux-Logis. Il ignore que les Acadiens de la Grand'Prée ont convenu de ne s'y présenter qu'une fois la traite du matin terminée et les animaux nourris. Célestin a conseillé de le faire languir.

La petite délégation anglaise fait face à sa première surprise de la journée : une soixantaine de personnes se dirigent vers eux d'un pas hardi, l'air vainqueur, Célestin ayant aussi suggéré que chaque signataire se présente avec sa famille.

Voyant approcher beaucoup trop de gens pour le nombre de signataires, Barker reprend la liste, recompte les signatures et n'arrive toujours qu'à vingt-six.

À la tête de cette vague humaine, Barker et ses assistants voient s'avancer un vieillard. Célestin se présente sans grande courtoisie et lance dans un anglais impeccable une revendication qui saisit le sergent :

– Tous ces gens veulent parler à Murray et reprendre leurs biens !

– Je suis ici en qualité de représentant du capitaine Murray et de la couronne britannique ! Vous n'avez droit à aucune exigence, réplique Barker, tentant de se donner un peu de contenance.

Faute d'avoir prévu l'événement, aucune stratégie ne lui vient en tête. Ses subalternes attendent ses ordres. Il doit remplir sa mission et faire appeler les signataires. Il remet la liste à Sharp et lui demande de crier chaque nom et d'aligner les répondants derrière eux.

L'officier Sharp appelle le premier nom : Arsenault. Personne ne bouge.

Une deuxième fois. Aucun résultat, tant sa prononciation est boiteuse. « Ils font semblant de ne pas comprendre », se doute Barker. Au troisième appel de Sharp, Arsenault s'avance, suivi de sa femme et de deux de ses fils.

– Nous ne voulons que les hommes ! Les autres, retournez à vos places. Dépêchez-vous !

Les quatre Arsenault font la sourde oreille. Sharp se tourne brusquement vers Barker, ne sachant que faire.

– Est-ce que je continue, sergent Barker ?

– Appelez-en un autre. Nous verrons bien.

Camille Cormier sort des rangs accompagné de son père, de deux de ses oncles et de son fils Louis. Ils rejoignent les quatre autres Acadiens debout derrière Barker et ses soldats. Les Bellefontaine sont trois sur la liste. Trois ont été appelés, onze sont venus. Un cafouillis total. Barker leur ordonne de s'éloigner et répète que seul le signataire nommé doit se présenter. Célestin, chargé de traduire, se tourne vers la cohorte et dit :

– On continue comme ça… Ils sont sur le point de se décourager.

Barker comprend suffisamment le français pour saisir l'astuce.

– Bon… Vous l'aurez cherché ! Mettez-vous tous en rang ! se résout-il à exiger.

– Ça marche ! traduit Célestin.

Tous les signataires, suivis des membres de leur famille, se mettent en route derrière Barker, qui prend la tête du convoi. Harrow et Sharp avancent de chaque côté du groupe.

Les Acadiens de la Grand'Prée marchent en direction de Pigiquit depuis une trentaine de minutes lorsque d'un boisé surgissent six Micmacs, un fusil à la main. Avec des gestes rapides, ils désarment Harrow et Sharp et leur attachent les mains agilement. Occupé à maîtriser son cheval qui rue, Barker n'a le temps de crier aucun ordre avant que les Micmacs, entraînant leurs otages, disparaissent par le même chemin d'où ils sont apparus.

Stupéfait et furieux, Barker demande des comptes à Célestin. La réponse du grand sage lui explose à la figure.

– Vous ne retrouverez pas vos hommes tant que vous garderez nos biens.

– Ne faites surtout pas ça ! les avertit Barker. Vous vous exposez à de graves sanctions… N'en rajoutez pas !

– C'était à vous de ne pas nous voler nos affaires, accuse Célestin.

Tel que cela a été convenu dans le plan, après l'assaut des Micmacs, les femmes, sauf Évangéline, et quelques hommes retournent à leurs tâches, quittant les signataires qui poursuivent leur chemin en direction du fort Edward.

Barker décide de fermer lui-même le cortège pour ne pas perdre ceux qui restent. Il tremble… de colère. Il vient de comprendre qu'on se paie sa tête de tous côtés. D'une part, Murray l'a chargé de cette mission pour l'humilier. De l'autre, les Acadiens ont déjoué son plan. « J'aimerais mieux avoir été capturé par les Micmacs, moi aussi… » admet-il.

À l'entrée du fort Edward, informé de l'arrivée des signataires de la Grand'Prée, Murray ordonne à dix de ses soldats de les encercler. Les Acadiens croulent sous le poids de la fatigue, de la faim et de l'indignation. Le seul privilège qui leur est accordé est de s'accroupir sur le sol en attendant d'être reçus. L'invitation du capitaine Murray se fait attendre…, volontairement croient-ils. Gabriel demande de l'eau, mais les soldats l'ignorent. Les nerfs s'usent, la patience s'amenuise, l'exaspération monte. Quand enfin Murray apparaît, arrogant, c'est pour les informer qu'ils sont faits prisonniers jusqu'à ce que les officiers Harrow et Sharp soient libérés.

Il n'a pas sitôt terminé son injonction qu'il aperçoit Barker, qui cherche à dissimuler la présence d'une femme et d'un vieillard gisant sur la terre battue ! Il n'est de mot pour traduire sa hargne contre ce sergent, qu'il rétrograde sur-le-champ au rang de simple soldat. Du même souffle, il le somme de ramener sains et saufs les deux hommes capturés par les Micmacs, et, pointant Évangéline et Célestin de son index tremblant de colère, il leur intime de retourner à la Grand'Prée.

– J'ai signé et je reste avec les miens, clame Évangéline, inflexible.

Elle a promis à Gabriel qu'elle irait où il ira. Le capitaine Murray ne supporte aucune entrave à son autorité. Il charge immédiatement trois soldats de reconduire la femme et le vieillard jusqu'à la sortie de Pigiquit.

Gabriel s'insurge contre une telle oppression.

– Jamais je ne te laisserai refaire tout ce chemin toute seule avec notre bon Célestin, dit-il, déchiré entre la volonté de s'expliquer devant Murray et le désir de protéger sa toute belle.

– Je n'ai pas signé, moi. Je vais les accompagner, propose Batis Arsenault.

Gabriel est coincé. Il répugne à placer la sécurité d'Évangéline entre les mains de Batis. Dans la cour du fort Edward, les dents serrées, il rage contre la tournure des événements. Évangéline et Célestin doivent partir.

– Fais-moi confiance, Gabriel. Je t'attendrai, lui promet-elle.

Leur première étreinte en présence de témoins.

Évangéline tremble de fatigue et d'appréhension. Pour elle-même, aux mains de soldats au comportement imprévisible, mais surtout pour Gabriel, dont elle connaît la fougue.

– Que Dieu te protège, mon amour.

– Ne sois pas inquiète, ma belle Éva. On se retrouvera… avant longtemps, murmure-t-il à son oreille.

– On fera ce qu'il faut, Gabriel.

– On fera ce qu'il faut, Évangéline.

Gabriel n'avait pas imaginé que cette pétition le placerait devant un spectacle aussi odieux et déchirant que celui de voir Évangéline et Célestin escortés, comme des criminels, par des soldats britanniques.

À peine sorti de Pigiquit, le pauvre Célestin ne peut plus avancer. Ses yeux lourds de tourments se tournent vers Évangéline qui s'empresse de venir à son secours.

– Donne-moi ta chemise, Batis, demande-t-elle.

Évangéline l'étend en bordure de la route pour y allonger doucement le vieux Célestin et s'agenouiller auprès de lui.

– Je vais aller chercher de la nourriture chez le voisin le plus proche, propose Batis en s'éloignant déjà.

– Je ne suis plus utile pour vous, dit le vieil homme, gémissant. Je vous ai bien mal conseillés… Et toi, ma petite… toi…

– Ne dites pas ça, Célestin, le supplie Évangéline. Ce n'est pas votre faute si on a été achetés par une race qui nous traite comme du vulgaire bétail.

– Il faut que j'aie le temps de te dire, Évangéline…

– Ne parlez plus, reposez-vous, Célestin.

– Pas avant de t'avoir dit que…

– Que ?...

– Je l'ai vu dans tes yeux... quand tu étais toute petite. Pas longtemps, mais si claire...

– Célestin, vous m'inquiétez.

– ... la plus belle des étoiles... celle de David. Un signe de...

– Un signe ?

Le pauvre homme s'évanouit. Évangéline le supplie de ne pas partir. Au prix d'un effort inouï, il finit par entrouvrir ses paupières.

Batis revient avec un panier de pain, des bouteilles d'eau et un paquet de hareng séché. Célestin est incapable d'avaler plus que quelques gorgées d'eau.

– S'il fallait qu'on le perde, y a quelques têtes d'Anglais qui sauteraient, ronchonne Batis.

– On va le sauver si tu te dépêches, réplique Évangéline, le pressant de courir au campement chercher une guérisseuse micmaque.

Les minutes sont longues. La résistance du vieil homme baisse à vue d'œil. Évangéline se sent vidée de toute son énergie lorsque Batis revient avec la guérisseuse micmaque.

Elle ne parle pas. Elle examine. Elle agit. De sa besace de cuir remplie de remèdes, elle tire un morceau de tissu qu'elle étend près du malade et y étale ses flacons et sachets. Sous la langue de Célestin, elle dépose des graines de *witch grass* pour stimuler son muscle cardiaque et lui fait humer des herbes de *dogwood* pour le revigorer. De ses doigts aux extrémités équarries, elle vérifie les pulsations de son cœur et crispe le front. Elle saisit les mains de Célestin, masse le bout de ses doigts avec vigueur.

Les pulsations se régularisent, les témoins le devinent aux traits de la guérisseuse, qui se détendent. Célestin a retrouvé assez de force pour accepter la nourriture que lui tend Évangéline. Avant de les quitter, la Micmaque pose sa main gauche sur la tête de chacun d'eux, priant Glooscap de les protéger. En signe de reconnaissance, Évangéline lui offre de partager les aliments mendiés. La dame refuse d'un grand geste balayant le sol de sa main droite.

– Qu'est-ce qu'elle veut dire ? demande Batis.

– Que la nature lui donne tout ce dont elle a besoin, répond Évangéline.

La guérisseuse l'approuve d'un signe de tête. Avant de retourner vers son campement, elle cherche à savoir si elle est bien en présence de la fille de Marie-Ange. Cette confirmation obtenue, elle s'évertue, par des gestes et des mots micmacs, à faire comprendre à Évangéline que Faoua, leur chef spirituel, cherche à entrer en contact avec Marie-Ange depuis plusieurs semaines. La nouvelle trouble Évangéline.

Célestin tente de se relever sur un coude.

– Là, je pense que… je vais être capable de marcher, halète Célestin qui, d'un mouvement, qu'il voulait énergique, se soulève et retombe.

– Célestin, ne bougez pas… Je vais prendre soin de vous, je vous le jure, le rassure Évangéline en caressant sa tignasse blanche.

– Je ne veux pas mourir avant… avant de t'avoir expliqué…, dit Célestin, d'une voix brisée par l'émotion.

– Vous n'allez pas mourir !

– … Je m'en vais, Évangéline. Demande à ta mère… elle l'a vue dans ton œil gauche… l'étoile. Elle te dira.

Évangéline caresse la main de Célestin qui refroidit lentement dans la sienne.

Un claquement de sabots résonne dans la brunante. Un agriculteur, inquiété par la scène qu'il a observée de son champ de lin, insiste pour les ramener tous à la Grand'Prée. L'espoir de sauver le vieux sage renaît dans le cœur d'Évangéline. Agenouillée à ses côtés sur le plancher de la charrette, elle prie en silence. L'inquiétude lui fait garder sa main posée sur le cœur du vieil homme, qui vient la couvrir de la sienne. Évangéline perçoit des ratés dans sa respiration.

– Ça va, Célestin ?

– *Fiat*, murmure-t-il.

– Encore une petite demi-heure et on sera au village…

S'adressant au charretier, elle demande :

– On ne pourrait pas aller un peu plus vite, monsieur ? J'ai peur pour Célestin.

– Hue ! Hue ! crie le charretier, assénant trois coups de cordeaux sur les fesses de sa jument.

Peu après, la charrette s'immobilise devant le presbytère. Batis frappe à la porte, tire le curé Chauvreulx de son lit et éclaire ses pas jusque dans l'église. Le prêtre disparaît un bref instant, puis réapparaît, son étole au cou, les Saintes Espèces dans les mains. On ne peut prendre le risque de sortir le malade de la charrette. Le curé s'en approche et y grimpe. Célestin demande à se confesser. Les deux hommes et Évangéline reculent de quelques pas.

– Ce n'est pas vous, mon bon Célestin, qui avez des pardons à demander. C'est votre curé, ici présent, qui doit vous avouer sa jalousie pour la confiance que vous vous êtes attirée par votre grande sagesse. Une confiance que j'aurais voulu acquérir, mais… permettez que je vous accorde une absolution générale et que je vous signe des saintes huiles des mourants.

Se tournant vers les trois témoins, le curé Chauvreulx leur demande de réciter avec lui l'acte de contrition et le *Pater noster*.

– Il n'est pas… parti…, balbutie Évangéline.

– Il est déjà avec les bienheureux, soupire le curé.

– Mon Dieu ! Personne ne s'en remettra. La rogne contre les Anglais va se répandre comme plumes au vent, murmure Évangéline.

Le charretier lui propose de la reconduire chez elle et de ramener le défunt à sa famille. Elle refuse. Batis propose de l'accompagner ; il obtient la même réponse.

– Ce n'est pas sage de vous aventurer toute seule dans la nuit, ces temps-ci, ose le curé.

– Qu'est-ce qui est sage, monsieur le curé ? Vous le savez, vous ? rétorque-t-elle d'un ton dur.

Habillée de chagrin par la mort de Célestin, rongée d'inquiétude quant au sort de Gabriel et des prisonniers du fort Edward, Évangéline franchit à pied la trentaine d'arpents qui la sépare de la maison familiale.

Une autre Évangéline l'habite en cette nuit du 15 juin 1755. À celle-là, les filets d'argent semés par la lune sur le bassin des Mines parlent d'espoir. Une certitude s'est installée. Comme la baie Française, à la fois nébuleuse et profonde.

Évangéline, femme de la Grand'Prée et femme de l'Acadie, héritière de l'étoile de David, arrive auprès de sa mère.

– Évangéline ! Ma belle biche ! Viens.

Dans les bras l'une de l'autre, Évangéline et sa mère laissent quelques sanglots monter dans leur gorge et faire ruisseler quelques larmes sur leurs joues.

– Jure-moi qu'ils sont encore vivants...

– Ils le sont, maman, mais notre bon Célestin a payé... de sa vie.

Marie-Ange voudrait avoir mal entendu, mal interprété. Les larmes qui affluent sur le visage exsangue de sa fille la confrontent à un autre deuil. De sous-entendus en soupirs éloquents, Évangéline résume la journée qui se termine enfin.

– Après les funérailles de Célestin, il faudra repartir, maman...

– Allons dormir un peu. Nous avons besoin de sommeil et de rêves... pour bien décider.

– Des rêves, j'en ai à donner...

∞∞∞

Le lendemain après-midi, on porte en terre le corps du sage de la Grand'Prée. Tous les habitants sont affligés. Plusieurs disent avoir perdu un père. Certains font porter aux Anglais le fardeau de cette mort, la seconde en un mois. Évangéline et sa mère s'attardent au cimetière.

« Où s'en va donc l'âme des morts ? » La question les tient là, immobiles, à attendre une réponse de celui qui a si souvent conseillé et protégé les Acadiens des Mines. Les Micmacs croient que les morts retournent vers la source de lumière et de perfection, sans pour autant quitter les vivants. Le curé Chauvreulx parle du paradis. Évangéline et sa mère se demandent laquelle des deux croyances semble la plus réelle. Et si la différence n'existait que dans les mots ? dans les images ?

Évangéline décide de laisser les événements lui répondre.

Face à la bergerie des Bellefontaine, la nuit décolorée s'empourpre. Elle s'attarde encore quelques minutes au-dessus du cap Blomidon. Comme s'ils ne s'étaient pas tout dit. Comme si Glooscap la retenait par affection, lui qui, au dire des Micmacs, a fait son royaume de ce cap. Les moutons ont de quoi brouter, les vaches ont donné leur traite du matin et tous les chevaux auront congé pour la journée. Trop peu d'hommes dans les environs pour les atteler à la charrue ou à la herse.

Marie-Ange et sa fille sont immensément déçues. Le canot d'Évangéline n'est plus dans sa cache. Évangéline n'arrive pas à empêcher ses larmes de couler.

– J'y étais tellement attachée… Ce n'est pas juste, se plaint-elle.

– On dit que quand une épreuve nous arrive, une consolation nous attend… pas loin.

Évangéline, interloquée, scrute le regard de Marie-Ange.

– Vous avez un don vous aussi, maman.

– « Moi aussi ? » À qui tu me compares, Évangéline ?

– J'ai un secret à vous dire… C'est pour ça que je voulais que vous veniez avec moi, ce matin.

– Un vieux secret ?

– Non. Depuis la mort de Célestin.

– Qu'est-ce qui est arrivé ?

– Il aurait vu une étoile dans mon œil gauche quand j'étais bébé…

– Une étoile dans ton œil gauche ?

– Oui. L'étoile de David. Elle ne serait pas restée longtemps dans mon œil. D'après vous, qu'est-ce que ça veut dire ?

– Dans la tradition, on raconte que David, recherché par Saül, se serait caché dans une grotte. Quand les soldats sont entrés, une araignée aurait tissé une toile de la forme d'une étoile à six branches pour cacher David.

– Et David, il était important ?

– C'était un roi. Le roi de tout le peuple d'Israël. Tu ne te souviens pas de ton histoire sainte, Évangéline ? C'est lui qui a tué le géant Goliath à coups de fronde.

– Oui, je me souviens de ça. Mais je ne vois toujours pas ce que son étoile viendrait faire dans ma vie.

– On raconte qu'il a sauvé son peuple et que grâce à lui, les Israéliens ont retrouvé la prospérité.

– Oh, mon Dieu ! Sauvé son peuple ? Ça ne veut pas dire que…

– On ne sait jamais, Évangéline. Célestin était un visionnaire. Il m'en a donné la preuve plus d'une fois. Et s'il a tenu à te dire ça avant de mourir… ça doit être sérieux.

– Une prédiction ?

– Peut-être, oui.

– Je ne m'appelle pas Jeanne d'Arc, quand même…

Évangéline et sa mère demeurent songeuses.

Le lendemain, elles revêtent leur toilette du dimanche pour se présenter devant le capitaine Murray. Elles ont rempli de victuailles une besace en peau d'orignal, mis de l'eau de source dans une gourde et du courage plein leurs poches. Une fois la jument Princesse attelée à la charrette, les deux femmes prennent la route.

Un arrêt a été prévu au campement des Micmacs où les soldats de Barker sont détenus. Pour l'atteindre, il leur faut déjouer le retranchement de soldats britanniques venus chercher Harrow et Sharp. Marie-Ange connaît plus d'un chemin pour y arriver. Par le sud, c'est plus long, mais plus prudent. Mikawa, le chef de la mission de la veille, les a vues arriver et les accueille. Marie-Ange lui apprend que les deux soldats capturés ne serviront pas de monnaie d'échange pour récupérer les armes et les chaloupes des Acadiens de la Grand'Prée ; leur tête servira plutôt à assurer la remise en liberté des hommes emprisonnés au fort Edward. Mikawa jure aux deux Acadiennes qu'il apportera toute son aide, advenant une réponse positive de la part de Murray. L'importance de garder les soldats vivants semble bien comprise du chef micmac. Les deux femmes se remettent en route.

À l'approche du fort, la garnison intercepte Évangéline et Marie-Ange. Sans attendre, celles-ci formulent leur requête à l'officier qui semble en charge. Obtenir une audience avec Murray ne semble pas facile. Encore moins quand ce sont des femmes qui la demandent. Pire encore, des Acadiennes.

Laissant les deux femmes sous la surveillance étroite de plusieurs soldats, l'officier disparaît à l'intérieur du fort.

– Avez-vous idée, maman, de l'endroit où ils ont enfermé nos hommes? chuchote Évangéline pendant qu'elles attendent la réponse de l'officier.

– Ce que je donnerais pour qu'ils nous voient, nos hommes!

– Je ne serais pas surprise que Gabriel sente qu'on est là.

Avec sa moue des mauvais jours, la posture raidie par l'autorité qu'il veut dégager, le capitaine Murray fait son apparition à la porte du fort.

– Qu'est-ce que vous faites ici? Vous n'avez rien compris? Retournez chez vous immédiatement!

Une sommation que les deux femmes devinent plus qu'elles ne comprennent. Marie-Ange, loin de se laisser impressionner, s'adresse avec assurance au capitaine pour lui expliquer qu'elle a une proposition à lui faire.

L'intérêt de Murray leur est acquis. Invitées à le suivre dans une petite pièce à l'intérieur du fort, elles scrutent furtivement les alentours à la recherche d'indices, à l'affût du moindre son familier. Croyant déceler chez Murray une plus grande réceptivité envers Marie-Ange, Évangéline la laisse exposer le but de leur démarche: la libération des prisonniers acadiens contre celle des deux soldats captifs des Micmacs. De toute évidence, le capitaine se méfie des Micmacs et craint leur légendaire cruauté.

Murray s'absente une dizaine de minutes et revient avec un plan: une cohorte de soldats accompagnera les prisonniers acadiens jusqu'à la route du campement. Marie-Ange et sa fille devront en informer les Micmacs, qui relâcheront les soldats britanniques. Si, après une heure d'attente, les soldats ne sont pas revenus au fort Edward, les Acadiens seront fusillés sur-le-champ.

Murray enjoint aux deux femmes de quitter le fort immédiatement et d'aller attendre que le détachement les rejoigne, escortant les prisonniers, à l'entrée du chemin qui mène au campement des Micmacs.

Évangéline et sa mère remontent dans leur charrette, maintenant Princesse au petit trot, dans l'espoir de voir les prisonniers les suivre de près. L'angoisse est palpable. La crainte d'avoir été piégées les saisit. Un frisson parcourt l'échine de Marie-Ange, celui qu'elle ressent toujours à l'approche d'un danger.

À la frontière de Pigiquit et de la Grand'Prée, non loin du campement des Micmacs, les deux femmes attendent… et attendent. Enfin, un bruit sourd, puis de plus en plus fort, les prévient de l'approche du convoi… Une brûlure intense au ventre, Évangéline descend de la voiture. Ses jambes la supportent difficilement.

Des silhouettes se dessinent. Les signataires sont escortés par une bonne dizaine de soldats à cheval. Le cortège s'approche, de plus en plus stupéfiant. À la première rangée du peloton, un homme, les mains attachées dans le dos, est encadré de deux soldats. Évangéline reconnaît immédiatement Gabriel à sa carrure et à sa démarche. Marie-Ange la rejoint et entoure ses épaules de son bras, ne trouvant pas de paroles apaisantes. Des bandages faits de manches de chemises aux jambes et aux pieds, une entaille à la joue gauche… Gabriel a été brutalisé.

– Ils avaient dit qu'ils ne toucheraient pas aux hommes ! s'insurge Marie-Ange, les mâchoires serrées.

Elle délaisse Évangéline, prête à aller sur-le-champ informer Mikawa de la trahison des Anglais.

– Attendons, maman ! Gabriel va nous dire ce qui est arrivé.

Évangéline va au-devant de la troupe. À petits pas. Pour mieux conserver l'apparence de cette force tranquille qui désarme l'adversaire. C'est devant Gabriel qu'elle vient se placer. Son regard croise le sien, allumé d'une immense tendresse, vite rembrunie par la colère qui fait grelotter Gabriel de tout son corps.

– On allait là pour s'expliquer avec Murray, dit-il. J'ai insisté pour qu'il nous écoute… Il a refusé.

– Qu'est-ce qu'ils t'ont fait ? questionne Évangéline.

– Je te raconterai…

– Vous êtes au courant du marché ? s'enquiert Marie-Ange en s'adressant à son mari, placé derrière Gabriel.

– Oui. Il faut respecter notre entente, conseille-t-il.

L'ordre est donné aux deux médiatrices d'aller chercher les soldats détenus chez les Micmacs. L'escorte anglaise cache mal sa nervosité. La peur de voir surgir des Sauvages armés des boisés environnants n'y est pas étrangère.

L'intervention des deux femmes auprès de Mikawa ne se fait pas sans difficulté. Le chef micmac est sceptique. Il ne libérera ses otages que lorsqu'il aura vu les prisonniers acadiens et obtenu que leur escorte rebrousse chemin sous ses yeux.

– Qu'est-ce qu'on va lui dire, maman ?

– Une demi-vérité, suggère Marie-Ange.

– Quoi, donc ?

– Que Gabriel s'est blessé en résistant aux ordres de Murray…

– Il nous croira ?

– Il le faut. Sinon, ça pourrait mal tourner, dit Marie-Ange.

Mikawa écoute avec respect le récit de son amie à la peau blanche. Il la raccompagne auprès du convoi. Des doutes persistent dans son esprit. Il se tourne vers le soldat à quatre galons et réclame que Gabriel soit libéré de ses liens, que les Acadiens reprennent la direction de la Grand'Prée, et les soldats, celle du fort Edward, en échange de la promesse de libérer les otages sur-le-champ. Ses directives sont exécutées.

Marie-Ange, Évangéline et les signataires affranchis ne tardent pas à tourner le dos aux soldats anglais qui les ont traités comme des rebelles à mater.

Dans la charrette des Bellefontaine, Benoît a pris place sur le siège avant, Marie-Ange à ses côtés. Les guides en main, il a insisté pour qu'Abraham et Gabriel montent derrière avec Évangéline.

– Il faut que je vous dise qu'avant-hier, sur cette même route, Célestin faisait son dernier voyage, leur apprend-elle.

La nouvelle de la mort de Célestin affecte profondément les trois hommes.

– Quand je pense, Gabriel, que toi aussi, tu as failli y laisser ta peau, reprend Évangéline au bord des larmes.

– Pour me tuer, la mort aura besoin de ma permission.

Sur le visage de sa belle Éva, la tristesse se dissipe doucement. L'admiration l'a balayée. Évangéline voudrait que le temps ne glisse plus si vite.

– Célestin était arrivé au bout de sa route, lui. Mais pas nous deux, Évangéline…

Leurs regards s'épousent. Leur silence les unit dans une volonté commune de défendre leur peuple, leurs terres, de préserver le petit bout d'avenir qu'ils entrevoient tous deux.

Benoît a beau maintenir le cheval au petit trot et éviter les cahots de la route, Gabriel ne peut retenir les grimaces que la douleur de ses blessures provoque. Abraham juge qu'il vaut mieux ne pas attendre d'être arrivé chez les Melanson pour le soigner.

– On va s'arrêter chez nous, suggère-t-il.

Anne, debout sur le perron, les regarde venir comme si elle avait su. Abraham est là. Il est revenu. Sous sa peau, des os frileux. Sous ses sourcils broussailleux, des yeux creux aux prunelles foncées qui la fixent sans qu'il ouvre la bouche.

– Venez, les enfants, dit-il à l'intention de Gabriel et d'Évangéline.

– Tu es entre de bonnes mains, mon garçon, lance Benoît.

Anne, l'épouse d'Abraham, étend un drap sur la grande table que son mari a poussée derrière un rideau. La lampe à huile suspendue au plafond, de l'eau qui bout dans l'âtre, des languettes de draps usés, un onguent de bois d'épinette, des tranches de lard salé sont mis à la disposition d'Évangéline et de Gabriel. Tous deux attendent que l'eau soit prête pour se retirer derrière le rideau. Abraham prend le temps de poser la question qui lui brûle les lèvres.

– Tu sais pourquoi Murray n'a pas voulu te recevoir, Gabriel ?

– Il était fâché de la bavure de son sergent, je pense.

Abraham a son opinion sur le sujet.

– Lui comme Lawrence, dit-il, ils ne sont pas intéressés à nous entendre. Leur idée est toute faite. On est des traîtres. On a encore envoyé certains de nos hommes aider à la défense du fort Beauséjour. En plus, on a les Micmacs et les Abénaquis de notre côté. À part prêter le serment d'allégeance sans condition, rien de ce qu'on va faire ne sera correct, affirme Abraham.

C'est alors qu'ils prennent soudainement conscience de l'impasse dans laquelle se trouvent les Acadiens. Ce triste constat les réduit tous au silence.

L'eau bouillie est versée dans deux bassins qui sont posés sur la table.

– Tu me fais signe, Évangéline, s'il vous manque quelque chose, dit Anne qui se retire avec son mari.

Gabriel voudrait enlever lui-même ses chaussures, mais une blessure sur le haut de la cuisse droite l'empêche de se pencher.

– C'est bien la dernière chose que je t'aurais demandée, dit-il à Évangéline qui se porte à son secours.

Accroupie devant lui, elle lève la tête, noie son regard dans le sien, un sourire tendre aux lèvres. Les mots restent prisonniers de l'émoi qui l'habite. Avec une infinie délicatesse, elle plonge les pieds de Gabriel dans un des plats d'eau tiède, les savonne lentement, les sort du bassin l'un après l'autre et les pose sur ses cuisses recouvertes d'une serviette. Gabriel ferme les yeux. Les mains d'Évangéline parlent pour elle. Chaudes, caressantes, aimantes. Gabriel s'allonge sur la table, le torse nu, et s'abandonne aux soins d'Évangéline. Il tremble d'une fièvre… amoureuse.

– Je te fais mal? demande Évangéline. Je ne connais pas mieux pour décoller les lambeaux de tissu que de les humecter…

– C'est souffrant de…

Évangéline porte sur lui un regard inquisiteur.

– C'est souffrant de sentir… ton corps contre le mien… sans…

Sur les lèvres brûlantes de Gabriel, Évangéline pose un doigt.

– Un jour, dit-elle, ce sera tout autrement.

Après d'infinies précautions, Évangéline retire les morceaux de tissu. Elle dépose de la mie de pain trempée dans du lait bouilli sur la blessure et la couvre d'un bandage propre. Avant de traiter sa blessure à la cuisse, elle débarrasse le visage de Gabriel du sang et du sable agglutinés sur ses égratignures. De nouveau, Gabriel ferme les yeux. Pour ne pas l'enchaîner à lui. Pour ne pas sombrer dans un délire amoureux dont il ne pourrait s'échapper.

Penchée sur lui, Évangéline se sent envahie par l'euphorie des profondeurs… comme lorsque, toute petite, son père l'emmenait en chaloupe dans la baie Française et qu'elle se penchait au-dessus de l'eau, sur le bord de l'embarcation, pour goûter cette sensation. Ses lèvres sont tendues vers celles de Gabriel, elles sont sur le point de les effleurer… mais elle doit résister à leur avidité amoureuse.

– Je dois faire une entaille dans ton pantalon, murmure-t-elle.

Doucement, ses mains parcourent la cuisse de Gabriel pour découvrir la peau. Ce geste atteint une intensité aussi grande que celle d'un corps qui se donne... le remous des grandes marées qui mesurent la résistance d'Évangéline. Ne montent à sa bouche que des allusions voluptueuses, un désir amoureux jugulé par les interdits.

La nuit se prépare en d'ultimes frémissements à la surface du bassin des Mines. Des nuages gavés d'eau stagnent. Gabriel sait que dès demain, il passera à l'action. Dans sa tête, le même bouillonnement que dans ses entailles et lésions. Évangéline le sent. Elle redoute de plus grands affrontements entre les autorités britanniques et les Acadiens des Mines, mais elle ne saurait dissuader Gabriel de défendre les siens.

∞∞∞

Pendant que les habitants de la Grand'Prée s'activent à préparer leurs terres, à semer leurs légumes et à faire provision de biens pour l'hiver, pendant que les premiers signataires recrutent des complices chez les habitants de Rivière-aux-Canards et de Pigiquit, le fort Beauséjour tombe aux mains des soldats du colonel Monckton et est rebaptisé fort Cumberland. Une menace de plus pour les Acadiens des Mines. Malgré leur promesse de ne jamais prendre les armes contre les Anglais, trois cents Acadiens auraient été surpris à l'intérieur du fort Beauséjour. Depuis, les soldats anglais se promènent avec une baïonnette à leur fusil. La confiance en la parole des *Neutrals* est minée à tout jamais.

Les Acadiens du bassin des Mines se sentent coincés et cherchent des moyens efficaces de faire respecter leurs droits. L'affrontement ? Les avis sont partagés. La crainte de s'attirer plus de remontrances que de respect les ronge. Ils sont loin de soupçonner les réflexions du lieutenant-gouverneur Lawrence qui, en apprenant la reddition du fort Beauséjour, écrit à Monckton :

Cher colonel Monckton,

Je suis encore bien indécis au sujet de vos habitants rebelles. Ils prétendent qu'ils ont été forcés de prendre les armes ; c'est une insulte au bon sens. Comme ils méritent le plus sévère châtiment, je suis heureux de constater que vous avez soigneusement évité dans vos articles de capitulation (suivant le désir que je vous en exprimais dans ma lettre du 29 janvier) tout ce qui pourrait permettre aux habitants de jouir à l'avenir de leurs terres et de leurs habitations, car je sais très bien que si on leur permet de rester, ils seront toujours pour nous une épine douloureuse à supporter. Avec leur aide, les Français seraient en état de nous causer beaucoup de problèmes, alors que sans eux, ils ne pourront rien entreprendre d'important. C'est pourquoi, bien que vous vous serviez d'eux en ce moment pour les travaux qu'ils peuvent effectuer sans craindre les attaques des Sauvages, il me faudrait des preuves de leur repentir avant que je décide de leur laisser jouir de ces propriétés de grande valeur.

Ne souffrez à aucun prix qu'ils prêtent le serment d'allégeance (souvenez-vous que je vous l'ai défendu le 29 janvier), de peur qu'ils ne s'en prévalent pour fonder leurs réclamations.

Charles Lawrence

∞∞∞

Charles Lawrence accumule les griefs contre les Acadiens. Il ne leur pardonne ni d'avoir ravitaillé les troupes françaises ni d'avoir majoré le prix des munitions pour les troupes anglaises. Encore moins d'avoir refusé de renseigner les officiers britanniques au sujet des plans d'attaque et de défense de l'armée française. Malgré cela, muni d'informations précises fournies par l'espion Pichon, le colonel Monckton a pu s'emparer du fort Beauséjour en un tour de main.

Évangéline et sa mère, appelées sur le territoire des Micmacs par Faoua, apprennent la nouvelle avec consternation. Ce chef micmac leur a toujours inspiré paix et confiance. Mais ce matin, avec sa tête retombée sur la poitrine et ses yeux cernés de bistre, il les inquiète. Ce que leur traduit l'abbé Maillard les renverse.

– Faoua veut te dire, Évangéline, tout ce qu'il sait sur la mort de Félicité… Elle n'a pas été assassinée par les Anglais. L'un d'eux aurait même voulu lui porter secours.

– Un Anglais pour l'aider ? Mais voyons ! conteste Évangéline.

– Oui. Celui-là même qui a emmené les signataires au fort Edward, leur fait comprendre Faoua.

– Le sergent Barker ?

Marie-Ange et sa fille, le souffle coupé, ont besoin de quelques instants de silence pour absorber ce que leur apprend le Micmac. Félicité. Barker. Une tornade dans l'esprit d'Évangéline.

– Faoua a vu le premier soldat anglais s'approcher de la rivière pour aider la jeune femme. Mais il est arrivé trop tard… explique le missionnaire.

– Mais qui l'a tuée ? demande Évangéline, étranglée par l'étonnement.

– Évangéline, elle avait des sangsues collées partout sur les deux jambes, répond l'abbé Maillard. La panique l'a fait trébucher et elle s'est fracassé la tête sur la pierre…

– Non ! Je ne vous crois pas ! Un autre Anglais a dû passer avant et attaquer Félicité. Les sangsues sont venues après… s'entête Évangéline. Ils étaient trois Anglais sur le bord de la rivière et ils devaient être saouls. Je le sais. Les deux autres ont dû se sauver après leur sauvagerie.

Du regard, Faoua mendie leur foi.

– Pourquoi avoir attendu un mois pour nous dire ces suppositions-là ? demande brusquement Marie-Ange.

Faoua leur fait comprendre que c'est maintenant qu'elles sont prêtes à les entendre.

– Il a attendu un signe de la mère Terre, traduit le missionnaire.

Évangéline se mure dans le silence. Aucun doute n'effleure son esprit. « Félicité ne se serait jamais aventurée dans l'eau si elle avait vu des sangsues. Elle y a été poussée ! »

– Évangéline, je t'en prie, ne comprends-tu pas que c'était son destin ? Tu cherches la justice, mais tu ne trouveras que des tiraillements de l'esprit, la prévient le père Maillard.

Évangéline frissonne en pensant à la frayeur que Félicité a dû ressentir. Un instant, elle ferme les yeux. « Dis-moi donc toute la vérité, Félicité. Il y a juste toi qui sais… »

L'absence de réponse laisse un bleu énorme sur son cœur.

La population apprend avec consternation ce que les Micmacs et le père Maillard ont révélé à Évangéline et à sa mère. Le curé Chauvreulx invite ses fidèles à méditer sur ces événements.

– Ensemble, demandons pardon à Dieu qui accueille en son royaume Français, Anglais et Indiens, sans distinction de race ni de couleur, dit-il pour conclure son homélie.

« Je ne peux pas croire que le bon Dieu garde de la place pour les démons d'Anglais dans son paradis », se dit Benoît, choqué.

En après-midi, les hommes de Pigiquit et de Rivière-aux-Canards, venus rejoindre ceux de la Grand'Prée, doivent discuter de leur avenir et préparer une deuxième pétition.

– Je propose qu'on ajoute quelques lignes à l'autre pétition, dit Batis Arsenault. On demande pardon au cas où quelque chose de la première aurait été vu comme un manque de respect.

Des soixante-dix personnes rassemblées, le tiers n'apprécie pas cet ajout.

– En plus de passer pour des braillards, on va aller leur lécher les semelles ? rétorque Gabriel, persuadé que l'idée de Batis est indigne d'un peuple qui s'est toujours assumé sans attendre l'aide des empires européens.

– Moi aussi, je trouve que c'est déshonorant, renchérit Basile Melanson.

– Je suis contre la demande de pardon, clame Charles Béliveau. Je veux bien qu'on en ait fait une au bon Dieu pendant la messe, mais à Lawrence et à ses semblables… jamais !

Le débat se clôture avec quarante-quatre signatures contre vingt-neuf abstentions. Avant que les hommes se dispersent, Michel Longuépée, arrivant tout juste de Beauséjour, apporte des nouvelles désastreuses : les Anglais s'en prennent aux prêtres. L'abbé Le Loutre a échappé de justesse à l'emprisonnement auquel le condamnait Monckton.

– Et les Acadiens de Beaubassin, qu'est-ce qu'ils deviennent ? demande Charles.

– Certaines familles ont fui vers la baie des Chaleurs, d'autres vers l'île Saint-Jean, répond Longuépée. Mais ce que j'ai trouvé le plus révoltant, ç'a été de voir des centaines d'Acadiens aller porter leurs armes au camp anglais, confie-t-il, accablé.

Un silence humide de larmes interdites et de sanglots voilés tombe sur l'assemblée.

– J'ai vu pire encore, reprend Longuépée.

Tous les regards se font suppliants malgré l'appréhension qui les embrume. Longuépée leur apprend que Monckton a capturé les deux chefs micmacs en attendant de les utiliser pour mater les Indiens. Qu'il a emprisonné les Acadiens qui ont refusé de livrer leurs mousquets.

– Personne n'a tenté de se sauver? questionne Louis Cormier.

La réponse les réjouit. En dépit des périls encourus, tous ceux qui ont pu quitter Beaubassin l'ont fait. Une petite bande chercherait à passer au Canada…

– De toute façon, Monckton les aurait tous chassés de leurs terres, leur apprend Longuépée.

Un sourire se dessine sur son visage. Il n'est pas peu fier d'avoir été informé d'un début de mutinerie dans le camp anglais, les soldats n'ayant pas reçu leur ration de rhum…

– Avant d'aller porter cette deuxième pétition à Halifax, il me reste une dernière chose à vous dire, annonce Longuépée. C'est bien connu que pour régner, il faut diviser… Monckton et Winslow, c'est le feu et l'eau. On pourra jouer là-dessus aussi.

De fait, Monckton encense les officiers des troupes régulières, mais il se montre impitoyable envers ceux de la Nouvelle-Angleterre, dont il a pourtant besoin.

– Il va jusqu'à attribuer tout le succès de ses combats aux deux cents ou trois cents soldats britanniques, confirme Michel Longuépée,

– Qu'est-ce qui peut bien sortir de bon de Charles Lawrence, je me le demande, s'écrie Benoît avant de charger leur émissaire d'aller à Halifax porter les quarante-quatre signatures au bureau du lieutenant-gouverneur et de son conseil.

Un écuyer chevronné peut se rendre du bassin des Mines à Halifax en une douzaine d'heures. Or, Michel Longuépée n'est pas rentré mardi soir. On s'inquiète. Peut-être a-t-il jugé bon de remettre la pétition en main propre au lieutenant-gouverneur Lawrence ? Ce dernier a pu tarder à le recevoir. Au pire, il a connu des embêtements en route.

– Je me suis proposé pour aller au-devant de Michel Longuépée, s'il n'est pas arrivé demain midi, annonce Gabriel, venu rendre visite à Évangéline en soirée.

Assise avec lui sous le grand saule, Évangéline est torturée. Avouer à Gabriel qu'elle s'oppose à ce qu'il prenne la route pour Halifax sans pouvoir lui fournir d'autre motif qu'une simple prémonition ne ferait pas sérieux. Plus encore, elle craint de s'attirer les moqueries de son amoureux. Évoquer la perfidie de l'armée britannique et l'étayer des événements survenus à Beaubassin lui semble plus pertinent. Gabriel s'étonne.

– Il me semble que ce n'est pas dans ta nature d'être peureuse.

– Non, mais quand il s'agit de…

– Pour toi, Évangéline, je serai moins fanfaron. À moins que ce ne soit pour te défendre.

– Sans toi, je deviendrais comme un saule planté seul en Acadie.

Gabriel lui ouvre ses bras.

– Ta place est là à partir de ce soir, ma belle Éva.

Tous deux, leur regard tourné vers le cap Blomidon, jurent devant lui de s'aimer…

– … par toutes les marées, par tous les continents.

Chapitre 3

Un grand amour menacé

L'angélus du midi ramène la marmaille autour de la table familiale. Au presbytère, un visiteur inattendu. Pierre Maillard.

Missionnaire chez les Micmacs, il a été capturé en 1745, renvoyé en France, mais il est revenu l'année suivante. Haletant, plus squelettique que jamais, il se tient dans l'embrasure de la porte. C'est d'un cœur encore empreint de mansuétude que Jean-Baptiste Chauvreulx l'accueille.

– Vous me pardonnerez, monsieur le curé, d'arriver à cette heure, mais je dois absolument m'entretenir avec vous.

– Je vous en prie, cher confrère, prenez le temps de respirer. Venez vous asseoir. Vous arrivez à point, j'ai fait une soupe à la baillarge, une bonne soupe du dimanche, dit l'abbé Chauvreulx au palais gourmand.

– J'ai tant de choses à vous dire que la soupe devra attendre. Je suis venu pour vous, cher ami. Pour nous, devrais-je dire !

– Mais dites-moi vite ce qui vous est arrivé, mon ami, lui enjoint le curé qui, par politesse, a tout de même placé un bol de soupe devant le missionnaire.

L'abbé Maillard repousse le plat. Les coudes posés sur la table, les doigts croisés sous son menton, il fixe son vis-à-vis d'un regard affligé.

– Cette fois, c'est la fin ! Les Anglais n'ont pas pris d'assaut que le fort Beauséjour, mais le fort Gaspareaux aussi ! Curé Chauvreulx, les deux forts français ont capitulé ! Le lieutenant-gouverneur Lawrence a annoncé que Beaubassin et tout l'isthme de Chignectou seront totalement occupés par des colons anglais. Ils s'en viennent de partout s'installer chez nous !

L'abbé Chauvreulx n'a plus faim. Il a compris. Cette victoire britannique constitue une menace sérieuse pour tous les habitants du bassin des Mines.

– Il faudra prévenir vos paroissiens, dit l'abbé Maillard.

– Vous êtes sûr de ce que vous avancez ? C'est déjà arrivé par le passé que les autorités anglaises sèment des rumeurs pour faire peur aux Acadiens…

– Croyez-moi, monsieur le curé. Une offensive se prépare aussi vers l'ouest. Monckton a envoyé ses soldats détruire un autre fort français, à l'embouchure de la rivière Saint-Jean.

– Mais on se croirait en pleine guerre !

– Nos amis indiens y ont goûté aussi et je crains que ça ne s'arrête pas là.

Jean-Baptiste Chauvreulx retient son souffle pendant que le missionnaire Maillard lui fournit les détails. Après avoir proposé et obtenu des Indiens de la tribu des Pentagouets qu'ils signent la paix avec les Anglais, Monckton les aurait ensuite fait massacrer par des délégués de la Nouvelle-Angleterre envoyés soi-disant pour fumer le calumet de la paix avec eux.

– Mais c'est plus sauvage que tout ce que nos Indiens ont pu faire ! estime le curé de la Grand'Prée.

Le missionnaire chasse d'un signe de tête la pensée qui l'habite. Jean-Baptiste Chauvreulx en a entendu suffisamment, mais sa compassion l'incite à questionner davantage son confrère.

– Je sens que vous ne me dites pas tout. Parlez en toute confiance, père Maillard.

– Ma tête est mise à prix, cette fois-ci. Et ce n'est pas tout… Si vous saviez ce qui vient d'arriver à l'abbé Daudin…

Taxé d'insolence et de provocation, accusé d'avoir vitupéré contre le lieutenant-gouverneur Lawrence, d'avoir osé dire que les Acadiens haïssaient personnellement le colonel, il a été arrêté pendant la messe et emprisonné à l'île Georges.

– Nous ne sommes plus à l'abri.

Le curé de la Grand'Prée est consterné. Il tourne la tête vers le crucifix accroché au mur et laisse tomber :

– Quand je pense qu'avant de nous envoyer en terre d'Amérique, nos supérieurs nous mettaient en garde contre la prétendue cruauté des Indiens ! Jamais ils n'auraient cru se tromper autant.

L'aversion et la méfiance de Lawrence et de Murray à l'égard de tous les prêtres français ne font plus aucun doute. L'arrestation de l'abbé Daudin en témoigne.

Le curé Chauvreulx se sent investi d'une lourde mission : protéger ses paroissiens et défendre leur droit à la propriété. Les Anglais interdisent aux Acadiens d'exporter du maïs hors de la province, sous peine de devoir payer une amende de cinquante livres, et les obligent à approvisionner le fort Edward en bois, sous peine d'exécution militaire.

– Votre coupe est pleine…, constate le missionnaire.

– Sur le point de déborder, avoue le curé Chauvreulx. Il m'arrive même de me demander si notre divin Maître ne se désintéresse pas de moi comme le font mes supérieurs sulpiciens, à l'aise dans notre France natale.

D'autre part, le missionnaire Maillard confie éprouver un véritable réconfort à l'invitation du curé Chauvreulx à passer quelques jours au presbytère de la Grand'Prée.

∞∞∞

À moins de quelques arpents du presbytère, Abraham Landry, mû par une soudaine impulsion, lève la tête au-dessus de la clôture. Le cheval de Michel Longuépée coupe à travers le pré et galope vers sa maison. Abraham s'essuie le front du revers de sa manche et va à sa rencontre. Avant de descendre de son cheval, Michel lui remet la dépêche qu'il rapporte du fort Edward.

– J'ai fait aussi vite que j'ai pu parce que ce papier-là du capitaine Murray, il n'est pas comme l'autre, annonce Michel.

– Je me doute bien de ce qu'il nous écrit, marmonne Abraham, invitant Michel à se désaltérer au puits.

Depuis la mort de Célestin, les habitants de la Grand'Prée se sont naturellement tournés vers Abraham Landry. L'expérience du vieil homme et l'amitié que lui portait Célestin ont vite fait de lui le nouveau sage de la région.

Les doigts vieillis et tremblants d'Abraham s'insèrent difficilement sous le rabat de l'enveloppe. Après sa lecture, le regard perdu dans le vide, il annonce de sa voix grave :

– C'est bien ce que je craignais. Cette fois-ci, Murray n'exige plus rien de nous. C'est plus haut que ça se passe. Le lieutenant-gouverneur Charles Lawrence veut nous voir en personne.

– Lawrence ? Pas Lawrence ! cafouille Longuépée.

– Michel, il faut que tu repartes. Fais-toi aider… Rassemble tous les signataires de la Grand'Prée ici demain soir, lui demande Abraham.

– Qu'est-ce que je vais leur donner comme raison ?

– Qu'un ordre de Lawrence vient d'arriver. Pas plus, Michel.

Apprenant la nouvelle du retour de Longuépée, Évangéline remercie le ciel d'avoir évité à Gabriel de partir à sa recherche.

Le premier juillet au soir, l'horizon n'a pas encore pris les couleurs de l'armée anglaise que Gabriel et les signataires des deux requêtes se présentent chez Abraham Landry. Les uns sont pétris d'appréhension ; les autres, remplis d'espoir. Tous, avides d'entendre Abraham.

– Notre demande de pardon n'a pas donné les résultats prévus, dit-il. Le capitaine Murray doute de notre sincérité. Il s'en est plaint à Lawrence. Il nous décrit comme des sujets tantôt repentants et soumis, tantôt arrogants et hostiles, ajoute-t-il, le texte en main.

– C'est bon ça ! s'écrie Benoît. On les inquiète ? Tant mieux ! Ils vont savoir ce que ça fait de vivre tout le temps dans l'incertitude.

Des applaudissements spontanés appuient les propos de Benoît Bellefontaine. Abraham reprend la parole.

– Le capitaine Murray nous trouve fanfarons et il prétend qu'on est en train de manigancer quelque chose.

– Il s'imagine peut-être qu'une flotte française va mouiller dans la baie pour venir nous aider, ironise Germain Forest.

– Il craint qu'on ait obtenu l'appui de l'armée française et qu'on parte en guerre contre eux, précise Abraham.

– Ça ne serait pas George II ou leur ami Shirley, plutôt, qui s'apprêterait à envoyer d'autres soldats à Lawrence ? propose Gabriel.

Pressé d'en venir aux faits, Basile Melanson demande :

– Qu'est-ce qu'il fait de la dernière pétition, Murray ?

– Ce n'est pas lui qui va en débattre avec nous... Il nous renvoie au lieutenant-gouverneur.

– À Lawrence ! À Halifax ! s'écrie Basile, outré.

– Oui ! Tous les signataires au fort de Halifax, le jeudi 3 juillet, résume Abraham. Faut avertir les hommes de Rivière-aux-Canards et de Pigiquit qui ont signé.

– Quarante-quatre Acadiens... ça a fait peur à Murray et ça inquiète Lawrence, déduit Gabriel.

– On ne va quand même pas envoyer quarante-quatre hommes à Halifax ! proteste Laurent Blanchard. S'il fallait qu'ils soient faits prisonniers...

La remarque est approuvée à l'unanimité. Abraham propose de ne déléguer que les hommes qui n'ont pas de jeunes enfants ou de parents malades à la maison.

– Une quinzaine, ce serait suffisant, estime Basile Melanson.

Des mains se lèvent. Même s'ils n'ont pas signé cette deuxième pétition, Benoît Bellefontaine et Gabriel Melanson sont du nombre des volontaires qui prendront la route pour Halifax le lendemain. Ils veulent clamer le droit des Acadiens de reprendre leurs biens et de vivre en paix sur leur terre d'origine. Évangéline reprend ses prières.

La veille du départ, la soirée est au chagrin malgré la douceur de l'air et le murmure des vagues, malgré la flamme amoureuse qui embellit Évangéline. Une flamme capable de réduire en cendres des montagnes de haine, d'embraser le cœur de toute l'Acadie, de gaver ses veines d'audace et de fierté. Gabriel cherche les mots qui rassureront sa belle Éva. D'un geste large du bras, il balaie le bassin des Mines et claironne :

– Nos enfants et les enfants de nos enfants vont pouvoir regarder assez loin pour dire que toutes ces terres-là leur appartiennent.

– Nos enfants… ils les auront pris de toi, ces yeux-là, Gabriel. De ce temps-là, dans les miens, il y a juste des larmes.

– Oh ! il y a tellement plus ! Il y a aussi bien du courage. Je souhaite que nos enfants héritent ça de toi, lui confie doucement Gabriel, en souriant. Au fait, combien tu en voudrais ?

– Autant que tu en voudras, Gabriel.

– Tu me le jures ?

Abandonnant sa main à celle de Gabriel, son regard tendu vers l'étoile Polaire, Évangéline répond, mystérieuse :

– Pour témoin… cette étoile, ou celle de David, même si on ne peut pas la voir.

L'évocation de cette étoile suscite la curiosité de Gabriel. Ce qu'il en apprend le bouleverse. Des échanges empreints tantôt d'espérance, tantôt d'effroi les gardent l'un près de l'autre jusqu'à la pointe de l'aube.

Des munitions plein le cœur et l'esprit, Gabriel embrasse Évangéline.

– Tu es la femme la plus merveilleuse de l'Acadie… de la terre d'Amérique.

– Tu penses que tes parents s'en sont rendu compte… pour nous deux, Gabriel ?

– Pas seulement mes parents, toute la famille !

– Et puis ?

– Mon père m'a dit : « T'as du goût, mon garçon. »

– Et ta mère ?

– Elle m'a embrassé, trop émue pour prononcer un seul mot. Mais je sais qu'elle est très heureuse de nous voir amoureux. Les tiens, Évangéline ?

– Ils avaient deviné bien avant que je me décide à leur en parler ouvertement. Les deux t'adorent… mais pas autant que moi, Gabriel.

Une longue étreinte clôt leur rencontre.

Au moment où le soleil incendie le bassin des Mines, Évangéline entend s'éloigner les quatre charrettes qui prennent la route pour Halifax. Le curé Chauvreulx, l'étole au cou et le goupillon à la main, les bénit l'une après l'autre; sur celle d'Abraham Landry, il a administré trois ondées d'eau bénite au lieu d'une.

∞∞∞

Plus de deux jours pour se rendre à Halifax. Deux jours à voyager sous un soleil de plomb, deux nuits à dormir à la belle étoile, des heures à craindre le pire au terme de ce périple imposé.

Les quinze délégués du bassin des Mines sont reçus par le lieutenant-gouverneur Charles Lawrence, son conseil, ses majors et ses colonels encadrés de sentinelles en armes. Reçus, mais sans les honneurs d'aucun fauteuil pour les faire asseoir. Il plaît aux représentants de la couronne britannique que les accusés demeurent debout.

À la vue des Acadiens regroupés au bas de la balustrade, le mépris s'ajoute à l'indignation de Lawrence, que la lecture de cette deuxième pétition a déjà mis fort en colère. Le cou étouffé sous son jabot de dentelle, il rugit contre l'innommable outrage de ces rebelles qui ont osé réclamer leurs droits, leurs armes et leurs bateaux. Une insulte au roi d'Angleterre.

Sa perruque blanche détonne sur son teint rosi par la rage. De son fauteuil, Charles Lawrence déverse un déluge de reproches sur les pétitionnaires: hypocrisie, déloyauté, insolence, irrévérence envers le roi George II et ses délégués, manque de reconnaissance pour les bontés dont le gouvernement les comble. «Ces admonestations les déstabiliseront et balaieront leur audace au fond de l'Atlantique», espère le lieutenant-gouverneur. La mine renfrognée des délégués nourrit ses présomptions. Mais Abraham Landry n'a pas fait tout ce voyage pour se priver d'intervenir.

– Nous avons besoin de nos mousquets pour protéger nos familles et nos animaux, insiste-t-il, encouragé par les murmures de ses compagnons.

Une occasion en or pour Lawrence de tabler sur leur intention dissimulée de se battre aux côtés des Français.

– Croyez-vous que nous sommes aveugles au point de ne pas voir votre intention de vous armer et de vous allier aux Français ? Sachez que vous édifiez votre propre prison en osant défier les lois de ce pays. Tant que j'y serai, vous n'y trouverez aucune arme et aucun moyen de vous rebeller contre les représentants de Sa Majesté.

– Nous avons juré, à moins d'être forcés de le faire au prix de notre sang, de ne participer à aucune offensive contre la couronne britannique, et nous respectons notre serment, affirme Abraham.

– C'est un serment sans aucune réserve que vous devez signer ! riposte le lieutenant-gouverneur.

Il leur rappelle que cette exigence leur a été présentée il y a six ans déjà et qu'il ne tolérera pas que des sujets qui se disent loyaux se dérobent une fois de plus.

– On ne peut pas faire ça sans consulter notre monde ! s'oppose Abraham.

Pris au piège plus qu'ils ne souhaitent le laisser voir, les délégués demandent la permission de délibérer entre eux. Lawrence leur accorde un peu de temps. Le regard chargé de menaces, il suspend la séance et se retire avec son conseil. Les Acadiens demeurent encerclés par les sentinelles armées.

– Si vous voulez mon avis, s'empresse de dire Boudrot, ça nous donne rien de nous entêter. À moins que ça vous fasse rien de passer le reste de votre vie en prison ou comme esclaves des Anglais sur vos propres terres…

– Ou d'être chassés en Angleterre, ajoute Antoine Forest.

Batis Arsenault appuie ces considérations.

– Pas d'armes, pas de canots, à la merci d'une armée solide, qu'est-ce que vous voulez bien qu'on fasse ?

– Qu'on reste dignes de porter le nom d'Acadiens, fidèles à nos ancêtres, réplique Gabriel.

– Ça n'empêcherait pas de l'être dans nos cœurs, prétend Boudrot.

La remarque est mal reçue par les hommes qui s'acharnent depuis des années à sauvegarder leur liberté.

– Peut-être que signer ce maudit serment nous sauverait de bien des malheurs, dit Louis Cormier qui, depuis six semaines, a eu sa dose d'épreuves.

Cette réflexion va droit au cœur de tous les délégués. Leur sort et celui de toutes les familles acadiennes sont entre leurs mains. Une capitulation ne leur garantirait-elle pas une paix définitive en plus du retour de leurs barques et de leurs armes ? Benoît ne le croit pas. Abraham non plus.

– Je préfère l'honneur à un semblant de paix, dit Gabriel.

– Un semblant de paix, c'est ce que je pense aussi, reprend Abraham, persuadé que la signature du serment inconditionnel signifierait un consentement à l'assimilation et à un assujettissement à la mesure de l'avidité des Anglais.

– Qu'est-ce qu'on va devenir ? s'inquiète Batis, fusillant Gabriel d'un regard accusateur.

– On n'a pas à « devenir ». On n'a qu'à rester ce qu'on est : un peuple qui se tient debout, qui connaît ses droits et qui n'a pas peur de les faire respecter, riposte Gabriel.

Les hommes s'accordent un moment de réflexion : un silence meublé d'angoisse et d'incertitude. Charles Béliveau est le premier à conclure.

– Ce qui veut dire qu'on ne signe pas.

– Qui pense comme Charles ? demande Benoît.

– Je voudrais qu'on essaie de prévoir les conséquences d'un refus, avant de se prononcer, propose Germain Forest.

L'un s'attend à l'emprisonnement pour un temps indéfinissable ; un autre, à la saisie de tous ses biens et Louis craint de plus grands sévices encore. Antoine l'approuve.

– Maintenant, essayons donc de voir ce qui nous resterait si on refusait de signer, suggère Abraham.

– De la fierté…

– De l'honneur…

– L'appui de la France, croit Daniel, le frère de Louis.

– Mon pauvre garçon, la France a eu bien d'autres occasions de nous aider, et elle ne l'a pas fait, corrige Abraham.

Gabriel propose de ne rien signer, quitte à devoir revenir dans quelques jours. Abraham recueille les assentiments.

Chez plus d'un délégué acadien, l'appel à la solidarité prime sur l'appréhension et les intérêts personnels.

Une heure s'est écoulée lorsque, enfin, Lawrence envoie ses représentants dans la salle d'audience pour entendre les *French Neutrals* annoncer leur décision. Cette fois, Abraham déclare en anglais que tous les délégués présents sont prêts à renouveler leur serment sous l'ancienne forme, mais qu'ils refusent d'en signer un nouveau sans l'avoir étudié et soumis à l'approbation de leurs compatriotes.

Ce refus massif est rapporté au lieutenant-gouverneur Charles Lawrence. Bien qu'il lui soit difficile de cacher son dégoût et sa hâte de procéder à l'expulsion massive de tous les Acadiens de la Nouvelle-Écosse, il a l'obligation de consulter son conseil à qui il soumet un nouveau plan ; une stratégie qui, cette fois, devrait éradiquer sournoisement toute opposition des *Neutrals*, étant donné que la loi anglaise prévoit qu'un seul refus de prêter ce serment de fidélité est jugé comme un crime passible d'emprisonnement. Charles Lawrence propose au conseil d'attendre au lendemain pour annoncer aux Acadiens que, quelle que soit leur décision, ils seront faits prisonniers.

On ordonne à Abraham de traduire la réplique empoisonnée de Lawrence.

– Le lieutenant-gouverneur nous accorde une dernière chance de réfléchir et de nous amender. Faut passer la nuit ici et lui donner notre réponse demain.

– On va où, en attendant ? demande Antoine.

– Dans une salle… sous surveillance. Nous pourrons dormir là et manger ce que nous avons apporté.

– Rien d’autre ? Je n’ai plus rien, moi, dit le jeune Daniel Cormier.

– Je vais demander si on ne pourrait pas avoir à manger, consent Abraham.

La réaction du colonel est virulente : tel que cela a été stipulé par le lieutenant-gouverneur, ils n’auront droit qu’à du pain et de l’eau.

Pendant que Lawrence, accompagné de son colonel, de ses majors et de ses capitaines, se moque de « ces *Neutrals* naïfs et sans défense », la fatigue et l’inquiétude accablent les délégués du bassin des Mines.

Reclus dans une salle sans fenêtre, accroupis sur le plancher de bois noueux, plusieurs captifs, dont Gabriel, Charles, Benoît et Germain, fulminent contre l’abus de pouvoir des Anglais. Une concertation sur la décision à rendre le lendemain s’impose. La tension monte et risque de diviser le groupe. Abraham intervient.

– Je vous en supplie, mes amis, pas de chicane. Les Anglais seraient trop contents. Il faut se reposer et se distraire. La nuit porte conseil…

Gabriel s’est éloigné du groupe. Recroquevillé dans un coin de la salle, les jambes ramenées sur sa poitrine, la tête appuyée sur ses genoux. Ainsi peut-il se construire une alcôve où, l’amour défiant la distance, il enlace sa bien-aimée de son invincibilité, l’emmaillote des promesses faites « par toutes les marées, par tous les continents », et lui susurre des « je t’aime » aussi mélodieux que le chant de la sturnelle des prés. Gabriel ne peut deviner l’heure qu’il est avec précision, mais il est passé neuf heures « puisque le hibou des marais est venu prendre la relève du busard Saint-Martin », se dit-il en l'entendant boubouler. Il sourit. Paupières closes, Gabriel envie l'oiseau. Ce qu'il donnerait pour voler au-dessus de la maison des Bellefontaine et entendre Évangéline lui répondre « Ti-ou-ti-ti-yu. Ti-ou-ti-ti-yu ».

Dans cette opacité haineuse, Gabriel cherche une faille par où la lumière et l'air pur pourraient s'infiltrer. Dépité, il ferme les yeux. Avec une clarté sans pareil lui apparaît alors sa belle Évangéline, son allure fière, ses grands yeux bruns et sa façon de jouer les belles indifférentes... sa main ciselée comme une dentelle sur la sienne. Il aimerait la tenir là, chaudement blottie tout contre lui, et échapper par cette étreinte à l'atmosphère infecte qui commence à envahir cette salle lugubre. Il faut dormir, ne serait-ce que quelques heures, pour oublier la figure joufflue du despote Lawrence et apporter à l'esprit le repos nécessaire à une décision éclairée, le matin venu. Penser à Évangéline de toutes ses forces, coller son odeur à ses narines.

L'étreindre pour la vie. Dormir avec elle...

– Debout ! hurle un soldat. Debout, tout le monde !

Gabriel et tous les autres, le cerveau embrumé et le corps courbaturé par l'humidité, se relèvent péniblement.

– Qu'est-ce qui arrive ? demande Gabriel.

La réponse ne tarde pas à venir.

– Dehors ! crie encore le soldat.

Celui-ci les conduit dans un enclos au sein de la palissade où un abri est aménagé pour leur permettre de satisfaire leurs besoins.

Humer l'air frais, se dégourdir les membres, reprendre contact avec le ciel de l'Acadie réconforte les hommes sans toutefois faire taire les doléances de leur estomac. Abraham Landry revendique le droit d'être nourri.

L'attente leur semble longue avant que des plateaux de pain et de lard leur soient apportés.

– Quelque chose à boire, aussi, réclame encore Abraham.

Là encore, les officiers font languir les rebelles.

– Faut pas se montrer faibles, conseille Benoît. Ils ne méritent pas de nous voir souffrir.

D'après la position du soleil, Abraham estime qu'ils ne disposent guère de plus de deux heures pour s'entendre sur une proposition. Les avis demeurent partagés, mais les échanges sont plus sereins. La majorité se rallie autour de la suggestion de Louis Cormier : signer ce maudit serment.

– On ne l'a jamais essayé, après tout, fait remarquer son père.

– À la condition qu'on ne signe qu'en notre nom personnel, concède Gabriel, un des derniers à donner son approbation.

– Une fois qu'on sera retournés chez nous avec tous nos fusils et nos chaloupes, on décidera de ce qu'on fait avec ça, dit Benoît.

– On sera en position de se défendre… Peut-être même d'aller plus loin avec l'aide de nos amis micmacs, ajoute Charles.

– Ce n'est ni la place ni le moment d'aborder ce sujet-là, fait remarquer Abraham, invitant sa petite troupe à la prudence.

À l'heure convenue, les *Neutrals* sont reçus dans la salle d'audience. Abraham Landry se tient devant le groupe, prêt à répondre à l'ultime question: «Acceptez-vous de signer le traité d'allégeance à la couronne britannique, sans condition?»

Entouré de ses conseillers et d'une vingtaine de soldats armés, Lawrence se pose en dictateur. Abraham lui annonce:

– Nous quinze signerons, mais…

Lawrence l'interrompt avant même d'avoir entendu son plaidoyer.

– N'ajoutez rien de plus. Je sais très bien que votre semblant de soumission est inspirée par la peur, ce que je considère comme mensonger et inacceptable! rétorque Lawrence qui, en son for intérieur, se félicite de son plan. Nul n'est sans savoir que la loi anglaise prévoit que les sujets qui refusent, ne serait-ce qu'une seule fois de prêter le serment d'allégeance, sont considérés comme des récalcitrants papistes et ne peuvent être autorisés à se raviser! Et si vous ne le saviez pas, eh bien, maintenant considérez-vous comme informés!

Sidéré, Abraham cherche comment annoncer cette impardonnable duperie à ses concitoyens sans provoquer de violents affrontements. Il réclame un moment de réflexion. Il lui est refusé.

– Il fallait prêter le serment hier! annonce-t-il à ses compagnons, taisant les raisons alléguées par le lieutenant-gouverneur.

– C'est faux! Il a dit qu'il nous donnait une dernière chance hier soir! riposte Gabriel.

– Je le sais bien, mais il aurait oublié un article de leur loi…, grince Abraham, bouillonnant de colère.

– Mais voyons donc. Ça ne tient pas debout ! s'écrie Charles.

– On est jugés comme des hors-la-loi… des rebelles qui…

Abraham n'a pas terminé que Lawrence réclame le silence. Il est pressé d'en finir avec eux. Un ordre lapidaire est donné aux soldats qui se tiennent dans le fond de la salle.

– Que tous ces rebelles soient conduits à la prison de l'île Georges, à proximité de Halifax, en attendant d'être déportés.

On entraîne avec violence les prisonniers à l'extérieur de la salle. Lawrence, avec le même ton, congédie Abraham.

– On a besoin de vous au bassin des Mines, pas à l'île Georges. Rentrez chez vous et restez à notre disposition.

∞∞∞

– Évangéline ! Réveille-toi ! Il y a quelqu'un sur le perron, dit Marie-Ange.

Évangéline se frotte les yeux. Des lambeaux de sommeil traînent dans son cerveau.

– Je pensais que c'était dans mon rêve, maman. Nos hommes revenaient de Halifax…

– Viens vite ! Je ne veux pas ouvrir la porte toute seule. Au cas où ce ne serait pas…

– Gabriel ? Non, maman. Il aurait sifflé avant, échappe Évangéline en bondissant de son lit.

– Sifflé ?

– Je dis n'importe quoi ! J'étais dans le meilleur de mon sommeil.

– Sors ton mousquet.

Évangéline devance sa mère. Son fusil en main, elle colle son oreille à la porte et demande :

– Qui est là ?

– C'est Batis Arsenault. J'ai des nouvelles.

Évangéline range son arme sous sa paillasse et revient ouvrir. Batis, la chevelure hirsute, les vêtements dégoulinants, présage d'un malheur.

– Ça fait quatre jours qu'on vous attend. Qu'est-ce qui s'est passé, Batis ? Entre !

– Il fallait que je commence par vous autres, annonce-t-il, s'écrasant sur la chaise la plus proche.

– Quelque chose est arrivé à nos hommes, pressent Marie-Ange.

– Ils sont presque tous emprisonnés à l'île Georges. Il faudrait leur envoyer du renfort le plus vite possible.

– Du renfort ? Pour les sortir de là ? demande Évangéline.

– Oui. Avant qu'un bateau les déporte vers le sud ou en Angleterre.

– En Angleterre ! s'écrient les deux femmes, catastrophées.

Marie-Ange et sa fille supplient Batis de leur raconter tout ce qui leur est arrivé. Consternation, effroi, révolte. Évangéline, la gorge nouée, retient ses pleurs.

– Quelque chose me disait que ça tournerait mal, murmure Marie-Ange. Mais toi, Batis, comment se fait-il que…

– Je me suis sauvé à la nage aux petites heures, hier matin. J'ai eu de la chance. J'ai atteint le rivage avant que…

– Avant que quoi ? l'implore Évangéline.

– Avant que les tirs des soldats…

– D'autres aussi sont partis à la nage ? questionne anxieusement Marie-Ange.

– Deux ou trois, je pense bien. Je ne pourrais pas vous en dire plus, j'ai été le premier à m'échapper. J'ai nagé pendant au moins vingt minutes. Une fois sur la terre ferme, j'ai dû courir le plus vite que je pouvais. J'entendais encore des coups de fusil derrière moi.

Évangéline s'acharne à chasser les images horrifiantes qui déferlent dans son esprit. « Papa est sage et expérimenté, Gabriel est fort et il n'a peur de rien ; ils ont dû réussir à se sauver. Louis aussi. Ils sont sur le point d'arriver. Bientôt, je vais entendre le chant de la sturnelle. Va-t'en, Batis, que j'aille à leur rencontre ! » aurait-elle envie de crier, tant elle est indignée que ce soit lui, Batis, et non pas Gabriel, qui soit assis devant elle.

– Comme ça, tu ne sais pas qui te suivait ? reprend Marie-Ange.

– Aucune idée. En pleine nuit, comment voulez-vous qu'on sache, madame Bellefontaine ? répond-il, le regard braqué sur Évangéline.

– On ne voit pas très bien la nuit, je le sais, mais on entend, Batis. Voyons ! Les voix…

– Quand j'ai enfin pu me glisser derrière un garde, je ne pensais plus qu'à sauver ma peau, avoue-t-il, confus.

– Laisse faire, dit Évangéline sans lever les yeux sur lui.

– Je t'offrirais bien de manger ici, mais tu n'as pas une minute à perdre, décrète Marie-Ange, pressée de glisser dans ses mains un petit sac de galettes.

– D'autant plus que ce n'est pas ici que tu trouveras le plus de réconfort, ajoute Évangéline qui ne peut plus supporter sa présence.

Il se lève péniblement et sort de la maison en titubant. Les deux femmes se regardent, la tourmente plein le cœur. Que penser de cette visite ? Que faire ? Quand ? Comment ? De longs moments de réflexion inspirent Évangéline.

– Venez-vous avec moi, maman ?

– Où ?

– À leur rencontre.

– Comment peux-tu savoir où les rejoindre ? Ils n'emprunteront pas des chemins connus des soldats…

– Je sais comment retrouver Gabriel. On a un code. Papa ne sera pas loin de lui. Si vous venez avec moi, maman, on va pouvoir les ramener chacun sur notre cheval. Ils doivent être épuisés.

Sans attendre la réponse de Marie-Ange, Évangéline se couvre de vêtements confortables, prête à sortir atteler sa Princesse. Dans un sac de jute, sa mère enfouit des vêtements d'homme. Dans un autre, des victuailles et sa trousse de premiers soins. Avant de prendre la route, les deux femmes conviennent que si leurs hommes ont tenté de fuir, ils ne devaient pas être très loin derrière le grand Batis. S'ils ont échappé aux tirs des soldats de l'île Georges. S'ils n'ont pas été suivis sur le chemin du retour. Si…

La possibilité de rencontrer des délégués qui les auraient vus fouette l'espoir de Marie-Ange. Évangéline décide de la direction à prendre.

« L'étoile de David… Si elle existe et si tout ce qu'on en dit est vrai, on va les retrouver nos hommes, pense-t-elle. Mon bon Célestin, vous pouvez vous en mêler, vous aussi. Prenez les rênes de ma Princesse. Guidez-la vers papa et Gabriel. »

Les deux Acadiennes filent côte à côte.

– Tu as confiance ? demande Marie-Ange.

– Oui, bien confiance. Je pense qu'ils ne sont plus à l'île Georges… ils doivent être en route vers la Grand'Prée. Mon Gabriel n'est pas du genre à se laisser mettre en cage.

– Si Batis a su déjouer les sentinelles, y a tout lieu de croire que Benoît et Gabriel l'ont fait. Avant lui, même.

– C'est peut-être là-dessus que Batis a menti. Parce qu'il a menti. Je le sentais, dit Évangéline.

– Ça se voyait.

– S'il pensait me conquérir en jouant au héros, il s'est mis le doigt dans l'œil, Batis Arsenault. Il n'arrive pas à la cheville de Gabriel Melanson.

Toutes deux se taisent pour mieux entendre. Puis, elles s'arrêtent dans un sentier étroit, appartenant à un territoire micmac. Le crépuscule a commencé à pâlir le firmament. Les oiseaux nocturnes sortent de leur torpeur. Évangéline gonfle ses poumons à pleine capacité et lance :

– Ti-ou-ti-ti-yu. Ti-ou-ti-ti-yu.

Interloquée, Marie-Ange comprend soudain les allusions de sa fille, le code secret dont elle parlait, celui des amoureux.

L'écho a frémi. «Trop faible pour être la réponse de Gabriel», conclut Évangéline. Elle tente deux autres essais avant de poursuivre sa route. Encore rien. De quart d'heure en quart d'heure, elle s'arrête et reprend chaque fois le chant de la sturnelle.

Avec l'apparition de la lumière d'or à l'horizon, quelques oiseaux ont commencé leur sérénade.

– Vous les entendez, maman?

Soudain, un bruit, un râlement, une plainte, leur parvient du côté droit du boisé.

– Ce n'est pas un animal, ça. J'en suis sûre.

– Approchons-nous, dit Marie-Ange.

– Attention, maman. Ça pourrait être un piège.

– Tu as raison, admet Marie-Ange, dont la pensée et le cœur sont obnubilés par la hantise de retrouver Benoît et Gabriel blessés ou pire encore...

– Y a quelqu'un? crie Évangéline.

– C'est Chaaarles! Au secours!

– Un soldat anglais ne nous aurait pas répondu comme ça, maman.

Marie-Ange reconnaît elle aussi la voix de Charles Béliveau. Les deux chevaux se fraient un passage à travers les arbres et les taillis.

Le navigateur, recroquevillé sur lui-même, gît dans un petit marécage, près d'une mare d'eau où il s'était arrêté pour boire et se rafraîchir. Épuisé, il n'a pu se relever. Évangéline le confie à sa mère pendant qu'elle s'éloigne un peu pour faire le guet.

– Montre-moi où tu as mal, dit Marie-Ange.

– Partout. Aux jambes surtout.

Pendant qu'elle nettoie les écorchures de Charles et tente d'apaiser ses douleurs, Marie-Ange risque la plus brûlante de toutes les questions qui l'obsèdent.

– Benoît, tu l'as vu ?

– Parti à la Grand'Prée... chercher de l'aide.

– Évangéline ! Ton père est peut-être rendu à la maison ! s'écrie-t-elle.

– Gabriel, lui ? demande sa fille en revenant rapidement auprès d'eux.

– Blessé...

– Gravement ? s'inquiète Évangéline.

– Il a besoin d'aide.

– Où est-il ?

– Par là-bas.

– Où, là-bas ? insiste-t-elle d'un ton pressant.

Vers le nord-est, en déduisent les deux femmes. Évangéline souhaite avec une ardeur à la limite de l'angoisse que Charles puisse monter à cheval et les guider vers Gabriel. Pendant que Marie-Ange panse ses blessures, elle lui donne un peu de nourriture et le fait boire à sa gourde.

Avec de l'aide, Charles parvient finalement à se hisser sur la jument de Marie-Ange. Son esprit demeure confus malgré son intense désir de prêter main-forte aux deux femmes. Évangéline est à sa merci, ballottée entre l'espérance et l'angoisse. De temps à autre, elle reprend le chant de la sturnelle. Ses « ti-ou-ti-ti-yu » ont des accents de détresse. Soudain, elle immobilise Princesse.

– Arrêtez, maman. Je pense que c'est lui...

Évangéline reprend, confiante :

– Ti-ou-ti-ti-yu ? Ti-ou-ti-ti-yu ?

Le silence.

– Ti-ou-ti-ti-yu ?

Puis, enfin, une réponse. C'est le chant de la sturnelle. Plus grave. Pathétique. À la fois proche et éloigné. Dans la direction opposée. Un peu au sud.

Évangéline voudrait bien faire trotter Princesse, mais ses sabots s'enfoncent souvent dans le sol boueux.

– Ti-ou... entend-elle sur sa gauche.

Il est là, Gabriel, adossé à une épinette. Des yeux d'Atlantique dans un visage de Sahara. Ses bras tendus... qui retombent sur les arbrisseaux.

– Gabriel ! Oh, Gabriel ! Ne bouge pas. J'arrive.

– Je savais... que tu viendrais... à temps.

Leur fougue voudrait faire fi de tous les obstacles à leur étreinte, mais Gabriel est souffrant. L'épuisement, les écorchures, une entorse à une cheville, mais par-dessus tout une luxation à l'épaule gauche ont eu raison de son endurance. Marie-Ange a juste assez de bandage pour lui faire un spica qui immobilisera cette épaule. Sur sa cheville endolorie, elle applique une pommade de gomme d'épinette maintenue par un des bas propres tirés du sac d'Évangéline.

Gabriel mord à pleines dents dans les morceaux de hareng boucané et les tourteaux à la mélasse que lui tend Évangéline.

Un sentiment d'urgence les pousse à ne faire que l'essentiel pour l'instant : rentrer à la Grand'Prée avec les deux évadés de l'île Georges.

Évangéline soutient Gabriel jusqu'à Princesse, qu'il monte d'un élan qui lui arrache un cri de douleur.

Marie-Ange, impatiente de retrouver son mari, file la première sur le sentier le plus rapide en direction de la maison. Heureusement, Charles peut supporter les soubresauts, car Marie-Ange a bien l'intention de franchir en trois heures le trajet qu'elles ont mis cinq heures à parcourir en matinée.

Tel n'est pas le cas d'Évangéline et de Gabriel que le moindre à-coup fait gémir. Sa poitrine effleurant le dos de sa bien-aimée, son bras droit noué autour de sa taille, le fugitif de l'île Georges récupère ses rêves. L'amour qu'il ressent pour cette femme le consume davantage que sa colère contre Lawrence et ses officiers. « À force de me demander quand et comment je pourrais devenir digne de ma belle Éva, j'ai bien failli la perdre à tout jamais. Il a fallu qu'un mauvais sort s'acharne contre nous pour que je trouve enfin l'occasion de l'impressionner. J'ai cru devoir la gagner au pied carré, comme nos lopins de terre conquis par la mer. Je l'emmènerai là où on pourra vivre notre amour dans la paix, loin des Anglais. Au Canada », projette-t-il. Préoccupé par ses rêves et les moyens à prendre pour les concrétiser, Gabriel a moins mal.

– Par chance, il est venu nous avertir, dit Évangéline.

– Qui, ça ?

– Batis.

– Batis ! Il a eu le front de se présenter chez vous, le salaud ! s'écrie Gabriel, dans une lamentation de douleur.

– Tu ferais mieux de ne pas parler, Gabriel. On aura du temps pour tout se raconter…

– Évangéline ! Deux soldats allaient me noyer, et il n'est même pas venu à mon secours !

– Quoi ?

Les dents serrées sur sa colère, Évangéline se fait violence pour épargner à Gabriel la version de Batis.

Le bras de Gabriel qui se resserre autour de sa taille quand le sentier est cahoteux et son souffle dans son cou la propulsent au-delà du moment présent, dans une oasis indéfinie où l'amour et la sérénité seraient maîtres.

∞∞∞

Les nouvelles voyagent de village en village à travers toute l'Acadie anglaise. Un affrontement est imminent. Les habitants de tous les villages du bassin des Mines se mobilisent pour exiger la libération des autres prisonniers de l'île Georges et préparer une troisième requête. Touchées par le courage dont font preuve ces gens, les familles de tout le bassin des Mines veulent exprimer leur solidarité. Des soldats armés sont présents en plus grand nombre aux endroits stratégiques. D'autres se hasardent sur les terres cultivées sous prétexte de se désaltérer à l'eau des puits. On raconte que certains auraient même pointé leur baïonnette en direction des enfants et que l'un d'eux, se débrouillant relativement bien en français, aurait prévenu un jeune homme de l'intention de Murray de sortir tous les Acadiens de la Nouvelle-Écosse. Les paysans se passent le mot : il faut rester aux aguets et mobiliser le plus de main-d'œuvre possible pour les récoltes. Femmes, jeunes filles et jeunes hommes s'attellent à toutes les tâches, s'entraident et préparent une opposition musclée aux autorités britanniques pour lesquelles ils éprouvent une haine grandissante.

Les Anglais ont leurs sentinelles, les *French Neutrals* aussi. La côte ouest de l'Acadie anglaise, donnant sur la baie Française, et le littoral nord, où le cap Blomidon empêche de voir les bateaux, demandent une surveillance accrue. L'abbé Lemaire à Rivière-aux-Canards, l'abbé Daudin à Port-Royal et le père Chauvreulx à la Grand'Prée ont beaucoup à faire pour réconforter leurs fidèles inquiets. Aux plus tourmentés, ils recommandent d'avoir confiance en leur Père céleste; ils exhortent les plus combatifs à tout mettre en œuvre pour maintenir la paix.

Chez les Acadiens, à l'appel de Benoît, un autre fugitif de l'île Georges, l'assemblée grossit et prend des proportions encourageantes: trois cents hommes se présentent à l'église de Pigiquit, le village voisin de la Grand'Prée. C'est Pierre Aucoin, l'aîné des habitants de la région des Mines, qui dirige l'assemblée.

– Mes amis, à quatre-vingt-un ans, j'en ai vu… Le temps est venu de montrer aux Anglais qu'on en a assez de leurs menteries.

Des voix approbatrices s'élèvent.

– Le traité d'Utrecht, signé il y a quarante-deux ans, devait mettre fin à la guerre entre la France et l'Angleterre… Première menterie.

Le vieillard à la main tremblante s'arrête, déplie une feuille de papier et reprend en redressant les épaules.

– Deuxième menterie, les droits qui nous ont été concédés en 1727. Écoutez bien ça:

1. Le libre exercice de notre religion et le droit d'avoir des missionnaires.

2. Aucune obligation de prendre les armes contre qui que ce soit.

3. La possession de nos biens et le droit de les léguer à nos descendants.

4. Le droit de nous retirer où bon nous semblera, de vendre nos biens et d'en emporter les profits sans aucun trouble à la condition que la vente soit faite à des Anglais.

5. La liberté de signer un traité d'allégeance inconditionnelle si nous nous établissons sur des terres qui n'appartiennent pas à la couronne.

– Et c'est nous, les Acadiens, qu'ils accusent de traîtrise ! s'écrie l'un des délégués de Pigiquit.

– Pendant presque vingt ans, on n'en a plus entendu parler de ce serment-là, fait remarquer Charles Béliveau, remis des blessures occasionnées par son évasion.

– Pourquoi nous revenir avec ça, ces dernières années ? réplique Benoît.

– C'est une ruse pour voler nos terres et tout ce qui vient avec, répond Gabriel.

Pierre Aucoin résume les avis de l'assemblée, et tous conviennent qu'en ce 22 juillet 1755, une nouvelle requête sera rédigée faisant référence au serment de fidélité prononcé en 1730 devant Richard Philipps.

Les Acadiens ont respecté cette allégeance dans la mesure du possible. Par conséquent, ils ont résolu unanimement et d'une seule voix de ne pas prêter d'autres serments. Nous espérons, monsieur, que vous aurez la bonté d'entendre nos justes raisons.

– Ce paragraphe vous convient ?

Une approbation massive est accordée à Pierre Aucoin. Il poursuit la lecture du texte :

Ainsi, nous tous, d'une seule voix, implorons Votre Honneur de rendre la liberté à nos gens emprisonnés, d'autant plus que nous ne connaissons même pas leur situation, ce qui nous semble déplorable. Nous demandons aussi de reprendre nos mousquets et nos embarcations ; nous en avons besoin pour notre travail.

À l'unanimité, la requête, telle que présentée, est acceptée et signée par trois cent six Acadiens.

Michel Longuépée reprend sa fonction d'émissaire et se dirige au galop vers l'homme qu'il craint le plus : le lieutenant-gouverneur Charles Lawrence.

Contrairement à ses habitudes, Gabriel est un des premiers à quitter l'assemblée après avoir signé le document. Son père s'en étonne. Il n'a pas deviné que la présence de Batis Arsenault cause plus d'inconfort à son fils que la luxation de son épaule gauche. « Il n'a même pas la décence de se tenir loin de moi, se dit Gabriel, déplorant de n'être pas en état de le tabasser. Mais il ne perd rien pour attendre, le grand Batis. Ma revanche s'en vient… Il ne pourrait en voir l'ombre. »

En l'absence des oncles Germain et Antoine Forest, toujours séquestrés à l'île Georges, Gabriel et son père travaillent jour et nuit aux meuneries. De jeunes garçons viennent prêter main-forte, mais leur manque d'expérience et d'endurance se chiffre en dizaines de poches de grain en moins à la fin de la journée.

En route vers la demeure des Bellefontaine, Gabriel croise Benoît qui, à la brunante, s'en va donner un coup de main à Madeleine, sa belle-sœur.

– Mon foin est coupé et rentré, mes animaux ont de quoi se nourrir pour l'hiver et chez Antoine, j'en ai encore pour deux jours de travail, au plus. Après, je vais aller t'aider à la meunerie, Gabriel, en attendant que tes oncles soient revenus.

– Ce ne sera pas de refus, monsieur Bellefontaine. Mais je sais que chez les Blanchard aussi, on manque d'hommes.

– On leur organise de l'aide pour la semaine prochaine, promet Benoît.

– Évangéline est là ? demande Gabriel en pointant le menton vers la maison.

– Oui, oui. Justement, je me disais qu'il serait bon qu'on se parle, avant longtemps, d'homme à homme, lance Benoît, un brin moqueur, avant de faire valser les cordeaux sur le fessier de sa jument.

– Du temps pour parler, des bras d'hommes, des barques, tout cela nous manque, ces temps-ci, réplique Gabriel, mais on trouvera bien quelques minutes.

À peine Benoît s'est-il éloigné d'une dizaine de pas, qu'il entend, à deux reprises :

– Ti-ou-ti-ti-yu…

« Curieux que les sturnelles chantent encore à cette heure-ci, se dit-il. C'est à croire qu'elles sont aussi désorganisées que nous autres. »

Gabriel la fredonnerait à ne jamais s'en lasser, cette mélodie, pour le plaisir d'entendre la réplique d'Évangéline. Pour le bonheur d'imaginer avec quelle fébrilité elle l'attend.

« Il commence à connaître son chemin, mon Champion », se dit-il, remarquant que son cheval a pris la montée des Bellefontaine avant même qu'il tire sur ses rênes.

Évangéline, le regard enflammé, se tient près d'une clôture où une botte de foin attend Champion.

– Ce ne sera pas nécessaire, dit Gabriel qui descend de son cheval pour étreindre sa belle.

– Tu repars tout de suite..., craint-elle, déçue.

– Nous repartons, Évangéline. Je vais aller t'aider à préparer Princesse.

– Pour aller où ?

– Faire une belle, une très belle balade, roucoule Gabriel.

– À cette heure-ci ?

Le beau Melanson lève la tête en direction de la lune, une boule d'argent qui a semé des centaines de pépites autour d'elle.

– Oui ! Tu vois, on ne manquera pas de lumière, lui dit-il avec une assurance capable de museler les plus bavardes.

Évangéline est fascinée par ce côté sibyllin et imprévisible de Gabriel. Armée naguère de méfiance et de réserve devant ses courtisans, la voilà capable d'abandon. Gabriel Melanson l'y aurait-il entraînée ? Lui en aurait-il dévoilé la saveur? Elle doit faire vite pour lui emboîter le pas jusqu'à l'écurie. Princesse trépigne.

– Ben oui, qu'on t'emmène, ma belle bête, lui dit Gabriel en caressant sa crinière sable qui vient si joliment se découper sur sa robe brune.

– Combien de temps serons-nous partis, à peu près? demande Évangéline. Je ne veux pas que mes parents s'inquiètent.

– Il ne faudrait pas. La tranquillité est si rare, ces temps-ci... Je vais aller parler à ta mère pendant que tu finis de te préparer, propose Gabriel.

Évangéline va de surprise en surprise quand elle aperçoit Gabriel ressortir de la maison avec un châle sur le bras.

– Par précaution, m'a dit ta mère.

– Vous complotez, maintenant?

– C'est facile avec ta mère. Y a tant d'amour et de gros bon sens chez cette femme.

– Je souhaite lui ressembler en vieillissant, confie Évangéline.

– Tu es déjà ce qu'il y a de plus beau chez elle, dit-il en lui présentant son châle, son regard amoureux plongé dans le sien.

L'air du soir est frais, et le cœur d'Évangéline annonce une pluie d'étoiles filantes.

– Tu m'intrigues, Gabriel.

– Je veux te montrer une traverse, Évangéline... et te dire quelque chose.

– Me dire quoi? Une traverse qui mène où?

– Aux portes du paradis, mademoiselle Bellefontaine!

– Je ne savais pas qu'on le trouverait vers l'ouest, rétorque-t-elle, moqueuse.

– Tu ne penses pas qu'on risque plus de rencontrer le diable et sa clique si on prend la direction contraire ?

Leurs éclats de rire fissurent l'écho et se perdent dans le firmament qui enrobe d'un bleu outremer le cap Blomidon.

Entre talus, fossés et clairières, les deux aventuriers s'enivrent du spectacle que leur offre la nuit en Acadie.

– Encore quelques arpents et ce sera l'infini devant nous, annonce Gabriel.

– L'Atlantique est derrière nous, à ce que je sache, Gabriel Melanson.

– Je sais, mais la paix à l'infini est devant nous, Évangéline Bellefontaine.

Enfin, plus un arbre, même plus un arbrisseau. Que la nappe frémissante de la baie Française devant eux et, de l'autre côté, l'Acadie tranquille.

– C'est par là, ton... paradis, Gabriel ?

– C'est juste l'entrée. Viens ! dit-il, tendant son bras droit pour l'aider à descendre de sa jument.

Cette galanterie de Gabriel les ramène joue contre joue, fiévreux de désir. Au-dessus de leur tête, une pléiade d'étoiles.

Gabriel prend la courtepointe qui couvrait le dos de Champion, l'étend sur la rive sablonneuse, y fait asseoir la jolie dame qui l'accompagne et qui s'offre à lui avec un abandon digne d'un baiser... d'amoureux. Les reflets argentés de la lune sur l'eau les enveloppent d'une nitescence née d'un ailleurs. Puis, Gabriel se relève, marche vers la baie, d'où il revient avec une poignée de sable humide qu'il sculpte en forme de cœur et présente à Évangéline. Un moment parfait.

– Tu te rends compte ? Tout l'univers, dans cette poignée de sable. L'air, l'eau, la terre. Imagine ce qu'elle deviendra si… si on y ajoute notre amour et qu'on le laisse grandir dans un sol à l'abri de tout rapace.

Évangéline fronce les sourcils.

– Faut que tu me croies, Évangéline. Ça existe, un endroit comme ça…

– Loin d'ici ?

– Non. Juste là. On enjambe l'Acadie française et on y est.

À bout d'étonnement, Évangéline ne sait si elle doit imputer de tels propos à la rêverie ou…

– Je suis sérieux, Évangéline. Le Canada. Tu y viendrais avec moi ?

Gabriel prend doucement le visage d'Évangéline entre ses mains et demande :

– M'aimes-tu, Évangéline ?

– Gabriel, pour tous les jours de ma vie, je t'aime.

Cette fois, leur baiser prend son temps.

– On partirait dans quinze jours. Le lendemain de… Évangéline, ma belle Éva, veux-tu être ma femme ?

Évangéline ferme les yeux… longtemps. Un silence profond comme l'océan s'installe. Elle ne savait pas qu'un homme pouvait l'aimer à en sacrifier l'héritage qui lui était offert. Elle ne savait pas que le bonheur et le chagrin pouvaient cohabiter. Que pour vivre leur grand amour, ils devraient quitter des êtres chers, tourner le dos à l'Acadie, se couper de leurs racines. Gabriel sent la déchirure que ressent Évangéline, mais il poursuit, convaincu que ce départ les protégerait de la tragédie :

– Éva… quand j'étais à l'île Georges, j'ai entendu, dans le baragouinage des soldats, que Lawrence avait l'intention de chasser tous les Acadiens du bassin des Mines et des environs. Je ne lui laisserai pas le plaisir de le faire.

– Tu es sûr d'avoir bien compris, Gabriel ? Je veux… je veux qu'on se marie. Mais partir, ce serait tellement dur. Lawrence voudrait nous chasser où ?

– Dans les colonies… dans les colonies anglaises du sud, si j'ai bien compris.

– Pourquoi ? Pourquoi tout ça ?

– Pour se débarrasser des rebelles, comme ils disent. Nos terres les intéressent aussi, ça se voit. Mais toi, Évangéline, je ne veux pas qu'il t'arrive quoi que ce soit. Dis-moi que tu comprends ?

Il la prend dans ses bras.

– Tu trembles, Évangéline ?

– L'avenir me fait peur… mais je sais que je t'aime et que ça, ça ne changera jamais.

– Je t'aime, Évangéline. Plus que tout au monde. C'est pour ça que je veux t'emmener là où je serai sûr qu'on ne te fera pas de mal.

Leur étreinte se resserre et les soude l'un à l'autre. Quand elle s'en dégage, Évangéline dit :

– C'est court, deux semaines, pour préparer un mariage.

– Je le sais, mais c'est possible. Plus facile même que bien d'autres choses qu'on a réussi à faire…

– Gabriel. Je t'aime… à te marier cent fois.

∞∞∞

Charles Lawrence n'en est pas à sa dernière mauvaise surprise. Malgré les vitupérations et les menaces, rien ne semble parvenir à asservir ces rebelles. Le 28 juillet 1755, cinq jours après avoir acheminé leur requête, ils ne sont plus quinze, mais quatre-vingt-quinze Acadiens de quatre localités venus représenter leurs concitoyens. Leur ténacité est à la mesure de leur indignation et de leur solidarité envers les leurs, encore détenus à l'île Georges.

Le lieutenant-gouverneur les reçoit à la Court House, un édifice imposant dont la première partie abrite la grande salle du conseil de la Nouvelle-Écosse et l'enceinte où les juges rendent leurs décisions. En d'autres circonstances, les délégués se seraient exclamés devant le faste de l'enceinte où des fauteuils de velours rouge, réservés aux membres du conseil, encadrent une table de bois richement sculptée. Derrière le siège du président, une peinture de George II en costume d'apparat.

Le frottement des larges portes de l'antichambre où siégeait le conseil fait sursauter les délégués. Un des deux soldats armés crie :

– Levez-vous !

Les membres du conseil défilent, suivis de Lawrence, un personnage joufflu et ventru, au nez aquilin, aux lèvres fardées de mépris. Sa prestance déposée sur le fauteuil au dossier brodé des armoiries royales, il est salué par les gardes qui ordonnent aux délégués acadiens de s'asseoir. D'un geste de la main, visiblement exaspéré par cette troisième pétition, Lawrence leur adresse quelques phrases et ordonne que la requête soit lue en français. William Barker, nerveux, esquinte la version française.

– Que le chef des requérants s'exprime ! reprend Lawrence.

Pierre Aucoin redresse les épaules et, d'une voix d'acier, déclare :

– Votre Excellence, à l'unanimité, nous trouvons que le serment est contraire à notre jugement. Il est de notre devoir de refuser de le signer. Par contre, nous sommes prêts à renouveler l'ancien serment de fidélité si vous daignez bien exaucer nos demandes.

Avec l'arrogance qui lui est connue, Lawrence ordonne à Pierre Aucoin de retourner s'asseoir. À ses deux acolytes, le lieutenant-gouverneur chuchote quelques mots, après quoi il scande deux phrases à l'intention des Acadiens. Il en confie la traduction à Barker.

– Je vous déclare tous prisonniers de Sa Majesté. Tous vos biens personnels, y compris vos propriétés et votre bétail, sont confisqués au profit de la couronne, dit-il d'une voix en chute libre.

La consternation est à son comble dans la salle d'audience. Les quatre-vingt-quinze hommes n'ont pas le temps de se concerter. Encadrés comme des criminels par des gardes armés, ils sont conduits vers le quai de la ville où des barques les attendent pour les mener à l'île Georges, là où sont captifs, depuis le 3 juillet, des délégués de la deuxième pétition.

À la Court House, les cinq minutes d'audience écoulées, Lawrence n'attend que la sortie des *French Neutrals* pour discuter d'une opération rapide et efficace. Pour ce faire, il doit compter sur une parfaite collaboration de William Shirley, son ami, né en Angleterre et gouverneur du Massachusetts depuis plus de vingt ans. Lawrence a plus d'une raison de compter sur sa complicité. Shirley lui a souvent avoué sa haine des Acadiens, les qualifiant d'odieux habitants. La proximité de l'Acadie et du Massachusetts crée une atmosphère de méfiance chez Lawrence, qui craint une attaque concertée entre Acadiens, Micmacs et Abénaquis. De ce fait, la collaboration de Shirley, qui a déjà dépêché une force de deux mille soldats, commandée par Monckton, pour attaquer le fort Beauséjour, lui est d'autant plus essentielle.

Les pourparlers entre les membres du conseil vont bon train. Il faut moins de trente minutes pour que le secrétaire de la séance termine la lecture du procès-verbal sur ces mots :

Comme il avait été auparavant décidé d'expulser de la province tous les Acadiens, il ne reste plus qu'à envisager les mesures à prendre en vue de leur expulsion et à décider en quels lieux ils seront déportés. Après mûre délibération, il est convenu à l'unanimité que, pour prévenir autant que possible le retour des habitants français dans la province et pour les empêcher de nuire aux immigrants qui viendront s'établir sur les terres, il faut assurément les disperser dans les diverses colonies du continent et affréter au plus tôt le nombre de vaisseaux nécessaires à leur transport.

Fier des résultats de cette séance et motivé par la vision des exploits à venir, Lawrence rédige des dépêches qu'il fait parvenir, l'une à son ami Shirley et l'autre au colonel Monckton. Au gouverneur du Massachusetts, il demande d'envoyer une flotte de quarante vaisseaux pour vider la Nouvelle-Écosse de tous les *French Neutrals*. À Monckton, cet homme aussi efficace que responsable, ce colonel de vingt-neuf ans, il fait parvenir des directives qui ne laissent aucune place à la fabulation. Ses ordres sont clairs et son but, avoué. Robert Monckton lit les ordres du lieutenant-gouverneur Lawrence sans surprise. Son flair lui avait laissé entrevoir une action imminente et cinglante de sa part :

Le conseil a délibéré et a décidé que les habitants français seront déportés hors du pays le plus tôt possible. Dans ce but, les ordres ont été donnés d'envoyer au fond de la baie, en toute hâte, un nombre de vaisseaux suffisant pour les prendre tous à bord. Vous recevrez, en même temps que ces vaisseaux, les instructions relatives aux mesures à prendre pour disposer d'eux, le lieu de leur déportation et tout ce qui pourra être nécessaire à cette occasion. Pendant tout ce temps, il faudra tenir ces mesures aussi secrètes que possible, afin de les empêcher de s'enfuir et d'emporter leur bétail avec eux. Pour y parvenir, vous vous efforcerez de trouver quelque stratagème qui fasse tomber en votre pouvoir les hommes jeunes et vieux (surtout les chefs de famille) et vous les détiendrez jusqu'à l'arrivée des transports, afin qu'ils soient prêts pour l'embarquement. Car, une fois les hommes détenus, il n'y a guère à craindre que les femmes et les enfants tentent de s'enfuir et d'emporter leurs bestiaux. Toutefois, pour empêcher pareille chose, il conviendra, non seulement de vous emparer de tous leurs bateaux, canots, chaloupes et autres bâtiments qui vous tomberont sous la main, mais aussi d'envoyer de temps à autre des détachements sur toutes les routes et dans tous les lieux où ils peuvent être interceptés. Comme la totalité de leur bétail et de leurs récoltes est confisquée au profit de la couronne à la suite de leur rébellion et qu'elle doit être employée au remboursement des frais de déportation qui incombent à la province, il faudra veiller à ce que personne n'en fasse l'acquisition sous quelque prétexte que ce soit. Depuis l'arrêt du conseil, les habitants français sont déchus de tout droit de propriété et il ne leur sera pas permis d'emporter la moindre chose si ce n'est leur argent et leurs meubles.

Il est entendu que chaque habitant recevra à bord une livre de farine et une livre de pain par jour, et une livre de bœuf par semaine.

Je désire que vous donniez au détachement envoyé à Tatamagouche l'ordre de tout détruire. De cette manière seront empêchées toutes relations et correspondances pernicieuses entre Louisbourg, l'île Saint-Jean et les habitants de l'intérieur du pays.

L'étendue de l'autorité de Lawrence n'ayant jamais connu de limite, Monckton n'envisage pas d'autre option que celle de s'y soumettre. « Ces directives viennent de Sa Majesté. C'est une opération de guerre », se dit-il pour retrouver son panache de colonel.

Des ordres sont donnés à son armée et exécutés promptement. De la fenêtre, il peut voir l'Union Jack flotter pour la première fois au-dessus du fort Beauséjour, devenu Cumberland en l'honneur de William Augustus, troisième fils de George II, nommé duc de Cumberland. La vue du drapeau britannique lui insuffle cette fierté patriotique qui doit animer tous les sujets de George II. De plus, son honneur et l'évolution de sa carrière l'exigent. De cette même fenêtre, Monckton se réjouit de voir ses soldats à l'œuvre : dans la cour du fort, les uns colmatent une brèche importante dans la palissade, tandis que d'autres reconstruisent les casernes démolies lors de l'attaque du fort. De jeunes soldats s'initient au maniement des armes et des artificiers déplacent un baril de poudre avec le plus grand soin. Le colonel prend le temps de s'imprégner du prestige dont il devra faire preuve devant ses militaires avant de descendre dans la cour pour leur annoncer les ordres de leur lieutenant-gouverneur. L'idée de commencer par un commentaire sur le succès de la prise des deux forts français de Beaubassin lui apparaît excellente.

– Messieurs, le lieutenant-gouverneur Charles Lawrence me demande de vous transmettre toutes ses félicitations !

Les torses se gonflent de fierté.

– En qualité de colonel, il me demande aussi de vous informer de l'importante mission qui nous incombe maintenant.

Comme en chacun de ces moments stratégiques, Monckton fixe ses hommes droit dans les yeux avant d'en venir au cœur du sujet annoncé.

– Il nous est ordonné d'évacuer les Acadiens de toute la région de Beaubassin. Nous devons les embarquer sur les vaisseaux qui devraient accoster dans quelques jours à la pointe de la rivière Missaguash. La réussite de cette opération n'est assurée qu'à la condition d'agir vite… et à l'improviste. Nous commencerons par emprisonner les hommes. Les familles privées du père ne seront pas tentées de fuir dans les bois.

Des officiers s'inquiètent des moyens à prendre pour rassembler autant d'Acadiens. Monckton reste stoïque et débite ses recommandations.

– Des soldats seront dépêchés dans toutes les fermes et aviseront les mâles de plus de dix ans de se rendre au fort Cumberland, le 9 août à deux heures de l'après-midi.

– Ils vont vouloir savoir pourquoi !

– Vous répandrez l'information selon laquelle la couronne britannique a de bonnes nouvelles concernant la propriété de leurs terres. Une fois qu'ils seront tous entrés dans le fort, vous les garderez, portes verrouillées, jusqu'à ce que les navires arrivent.

– Que devrons-nous faire avec les familles ?

– Ne vous en tenez qu'à cet ordre. Il est convenu que d'autres soldats ramèneront les femmes et les enfants ici, à Cumberland. Cela devrait être aisé puisqu'elles voudront rejoindre leur mari.

– Colonel, avons-nous le droit d'intervenir si elles résistent ?

Monckton répond d'un ton grave.

– Le lieutenant-gouverneur accorde la permission aux soldats d'utiliser la force ! Aussi, vous devrez annoncer que tout sera brûlé : maisons, bâtiments de ferme et églises.

– Que devrons-nous faire avec le bétail ?

– Avant de brûler les maisons et les bâtiments, vous devrez rafler tous les objets de valeur, les meubles, les outils, les armes, la nourriture et les récoltes et rapporter tous les animaux au fort. Ce n'est qu'une question de temps avant que nous embarquions ces gens. Lawrence m'a assuré que Shirley enverrait à temps les sept navires et la nourriture nécessaires à leur transfert.

Avant que Monckton ne prenne la parole pour répondre aux questions incessantes de ses officiers, le major Fry exprime l'inconfort qu'il ressent depuis l'annonce de cette mission.

– Mon commandant, je suis déconcerté d'apprendre que notre lieutenant-gouverneur oblige des soldats armés à persécuter des populations sans défense.

– Major Fry, vous êtes un militaire avant tout et vous devez exécuter les ordres de nos représentants de la couronne, riposte Monckton. Écoutez-moi bien, nous embarquerons les Acadiens à bord des bateaux de commerce affrétés pour cette opération. Le lieutenant-gouverneur a prévu qu'on déporte les Acadiens de Beaubassin en Caroline du Sud et en Géorgie. Au dire de notre fidèle espion, monsieur Pichon, quelques-uns s'y attendent. Certains Acadiens croient, à tort, qu'ils seront déplacés vers l'île Saint-Jean ou l'île Royale ou au Canada. Vous les laissez dans leurs illusions. Ils déchanteront bien assez vite. Dernière recommandation : comportez-vous comme des soldats qui préparent des gens à recevoir de bonnes nouvelles.

Les officiers reprennent leur fourbi, portent la main ouverte à leur front devant le colonel et quittent la salle.

Monckton, plutôt satisfait de sa performance, n'a toutefois pas terminé sa tâche. Il a convoqué dans son bureau John Winslow, ce lieutenant-colonel avec qui il n'en est pas à ses premières querelles. Natif de la Nouvelle-Angleterre, Winslow se comporte comme la majorité des soldats coloniaux, avec une nonchalance qui exaspère Monckton. « Souligner le succès de la prise du fort Gaspareaux ne peut que bien le disposer, lui aussi, à la mission que je vais lui confier », pense Monckton.

L'heure venue de le rencontrer, Monckton simule une sympathie de bon aloi.

– Mon cher Winslow, vous comprendrez que je ne vous ai pas fait venir pour une mince affaire.

Sans attendre d'y être invité, Winslow s'assoit dans le fauteuil, les mains plaquées sur ses genoux. « Robert Monckton est un monstre d'orgueil qui adore se donner en spectacle », pense Winslow, qui se voit contraint d'assister à la représentation du jour.

– Le lieutenant-gouverneur Lawrence a décrété la déportation massive des *French Neutrals* de tout Beaubassin vers la Nouvelle-Angleterre. Vous êtes le premier de mes officiers à en être informé, ment-il.

– C'est leur punition pour avoir pris les armes ? présume Winslow.

– Pour ça et plus encore ! J'attends deux choses de vous, Winslow : que vous assistiez d'abord à cette opération qui doit rester secrète et ensuite, je vous charge de la déportation de tous les habitants du bassin des Mines.

John Winslow sursaute. Il conçoit rapidement l'ampleur d'une mission aussi cruelle.

– Admettez avec moi qu'on aurait pu s'entendre avec la France pour les envoyer en milieu français. Au Canada, par exemple, hasarde-t-il.

– Winslow, les autorités françaises ne voudront pas de douze mille indigents chez eux du jour au lendemain. Les Français sont à peine trente mille et ils parviennent difficilement à nourrir toutes ces bouches. Et... si les autorités françaises acceptaient de les recevoir, admettez que ce serait mauvais signe pour nous.

– Expliquez-vous, monsieur !

– La France utiliserait ces hommes pour grossir son armée et relancer son attaque contre l'Angleterre... avec l'appui des Sauvages ! Ce serait une catastrophe pour nous. Pour ma part, j'appuie de tout cœur la décision de notre lieutenant-gouverneur de disperser tous les Acadiens dans les colonies de la Nouvelle-Angleterre. C'est le meilleur moyen de les assimiler une fois pour toutes.

Le silence de Winslow et son peu d'enthousiasme à manifester son approbation inquiètent Monckton.

– Vous n'approuvez pas la décision de notre roi ?

– Encore faudrait-il prouver que cette décision est bel et bien celle de George II. Je n'arrive pas à croire qu'il pourrait commettre de telles injustices. Vous ne pouvez mesurer avec quelle répugnance j'exécuterai les ordres reçus. J'y mettrai le plus d'humanité possible, mais...

– Si vous me permettez un conseil, Winslow, faites en sorte que vos sentiments ne viennent jamais aux oreilles de Lawrence. Vous pourriez le payer cher.

Le regard tyrannique, Monckton s'empresse de passer aux recommandations d'ordre pratique en vue de la déportation des habitants du bassin des Mines.

– Lorsque la région de Beaubassin sera évacuée, vous déplacerez vos soldats par voie d'eau jusqu'à Pigiquit. Le capitaine Murray vous y attendra.

Monckton tend la main à Winslow et le met en garde une dernière fois.

– Dieu a choisi l'Angleterre pour diriger le monde... Vous devriez en faire votre devise.

Winslow reste sans voix.

∞∞∞

Le premier dimanche d'août, après la grande messe, sur le parvis de l'église Saint-Charles de la Grand'Prée, les fidèles, qui ont l'habitude de causer du quotidien, tiennent des propos lourds de questionnement. Qu'adviendra-t-il de leurs hommes captifs à l'île Georges? Quel moyen serait le plus approprié et le plus efficace pour les ramener à leur famille? L'abbé Chauvreulx, conscient de leurs préoccupations, leur a recommandé dans son homélie de n'avoir recours qu'à des procédés pacifiques, sans pour autant consentir à signer le serment d'allégeance sans condition. Du même souffle, il les a incités à accepter de partager leurs terres avec les immigrants qui devraient arriver sous peu de la Nouvelle-Angleterre.

– Ne vous surprenez pas et, surtout, ne vous affolez pas si vous voyez des navires arborant le drapeau britannique mouiller dans la baie. Ils seront probablement chargés de ces colons anglais invités par le lieutenant-gouverneur Lawrence à venir s'établir sur des parties de vos terres. Nous savons que les autorités britanniques cherchent ainsi à nous faire perdre notre foi et notre langue, mais notre solidarité sera plus forte que leurs efforts d'assimilation. Nous resterons fidèles à Dieu et à nos ancêtres.

Ainsi le curé Chauvreulx a-t-il tenté de communiquer sa ferveur patriotique à tous ses fidèles. Y est-il parvenu ? Gabriel Melanson et Évangéline Bellefontaine, qui l'attendent devant le presbytère après la messe pour une affaire urgente, lui expriment leur scepticisme.

– Nous aimerions bien vous donner raison, monsieur le curé, mais Gabriel et moi pensons qu'un plus grand danger que celui de devoir partager nos terres nous attend.

– Que craignez-vous donc ?

– Que l'Angleterre oblige tous les Acadiens en âge à s'enrôler dans son armée, répond Gabriel.

– Vous croyez qu'elle envisage de reprendre la guerre contre la France ?

– La prise des forts français de Beaubassin prouve bien qu'elle se poursuit, cette guerre.

L'abbé Chauvreulx n'arrive plus à réfléchir de manière lucide depuis qu'il se sent personnellement menacé en tant que prêtre. Il ferme les yeux, croise ses mains levées vers le ciel et dit :

– Seigneur Jésus, épargnez-nous tous d'un si grand malheur, je vous en supplie.

– C'est pour ça qu'on est venus vous voir, monsieur le curé, dit Évangéline

– On a décidé de se marier, annonce Gabriel.

Chauvreulx est estomaqué.

– Vous savez que la peur n'est pas bonne conseillère, mes enfants ? dit le curé, bien conscient que la sienne se lit sur son visage.

– Ce n'est pas par peur, c'est par amour, monsieur le curé, reprend Évangéline, puisant dans le regard de Gabriel la confirmation attendue.

Évangéline et Gabriel se demandent si le curé a bien compris leur requête lorsqu'ils le voient feuilleter son grand cahier noir, le regard perdu, les gestes vagues.

– Et puis, monsieur le curé ? relance Évangéline.

Jean-Baptiste Chauvreulx relève la tête, esquisse un demi-sourire et répond :

– Le temps de publier les bans… Ça porterait le mariage au début de septembre.

– On veut se marier mardi prochain, monsieur le curé, précise Gabriel.

Le prêtre secoue la tête, scandalisé par ce qu'il vient d'entendre et par ce qu'il en déduit.

– Vous aimeriez vous confesser dès maintenant ? propose-t-il, profondément déçu.

Évangéline retient un éclat de rire.

– On n'a pas commis le péché, monsieur le curé !

– On veut se marier le plus vite possible parce qu'on s'aime et qu'on veut se protéger des manigances de Lawrence, ajoute Gabriel.

– Je ne vois pas ce que ça changerait d'être mariés.

– Il ne faudrait pas l'ébruiter, mais nous voulons nous établir en terre de paix.

– Au Canada, monsieur le curé, ajoute Évangéline, le regard pétillant.

– Je ne suis pas sûr que ce soit une raison qui puisse justifier qu'on viole les règles établies par notre mère la sainte Église catholique.

– J'en ai discuté avec votre ami, le père Maillard, avoue Évangéline.

– Et il considère notre motif valable, enchaîne Gabriel.

– Mon ami Maillard est missionnaire des Indiens. Les règlements sont plus souples…

– Il serait prêt à bénir notre union si ça vous cause un problème de conscience, l'informe Évangéline.

L'abbé Chauvreulx se redresse et affirme avec une soudaine autorité :

– Je suis le curé de cette paroisse et je suis en mesure d'en assumer toutes les fonctions ! Repassez me voir demain, en début d'après-midi. J'aurai eu le temps de préparer les papiers et de vous entendre en confession, insiste-t-il.

– Comptez sur nous, monsieur le curé, promet Évangéline.

– La cérémonie pourra donc avoir lieu à sept heures et demie, le mardi 5 août ? veut s'assurer Gabriel.

– Comme vous le souhaitez. Agenouillez-vous que je vous bénisse, ordonne le prêtre à ces deux fidèles aux exigences excessives.

Gabriel et Évangéline se soumettent à la volonté de leur curé. « Pour le peu de temps qu'il nous reste à lui obéir », se dit Gabriel, peu friand d'eau bénite.

Heureux à n'en pas toucher terre malgré ce contretemps, les futurs mariés montent tous deux dans la charrette de Gabriel.

– C'est de bon augure! s'exclame Évangéline, qui doutait du consentement de leur curé.

– Ne t'inquiète pas pour le reste... Ça va aller tout seul, tu vas voir.

– Tu penses qu'ils vont pleurer, tes parents?

– Oh, oui! Les tiens aussi, Évangéline. Mais pour qu'ils aient la chance de se réjouir avant de pleurer, on leur apprendra notre intention de s'établir au Canada seulement après la noce.

– Je m'attends à ce que mes parents aient bien de la peine... Leur fille unique... Déjà que maman trouve un peu louche que nous organisions notre première demeure dans le haut-côté de la meunerie de tes parents. Elle s'inquiète pour les gros froids d'hiver.

– Tu l'as rassurée?

– Elle m'a fait promettre de venir loger chez eux si on ne se sentait pas à l'aise d'aller dans la maison de tes parents. Elle a tellement d'intuition, maman.

– Ce n'est pas mauvais qu'elle se questionne un peu. Elle sera moins surprise...

– Elle aura beaucoup de mal à accepter que je parte si loin.

– Oui, mais je ne pense pas que sa peine l'empêchera d'approuver notre plan.

– Le fait qu'on ne s'en aille pas pour de bon, ça va l'aider. Rien qu'en attendant que la paix s'installe définitivement en notre belle Acadie, ajoute Évangéline pour se redonner du courage.

– On va tous se retrouver un jour, j'en suis certain, ma belle Éva. On aura peut-être eu le temps de leur faire deux ou trois petits-enfants…

Dans le regard d'Évangéline, la sérénité et l'espérance ont effacé l'inquiétude. Gabriel, les guides dans une main, entoure les épaules d'Évangéline et la serre contre lui pour mieux la garder captive de leur amour et de leur rêve d'avenir.

– Je vois les grandes tables couvertes de nappes blanches, alignées sous le saule, chez tes parents… dit-il, un univers de bonheur dans la voix. Toute la Grand'Prée va vouloir venir à nos noces. On va avoir de quoi les faire manger et boire toute la journée. Ma mère et mes tantes ont déjà commencé à préparer des plats pour aider ta mère. Daniel Cormier est chargé de semer l'invitation dans tous les foyers.

– Il fallait que tu sois sûr de la réponse du curé pour faire ça, Gabriel !

– Évangéline, si on a mis cinq jours à tout organiser dans les moindres détails, c'était pour en arriver là. T'as vu comme on avait les bons arguments tout à l'heure au presbytère ?

– T'es presque aussi solide que le cap Blomidon, mon Gabriel.

Pas peu fier du compliment, Gabriel fait claquer les rênes sur le dos de son Champion. Il est impatient d'annoncer à sa mère qu'il a gagné son pari : le curé Chauvreulx s'est plié à ses volontés.

La voiture s'arrête devant la maison des Melanson. Les parents de Gabriel les attendaient. Basile s'avance vers eux, arborant un sourire à la mesure de son affection pour sa future bru.

– Tu es la bienvenue dans notre famille, Évangéline, dit-il, en l'embrassant avec une tendresse qui plaît à Gabriel.

– Tu seras traitée comme une de mes filles, ajoute Josephte, jetant un regard complice à Françoise qui s'empresse elle aussi de venir embrasser Évangéline.

Les premiers émois font place aux questions.

– Pourquoi tant vous presser ? demande la jeune sœur de Gabriel. On aurait aimé ça avoir le temps de vous préparer une belle noce.

Un silence tissé de regards inquiets s'installe et se prolonge, indûment, estime Josephte.

– Sans vouloir être indiscrète, vous ne nous cacheriez pas quelque chose ? demande-t-elle.

Évangéline se tourne vers Gabriel. Il a été entendu que leur projet de quitter l'Acadie pour quelques années ne serait dévoilé qu'après la noce.

– On va vous demander d'être patients pendant deux jours encore, trouve-t-il à répondre.

– Ne craignez rien. Il n'y a rien de déshonorant dans ce que nous allons vous apprendre, croit bon de préciser Évangéline, un sourire espiègle sur les lèvres.

Les trois Melanson ont compris l'allusion et sourient à leur tour.

– Les parents d'Évangéline nous attendent pour dîner, annonce Gabriel.

Françoise ne veut pas rater cette occasion de le taquiner.

– Ça doit te faire un petit velours d'avoir des beaux-parents, Gabriel. T'as mis tellement de temps à t'en trouver une…

– Je ne voulais rien de moins que la meilleure de tout le bassin des Mines, rétorque-t-il, recueillant au passage le sourire charmé d'Évangéline.

– Tu n'as jamais manqué d'ambition, grand frère.

– Vous serez toujours les bienvenus, se plaît à leur répéter Basile.

– Pour la circonstance, nous allons tricher un peu sur le repos obligatoire du dimanche, révèle Josephte. Des tartes, des gâteaux, des galettes, il n'en manquera pas mardi, promet-elle en passant son tablier autour du cou.

En route vers la maison des Bellefontaine, Évangéline se sent plus nerveuse.

– C'est normal, la rassure Gabriel à qui elle confie sa fébrilité.

– Tu l'étais, chez tes parents, tout à l'heure ?

– Ben non ! Je suis un homme…

– Je ne te crois pas, Gabriel Melanson. Ne commence pas à jouer à la cachette avec moi, tu vas perdre ton temps. Je lis dans tes pensées… dans ton cœur aussi.

– Tu penses ? Hum ! Tes yeux ne seront jamais assez grands pour voir tout l'amour qu'il y a pour toi dans mon cœur, Évangéline Bellefontaine.

– Je ne demande pas mieux, Gabriel. J'aime les belles surprises.

– Tu es vraiment la femme que je cherchais, ma belle Éva.

Gabriel laisse tomber les cordeaux et se tourne vers cette femme qu'il étreint et embrasse passionnément... juste devant l'entrée des Bellefontaine.

– Ils n'ont plus envie de se cacher, ces deux-là ! dit Benoît qui les observe sous un coin de rideau soulevé pour ne pas être découvert.

– C'est bon signe, réplique Marie-Ange.

Benoît reste bouche bée. « Elle en sait sûrement plus que moi », se dit-il, sans que le temps lui soit donné de la questionner.

Marie-Ange a tenu à enjoliver la table du dimanche pour accueillir son futur gendre. Une tresse faite de *sweetgrass*, de feuilles de tabac et d'herbes de sauge la traverse sur toute sa longueur. À Gabriel qui s'y intéresse, elle explique :

– Nos amis les Micmacs m'ont appris que la *sweetgrass* avait le pouvoir de purifier et de rendre plus clairvoyant. La sauge a des vertus de guérison, alors que le tabac nous ouvre à la spiritualité. Si vous me le permettez, j'en ferai brûler pendant votre repas de noces...

– Je serais tenté de faire davantage confiance à vos herbes qu'à l'eau bénite de notre curé, avoue Gabriel, rieur.

– Je crois qu'il y a du bon à tirer de chaque croyance, nuance Évangéline. En ce qui me concerne, je crois surtout en Gabriel Melanson...

– Qui deviendra ton mari pas plus tard que mardi matin, ajoute-t-il, heureux, pleinement heureux.

– Vous êtes pas mal forts, vous deux ! Jamais je n'aurais cru que notre curé aurait dérogé aux coutumes catholiques, avoue Benoît. Vous exempter des trois dimanches de publication, c'est toute une exception de sa part.

– C'est grâce à maman… C'est elle qui nous a suggéré de mêler le père Maillard à notre projet, déclare Évangéline.

– Notre bon abbé Chauvreulx a craqué comme un peuplier au grand vent, dit Gabriel.

– Si je comprends bien, tout est réglé pour mardi matin ? demande Benoît.

– Presque, nuance Évangéline. Monsieur le curé prépare les papiers. Il veut nous revoir demain midi…

– … pour entendre nos gros péchés en confession, précise Gabriel, persifleur.

L'évocation du péché d'impureté, l'un des plus graves et certes le plus honteux, au dire du clergé catholique, fouette les désirs du futur marié. « Encore deux soirs et je la noierai de baisers », pense-t-il, conscient d'être sur le point de commettre par la pensée ce fameux péché ! Se tournant vers Marie-Ange, il demande :

– Je vous surprendrais si je vous disais que je connais par cœur certains passages de la Bible ?

Évangéline fait les yeux ronds, Benoît pouffe de rire et Marie-Ange le défie de le prouver.

– À quinze ou seize ans, je la lisais pour me convaincre que Dieu aimait la même chose que moi, et que je n'aurais pas à me confesser de ce que je ressentais en imaginant que j'adressais ces mots doux à l'élue de mon cœur. Bien humblement, je n'aurais pas imaginé que ce serait la plus belle fille de la Grand'Prée.

Plus un mot autour de la table. Que de l'émotion plein les cœurs. Que la hâte d'entendre le grand amoureux.

Gabriel, tourné vers Évangéline, déclame à mi-voix:

– La courbe de tes flancs est comme un collier. Ton nombril forme une coupe où le vin ne manque pas. Ton ventre est un monceau de lys. Que tu es belle, ma bien-aimée! Dans ton élan, tu ressembles au palmier, tes seins en sont les grappes. Ton souffle, un parfum de pommiers…

Gabriel s'arrête et presse les mains d'Évangéline dans les siennes, sous les regards mouillés de Benoît et de Marie-Ange.

– C'est un passage du Cantique des cantiques, murmure Marie-Ange. Je le connais bien…

– Je l'ai déjà lu, moi aussi, chuchote Évangéline qui savoure ce moment.

Tôt après le dîner, on s'affaire aux préparatifs du mariage. Gabriel a aussi beaucoup à faire: transporter dans leur future demeure des cartons qu'Évangéline a préparés, finir d'emménager cet espace, frotter les attelages et décorer les voitures pour mardi matin.

– Je viendrai te chercher demain, vers midi et demi, promet Gabriel en quittant sa fiancée.

À l'heure convenue, lundi midi, Évangéline, coiffée d'une capeline blanche et vêtue d'une robe rouge brodée d'or et de bleu, ses plus beaux sabots aux pieds, se rend doucement près du saule. Là où Félicité a partagé avec elle ses émois de jeune femme amoureuse, sa fièvre de future mariée. « Qu'ai-je fait de plus qu'elle pour mériter un si grand bonheur? Moi qui lui disais que je n'étais pas pressée de trouver un mari, voilà que je voudrais déjà être l'épouse de Gabriel Melanson! Pour lui, je suis prête à aller au bout du monde. Je me sens capable d'affronter une meute de loups quand il est à mes côtés. Après seulement deux mois d'amour, ma vie se viderait de son sens si je n'avais plus cet homme près de moi. Il a toutes les qualités de mon père, et plus encore.»

– Te voilà enfin, s'écrie-t-elle, marchant à grands pas vers la calèche de Gabriel.

– Que tu es belle, ma douce Éva ! lui dit-il, fier de lui tendre le bras et de l'aider à s'asseoir à ses côtés sur un siège de cuir fraîchement ciré.

Le mille qui les sépare du presbytère file au rythme de leur attelage, tant les futurs époux ont de choses à mettre au point pour le lendemain matin.

Ils empruntent la dernière courbe qui les conduit devant l'église. Le bâtiment se dresse devant eux. Évangéline y dirige son regard et perd soudainement la voix. Gabriel, qui l'écoutait, accroché à ses lèvres, se retourne vivement vers le presbytère. Au bas des marches, deux soldats sont postés au garde-à-vous. Claquements de sabots, causerie et réjouissances anticipées, tout s'éteint.

– Attends-moi ici, Évangéline, dit Gabriel, en tirant sur les rênes de Champion.

Il descend de la carriole et se dirige d'un pas ferme vers l'un des soldats.

– Hey ! Qu'est-ce que vous faites là ?

– Toi ! Arrête tout de suite ! Reste où tu es ! Le curé, on l'emmène avec nous.

– Le curé Chauvreulx ? Êtes-vous devenus fous ? Vous n'avez pas le droit de nous l'enlever. C'est notre curé !

– On peut faire tout ce qu'on veut ! Je te le répète : ne bouge pas !

– Pourquoi le sortir de son presbytère ? Vous n'allez pas l'emprisonner, c'est un curé ! Il n'a rien fait de mal.

Le soldat lui répond par une moue de mépris.

– Viens vite, Évangéline. S'ils pensent qu'on va les laisser nous enlever notre curé, les sales ! tempête Gabriel, entraînant sa fiancée dans le presbytère où deux autres soldats ont attaché les mains de Jean-Baptiste Chauvreulx dans son dos. Blafard, trois sacs de jute à ses pieds, le curé tremble de tout son corps.

– Sacrez votre camp ! crie Gabriel, en montrant ses poings aux deux soldats.

Un des militaires, saturé d'arrogance, pointe son fusil sur lui.

– Tenez-vous loin où vous pourriez le regretter ! hurle le militaire, poussant Évangéline vers la sortie.

Gabriel se ressaisit.

– On doit se marier demain. On est venus pour la préparation, tente d'expliquer Gabriel.

Le militaire éclate de rire.

– Oubliez ça ! fait-il, en les menaçant de sa baïonnette.

Se tournant vers les trois autres militaires, il ordonne :

– Allez, en route, messieurs. Qu'on emmène cette soutane à Halifax !

Dans les bras l'un de l'autre, Évangéline et Gabriel assistent impuissants au départ de leur curé… que les soldats emmènent avant qu'il ait pu les marier.

Chapitre 4

Dans le cœur d'Évangéline

Le ciel de la Grand'Prée s'ennuie. Pas un seul tintement n'est venu le faire frémir en ce 5 août 1755. Ni les trois angélus quotidiens ni le carillon qui devait convier tous les habitants de la Grand'Prée au mariage de Gabriel Melanson et d'Évangéline Bellefontaine. Ne reste à ce ciel gris que la nostalgie des notes qui y retentissaient avant de se perdre en ondes mourantes sur les rives de la presqu'île.

Tels des sillons tracés dans le sol, des rides profondes stigmatisent le front de tous les habitants de la Grand'Prée en âge de regretter, de trembler ou de pleurer. Témoins atterrés de l'enlèvement de leur curé, Évangéline et Gabriel se sont fait un point d'honneur de respecter ses dernières volontés : la chaire de l'église Saint-Charles a été recouverte d'un drap mortuaire sur lequel un crucifix a été déposé pour indiquer aux fidèles que Jésus-Christ demeure leur berger. L'autel a été dépouillé de ses ornements pour éviter toute profanation. Les vases sacrés ont été mis sous clé, dans les armoires de la sacristie.

Seule dans son lit, en ce soir qui devait être celui de sa nuit de noces, Évangéline enfouit au creux de sa main l'anneau d'argent de son arrière-grand-père Forest, un des pionniers de l'Acadie. Marie-Ange lui en a fait cadeau pour qu'elle le passe au doigt de Gabriel.

Recroquevillée dans ses draps froids de solitude, Évangéline confie à son amie Félicité ce qu'elle a tu à sa mère, à Gabriel et à tous ceux qui sont venus lui exprimer leur compassion. « J'ai besoin de toi, mon Feu Follet, ce soir. J'ai peur d'avoir des idées aussi noires que la mort qui t'a emmenée avec elle. Jure-moi que tu ne m'attends pas tout de suite là-haut ! que cet anneau que je devais passer aujourd'hui au doigt de l'homme que j'aime ne finira pas comme ta robe de mariée !... Mais avec ce qui nous arrive depuis quelques semaines, j'en suis à penser que les Anglais sont en train de tuer nos plus grands rêves, Félicité. Et, avec eux, ce que nous avons bâti ici, en Acadie. Ils ont pris le curé Chauvreulx sous nos propres yeux ! Ils n'ont plus peur de rien ! Arracher le cœur à un village, c'est le faire mourir à petit feu. C'est ça qu'ils veulent, je pense. Gabriel croit qu'on va finir par vivre en paix sur nos terres, mais qu'on doit partir par nous-mêmes, quelques années, le temps que la tempête passe. Après, on reviendrait tous les deux avec nos enfants... à nos racines. Pour leur montrer tout ce qu'on aime : nos champs, nos rivières, nos forêts et nos gens. Notre beau monde d'Acadie. Mais je pense qu'il ne sait pas lui non plus si on va pouvoir revenir... Si c'était le cas, je ne l'aimerais pas moins, cet homme-là. C'est plus facile de ramer à deux, surtout quand c'est à contre-courant.

Tiens ! Je me sens plus courageuse, plus confiante, tout à coup. Ça me fait tellement de bien de te parler, ma belle Félicité. On va essayer de se marier le 12 août. Je suis contente de cette date-là, mais j'ai peur en même temps… La date même où tu devais épouser ton beau Louis. Ce sera ma consolation pour l'épreuve d'aujourd'hui. »

Évangéline colle ce souhait au jonc de Gabriel et referme sa main, qu'elle pose sur sa poitrine pour la nuit.

Le lendemain, pour narguer la cruauté des Anglais envers leur curé, Évangéline et Gabriel décident de s'adresser à d'autres prêtres. Une fois informés de l'emprisonnement de l'abbé Chauvreulx, ni le missionnaire Maillard, ni l'abbé Lemaire de Rivière-aux-Canards, ni l'abbé Daudin, curé de Port-Royal, n'hésiteront un instant à bénir leur union, croient-ils. Aussi, pour conjurer le sort, tous sont invités à partager, le jour même, le festin préparé pour le banquet de la noce, sous le grand saule des Bellefontaine, l'endroit préféré d'Évangéline.

– Pour célébrer la foi, l'espérance et la solidarité des habitants de la Grand'Prée, clame Benoît.

– Pour faire honneur à nos principes, ajoute Basile.

– Pour souhaiter une longue vie de bonheur et d'amour à nos futurs mariés, poursuit la mère d'Évangéline, tremblante d'une secrète appréhension.

Depuis quelques jours, Marie-Ange ne voit plus dans la marée montante qu'un déferlement de menaces floues. Non seulement pour sa fille, mais pour tout son hameau. Pour toute l'Acadie.

La journée se déroule dans une abondance d'encouragements, de chants et de légendes. Le cœur des invités bat plus fort que d'habitude. Évangéline et Gabriel, après avoir discuté avec leur famille, conviennent de se rendre, le mercredi 7 août, à la mission du père Maillard pour faire bénir leur union.

∞∞∞

Les Bellefontaine s'apprêtent à se mettre à table pour le dîner quand Gabriel entre en trombe.

– Ils sont allés chercher le curé de Port-Royal aussi !

– Quand ça ? demande Benoît en laissant tomber sur le plancher la serviette avec laquelle il s'épongeait les mains.

– Hier matin. En pleine messe.

– Dans l'église ? s'étonne Évangéline.

– Les soldats auraient commencé par encercler l'église et donné ordre à tous ceux qui s'y trouvaient de sortir. Mais comme les gens dans l'assistance ne comprenaient pas l'anglais, ils ont attendu que leur curé traduise les hurlements venant de l'extérieur.

– Des cris d'Anglais à cette heure-là du matin, y a de quoi faire trembler, murmure Marie-Ange.

– Monsieur le curé avait bien compris, mais il voulait terminer l'office.

– Les soldats ont dû être insultés, dit Benoît.

– Tellement insultés ! Y en a cinq qui sont entrés dans l'église et qui se sont avancés jusqu'à la balustrade… Un peu plus, ils l'enjambaient et montaient dans le chœur.

– Qui les a empêchés de le faire ?

– Le curé Daudin. Il s'est tourné vers eux, leur a fait signe de s'arrêter là et de le laisser terminer sa messe.

– Ils ont accepté ? demande Évangéline.

– Oui, mais ils sont restés dans l'église pour surveiller le pauvre curé. L'assistance était paralysée de peur. Il paraît que plusieurs femmes pleuraient.

Avant de prononcer l'*Ite missa est,* le curé, en larmes, a fait des adieux déchirants à ses fidèles.

Comme personne n'osait se présenter à la sainte table pour communier, il a dû avaler les hosties qui restaient, retirer ses vêtements sacerdotaux et les déposer sur l'autel. La porte du tabernacle verrouillée, il s'est prosterné au pied de l'autel qu'il voyait, craignait-il, pour la dernière fois. Tourné vers l'assistance, le visage blafard et les yeux mouillés, il a levé les bras en signe de soumission « aux ordres du roi d'Angleterre », et a entonné l'*Ave Maris Stella* qu'il est parvenu à chanter jusqu'au portique de l'église… là où l'attendaient cinq soldats pour le conduire au fort Edward.

– C'est sûr que ces ordres-là viennent de Lawrence ! dit Benoît. Mais, les soldats, ils n'ont pas dit pourquoi au juste il jetait nos prêtres en prison ?

– J'imagine que tous les autres prêtres sont soupçonnés du même crime que l'abbé Le Loutre ! Les Anglais ont toujours dit que c'était lui qui nous montait contre l'autorité britannique, au nom de sa foi et de sa langue… Sauf les missionnaires qui habitent avec les Micmacs ou les Abénaquis, rétorque Évangéline, accrochée à l'espoir que les missionnaires soient épargnés.

Un silence s'installe, tissé de sous-entendus. Des regards se dérobent. Des soupirs surgissent sans permission. La même idée s'insinue dans les cœurs de Gabriel et d'Évangéline.

– Ma fille a raison, dit Benoît. Jamais les Anglais ne s'aventureraient dans les territoires indiens… Ils ont bien trop peur des Micmacs.

– Serais-tu d'accord, Évangéline, pour qu'on aille tout de suite rencontrer l'abbé Maillard ? demande Gabriel.

Cet empressement trahit une crainte ; Évangéline la perçoit aussitôt, tout comme la volonté de Gabriel de lui épargner une autre déception. Les recommandations de Marie-Ange ont des échos d'angoisse.

– Plus vite vous partirez, plus vite vous serez revenus, dit-elle. Demandez à Faoua de vous tenir compagnie, il se débrouille assez bien en français. Puis…

Marie-Ange hoche la tête, un peu honteuse.

– Je m'excuse. Je vous traite comme des enfants. C'est qu'ils sont en train de nous rendre fous, ces damnés Anglais.

Évangéline s'approche de sa mère, ouvre sa main droite, lui montre le jonc destiné à Gabriel et lui dit :

– L'alliance de Joseph Forest va nous porter chance, maman.

– Vois-tu, Évangéline, il y a deux cents ans d'amour, de luttes et de victoires dans l'anneau de ton arrière-grand-père. Mes grands-parents m'ont dit qu'il a été fabriqué dans la région du Pas-de-Calais, à Avesnes-sur-Helpe, en 1555.

– Deux cents ans tout juste! s'exclame Évangéline. C'est sûr que ça va nous porter chance!

– Peut-être même jour pour jour, chuchote sa mère, fuyant le regard des deux hommes, de peur d'y lire un soupçon de moquerie.

– J'ai pensé qu'on pourrait se rendre chez les Micmacs par la rivière, dit Gabriel.

– Mais… tu sais bien qu'on n'a plus d'embarcation.

– Mon cousin Charles a rafistolé une des barques endommagées qui traînaient derrière son hangar. Il nous la prête. On va pouvoir revenir avec ton canot…

– Mon canot? Il a été retrouvé?

Gabriel jette un regard à Marie-Ange: c'est à elle qu'il revient d'annoncer la bonne nouvelle à Évangéline. Marie-Ange lui révèle que les Micmacs ont rapporté un canot, croyant qu'il leur appartenait, mais Faoua a reconnu les initiales gravées à l'intérieur.

– Il devait envoyer quelqu'un te le porter, mais comme je passais pour prendre des herbes, j'ai suggéré qu'ils attendent…, raconte Marie-Ange.

– On devait te faire la surprise après le repas de noces, avoue Benoît.

– Oh! merci, merci! Mais il faudra le cacher…, dit Évangéline.

– Dans la tasserie de la bergerie, le temps que les Anglais se calment, suggère son père.

Le temps de se coiffer et de glisser dans son sac à main la trousse de premiers soins que lui présente sa mère, Évangéline monte dans la charrette des Melanson. À sa jupe d'un rouge vermeil viennent s'agencer une blouse couleur de blé et une collerette de dentelle blanche qui bâille légèrement sur sa poitrine. Pure fascination pour Gabriel, qui empoigne fermement les rênes pour freiner son désir de poser ses mains frissonnantes sur les courbes de sa belle. Le frôlement de son épaule sur son bras n'a rien pour l'apaiser. Leurs regards se croisent. Dans celui d'Évangéline, une flamme amoureuse… aussi difficilement contenue que la sienne, devine Gabriel. Son sourire en témoigne. Plus encore, sa main brûlante venue se joindre à la sienne.

– Tu sais, Évangéline, les tempêtes peuvent bien abîmer les bouleaux et les peupliers, mais les Melanson et les Bellefontaine sont de la trempe des érables et des chênes !

– Je n'ai jamais rencontré un homme aussi habile à redonner confiance…

– Faut juste garder les oreilles et les yeux grands ouverts et, nous deux, on est capables de bien plus que ça, enchaîne Gabriel, comme s'il n'avait pas entendu le compliment d'Évangéline.

– Quand je pense que mon canot a été retrouvé ! C'est un de mes plus beaux souvenirs, confie-t-elle, sa pensée retenue par cet instant inoubliable où Faoua, à la demande de Marie-Ange, lui avait apporté l'embarcation pour son dix-septième anniversaire.

– Ce canot est le seul à avoir entendu nos premiers mots d'amour, Évangéline.

– Je n'oublierai jamais ces mots…

– Ah, oui ? Et c'était quoi ? demande Gabriel, fiévreux de l'entendre les lui répéter.

– Tu as dit: «Je l'envie, l'homme qui méritera de prendre soin d'une femme comme toi toute sa vie.»

– Et toi, Évangéline, tu as dit: «Avec toi, je n'ai pas peur.» Quand je pense que je t'attendais comme un fou… jour et nuit, et que c'est avec moi que tu as décidé de vivre ta vie! Que c'est à moi que tu as choisi de donner des fils et des filles qui te ressembleront…

– … autant qu'à toi, Gabriel. Je n'ai plus de mots pour parler de toi à Félicité…

Évangéline s'arrête de peur d'être mal perçue. De peur de décevoir son amoureux. Ça, elle ne le voudrait pour rien au monde.

– Tu lui parles de moi, ma belle Éva? Je sais qu'elle te manque beaucoup.

Évangéline baisse les yeux, pince les lèvres, hésitante.

– Tu penses que je pourrai en guérir, Gabriel?

– J'essaierai de t'enlever le mal que ça t'a fait, ma belle. De la joie de vivre, j'en ai des tonnes à partager. Mon amour pour toi… il ne se mesure plus. Je n'aurais jamais pensé qu'un homme pouvait aimer autant! Éva? Éva, tu pleures?

– Pas une femme ne pourrait entendre ces mots sans verser une larme, Gabriel.

– Comme ça, je n'ai pas à m'excuser…

– Te confesser, oui, par exemple, dit Évangéline avec un regain de cette espièglerie qui charme tant Gabriel.

∞∞∞

Quelques embarcations pour la pêche en haute mer ou pour le commerce régional ont échoué, en piteux état, derrière le hangar de Charles.

– Je n'aime pas voir ça, avoue Évangéline. Ça fait trop penser au malheur.

– Venez dans l'atelier, dit Charles. J'en ai caché une là, au cas où des écornifleurs anglais reviendraient faire leur tour. Comme on le sait, ils ne volent que du butin en bon état, les messieurs, ajoute-t-il en déverrouillant le cadenas de la grande porte avec un sourire ironique.

– Du beau travail, cousin !

– Vous n'êtes pas n'importe qui, non plus. Quand est-ce que vous pensez être de retour ?

– À l'heure du souper, croit Gabriel.

– Avant l'angélus, souhaite Évangéline.

– Ouais… plus de cloche pour nous y faire penser, murmure Charles, dodelinant de la tête de dépit.

– Ce n'est qu'un mauvais moment, Charles.

– Que le ciel t'entende ! Allez ! Ne fais pas languir cette petite femme plus longtemps. Oh, j'oubliais ! Ne la laisse pas revenir toute seule, Gabriel. Les deux barques attachées l'une derrière l'autre, et vous deux dans la même. Prenez ça aussi, par précaution, dit-il en leur présentant un mousquet enfoui dans un sac d'avoine.

– Pas mal plus finaud que les Anglais, mon cousin ! s'exclame Gabriel.

Moins d'un arpent sépare la maison de Charles de la petite rivière qui sillonne le territoire micmac. La poche d'avoine au fond de la chaloupe, Gabriel et Évangéline rament avec l'ardeur qu'inspire le sentiment de n'être qu'à quelques soupirs de la réalisation d'un grand rêve.

L'entrée du territoire micmac est étroitement surveillée par les Indiens. Koucdaoui et Faoua reconnaissent Évangéline et lui adressent des gestes de bienvenue. Les deux Micmacs sont vêtus d'une ample robe de peau recouvrant leurs épaules, ouverte devant et tombant sur leurs genoux; dessous, un pagne de peau très souple et une blague à tabac retenue à leur taille par une lanière de cuir. À leurs pieds, des mocassins en peau de phoque et des jambières en peau de caribou. Leur abondante chevelure noire, ornée d'une plume de chaque côté de la tête, est retenue par un mince bandeau de cuir.

Faoua se fait un point d'honneur de saluer ses visiteurs en français, et Évangéline lui retourne la politesse en répondant dans sa langue.

– *Pusùl!*

Faoua invite les visiteurs à le suivre à l'intérieur de son wigwam.

Gabriel marche derrière Évangéline en regardant tout autour de lui. C'est la première fois qu'il pénètre dans ce genre d'habitation, faite de cinq perches d'épinette attachées au sommet avec des racines et écartées à la base. Un cerceau de bois d'alisier placé juste en dessous du sommet, dans lequel les perches sont enfoncées, permet de soutenir le poids de l'écorce de bouleau qui la recouvre. «C'est ingénieux», se dit Gabriel. Une grande peau sert de porte et le sol est tapissé de brindilles de sapin. Autour du foyer sont disposées des nattes tissées.

Dans ce wigwam, qui peut contenir une dizaine de personnes, quatre sont déjà installées. Un vieillard qui raconte une histoire à deux petits enfants captivés, et une femme. Habillée d'une robe de peau drapée sous les bras, serrée à la taille et décorée de silhouettes d'oiseaux, elle polit un crucifix qu'elle a sculpté dans un gros os. Un cadeau pour l'abbé Maillard.

Évangéline a déjà été soumise au rituel de purification. Koucdaoui ne l'impose pas à Gabriel. Il se limite à allumer une tresse de sauge et à diriger la fumée vers le nouveau venu. Un accueil cordial ne pourrait se faire sans qu'une pipe bourrée d'écorce de saule, de feuilles de raisin d'ours et de tabac sauvage soit allumée et offerte à chaque visiteur. Gabriel observe Évangéline, ému de sa gratitude, mais étonné de son empressement à aspirer l'essence aigre-douce qui se dégage de cet étonnant mélange. D'un hochement de la tête, elle invite Gabriel à partager le calumet. Koucdaoui et Faoua invitent d'autres Micmacs à les rejoindre autour du feu pour fumer et démontrer ainsi leur solidarité.

Faoua ne peut s'empêcher de poser un regard triste sur Évangéline. À leur dernière rencontre, elle avait dressé un mur de doutes quant à la cause de la mort de Félicité. Faoua respecte Évangéline et, bien qu'il doive la laisser choisir avec son cœur, il craint qu'elle ne vive dans une incertitude sournoise.

L'abbé Maillard, rapidement informé de la présence de Gabriel et d'Évangéline, passe la porte du wigwam et s'empresse de prendre des nouvelles de la Grand'Prée. Gabriel lui raconte les derniers événements et le terrible sort des curés Chauvreulx et Daudin. L'abbé Maillard est assommé par ce qu'il entend, mais il n'est pas surpris. Selon lui, les Anglais répéteront l'histoire tant et aussi longtemps qu'ils n'en verront pas la fin. Devant la peur et l'injustice, l'abbé Maillard s'agenouille encore une fois. Il se signe et prie en silence.

La femme et le vieillard saisissent qu'un malheur est arrivé et demandent à Faoua la raison de cet émoi. Ils prononcent à l'intention des futurs mariés des mots incompréhensibles, et témoignent leur sympathie à leur missionnaire en posant une main sur son épaule. De telles circonstances incitent le prêtre à accepter sans la moindre réserve de célébrer le mariage d'Évangéline et de Gabriel.

– Toutefois, mes jeunes amis, il vous faudra venir jusqu'ici. Me rendre à votre église serait, je pense, m'exposer à subir le même sort que mes confrères. Revenez ici le 12 août vers huit heures, décrète le missionnaire.

Le bonheur se lit sur les visages d'Évangéline et de Gabriel. L'espoir a repris ses droits. Le 12 août... Évangéline a le cœur gonflé de reconnaissance. Félicité et elle, qui avaient partagé tant de choses ensemble, voient leurs destins d'épouses liés par la même date. Gabriel faufile sa main sous les cheveux d'Évangéline pour lui caresser la nuque et attire sa tête contre sa poitrine.

– Je t'aime, Évangéline.

Évangéline regarde Gabriel à travers ses cils humides et serre son autre main très fort dans la sienne.

Koucdaoui et Faoua sortent du wigwam avec eux et les accompagnent jusqu'à la rivière. Évangéline court. À moins de cent pas, elle aperçoit son canot, gardé par deux

Micmacs n'étant vêtus que d'un pagne et d'une amulette en os d'animal suspendue à leur cou. Le cœur battant à tout rompre, elle se précipite vers eux et, les yeux rivés sur sa barque, elle leur adresse une cascade de mercis. Accroupie sur le sol, elle laisse glisser doucement ses mains sur les arabesques finement ciselées à l'extrémité de son canot, qu'elle enlace comme un amant retrouvé. Une caresse sur cette peau d'orignal, c'est la sensation de se réapproprier les instants de ferveur amoureuse qu'elle a vécus avec Gabriel le jour où ils ont dérobé l'embarcation aux Anglais. C'est le sentiment de colmater un passé récemment fissuré par le chagrin.

Le bras de Gabriel vient se poser sur ses épaules. Une autre caresse. Sa tête collée contre la sienne, il savoure le bonheur de sa belle. Le silence habille ce moment d'intensité. Un même souffle, un même battement de cœur. Gabriel attache la chaloupe de Charles derrière l'embarcation d'Évangéline et les met toutes deux à l'eau. Puis, de son bras tendu vers sa fiancée, il l'invite à le rejoindre dans le canot.

∞∞∞

Charles les attend depuis une bonne demi-heure.

– Vous en avez mis du temps à revenir !

– Pas plus que prévu, rétorque Gabriel.

– Avec ce qui vient encore d'arriver, on est rendus nerveux, dit Charles.

– Pas un autre malheur ? s'écrie Évangéline.

– On venait juste de reprendre notre souffle, ajoute Gabriel, désemparé.

– Je sais…

– Racontez-nous, Charles ! le presse-t-elle.

– Le curé de Rivière-aux-Canards, il a disparu depuis deux jours.

– L'abbé Lemaire, disparu ? Voyons, ça disparaît pas de même, un curé, Charles ! Ça doit être les Anglais qui sont venus le chercher, comme pour le curé Chauvreulx et l'abbé Daudin !

– Les habitants ont commencé par croire qu'il était malade, vu qu'il n'est pas allé dire la messe hier matin. Des gens sont allés frapper au presbytère, ils sont entrés par la porte de la cave, ils l'ont appelé. Comme il n'y avait pas de réponse, ils se sont rendus à sa chambre. Son lit était défait, sa soutane, derrière la porte. Mais son bréviaire n'était pas là !

– Ça a toute l'apparence de ce qui est arrivé à notre curé, conclut Gabriel.

– Les habitants ne sont pas rassurés. Ils continuent à ratisser les alentours.

– Pourtant, c'est loin d'être un peureux, monsieur le curé Lemaire, murmure Évangéline qui l'a rencontré à plusieurs reprises.

Charles hoche la tête. Du désarroi, et plus un mot. Gabriel range le canot d'Évangéline dans le hangar de Charles.

∞∞∞

À la Grand'Prée, le dimanche 10 août 1755, vers les dix heures, une nouvelle venant de Rivière-aux-Canards court de maison en maison.

– Monsieur le curé Lemaire m'est apparu dans le chœur vêtu en simple habitant, sans soutane, rapporte Henri, l'aîné des Cormier, qui se présente à l'église de son village tous les matins à l'heure de la messe pour y faire ses dévotions.

– Réveillé en pleine nuit par un message de l'Esprit saint… ou par un rêve prémonitoire, explique mémère Blanchard qui l'accompagne, notre saint curé s'est levé et, sans se questionner, il a quitté son presbytère et ses fidèles pour accomplir la tâche qui lui était confiée…

– … faire le tour des églises privées de prêtre pour s'assurer qu'il ne reste pas d'hosties consacrées dans les tabernacles, précise Henri.

– Après, il s'en allait se livrer à Murray, poursuit mémère, catastrophée.

– Il ne fallait pas le laisser faire ça ! s'écrie Charles.

– Je le sais, mais à mon âge, il ne me reste plus grand force pour retenir quelqu'un… sinon celle des mots. Et ceux que j'ai trouvés ce matin n'ont pas donné l'effet recherché, répond-elle, affligée.

L'abbé Lemaire était le dernier curé de l'Acadie à demeurer encore dans sa paroisse quand, le lendemain de sa disparition, les soldats anglais chargés de le conduire en prison se sont présentés à son église.

∞∞∞

Quatre hommes, dont Camille Cormier, prennent la route en charrette. À mi-chemin entre la Grand'Prée et la prison du fort Edward, ils aperçoivent l'abbé Lemaire, marchant en bordure de la route en récitant son bréviaire.

– On est venus à votre secours, monsieur le curé. Montez ! dit Camille.

– Je vais monter à la condition que vous m'emmeniez au fort Edward.

– Vous n'allez pas vous livrer comme un agneau, monsieur le curé. On a besoin de vous dans nos paroisses. On n'a plus personne.

– Quelle désolation ! murmure-t-il, meurtri. Mais je n'ai plus le choix. Le capitaine Murray a mis ma tête à prix.

Arrivé à fort Edward, le bon curé Lemaire, son col romain enfilé sur une chemise de drap blanc, un chapelet de perles noires qui se balance sur sa poitrine, descend de la charrette comme un condamné se rendant à l'échafaud. Quelle n'est pas sa stupéfaction d'apercevoir ses deux confrères, les abbés Daudin et Chauvreulx, escortés par une cinquantaine de soldats qui les conduisent à la prison de Halifax. Sous les ordres du capitaine Murray qui observe le cortège d'un air victorieux, l'abbé Lemaire rejoint les rangs, sous les regards éplorés des quatre Acadiens venus le défendre... confondus d'impuissance. Ils sont pressés de s'éloigner pour ne plus entendre les quolibets qui pleuvent sur les trois prêtres dépouillés de leur dignité par les soldats qui les escortent.

∞∞∞

– Ti-ou-ti-ti-yu…

Évangéline sursaute, brusquement tirée de son sommeil. Elle se précipite vers la fenêtre et répond :

– Ti-ou-ti-ti-yu. Ti-ou-ti-ti-yu.

« Qu'est-ce qui peut bien lui arriver, ce matin ? Je suis sûre qu'il est à peine cinq heures », se dit-elle, soupçonnant une visite surprise de Gabriel.

Mais la réponse tarde. Évangéline essaie une troisième fois.

Aucun chant de sturnelle ne se fait entendre. « Ce n'était donc pas lui. J'ai dû rêver ! »

Sur une toile coulant du fuchsia au doré, le gris des arbres et des monts résiste pour quelques minutes encore. Évangéline n'a plus sommeil. Les carreaux de sa fenêtre lui renvoient des ombres qui la font sourire. Ce matin, à trois heures de son mariage, elle se donne la permission de s'attarder à observer sa chevelure défaite sur ses épaules et les courbes qui, de son cou à ses cuisses, se dessinent sous sa robe de nuit. Un instant, elle emprunte le regard de Gabriel, l'imagine, debout derrière elle, son souffle chaud sur sa nuque, ses mains qui effleurent sa poitrine, son ventre, son pubis. « Dans quelques heures, ou demain au pire, je ne me contenterai plus d'imaginer… », se dit-elle, ravie d'avoir le temps de penser à sa vie d'amante avant l'instant suprême.

Ses fantasmes s'évanouissent sur la robe suspendue derrière la porte de sa chambre. « Ma Félicité chérie, c'est toi qui devrais porter cette robe ce matin. Avais-tu pensé à Louis comme ça, toi aussi ? Tu n'as même pas eu la chance de dire : “dans une semaine” ; encore moins : “dans quelques heures”. Si je t’avais laissée monter dans mon canot ce matin-là, je me préparerais à assister à ton mariage, à l’heure qu’il est. Pardon, Félicité, si jamais ça te fait plus de peine que de plaisir.

Mais pour moi, me marier à cette date-là, c’est comme si je t’amenais avec moi. Promesse d’Évangéline. »

Sur la pointe des pieds, un bassin à la main, Évangéline sort de la maison et se rend au puits. L’eau cristalline qui en sort l’a toujours émerveillée. « Une gratuité de la terre. La pureté de mère Nature, comme chantent les Micmacs. » Elle en verse une pleine ration dans sa cuvette et s’apprête à la transporter dans sa chambre quand Benoît sort de la maison et vient à sa rencontre en roulant ses manches de chemise. Un sourire aimant sur les lèvres, il dit :

– On ne laisse pas la mariée du jour se servir elle-même ! Donne-moi ça, ma fille.

– Vous allez me gêner, papa.

– Y a pas de quoi, tu sais.

Après un coup d’œil rapide vers la maison, il se tourne vers Évangéline et lui chuchote :

– Je veux profiter du fait qu’on est seuls tous les deux pour te dire que je ne t’en veux pas du tout d’avoir choisi Faoua comme témoin. Ta mère pense que ça me fâche, mais compte tenu que vous êtes obligés d’aller vous marier chez les Micmacs, je comprends ça, Évangéline.

– Je savais que vous comprendriez… La preuve que j’ai pensé à vous d’abord, c’est que vous deviez être mon témoin, mardi passé.

Visiblement embarrassé, Benoît avoue :

– Ma fille, si je ne te savais pas aussi forte et prudente, je serais tenté d'emprunter une chaloupe à Charles et de vous suivre jusque chez les Micmacs pour m'assurer qu'il ne vous arrive rien de malheureux. Mais il faut que je m'habitue, Gabriel est là, maintenant... dit-il en regardant tendrement Évangéline.

– Vous allez nous accompagner au moins jusqu'à la rivière, papa ?

– Oui ! On manquerait pas ça, ta mère et moi. Basile Melanson ira vous chercher demain vers la fin de l'avant-midi ?

– Oui, et on mangera tous ensemble après...

Benoît dépose le bassin sur une marche du perron et se tourne vers sa fille. Ses bras se tendent vers celle qu'il confie désormais à Gabriel Melanson. Impossible de retenir les larmes que le départ de son unique enfant fait monter sous ses paupières. Quand il relâche son étreinte, Benoît déclare, quelque peu inconfortable :

– J'ai deux grands souhaits dans le cœur depuis que je sais que tu vas te marier : pour toi, du bonheur et de l'amour autant que la Terre puisse en porter, et pour ta mère et moi, autant de petits-enfants qu'on aurait aimé te donner de frères et de sœurs, ma belle Évangéline.

De la fenêtre de la cuisine, Marie-Ange les observe. Émue et respectueuse. Avant que son mari et sa fille ne la surprennent, elle retourne vers la table, sur laquelle elle n'a dressé que deux couverts, Évangéline devant être à jeun pour recevoir la sainte communion des mains du père Maillard.

– Si on veut finir par s'y faire, il faut commencer aujourd'hui, dit-elle à Benoît qui vient d'entrer en posant sur la table un regard interloqué.

Puis, montrant une boîte de métal à Évangéline, Marie-Ange lui annonce :

– J'ai mis là-dedans de quoi satisfaire vos estomacs de nouveaux mariés... Vous allez avoir faim sans bon sens, après avoir ramé jusqu'au territoire micmac sans même savoir si l'abbé Maillard sera à l'heure pour la cérémonie.

Marie-Ange s'étonne de ce qu'elle peut ressentir ce matin. Un amalgame d'émotions qu'elle parvient tout de même à contrôler : le souvenir de son propre mariage apporte son bagage de nostalgie ; son amour pour la seule enfant qu'elle ait eu le bonheur de porter remplit son cœur et son esprit de vœux fervents ; le climat trouble qui règne en Acadie, depuis deux mois, lui cause du souci. Elle ne parvient pas à le dissimuler totalement. Évangéline le flaire.

– La confiance en l'avenir, ça se bâtit comme des aboiteaux, maman... en travaillant coude à coude, se surprend-elle à lui dire.

– Coude à coude, on le sera toujours, ma fille.

– L'heure avance... je vais manquer de temps si ça continue, dit Évangéline en filant vers sa chambre.

Lorsqu'elle en ressort, une quinzaine de minutes plus tard, portant la robe de Félicité, sa mère sent un frisson lui traverser le dos. Ce ressac passé, Marie-Ange confie à Évangéline :

– Les Micmacs m'ont appris qu'il est très important d'imbiber de bonheur des objets qui pourraient nous rappeler de mauvais jours. C'est bien que tu les portes, les vêtements de Félicité. Elle doit être fière de toi, là-haut.

Les autres mots restés dans sa gorge passent dans l'étreinte qu'elle donne à sa fille puis toutes deux montent dans la plus belle calèche des Bellefontaine, tirée, ce jour-là, par Princesse, la jument d'Évangéline.

Le ciel est d'un bleu si affirmé que pas un filet blanc n'a osé le barioler. Évangéline déplore que le claquement des sabots de Princesse et le roulis de la calèche enterrent le gazouillis des oiseaux. Un chant de sturnelle pourrait se perdre… sans réponse. Mais il est là, à portée de vue, Gabriel. Debout au bord de la rivière à l'attendre. Un prince acadien dans sa chemise de lin couverte d'une autre chemise de drap beige, retenue à la taille par un ceinturon de cuir. Il avance vers la calèche, solennel et radieux. À chacun de ses pas, la boucle de ses sabots lance des éclats de feu follet.

La calèche immobilisée, il ouvre grand les bras à celle qui a meublé sa nuit de rêves. Celle qui pourrait bien lui en inspirer d'autres, plus romantiques et incendiaires encore. L'aurore semblait traîner les pieds. Le matin du 5 août aussi, il avait trépigné en attendant que la nuit sorte de sa torpeur. Et, à l'émoi d'enfin vivre cet heureux événement, plus simple et sobre, s'ajoute l'excitation de l'intimité, après… «Après les promesses de fidélité et d'amour, après la bénédiction des alliances : celle de ma grand-mère Cyr au doigt d'Évangéline, et l'anneau de l'ancêtre Forest à mon annulaire. Après, ce sera la vraie fête. Loin de tous les regards. Dans ce canot où je l'aurais déjà épousée, mon Évangéline, en juin passé. Elle était si belle… même noyée de chagrin. Belle, inquiète. Belle, combative. Toujours belle, Évangéline Bellefontaine, dite LaBiche. Bientôt Évangéline Melanson. Avant juillet prochain, elle m'aura donné un fils ou une fille à qui on donnera des frères, des sœurs, tant qu'elle le voudra, ma belle Éva. Nous reviendrons vivre avec leurs grands-parents, partager avec eux la paix retrouvée sur la terre de nos ancêtres. Parole de Melanson.»

– Venez, mademoiselle Bellefontaine, dit-il, retardant le moment de la déposer sur le sol.

– N'oublie pas ton voile, Évangéline, dit Marie-Ange, lui tendant le sac qu'elle avait gardé sur ses genoux.

– Je ne vous ramènerai pas votre fille avant qu'elle m'ait dit le premier de sa série de «Oui», lance Gabriel à l'intention de Marie-Ange et de son époux.

– Je ne veux pas t'offenser, Gabriel, mais tu te trompes ! dit Marie-Ange en souriant.

– Comment ça ?

– T'as jamais remarqué que c'est l'homme qui est questionné le premier ? C'est toi, mon Gabriel, qui devras l'entonner avant elle, la série des «Oui», comme tu dis.

Les éclats de rire repoussent l'onde de tristesse laissée dans le cœur des parents Bellefontaine qui assistent au départ de leur fille unique. Au bras de son amoureux, Évangéline embrasse ses parents une dernière fois. Benoît, plus ému qu'il ne le croyait, abrège les salutations et lance Princesse au trot. Évangéline les regarde s'éloigner de la rive et sourit à Gabriel. Elle est prête à devenir sa femme.

Gabriel lui fait découvrir ce qu'il a préparé : dans le canot, deux coussins et une magnifique gerbe de fleurs des champs. Une petite enveloppe y est attachée par une herbe à lien.

– Les coussins, c'est ma mère qui les a brodés pour nous deux. L'enveloppe et les fleurs, c'est de ma part, explique Gabriel. Tu peux l'ouvrir tout de suite, si tu veux.

Son regard scrutant celui de son amoureux, Évangéline cherche à deviner ce que recèle l'enveloppe. Elle déplie lentement le papier. Cinq lignes, signées *Ton Gabriel pour la vie.*

Pas un continent ne serait assez grand
Pas un océan ne serait assez profond
Pas une montagne ne serait assez haute
Pour m'empêcher de t'aimer
Ma belle et douce Évangéline

Évangéline ferme les yeux, porte le billet à son cœur, abandonnée à l'étreinte de son grand amour.

– Pas un malheur ne serait assez grand pour sortir de mon cœur le bonheur que tu me donnes, Gabriel.

Son regard ancré à celui de sa douce, Gabriel vient glisser au creux de sa poitrine le billet replacé dans l'enveloppe. Pour le plaisir d'effleurer le galbe de ses seins, il accroche ses grands doigts aux menues boutonnières qui lui résistent.

Leurs mains se soudent. Mais ils n'ont plus une minute à perdre. Leur mariage a déjà trop attendu. Le bonheur est à portée de rames.

Aux abords du rivage, Gabriel et Évangéline aperçoivent des Micmacs, dont Faoua et Koucdaoui qui, dans leurs habits d'apparat, les attendent à l'entrée de leur territoire. À leur descente du canot, deux femmes superbement vêtues s'approchent et entonnent un chant que Faoua traduit aux futurs mariés.

– Protégez-vous contre les vents mauvais. Faites de votre amour un sanctuaire. Votre mariage, votre mariage apporte la paix et l'harmonie. Votre mariage.

Les deux femmes tiennent une tresse de foin d'odeur allumée dont elles dirigent la flamme vers leurs visiteurs.

– Ce sont les cheveux de notre mère Terre ; elle sera avec vous pour les sept générations à venir, explique Faoua.

Le groupe prend la direction du campement, où les futurs mariés sont attendus.

– C'est au-delà de ce que j'aurais imaginé, chuchote Gabriel.

– Moi aussi, avoue Évangéline, un bras accroché à celui de son amoureux, une main relevant un coin de sa jupe pour ne pas qu'elle traîne dans la poussière.

– Y comprends-tu quelque chose ?

– Ce doit être habituel pour eux, répond Évangéline, pour ne pas laisser transpirer l'inquiétude qui la rattrape.

– C'est ici que l'abbé Maillard va nous marier, présume Gabriel à l'approche d'un des grands wigwams où le groupe les précède.

Évangéline et Gabriel se tiennent collés l'un à l'autre, leur regard surpris par tout le cérémonial micmac et par tous ces mots nouveaux qui résonnent à leurs oreilles. Des peaux de bêtes et des branches de cèdre sont disposées autour de la tente. Faoua comprend leur inquiétude et, d'une main sur l'épaule de Gabriel, il sollicite sa confiance.

Il invite les futurs mariés à entrer et à s'asseoir avec la cohorte d'accueil. Faoua reste debout. Chef spirituel des Micmacs, c'est à lui que revient la responsabilité d'annoncer aux fiancés que l'abbé Maillard n'a pas été revu depuis qu'il est allé porter les derniers sacrements à un mourant de Pigiquit. Deux jours sans nouvelles de leur missionnaire et du Micmac qui l'accompagnait.

La consternation se lit sur le visage de Gabriel, la désespérance sur celui d'Évangéline.

Faoua se tourne vers les femmes qui viennent former un cercle autour d'eux. Les mains levées vers le ciel, elles interprètent une complainte, une supplication adressée à Glooscap: qu'il daigne consoler leurs amis et consacrer leur union.

Avant de se retirer avec les siens, Faoua pose ses yeux noirs sur Évangéline, la fille de Marie-Ange qu'il a vue grandir, cette femme à qui sa tribu offre de célébrer son union avec Gabriel Melanson. Gabriel et Évangéline sont laissés seuls… pour discuter à leur aise et pour faire leur choix.

Gabriel ouvre les bras pour une étreinte. Le temps est occulté. Les mots sont futiles. Leurs poitrines soudées l'une à l'autre, Évangéline et Gabriel écoutent les battements de leur cœur. Les soupirs se croisent. Les mains s'agrippent. Le flux passionnel bout dans leurs veines. La réponse est claire pour Gabriel.

– Aujourd'hui, je te marie, Évangéline, avec Glooscap, sans curé, je te marie, Éva…

– Oui, Gabriel. Dans ce wigwam, en présence de Glooscap, je te choisis… pour la vie.

Gabriel voit briller dans les yeux d'Évangéline un éclat soudain ; un court moment où la lumière distance la mémoire du chagrin.

Enlacés, Gabriel et Évangéline marchent vers la sortie de la tente. Faoua vient à leur rencontre, scrute leur regard, s'attarde sur celui d'Évangéline. Il a compris.

Faoua annonce le début des quatre rites qui se doivent d'être respectés avant de consacrer leur union : la suerie, le cercle du partage, la cérémonie de l'offrande et, après une nuit dans une tente réservée aux jeunes mariés, celle du lever du soleil. La suerie se tiendra dans la grande tente en forme de dôme, construite d'arbrisseaux flexibles et couverte d'une lourde toile. Tout à côté, de gros billots de bois couvrent une pyramide de pierres poreuses.

Faoua fait entrer les futurs mariés dans un autre wigwam situé à une trentaine de pas de la Loge des Sueurs. Les femmes de la tribu les attendent : deux d'entre elles présentent à Évangéline une robe magnifique, faite de peau très fine de couleur ambrée.

– Mais… je porte déjà ma robe de mariage, murmure-t-elle en se tournant vers Faoua.

– C'est à cause de la sueur… pour ne pas la salir. Aussi, cela fait partie du rituel, répond-il, en montrant de la main les membres de la tribu.

Dans un coin très sombre de la tente, appelé le ventre de la mère Terre, des hommes et des femmes de la tribu ont presque tous retiré leurs vêtements et entonnent des prières. À l'extérieur, chantant les mêmes litanies, des Micmacs transportent une à une, jusqu'à la Loge des

Sueurs, des pierres brûlantes tirées du Feu sacré. Gabriel et sa belle Éva s'abandonnent.

Faoua leur explique que le but de la Loge est de fournir un endroit sacré où les participants peuvent offrir toute leur attention aux esprits qui ont été invités pour la cérémonie. Ces esprits entrent avec les Grands-Pères, qui sont représentés par les pierres chauffées sur le Feu sacré. La vapeur produite par l'arrosage des Grands-Pères crée la présence des quatre éléments dans la Loge : la Terre en dessous, l'Air ambiant, le Feu dans les Grands-Pères et l'Eau dans la vapeur.

– Lorsque nous ramassons les pierres, leur explique le chef micmac, nous faisons connaître nos intentions et nous écoutons : certaines pierres sont d'accord pour qu'on les apporte avec nous, et d'autres ne veulent pas.

Évangéline et Gabriel apprennent que le premier Grand-Père transporté dans la Loge représente le Créateur, ce qui explique qu'il soit apporté seul. Au Conducteur revient la noble tâche d'accueillir et d'enfumer ce Grand-Père. Une fois que le Grand-Père-Créateur est entré, une sorte de cordon ombilical est créé entre le Feu sacré et la Loge, et les Esprits entreront par cette voie. Seul le Gardeur du Feu a le droit de traverser cette ligne. Les autres Grands-Pères sont apportés un à la fois et placés là où le Conducteur l'indique. Ce dernier accueille et enfume chaque Grand-Père.

– Lorsque tous les Grands-Pères seront déposés dans la Loge, nous pourrons y aller, leur indique Faoua.

Les hommes entrent en premier, tournent dans le sens des aiguilles d'une horloge autour du trou et vont prendre place au nord. Les femmes suivent et s'assoient au sud.

Le Conducteur demande que la porte soit fermée. Il arrose les Grands-Pères pour créer de la vapeur et emplir la Loge de chaleur, les sueurs devant emporter les impuretés du corps. Le Conducteur est chargé de contrôler les énergies dans la Loge et de garder les participants en sécurité pendant qu'ils sont vulnérables et ouverts spirituellement.

Chaque participant est alors invité à réciter une prière. Évangéline et Gabriel, assis l'un au nord et l'autre au sud de la Loge, ressentent l'harmonie, la paix et l'amour qui habitent les participants. Ils sont invités à réciter une prière.

– Je demande aux forces célestes de protéger notre amour et de le faire grandir chaque jour, dit Évangéline, son regard épousant celui de Gabriel.

– Je remercie Dieu et tous les Esprits bienfaisants d'exaucer la prière de ma bien-aimée ; c'est aussi la mienne, réplique Gabriel.

Le tour de chacun des participants passé, tous sont arrosés d'eau fraîche et retournent au wigwam pour se vêtir.

Toujours en silence, les Micmacs enfilent leurs vêtements d'apparat.

Le wigwam dégage une atmosphère indéfinissable, enveloppante, qui fait monter les larmes aux yeux d'Évangéline. Un feu de sauge brûle au centre. Des parcelles de cette plante porteuse d'énergie positive sont répandues sur leur chevelure. Tous les membres du groupe sont assis en cercle autour d'Évangéline et de Gabriel. Faoua, qui dirige la cérémonie, prend la parole sur un ton de confidence. Tous l'écoutent avec le plus grand respect. Se tournant vers Gabriel, il l'invite à déclarer son amour à Évangéline. Au même moment, un couple micmac avance vers eux, portant un plateau sur lequel sont placées deux plumes d'aigle et deux petites tresses de foin d'odeur. L'homme allume une des tresses qu'il dirige vers le marié. Gabriel, le regard lumineux, la gorge nouée par l'émotion, cherche les mots qu'il a rêvé tant de fois de graver sur le cœur de sa bien-aimée.

– Évangéline… tu es ma vie. Tu as seulement à poser tes beaux yeux sur moi pour que je me sente capable de déplacer des montagnes.

Gabriel présente la plume à sa bien-aimée. Leurs mains tremblent… ainsi que leurs voix.

– À toi, ma toute belle, dit-il en insérant la plume dans sa chevelure tressée.

La femme allume l'autre tresse et l'approche d'Évangéline, qui en hume l'arôme avec le sentiment d'être habitée d'une allégresse venue de l'au-delà.

– Avec toi, Gabriel, je veux passer ma vie entière, lui déclare-t-elle en lui offrant sa plume d'aigle. Avec toi, je veux partager ce que j'ai de meilleur. Avec toi, je veux donner à notre belle Acadie des garçons et des filles… qui lui feront honneur.

Les nouveaux mariés s'enlacent.

Faoua leur explique ensuite le symbolisme de cette plume blanche à l'extrémité noire :

– L'aigle étant la seule créature à avoir touché la face de Dieu, sa plume est le plus grand honneur qui puisse être offert à quelqu'un. De plus, elle éloigne les énergies néfastes et elle apporte la paix.

Rien n'a été ménagé pour consoler les deux amoureux de l'absence du missionnaire.

Quelques membres du groupe demandent à parler. À l'expression de leur visage, les mariés comprennent que ces gens implorent le secours des esprits bienveillants. Les échanges terminés, tous les Micmacs regroupés dans la tente viennent, au son des tambours, qui représente le cœur de la mère Terre, féliciter les époux et déposer un petit cadeau à leurs pieds : des peaux d'animaux, des nattes, des bijoux, des outils, des plats, des poupées et des coffrets au contenu mystérieux.

Gabriel n'aurait jamais imaginé pareille finesse, pareille générosité.

Ramenés à l'extérieur, les nouveaux mariés sont invités, toujours au son des tambours, au banquet de fête : une boisson à la gomme d'épinette, une soupe au blé d'Inde, de l'ours grillé, des filets de poisson fumés et des desserts au sucre d'érable. Des spectacles de danse se succèdent dès la fin du repas. Quand le calumet leur est présenté, Évangéline et Gabriel comprennent qu'ils pourront bientôt goûter à l'intimité dont rêvent tous les jeunes mariés.

Faoua et une femme micmaque les conduisent jusqu'à une petite tente, en retrait, préparée pour eux. À l'intérieur, une natte en jonc tressé couvre le sol ; au centre, un feu a été allumé pour chasser l'humidité du wigwam. La lumière qu'il dégage est suffisante pour dévoiler la couche recouverte d'une peau d'ours, un grand coffre fait d'éclisses de bois dans lequel les cadeaux reçus ont été placés, et une dizaine de gerbes de plantes variées disposées tout autour de la pièce. Sur les parois, des dessins d'animaux et d'oiseaux. Au plafond, un large filet est suspendu. Faoua leur apprend qu'il est placé là pour filtrer les rêves : attirer et garder les plus beaux et chasser les mauvais. Faoua et la femme se retirent en rabattant la grande peau, laissant Évangéline et Gabriel seuls à l'abri des regards.

L'heure est exquise. Enlacés, leurs respirations confondues, Évangéline et Gabriel s'enivrent de l'arôme des plantes et de la fusion de leurs corps. Si aucun représentant officiel de Dieu n'a pu consacrer leur union, d'autres parmi ses créatures l'ont célébrée avec une déférence et une solennité dignes du sacrement. Un mariage qui a défié les différences de races et de croyances. Un large consensus autour de la tendresse et de l'amour. Évangéline et Gabriel s'y abandonnent. Les interdits font naufrage.

Des désirs enflammés transportent sur la peau d'ours deux corps en quête l'un de l'autre. Leurs lèvres se cherchent. Leurs corps s'épousent.

Évangéline est allongée dans la lueur du feu, le corps embelli par son bonheur. Le sourire qui ne disparaît plus de son visage remplit les yeux de Gabriel. Il la regarde comme il l'aime : inassouvi de son image, étonné de tout cet amour. Il enveloppe tour à tour sa taille, son visage, son corps pour se laisser enchanter par ces premières caresses. Les bouches soudées annoncent les prochains baisers, encore plus ardents. Le ruban soyeux enserrant la taille d'Évangéline se défait sous les gestes lents de Gabriel. Il se redresse sur ses genoux et retire sa chemise de lin, qu'il dépose à côté de lui. Son torse est buriné par le soleil d'Acadie et par les travaux à la meunerie. Jeune et fort, sa peau se tend quand il s'accoude au-dessus de la poitrine d'Évangéline. Sa bouche dans son cou, il lui murmure tout son amour. Le regard chaud et tendre qu'elle échappe répand dans ses reins une douce brûlure. Pour l'homme qu'elle a choisi, Évangéline Bellefontaine abat la dernière barrière qui se dresse entre eux et leur amour et fait naître Évangéline Melanson, la femme de Gabriel.

Le matin venu, la cérémonie du lever de soleil, superbement exécutée par leurs hôtes, prolonge cette euphorie. Évangéline et son époux sont subjugués de voir cette couronne humaine rassemblée autour d'un feu sacré, où le foin d'odeur, le cèdre, le tabac et la sauge sont brûlés, pour saluer les dernières étoiles de la nuit, accueillir la nouvelle journée et offrir ses meilleurs vœux au nouveau couple. Et que dire du cortège de Micmacs en liesse qui les accompagnent en chantant jusqu'à leur canot dans lequel ils déposent les cadeaux offerts aux nouveaux mariés ? Leurs gestes d'au revoir parachèvent leur séjour en perles de reconnaissance, d'espoir et d'amour sincère.

Leur plume d'aigle attachée à leur chevelure avec une lanière de peau de chevreuil, les avirons en main, les mariés de Glooscap remontent la rivière dans l'allégresse et la sérénité.

∞∞∞

La fébrilité est palpable autour de la table des Melanson où sont rassemblés, à l'heure du midi, Gabriel, son épouse et leurs familles respectives.

Son canot bien camouflé dans la meunerie, Évangéline a toutes les raisons d'avoir le cœur à la fête. L'homme qu'elle aime la chérit plus que lui-même et sa nuit de noces l'a transportée dans une euphorie au-delà du concevable. Dans les bras de cet homme d'une tendresse qui n'a d'égal que sa bravoure et sa générosité, elle s'est délicieusement égarée… jusqu'à ce que l'aurore dessine des ombres par l'ouverture de leur wigwam. Que de fois, au cours de cette nuit, Gabriel l'a pressée sur sa poitrine sans rien dire. Trop absorbé par la communion de leurs corps, de leurs cœurs et de leurs esprits.

Les parents Bellefontaine et Melanson n'ont d'yeux que pour les amoureux, les rares personnes en Acadie que le bonheur submerge en ce mois d'août 1755. Une source à laquelle il fait bon se désaltérer, en ces temps où tout un peuple a le sentiment d'habiter une poudrière. Aux vœux adressés aux jeunes mariés succède une panoplie de questions.

– Deux jours pour se marier, c'est pas rien! lance Françoise, la sœur de Gabriel, impatiente de les entendre raconter leur aventure.

– Je n'aurais pas cru que les Micmacs se seraient intéressés à votre mariage, dit Josephte, sa mère, non moins intriguée.

– Moi, je n'en suis pas surprise, avoue Marie-Ange. Ces gens ont un sens du sacré exemplaire.

– Envers la nature, oui, reconnaît Benoît. Mais leur dieu…

– Glooscap n'est peut-être pas moins réel que notre bon Dieu, rétorque-t-elle.

Josephte est scandalisée. Marie-Ange s'explique.

– Je pense que tous les peuples de la terre croient qu'un dieu a créé l'univers et ils lui donnent le nom qui leur convient. L'essentiel, c'est qu'on soit reconnaissant et qu'on respecte la nature, ajoute-t-elle.

Dans les yeux d'Évangéline et de Gabriel, un pur enchantement. Marie-Ange leur est d'un grand secours.

– Justement, on a quelque chose de particulier à vous apprendre, entame Gabriel.

– Ce n'est pas l'abbé Maillard qui vous a mariés… devine Marie-Ange.

– Peu importe, pourvu que ce soit un prêtre, s'empresse de dire Josephte pour dissiper le malaise.

– Ce n'est pas un de nos prêtres, maman, avoue Gabriel.

Un silence meublé d'appréhensions incite Évangéline à les informer de ce qu'ils ont vécu chez les Micmacs : leur désarroi à l'annonce de la disparition du missionnaire, la proposition du chef micmac, la décision de célébrer leur union dans le rituel de la tribu.

La mère de Gabriel se lève promptement et va cacher son déplaisir près du poêle, promenant sa louche dans une grande marmite de ragoût.

– J'espère au moins que vous n'allez pas vous considérer comme des gens mariés, dit-elle sans se retourner.

– Vous voulez dire ? demande Gabriel.

– Je n'ai pas à vous faire de dessin, à l'âge que vous avez.

– On a l'intention de s'installer dans notre petit chez-nous dès aujourd'hui, maman.

– On t'a tout apporté ici, Évangéline, annonce Marie-Ange.

– Vous n'auriez pas d'objection, vous, maman ?

– Non, ma fille.

– Et vous, papa ?

– C'est votre affaire.

– Et vous, monsieur Melanson ?

– Vous êtes en âge de décider. Seulement, je souhaiterais qu'on garde ça secret, avoue Basile, par respect pour son épouse.

– C'est la moindre des choses, ajoute Josephte.

– Ils ont fait leur possible pour trouver un prêtre, fait remarquer Marie-Ange. Par trois fois…

– On a l'intention de se reprendre, madame Melanson, promet Évangéline.

– Avec tout ce qui arrive depuis le mois de mai, il va en passer, des lunes, avant que vous rencontriez un prêtre…, rétorque-t-elle.

– Le temps de faire deux ou trois petits, laisse tomber Françoise, taquine.

Le regard foudroyant de sa mère la bâillonne.

– Comme Évangéline allait vous le dire, maman, on a l'intention de faire bénir notre mariage par un prêtre catholique aussitôt qu'on le pourra, reprend Gabriel.

– J'ai bien peur qu'avant longtemps, il n'y ait plus un seul prêtre en Acadie, fait remarquer Basile. À moins que…

– C'est ce qu'on craint, nous aussi, papa. C'est pour ça et pour bien d'autres raisons qu'on a l'intention d'aller s'établir ailleurs, pour un bout de temps.

– À l'île Royale… ou à l'île Saint-Jean, espère Josephte,

– On y a pensé sérieusement. Mais des marchands anglais ont colporté que Lawrence avait l'intention de s'approprier tout ce qu'il reste de colonies françaises autour de nous.

– Ce n'est pas de bon cœur qu'on s'éloignera, mais on ne veut pas élever nos enfants dans un climat de guerre, ajoute Évangéline.

– Bonté divine ! Où est-ce que vous allez déménager ? s'inquiète Josephte.

– Au Canada, répond Évangéline.

Les ustensiles se déposent dans les assiettées de ragoût. Les regards se fuient. Dans les bras l'une de l'autre, Josephte et sa fille pleurent en silence. Benoît a posé ses coudes sur la table, niché sa tête entre ses mains. Basile a reculé sa chaise et croisé les bras, le regard accroché à la fenêtre. Dans les yeux d'Évangéline et de sa mère passent tant de sollicitude et d'amour ! Tant de compréhension réciproque ! Leurs bras s'ouvrent. Quelques sanglots s'échappent de leur étreinte ; Benoît, venu les rejoindre, ne peut retenir les siens.

Gabriel se tourne vers son père et dit, d'une voix mal assurée :

– Le temps que le calme revienne dans notre belle Acadie.

– Il faudra y travailler fort… et sans toi, mon Gabriel. Tu vas beaucoup nous manquer. Pas seulement à nous, les Melanson, mais à toute la Grand'Prée.

– Je partirais bien avec vous deux, avoue Françoise, revenue prendre sa place à la table.

– Tu ne vas pas faire ça à ta mère! lance Basile, outré.

– Puis, t'as un homme qui t'attend pas loin d'ici, fait remarquer Gabriel.

– Je souhaiterais qu'il ait votre cran, le beau Daniel Cormier, rétorque-t-elle, s'adressant aux nouveaux époux.

Josephte est pliée en deux par la douleur.

– Françoise! Fais-tu exprès? s'écrie Basile.

La jeune fille se retire dans sa chambre. Évangéline va l'y rejoindre tandis que le couple Bellefontaine tente de réconforter la mère Melanson.

– Ils vont nous revenir, Josephte. Ils sont jeunes, forts et pleins d'idéaux, fait valoir Benoît.

– Tu sais comme c'est important de bâtir un foyer dans de bonnes conditions, ajoute Marie-Ange, se rappelant ses dix premières années d'épouse et de mère.

Josephte refuse de leur donner raison.

– Je le sens, là, dans mon ventre quand un malheur m'attend, dit-elle, gémissante.

– Je vous le jure sur la tête de ma belle Évangéline que je vais revenir sur la terre des Forest et des Melanson! Je ne sais pas dans combien d'années, mais je sais que je vais revenir, soutient Gabriel, ses mains enveloppant celles de sa mère.

– Que Dieu t'entende ! fait celle-ci, les yeux levés au ciel.

– Vous ne partirez pas avant les récoltes, au moins ? s'informe Basile.

À ce moment, Évangéline revient dans la cuisine avec Françoise. Gabriel la consulte du regard. Elle hausse les épaules, cligne des yeux et demande :

– Vous tenez à ce que les récoltes soient finies, monsieur Melanson ?

– C'est à l'automne qu'on a le plus d'ouvrage au moulin, Évangéline. Ça prendrait trois jeunes pour remplacer Gabriel. Tu comprends ?

– Vous êtes pressés de partir ? demande Françoise.

– Oui et non. Il ne faut pas attendre que les gros froids nous rendent la traversée trop difficile, explique Gabriel.

– Puis, il faut se trouver un toit à Québec, dit Évangéline.

– Voir si c'est nécessaire d'aller au-devant de la misère quand on l'a toujours à nos trousses, laisse tomber Josephte, atterrée.

– On n'est pas dans la misère, ma pauvre Josephte ! rétorque son mari. Loin de là !

– Jusqu'à cette année, on s'en est bien sortis, mais avec ce que les Anglais nous font vivre depuis le printemps, on n'est plus sûrs de rien.

Au terme d'un silence qui semble vouloir se prolonger indûment, Marie-Ange propose de laisser les nouveaux mariés vaquer à leurs affaires.

De la maison des Melanson à sa nouvelle demeure, Évangéline marche, silencieuse, au bras de son amoureux.

– Tu te tracasses pour tes parents? lui demande Gabriel.

– Pour les tiens aussi… Ils ne méritent pas qu'on leur fasse de la peine.

– J'espère que tu ne veux pas renoncer à partir, Évangéline.

– Notre décision est prise. Même si je sais que ce sera déchirant, je…

– Ce n'est que pour quelques années. Notre chez-nous est ici, en Acadie, et je te jure que nous reviendrons y vivre.

Dans les yeux de Gabriel, Évangéline trouve une telle assurance qu'à l'entrée de leur petite demeure elle s'abandonne, rieuse, dans les bras qui la soulèvent et la transportent vers le lit.

– T'es belle comme un diamant sur du velours, ma femme. Les caresses de Gabriel et ses mots d'amour font écho aux chants de l'Acadie. Une même mélodie sur les lèvres, ils s'enlacent et succombent à quelques instants d'osmose en attendant les faveurs de la nuit.

Évangéline et Gabriel suspendent leurs habits de noces, s'empressent de se couvrir de leurs vêtements de tous les jours et vont à la rencontre des clients de la meunerie.

– Je vous présente mon épouse, monsieur Forest, annonce fièrement Gabriel à l'oncle d'Évangéline, occupé à décharger des sacs de grain à moudre.

– Mes… mes félicitations, jeune homme. Mes vœux de bonheur, madame Melanson, dit Germain, visiblement perplexe.

Évangéline, témoin de sa surprise, comprend que ses parents n'ont parlé à personne de leur mariage chez les

Micmacs. Par prudence ou par intuition, présume-t-elle. La situation l'embarrasse.

– Je ne me vois pas en train de faire croire à tous ceux qu'on va croiser qu'un prêtre a béni notre mariage, chuchote-t-elle à l'oreille de Gabriel.

– Moi non plus.

– Qu'est-ce qu'on va faire ?

– On se donne le temps d'y penser, répond Gabriel, occupé à remplir de farine moulue un sac de jute qu'Évangéline tient ouvert devant lui.

Daniel Cormier, qui travaille non loin d'eux, a saisi leurs paroles, qui piquent sa curiosité.

– Comme ça, vous vous êtes mariés en cachette, mes snoreaux !

– Il faut bien aller chercher les curés là où ils sont, réplique Gabriel.

Évangéline cache son embarras. Elle attend que Daniel retourne à ses poulies pour confier à Gabriel :

– Je n'aime vraiment pas ça. J'aurai l'impression de mentir tout le temps !

– Je n'ai pas menti. C'est vrai qu'on est allés au-devant du missionnaire.

– Il n'en reste pas moins que si les gens savaient, ils ne nous considéreraient pas comme mariés. Ils seraient scandalisés même d'apprendre qu'on se conduit comme si…

– Je viens d'avoir une idée… Je pense avoir trouvé une solution, dit Gabriel.

L'expression d'Évangéline l'encourage à s'expliquer rapidement.

– Une très belle surprise pour toi… Mais laisse-moi le temps de vérifier quelque chose… après le souper. Pour être certain que c'est possible.

∞∞∞

– Je suis aussi énervée que si c'était le 5 août, avoue Évangéline, confinée dans la sacristie avec Gabriel.

– Je le suis encore plus, moi ! Sans savoir ce qui va être décidé…

En dépit de l'absence du curé Chauvreulx, les habitants de Saint-Charles-des-Mines se sont rassemblés dans leur église paroissiale. Pour la deuxième fois, une « messe blanche », pratique très connue des ancêtres en l'absence des missionnaires, sera célébrée par leur sage, Abraham Landry, tout récemment libéré de la prison de l'île Georges… le seul à l'avoir été, pour ses services d'interprète.

– Chers amis et paroissiens de la Grand'Prée, confiants en l'amour de notre Dieu pour toutes ses créatures, tous ensemble, nous allons prier.

Abraham, amaigri mais si reconnaissant de se retrouver avec les siens, invite les fidèles à réciter avec lui le *Pater noster*, l'*Ave Maria* et l'acte de contrition.

– Aujourd'hui, nous avons une faveur à demander au bon Dieu. Sans que ce soit de notre faute, depuis treize longs jours, nous sommes privés de tous les sacrements.

Une vague de tristesse passe dans l'assistance.

– Nous sommes privés du soutien de notre curé, mais rien ne nous enlèvera notre foi en Dieu et notre solidarité, reprend-il, fort de ses convictions d'octogénaire. Ensemble, nous allons d'abord remercier la divine Providence pour les faveurs obtenues au cours de la semaine qui vient de s'écouler et, après la lecture de l'épître et de l'évangile du jour, nous allons procéder à une cérémonie, si tout le monde est d'accord. Prions le Saint-Esprit de bien nous conseiller avant de donner notre réponse à la question que je vais vous poser, annonce-t-il. En l'absence de notre bon abbé Chauvreulx, nous baptisons nos nouveau-nés, nous portons le saint chrême à nos mourants, nous nous pardonnons mutuellement nos fautes. Croyez-vous que le bon Dieu nous accorderait aussi le droit de bénir un mariage ?

Des chuchotements s'échangent, des haussements d'épaules distinguent les indécis, puis des mains se lèvent.

– Je ne crois pas que le bon Dieu serait d'accord avec ça, dit une dame à la voix hachée par l'âge.

– D'autant plus qu'il n'y a pas d'urgence comme dans les autres cas, ajoute une autre.

– À moins que ce soit pour sauver la réputation des mariés… allègue une troisième, taisant les mots que tous ont devinés.

Un long silence incite le sage à reprendre la parole.

– D'autres personnes veulent donner leur opinion ?

Laurent Blanchard lève la main.

– Je suis pleinement d'accord pour que vous, Monsieur Landry, vous bénissiez les mariages. On ne sait pas pour combien de temps on va rester sans curé.

Des dizaines d'autres mains se lèvent pour appuyer le père de la défunte Félicité. Depuis un banc de la dernière rangée, un homme veut parler.

– Je suis contre! lance Batis Arsenault.

Abraham se voit contraint de demander le vote.

– Ceux qui s'opposent à ce que, au nom du bon Dieu, je bénisse un mariage, levez la main.

Marie-Ange se retourne pour compter les mains levées. Il n'y en a que cinq.

– La majorité l'emporte. Je vais demander à notre bedeau de faire entrer les futurs mariés.

Ils sont une dizaine dans la nef à retenir leur souffle en attendant qu'Évangéline Bellefontaine, au bras de Gabriel Melanson, fasse son entrée dans le chœur et vienne se placer derrière la balustrade... sous les applaudissements spontanés de l'assemblée. Devant la mine contrariée de certaines personnes, Abraham explique:

– Je sais que, normalement, on n'applaudit pas dans nos églises; que les laïcs n'entrent pas dans le chœur à moins de venir servir la messe. Mais au nombre de choses anormales qui se passent en notre belle Acadie depuis le printemps, je suis sûr que le bon Dieu nous excusera. Maintenant, je demanderais aux parents d'Évangéline Bellefontaine de venir se placer près de leur fille. Et les parents de Gabriel Melanson, à côté de leur fils.

Évangéline est heureuse de prononcer pour la seconde fois un «Oui» solennel envers Gabriel dont elle est follement amoureuse et, qui plus est, de le faire en présence de ses parents et amis.

De chaque côté du représentant de Dieu viennent se placer Louis Cormier, un bénitier à la main, et la jeune Agnès Blanchard, portant les alliances sur un petit plateau d'argent. Tout est prêt pour l'échange des serments.

– Est-ce que quelqu'un dans cette assemblée s'oppose au mariage d'Évangéline Bellefontaine, dite LaBiche, fille majeure de Benoît Bellefontaine et de Marie-Ange Forest, ici présents, et de Gabriel Melanson, fils majeur de Basile Melanson et de Josephte Cyr, ici présents ?

Dans la nef, des regards admiratifs et attentionnés se croisent avant que la grande porte de l'église claque derrière Batis Arsenault.

– Gabriel Melanson, voulez-vous prendre Évangéline Bellefontaine, dite LaBiche, pour épouse ?

– Oui, je le veux ! clame Gabriel, radieux.

Au doigt de son épouse, il glisse le jonc de la grand-mère Cyr. Il soulève le voile de mariée d'Évangéline et insère la plume d'aigle dans sa longue tresse châtain.

Certains témoins se regardent et grimacent. « Qu'est-ce que c'est que cette histoire de plume d'oiseau ? » se demandent-ils.

– Évangéline Bellefontaine, dite LaBiche, voulez-vous prendre Gabriel Melanson pour époux ?

Les oreilles sont tendues. La réponse de la mariée se fait attendre. Le regard plongé dans celui de son amoureux, Évangéline est sans voix. Un signe de tête et des larmes qui ont forcé ses paupières témoignent de son acquiescement. Sa main tremble sur le jonc de son grand-père, qu'elle tente de passer au doigt de Gabriel… qui doit l'aider, ce qui arrache un sourire aux lèvres des témoins. Puis, il s'accroupit pour recevoir sa plume d'aigle.

– Je vous déclare mari et femme… mais pas avant que…

Les applaudissements ont couvert sa voix.

« Les nouveaux mariés expliqueront aux curieux la raison d'être des plumes d'aigle à cette cérémonie », se dit Abraham, habité d'un grand sentiment de noblesse.

L'église Saint-Charles et ses alentours ont repris le ton des célébrations du dimanche. Spontanément, hommes et femmes entonnent l'*Ave Maris Stella*, et la marche nuptiale se déroule presque normalement. Sur le parvis de l'église, les nouveaux mariés sont félicités, questionnés et embrassés.

– Marie-Ange, on apporte une chaudronnée chez vous. Faut fêter ça ! proposent la famille et les amis.

– Tu te rends compte, Évangéline. On s'est mariés deux fois, murmure Gabriel avant de poser ses lèvres sur sa nuque fine.

– Je le vois comme un présage. Rien ne nous séparera. Je le sens. Je le sais.

∞∞∞

Les Acadiens de la Grand'Prée s'offrent deux jours de liesse. Le matin du troisième, une apparition fracassante ramène aux cœurs la grisaille des dernières semaines : le drapeau britannique flotte odieusement sur le toit de l'église.

Au chagrin causé par la récente et cruelle arrestation des prêtres du bassin des Mines, s'ajoute maintenant l'indignation. Les femmes pieuses qui, leur missel en main, ont conservé l'habitude de se rendre à l'église vers huit heures tous les matins pour prier ont rebroussé chemin et se sont dirigées vers le sage du village.

– On n'a pas osé entrer…

– J'ai cru entendre du vacarme à l'intérieur de l'église…

– Moi, j'ai entendu des bruits sourds en provenance de Pigiquit !

– Comme si des bateaux mouillaient par là.

– Mon plus vieux est allé de bonne heure à la pêche ce matin, puis en revenant, il a vu des ombres se faufiler derrière la grange des Béliveau.

– Attendez-moi ici, leur dit Abraham Landry.

– Venez manger quelque chose, leur offre son épouse.

Toutes déclinent son offre, préférant accompagner leur sage au village.

« Dans ce cas-là, moi aussi, j'y vais », décide l'épouse d'Abraham, emportant avec elle un sac de galettes de sarrasin.

À peine se sont-ils mis en route vers l'église qu'ils se voient rejoints par d'autres habitants qui filent d'un pas alerte, ne s'arrêtant pas à l'église mais fonçant vers le rivage. Viennent grossir les rangs d'autres hommes que des femmes alarmées sont allées tirer de leurs champs, de leur grange, de leur forge ou de leur meunerie. Les Melanson, les Béliveau, les Bellefontaine, les Landry, les Cormier et des dizaines d'autres ont accouru. Une rumeur les a précédés : le frère de Batis Arsenault est passé près du fort Edward la veille et il aurait aperçu un contingent de soldats occupés les uns à astiquer leurs fusils et les boutons de leur uniforme, les autres à ferrer et à seller les chevaux.

– Il se pourrait bien qu'ils aient été avertis d'une attaque de la France, craint un des frères Landry.

– Ce n'est pas impossible… On vit sur une poudrière, à cause de ces deux pays en guerre même en temps de paix, réplique Gabriel.

– Sans parler de l'espion des Anglais… un traître, dit Michel Longuépée.

Les conjectures vont des plus rassurantes aux plus affolantes pendant que le rideau de brume se retire peu à peu de la surface de l'eau.

La marée monte. Des mâtures de vaisseaux se découpent sur un fond de nuit agonisante… près de Pigiquit, en face du fort Edward. Trois voiliers, fanions accrochés aux mâts. Abraham Landry, abasourdi, demande à Germain Forest qui s'est avancé :

– J'ai bien vu ou je rêve ? Des drapeaux britanniques ?

– Vous avez encore de bons yeux, Monsieur Landry. C'est ce que je vois, moi aussi. Un drapeau sur chacun des deux mâts.

– À voir leurs voiles serrées, ça augure mal, marmonne Benoît.

– Ils ont profité de la pleine lune d'hier soir pour s'approcher de la côte, conclut Charles Béliveau.

L'estomac dans un étau, les femmes observent, écoutent et tremblent. Une douzaine d'embarcations sortent du ventre des vaisseaux. Plus d'une vingtaine d'hommes en uniforme rouge, coiffés d'un tricorne noir, y prennent place. À mesure qu'ils s'approchent de la rive, les observateurs médusés peuvent apercevoir les soldats assis par quatre, leur fusil tenu à la verticale près du genou. Les embarcations s'engagent vers le ruisseau des Béliveau qui coupe la route du village, à un quart de mille de l'église. Le groupe d'habitants se déplace dans la même direction. À contre-courant, les rames s'imposent difficilement au débit. La violence de leurs claquements et les ordres criés de-ci de-là ont des accents d'apocalypse. Des fillettes empoignent la main de leur père.

– Est-ce qu'ils viennent pour nous tuer, les soldats? demande l'une.

– On devrait aller se cacher, suggère la jeune sœur de Félicité.

Les douze embarcations défilent sous le nez des habitants comme si elles passaient devant une forêt. Pas un soldat ne leur fait l'aumône ne serait-ce que d'un regard, d'un geste de la main ou d'un mot de salutation. Rien. Pire encore, certains tournent la tête dans la direction opposée.

– C'est mauvais signe, conclut Abraham, habitué à la présence de soldats anglais parfois sympathiques au bassin des Mines.

– Pourquoi envoyer tant de soldats tout d'un coup? Y en a au moins trois cents, dit Basile Melanson.

À la Grand'Prée, jamais d'aussi grosses embarcations n'ont remonté ce ruisseau. À la proue de la première, un soldat plante une longue gaule au fond des eaux pour en mesurer la profondeur.

– Ils ont peur de briser leurs embarcations sur le fond rocailleux, déduit Gabriel.

– Ils n'ont pas tort, répond son père qui, sans remords, leur souhaite vivement un tel malheur.

– Tu t'es trompé, Arsenault, dit Charles. Ces soldats-là ne viennent pas du fort Edward. Regarde. Les franges de leurs uniformes sont vertes, puis leurs chapeaux ont trois cornes.

– Ou ils viennent de Halifax, ou ils viennent directement d'Angleterre, conclut Abraham.

– C'est encore plus inquiétant, murmure Évangéline, qui jusque-là s'était abstenue de manifester son angoisse.

Les chevaux qui ont cessé de brouter au passage des douze embarcations tournent la tête vers le large. Les habitants aussi. Une autre barque s'est détachée des navires ancrés.

– Combien nous en réservent-ils encore ? lance Benoît, éberlué.

L'effroi gagne plus d'un observateur. Des femmes pleurent, des enfants crient.

– Elle est plus petite, cette embarcation-là, fait remarquer Abraham pour les calmer. Puis, elle n'a qu'un mât.

– Oui, mais regardez à quelle vitesse elle arrive, signale Marie-Ange.

Moins chargée, l'embarcation transporte six soldats qui empoignent les rames avec une énergie redoutable. Elle fonce avec virulence dans la gueule du ruisseau. Au centre de la barque, un personnage attire l'attention.

– C'est pas vrai ! s'exclame Gabriel. Pas ce salaud de Winslow !

Le lieutenant-colonel tourne la tête pour se dérober au regard des paysans attroupés.

– On a assez perdu de temps comme ça, considère Basile Melanson, invitant son fils et sa fille à reprendre avec lui le chemin de la meunerie.

D'autres paysans retournent faucher, certains ont du foin à ramasser. La plupart sautent dans leur guimbarde, laissant derrière eux quelques hommes et quelques femmes qui décident de surveiller les nouveaux arrivants jusque derrière la grange des Béliveau. Tel est le choix, entre autres, de Batis Arsenault, de Charles Béliveau, de Louis Cormier, des Blanchard et d'Évangéline. Dès que l'embarcation de Winslow a rejoint les douze autres, les soldats commencent à décharger. Les yeux s'écarquillent de stupeur en voyant sortir de ces embarcations chevaux, canons, fusils et des dizaines de caisses.

– Ça sent le malheur, tu ne trouves pas, Évangéline ? demande Agnès Blanchard, les yeux mouillés, les mains serrées sur sa poitrine. Ils veulent nous tuer, hein ?

– Calme-toi, Agnès. Ils ne peuvent pas faire ça, on n'a commis aucun crime.

– C'est vrai, c'est les criminels qu'on tue. Mais pourquoi tous ces canons ?

– Je ne sais pas, Agnès. Je ne sais pas. Peut-être pour faire peur aux Micmacs.

– Ça doit être ça, Évangéline. Il ne faut pas que maman sache ça. Elle pourrait en mourir…

– Nos hommes vont voir ça de plus près, Agnès. Va aider ta mère. Essaie de ne rien lui dire. Tu vas être capable ?

La jeune Agnès voudrait le promettre, mais les sanglots se fraient un passage dans sa gorge, comme les soldats sur le chemin qui mène à l'église. Louis Cormier offre de la raccompagner.

Winslow a ordonné à la caravane de se rendre à l'église Saint-Charles. Sur une distance d'un peu plus d'un mille, les soldats empruntent le chemin du bétail et traversent les terres avec arrogance, comme si elles leur appartenaient. Sur son étalon noir, Winslow, entouré de trois soldats, ferme la marche. Les propriétaires, exaspérés par une telle insolence, vocifèrent, les chiens jappent, les moutons fuient au fond des pâturages.

Ils sont une dizaine d'habitants de la Grand'Prée à suivre ironiquement les ordres de Winslow. Pour voir ce qu'il fera. Ce qu'il ordonnera aux soldats de faire. Pour informer les leurs et décider de la riposte qu'il conviendra de choisir.

– Qu'est-ce qu'ils font là ? s'écrie Charles en voyant quatre cavaliers bloquer l'accès aux portes de l'église.

Les propos de Charles sont interrompus par le claquement de sabots en provenance de Pigiquit. C'est le capitaine Croxton, un autre soldat anglais, aussi connu des paysans que Winslow lui-même pour être venu régulièrement au campement érigé près du moulin Boudrot.

– Si on a encore droit à une chance aujourd'hui, elle vient d'arriver, dit Charles. De tous les soldats anglais, Croxton est un de ceux qui se débrouillent le mieux en français.

Le petit groupe d'Acadiens attend impatiemment qu'Abraham questionne Winslow ou Croxton.

Toujours sur sa monture, Winslow discute avec le capitaine du fort Edward. Avec toute la diplomatie qu'on lui connaît, Abraham s'avance vers le lieutenant-colonel et le questionne sur le but de cette visite inopinée. Winslow et

Croxton, manifestement chargés de la même mission, lui font savoir qu'ils ont décidé d'ériger un nouveau campement et qu'ils ont besoin de l'église, du presbytère et des alentours. Le capitaine Murray n'ajoute rien. Il se contente de jeter autour de lui un solide regard de propriétaire des lieux.

– Vous vous installez dans notre église ? s'indigne Abraham.

– Ne vous énervez pas, le prie Croxton.

– Mais, c'est un sacrilège !

– C'est l'endroit qui nous convient le mieux.

– Ce n'est pas possible ! s'écrie Abraham.

– On a aussi besoin du presbytère, annonce Croxton avec un accent qui rend ses propos encore plus désobligeants.

– Pour quoi faire ?

– Pour y loger, avec mes capitaines.

– Laissez-moi au moins le temps d'aller prendre certaines choses, puis des papiers, dit Abraham, outré.

– Deux de nos soldats vous accompagneront, répond Croxton après avoir discuté en anglais avec Winslow.

– Je peux demander à une des femmes présentes de me donner un coup de main ? demande le sage en désignant Évangéline.

La permission leur est accordée, mais ils doivent faire vite. Les officiers anglais sont pressés d'installer leurs pénates et leur quartier général au cœur du village de la Grand'Prée.

Évangéline ne trouve pas les mots pour qualifier cet affront. Les saintes huiles, les vases sacrés, le missel romain sont déposés avec déférence dans une boîte de carton et recouverts de la nappe du grand autel. Abraham va confier le précieux colis à Rachel, la mère de Louis, avant de rejoindre Évangéline au presbytère. Dans la chambre de leur curé, ils trouvent des documents confidentiels, un crucifix et des livres de prières qui font l'objet de censure de la part des deux soldats. L'un d'eux s'attable pour les examiner pendant qu'Abraham fouille les tiroirs du secrétaire. Une boîte de métal renferme de l'argent. La main d'Abraham se fige sur le couvercle, son regard défiant le soldat qui veut s'en emparer.

– L'argent de la quête doit rester dans la paroisse, plaide Évangéline.

– On va le redistribuer aux familles de la Grand'Prée, décide Abraham, refermant le coffre qu'il glisse sous son bras.

Le soldat qui le surveillait le lui arrache avec une violence qui le fait tomber à la renverse. Évangéline fulmine.

– Rapace ! Sauvage ! Vermine ! crie-t-elle.

En une fraction de seconde, le soldat qui examinait les papiers se lève et pointe son arme vers elle.

Le vertige ralentit les gestes d'Abraham, qui vient se placer devant Évangéline.

– Nos vies valent plus cher que ce coffret… Laisse, Évangéline, lui dit-il d'un ton conciliant.

La douzaine d'Acadiens qui les attendent dehors sont médusés. Leur sage, un sac de jute dans les bras, s'avance en vacillant. Évangéline, le visage blafard, s'arrête au pied de l'escalier du presbytère pour vomir.

– Qu'est-ce qu'ils vous ont fait? s'écrie Laurent Blanchard, prêt à se précipiter vers eux, mais aussitôt rappelé à l'ordre par Winslow.

– C'est la peur qui m'a donné la nausée, explique Évangéline en reprenant sa place entre Louis et le père de Félicité.

– Et vous, Abraham? Ils vous ont blessé? demande Batis.

– Je n'aurais pas dû résister à leur laisser l'argent de la paroisse, avoue-t-il.

– Vous voulez que j'aille vous reconduire chez vous? offre Batis.

– Non. Seulement, va porter ce sac-là à ma femme et dis-lui de ne pas m'attendre pour dîner.

– Je vous rapporte de quoi manger, monsieur Landry... pour toi aussi, Évangéline, propose Batis.

Winslow se tourne vers la troupe et lui crie des ordres que les paysans, effarés, ont vite fait de comprendre. En file indienne, des soldats sortent des embarcations avec une quantité affolante de fusils et de caisses de poudre qu'ils vont placer dans l'église dont l'accès demeure interdit aux habitants. Quelques-uns vont porter des malles au presbytère, d'autres tirent l'eau du puits et surveillent les alentours. Certains sont chargés de construire un abri pour les chevaux derrière le presbytère. Plus nombreux sont ceux qui installent des tentes et, à coups de pelle et de pic dans le sol, préparent l'édification d'une palissade...

– Aussi grand que ça! dit Charles, ébahi par la taille du quadrilatère entourant le presbytère, le cimetière, l'église et tout le champ garni de tentes.

– C'est pas mal plus impressionnant que le poste armé qu'ils avaient installé au Vieux-Logis il y a six ans, fait remarquer Michel Longuépée.

– Qu'est-ce qu'ils vont mettre là-dedans ? questionne Laurent Blanchard.

– Notre bétail, peut-être, glisse Évangéline.

– Ce serait bien le bout du bout ! répond-il.

– Demandez-leur donc, Abraham, suggère Longuépée.

Pour toute réponse, le sage reçoit de Winslow l'ordre de veiller à ce que des femmes du village préparent un bon souper pour lui et ses capitaines, et que quelqu'un vienne le leur porter au presbytère.

– Ils vont attendre longtemps, tant qu'à moi, répond Évangéline.

– Tant qu'à moi aussi, dit Charles.

– Ce n'est pas le temps de mettre le feu aux poudres, conseille Abraham.

– Je vais m'en charger, moi, décide Longuépée.

Son cheval au galop, Gabriel les rejoint, pressé de prendre des nouvelles. Ce qu'il apprend le met hors de lui.

– Monte avec moi, ma belle Éva. Ces salauds ne méritent même pas de regarder une femme comme toi.

S'adressant à Winslow et Croxton, il crie :

– Vous allez nous payer ça un jour ! Puis cher, à part ça !

Évangéline tremble encore. Les mains fermement nouées autour de la taille de son mari, elle craint que les injures lancées aux officiers anglais ne leur attirent de mauvais traitements.

– De toute façon, leur plan est fait, réplique Gabriel. On leur ferait des compliments que ça n'y changerait rien.

Gabriel n'a pas tort. Winslow juge aussi désagréable qu'ingrate la mission que lui a confiée Charles Lawrence, lieutenant-gouverneur et commandant en chef de Sa Majesté pour la province de Nouvelle-Écosse. Aussi compte-t-il se dédommager quelque peu en jouissant de tout le confort possible dans ce presbytère où il s'est installé en fin d'après-midi.

Par une fenêtre qui donne sur le bassin des Mines, il porte un regard attendri sur les champs éloquents de fertilité, sur le cap Blomidon, fière figure de la Grand'Prée, et il déplore de ne pouvoir les admirer sans remords. D'ici quelques semaines, plus un seul habitant de la région ne pourra s'en délecter. Winslow aurait préféré se soustraire à cette mission déchirante, mais voilà le prix des honneurs militaires auxquels il aspire.

Sur le secrétaire du curé Chauvreulx, un officier a déposé une pile de documents et de correspondance militaires. Sur le dessus, une lettre imposante provenant de Halifax. Le lieutenant-colonel en redoute le contenu… Il déplie la lettre, qu'il parcourt rapidement, tant les ordres du lieutenant-gouverneur Lawrence sont accablants.

Chapitre 5

L'ultime outrage

Depuis le 19 août, Évangéline et Gabriel observent le vaste campement que dressent les soldats anglais. Ils ne peuvent qu'épier par les interstices des pieux de bois de la longue palissade. Emprisonné dans l'enceinte, le cœur du village de la Grand'Prée sert de quartier général au lieutenant-colonel. Chaque jour, depuis le bureau qu'il a installé dans le presbytère, John Winslow coordonne l'organisation du siège anglais.

Bien que ce soit dimanche, Gabriel porte une chemise de drap usée et un pantalon défraîchi coupé à mi-jambe. À la Grand'Prée, les vies tournent désormais sur un calendrier qui ne compte plus les jours bénis.

– Mais… c'est… Barker qui est en train de creuser un puits ! Il a perdu du galon, s'étonne Gabriel.

– Il semblait avoir le cœur à la bonne place, lui…, dit Évangéline en se relevant.

– On ne va pas le plaindre, quand même ! répond Gabriel, agenouillé, un œil fermé pour mieux voir. Ne te trompe pas… C'est de l'hypocrisie, Évangéline.

– Il doit bien exister du monde normal parmi les soldats…

– En tout cas, on ne les a pas envoyés chez nous, ceux-là, maintient Gabriel, abasourdi de remarquer que trois autres puits ont été creusés sur le terrain de la fabrique.

– Gabriel, on dirait qu'ils s'installent pour de bon. Quand je pense à nos familles, et à nous autres qui partons, dit Évangéline qui n'a guère dormi depuis trois jours.

Une idée l'obsède. Comme une épine au talon qui s'enfonce à chaque pas et qui affecte tout l'organisme. « Mon Dieu, il faut que je parle avec Gabriel… on ne peut pas… je ne suis pas capable de garder ça pour moi… »

– Si on retournait voir aux alentours de la grange des Béliveau ? propose-t-elle.

– Tu penses que d'autres soldats s'en viennent ? Ça me surprendrait. C'est plutôt du côté de la baie qu'on va voir apparaître des bateaux.

– Une flotte française à l'ouest, une armée anglaise à l'est, et nous autres au milieu. Qu'est-ce qu'on va devenir ? s'inquiète Évangéline.

Seul le frottement de leurs sabots sur la terre battue entache le silence. Une réflexion ride le front de Gabriel.

– Gabriel, viens, on va s'asseoir…

Un cordon de sa capeline enroulé autour de son index, les jambes croisées sous sa longue jupe bourgogne, Évangéline pince les lèvres. Son époux s'approche, la serre contre sa poitrine. Les battements de son cœur sont rapides. Gabriel écoute la détresse de sa femme… plus que tout autre, plus que la sienne. Il a juré de protéger la vie d'Évangéline.

– Ce qui se passe ici depuis mardi me retourne les sens…

– Oui, mon Éva. On est tous fatigués et virés à l'envers. On ne se reconnaît plus. Mais à quoi tu jongles en tordant ton cordon de même, ma belle ?

– Plus j'y pense, moins j'arrive à croire qu'on va partir… On ne peut pas les laisser seuls, ici, quand…

Gabriel resserre son étreinte.

Depuis l'arrivée de Winslow à la Grand'Prée, son sommeil est, comme celui de sa belle, lézardé de questionnements, sa décision d'aller au Canada, ébranlée. Vivre en paix avec Évangéline, oui, mais vivre en paix avec lui-même, aussi. Plus il y réfléchit, moins il se sent capable de se dissocier des familles de la Grand'Prée et des autres villages, menacées par l'arrivée de l'armée britannique et par ses conséquences… si peu prévisibles. Son vœu le plus cher : que les pensées d'Évangéline portent les mêmes mots que les siennes.

– On va rester ici avec nos familles, Évangéline. Moi aussi, je trouve que ce n'est pas le temps de les abandonner, dit Gabriel.

Dans les bras l'un de l'autre, Évangéline et son époux savourent un rare moment de sérénité et conviennent de reprendre leur chemin pour aller annoncer la nouvelle à leurs familles.

∞∞∞

Au-delà du sentier, à l'embouchure du ruisseau, une chaloupe s'engage dans le bassin des Mines pour remonter la rivière Pigiquit. À son bord, deux rameurs et deux gardes du corps protègent le lieutenant-colonel John Winslow, en route vers les appartements du capitaine Murray au fort Edward.

Même si une forte tension règne à Pigiquit, c'est sans se départir de son flegme britannique que Winslow entre d'un pas résolu dans le bureau du capitaine Murray.

– Mon cher Winslow ! s'exclame Murray, s'avançant, la main tendue. Pouvons-nous prédire le succès de ce noble tour de force que celui de se départir de ces gueux ?

– C'est ce que je crois, capitaine… Mais je crains que cette opération n'entraîne quelques pertes humaines. Vous conviendrez avec moi qu'il faudrait éviter cela à tout prix, prévient Winslow, invité à déguster un thé chaud.

– À la guerre comme à la guerre, mon ami ! Nos soldats détestent tellement ces vermines de Français… il ne faudrait pas être surpris qu'ils saisissent l'occasion de tirer sur quelques-uns d'entre eux.

Winslow avale son thé à petites gorgées et promène sur Murray un regard inquisiteur. Il se méfie de cet homme de douze ans son cadet et doute sérieusement de ses qualités de capitaine.

– Je n'ai toujours pas vu le sceau du roi George II sur cet ordre de déportation des habitants français de la Nouvelle-Écosse, soutient Winslow.

– Je sais tout ce qu'il y a à savoir sur cet ordre, monsieur Winslow, rétorque Murray.

– Cette ordonnance du roi que vous vous vantez d'avoir lue… Je pense plutôt qu'elle a été écrite par le lieutenant-gouverneur Lawrence et non par le roi.

Et j'ajouterai que je désapprouve certaines de ces directives. Regardez.

Winslow lui présente les directives qu'il a reçues, signées par Charles Lawrence. Il demande au capitaine Murray, manifestement pris au dépourvu, d'en faire la lecture à haute voix.

Halifax, le 11 août 1755

Monsieur,

Ayant informé le capitaine Murray, dans ma lettre du 31 juillet dernier, des raisons qui amènent le conseil de Sa Majesté à prendre la résolution de déménager les habitants français et de dégager tout le pays de ces mauvais sujets, il ne me reste plus qu'à vous transmettre les instructions nécessaires pour mettre en pratique ce qu'il a été officiellement convenu de faire.

Afin que les habitants n'aient plus la possibilité de revenir dans leur province ni même de rejoindre les Français du Canada ou de Louisbourg, il est résolu de les disperser dans les colonies de Sa Majesté, à travers tout le continent d'Amérique.

Pour ce faire, les vaisseaux postés dans la baie de Fundy seront envoyés d'abord à Chignectou. Ceux qui ne pourront être remplis seront alors acheminés au bassin des Mines afin d'emmener une partie des habitants de cette région.

Vous disposerez aussi de vaisseaux en provenance de Boston pour transporter mille personnes.

Dès l'arrivée des vaisseaux de Boston et de Chignectou, par tous les moyens, vous les remplirez d'autant d'habitants de la région des Mines, de Pigiquit, de Cobiquid, de

Rivière-aux-Canards, etc., que vous pourrez trouver, plus particulièrement les chefs de famille et les jeunes hommes, que vous entasserez dans les cales des bateaux à raison d'un peu plus de deux hommes par tonneau de capacité (ou le plus près possible); le tonnage étant établi par la charte-partie des vaisseaux; le calcul de la capacité de chacun d'eux vous sera fourni par chaque maître de vaisseau.

Destination des vaisseaux du bassin des Mines:

– Seront envoyées en Caroline du Nord un nombre approximatif de cinq cents personnes.

– Seront envoyées en Virginie un nombre approximatif de mille personnes.

– Seront envoyées au Maryland un nombre approximatif de cinq cents personnes; ou en proportion respective, si le nombre de déportés devait excéder deux mille personnes.

Je vous demande de porter une attention toute spéciale à l'injonction faite par les maîtres de vaisseaux: durant tout le trajet, surveillez rigoureusement et attentivement – autant que faire se peut – les passagers, afin d'éviter qu'ils ne tentent de prendre le contrôle des vaisseaux. Seulement un petit nombre d'entre eux pourront se rendre sur le pont de temps à autre. Prenez toutes les précautions nécessaires pour vous prémunir des attaques; il faudra vous assurer plus particulièrement que les habitants n'apportent pas de fusils ou d'autres armes à bord. Veillez aussi à ce que les provisions soient équitablement distribuées aux personnes et selon les instructions de monsieur Saül, agent de ravitaillement.

Puisque le capitaine Murray est bien informé au sujet des habitants et du pays, j'aimerais que vous vous concertiez régulièrement, principalement en ce qui concerne les moyens nécessaires à prendre pour regrouper la population et la faire monter sur les bateaux. Si c'est nécessaire pour réussir cette mission, vous utiliserez des mesures plus vigoureuses non seulement lors de l'embarquement, mais aussi pour priver de tous leurs moyens de subsistance ceux qui, par exemple, s'évaderaient. Vous brûlerez leurs maisons et détruirez tout ce qui pourrait les aider à survivre.

Le lieutenant-gouverneur de la Nouvelle-Écosse, Charles Lawrence

Sa lecture terminée, Murray, agacé, soutient n'avoir rien lu de surprenant.

– Je ne crois pas que Sa Majesté approuverait des mesures aussi… sauvages, soulève Winslow.

Dans les veines de Murray, le sang écossais bouillonne. Le regard flagellant, il conseille à son collègue, natif du Massachusetts, de surveiller ses paroles.

– Vos présomptions pourraient vous coûter cher, et bien davantage, si elles dictaient votre commandement, réplique Murray inversant l'autorité.

Les joues en feu, Winslow relève le menton, retenant une réplique qu'il sait plus prudent de taire.

Murray sent la fragilité de leurs rapports et il ne souhaite pas que la méfiance de Winslow compromette le succès de la mission amorcée. Il reprend la discussion d'un ton plus modéré, mais ferme.

– Il n'en demeure pas moins que le lieutenant-gouverneur Lawrence est le re-pré-sen-tant de la couronne britannique en Nouvelle-Écosse. J'estime qu'il a pris des décisions justes… de bonnes mesures de guerre.

– Des mesures de guerre, mon cher Murray ? À ce que je sache, l'Angleterre n'est pas en guerre contre la France !

Déstabilisé, Murray déverse son dépit en s'acharnant sur les Acadiens.

– Ces misérables fomentent régulièrement des complots avec les Sauvages… de qui ils ont déjà obtenu des armes, voyez-vous. Admettez qu'ainsi, ils pourraient nous tendre des embuscades, comme cela s'est passé à Beauséjour.

– Je sais, capitaine, j'y étais. Bien que je vous concède leur esprit rebelle et que je ne tienne pas à me souiller de leur sang, je pense qu'il est essentiel de mener une bonne opération de repérage pour s'assurer que les événements ne se répètent pas. Vous ne tenez sans doute pas plus que moi à être victime d'un fâcheux et fatal accident de parcours ?

Le regard de Murray se ravive. John Winslow a joué de finesse pour amener le capitaine, avide de victoire, à s'intéresser davantage au déroulement des manœuvres qu'à son orgueil démesuré.

Sur la table, Winslow déploie une carte du bassin des Mines et explique à le capitaine la meilleure façon de procéder au repérage. Il est convenu que Winslow se chargera de la Grand'Prée et Murray, de Pigiquit. Les deux officiers prennent note de tous les bosquets et méandres propices aux guets-apens. Cet inventaire minutieux devrait assurer un parfait contrôle de la population locale, le jour de l'emprisonnement et durant l'embarquement.

– Nous devrons être extrêmement discrets et prudents, recommande Winslow à son vis-à-vis. Les habitants ne doivent absolument rien soupçonner. Aussi, prenez vos meilleurs hommes… s'il vous en reste encore !

– Les soldats ! Ce damné pays les engourdit…

– Je sais. Plusieurs préfèrent de loin jouer aux cartes, se soûler et sortir après le couvre-feu ! déplore Winslow. Il faut constamment les rappeler à l'ordre. Mais admettez comme moi que des hommes formés pour la guerre finissent par se lasser de polir leur fusil et de compter leurs munitions.

– Il n'est pas question que ces lâches fassent échouer un projet qui demande autant de concentration, de courage, de discipline et de force de caractère. Vous pouvez compter sur moi à ce sujet, clame Murray, chez qui Winslow remarque une pointe d'ironie.

Faisant fi de son sarcasme, Winslow sollicite astucieusement son avis.

– Au fait, capitaine Murray, afin de nous coordonner, quel serait, selon vous, le meilleur moment pour procéder à l'emprisonnement ?

– L'opération de repérage nous permettra d'en préciser la date. Mais, je peux vous dire, au premier coup d'œil, qu'il serait mieux d'attendre encore au moins une semaine, pour leur laisser le temps de terminer les récoltes. On n'en aura pas trop pour nourrir tous ceux que nous ferons venir des colonies anglaises après leur départ.

Winslow quitte le capitaine Murray, le front aussi soucieux qu'à son arrivée. Il n'est pas dupe quant à la collaboration de ce dernier.

∞∞∞

Les familles d'Évangéline et de Gabriel se réjouissent autour de la table que Marie-Ange a garnie de victuailles.

– Cette idée de vous en aller au Canada n'avait rien de bon, Gabriel. Ni pour vous deux ni pour nous, tes parents, dit Josephte, qui se colle à son fils comme s'il venait d'échapper à un grave danger.

– Quelque chose me disait que vous ne partiriez pas, avoue Marie-Ange.

– Une vraie sorcière ! s'écrie Évangéline.

– Vous ne pouvez pas savoir le bonheur que cette nouvelle nous apporte, dit Benoît. J'avais beau me raisonner, je n'arrivais pas à me faire à l'idée de vous voir partir... Ça me compressait l'estomac à m'en faire perdre l'appétit.

– J'avais remarqué, murmure Marie-Ange, émue.

– Mais maintenant, sourit Benoît, je peux recommencer à vous imaginer dans quelques années avec un ou deux marmots qui courent dans la maison que... que j'aimerais bien commencer à vous bâtir.

Gabriel et Évangéline se regardent, muets d'étonnement. Benoît s'empresse d'expliquer.

– J'ai pensé qu'à mi-chemin entre les Melanson et nous autres, ça vous conviendrait... La terre de ton frère Germain a déjà été à vendre, tu te rappelles, Marie-Ange ? Il y a une bonne grange dessus.

Benoît, comme tous les membres des familles que la vie a ramenées brutalement à l'essentiel, complète son cadeau à la grande joie du couple.

– Ta mère et moi, on voudrait que vous preniez des brebis, des poules, une vache et ta Princesse…

– T'es bien bon, Benoît, souligne Josephte Melanson.

– Nous, les pères, on va faire pour vous autres ce qu'on a toujours fait pour tous les nouveaux mariés de la région : avec une dizaine d'hommes pour apporter le bois, cinq ou six pour monter la charpente, on peut finir l'extérieur avant novembre. On a tout l'hiver pour terminer l'intérieur, conclut Benoît.

Gabriel se racle la gorge et se lève cérémonieusement pour serrer la main de son beau-père et celle de son père.

Dans la cuisine des Bellefontaine, la gaieté et l'espoir retrouvés dessinent une gerbe lumineuse.

Les femmes débarrassent la table. Les hommes ont besoin d'espace pour tracer les plans de la maison, prévoir les matériaux nécessaires, dresser la liste des bénévoles et distribuer les tâches.

Lorsque Françoise et les deux couples Melanson quittent la maison des Bellefontaine, les hiboux des marais leur rappellent qu'il est près de minuit. Une journée déterminante dans la vie de ces deux familles. Une volonté commune de narguer la fatalité et les tentatives d'assujettissement des Anglais. Pour quelques heures, l'enthousiasme a fait un pied de nez à la morosité qui s'infiltre dans tous les foyers de la Grand'Prée depuis que Winslow et ses trois cents soldats se sont installés au village.

En attendant d'habiter la grande maison qui leur est destinée, les jeunes époux Melanson retrouvent avec bonheur leur modeste logis et l'intimité qu'il leur réserve. Blottie contre la poitrine de Gabriel, Évangéline ferme les yeux. Son acharnement à croire en un avenir suave et fécond puise sa force dans les bras de son amoureux.

– Si Dieu m'offrait de réaliser un seul de mes vœux, sais-tu lequel je ferais ?

Étendu à côté de sa femme, Gabriel murmure avec cet air taquin qu'elle croyait perdu :

– Je pourrais essayer de le trouver, mais j'aime cent fois mieux te l'entendre dire.

– Je voudrais qu'on se donne tout de suite tout l'amour qu'on se donnerait pendant cent ans…

Son corps se moule à celui de son époux et y sème le désir. Un simple effleurement de la main d'Évangéline suffit à faire naître l'ivresse de Gabriel. Leurs baisers scellent leurs lèvres avec passion. Un mélange de fougue et d'angoisse. Les remous d'un grand amour bercent le couple jusqu'à l'aurore.

La lumière diaphane de la nuit s'est dorée bien avant que les amoureux n'aient soulevé une paupière.

Le roulis des meules et les cris des paysans venus faire moudre leur grain les tirent abruptement du sommeil.

– C'est le bout du bout ! échappe Gabriel, honteux. Mon père a ouvert le moulin à ma place.

Évangéline ne peut retenir un fou rire. Gabriel attrape ses vêtements au pied du lit.

– Non, mais tu te rends compte? Déjà quatre charrettes pleines devant la meunerie… et je ne suis même pas habillé!

– Je t'interdis de sortir comme ça, Gabriel Melanson!

Les rires fusent. Évangéline pointe une jambe nue à l'extérieur des couvertures et le désir les relance dans les bras l'un de l'autre pour étirer cette nuit d'amour qui en recelait déjà cent.

– Évangéline Melanson, tu vas me jurer de ne plus me faire arriver en retard comme ça au moulin, la somme Gabriel, mi-moqueur, en sortant du lit.

– Tu meurs d'envie de recommencer, Gabriel Melanson. Puis tout de suite, à part ça.

Évangéline feint de le retenir. Son rire la rend si heureuse.

∞∞∞

Ce dimanche 31 août 1755, faute de ne pouvoir se rassembler sur le parvis de l'église après la grand-messe, plusieurs habitants de la Grand'Prée et de Rivière-aux-Canards discutent fermement devant la maison d'Abraham Landry. La brise matinale qui souffle sur les marais se heurte à leur colère. Un autre ordre est venu de Charles Lawrence: les fermiers ont trois jours pour envoyer leurs meilleurs taureaux au fort Edward.

– Nos plus belles bêtes… données au lieutenant-gouverneur, pour le service de la Marine? Je n'ai jamais rien vu d'aussi écœurant, gronde Basile Melanson.

– C'est comme si on m'arrachait les tripes du ventre, dit Antoine Forest.

– Quand je pense qu'ils vont se bourrer à nos dépens, grogne Batis.

– Puis, ils sont assez effrontés pour envoyer des soldats se servir à même nos troupeaux, lance Germain.

– Ils vont attendre longtemps s'ils pensent que nous autres, les Acadiens, on va se montrer loyaux envers des bandits comme les Anglais, jure Gabriel, qui vient de s'ajouter au groupe en compagnie d'Évangéline.

– Trois jours pour nous arracher nos taureaux, gémit Antoine, réputé pour avoir le plus beau troupeau du bassin des Mines.

– Sous prétexte que tout notre bétail, nos récoltes, nos forêts, nos rivières même, appartiennent à George II, dit Laurent Blanchard. C'est révoltant !

– Les Anglais nous ont arrachés à la France. On est devenus leur propriété, nous, les Acadiens, et tout ce qu'on a gagné avec nos bras, nos têtes et notre solidarité, il faudrait le leur donner ? grince Benoît.

– Qu'est-ce qu'on attend pour faire quelque chose ? rétorque Charles Béliveau. La quinzaine d'hommes cordés sur le perron d'Abraham retient son souffle. La question que pose Charles, tous se la posaient et tous évitaient d'y répondre, à défaut de trouver les moyens de sortir gagnants de cette revanche. De crainte d'empirer le sort de tout un peuple.

– On devrait commencer par garder nos bêtes en dedans, suggère Germain.

– C'est rien, pour un soldat, de défoncer les portes d'une étable et de faire reculer le fermier du bout de sa baïonnette…, lui fait remarquer Batis.

– En tout cas, on ne devrait pas aller leur livrer. Qu'ils viennent les chercher eux-mêmes.

– Ça nous donnera au moins l'occasion de leur cracher ce qu'on a sur le cœur, lance Charles.

– Mes amis, écoutez-moi, j'ai une idée, annonce Basile Melanson. Si on passait le mot à tous les hommes du bassin des Mines… et qu'on faisait une autre sorte de clôture… une grosse… faite d'hommes au lieu de pieux. Ça ferait une belle surprise aux Anglais, il me semble ?

– Ah ! bien, mon Basile… tu parles ! Les empêcher d'aller chercher du secours ! Les emprisonner dans leur propre campement… C'est ça qu'il faut faire, approuve Germain.

Tous se délectent à l'idée de voir Winslow et ses soldats pris dans leurs propres filets. Mais la réalité les rattrape trop vite : les Anglais sont armés, pas eux. En un rien de temps, la barrière humaine de Basile Melanson croulerait sous les balles de trois cents soldats. Louis Cormier a une autre idée.

– À moins qu'on demande l'aide des…

Il n'a pas terminé sa phrase qu'Évangéline proteste.

– Non, non ! Louis, il ne faut pas demander aux Micmacs.

– En voulant nous aider, ils ont souvent empiré les affaires, confirme Benoît.

– Il faudrait faire entendre raison à Winslow et à Murray, suggère Abraham. À moins qu'ils aient une roche à la place du cœur, ils vont comprendre qu'on a gagné ce qu'on possède. Que même si on est passés des mains de la France à celles de l'Angleterre, on reste propriétaires de nos terres, de notre bétail, de nos bâtiments.

– On l'a déjà essayé, ça ! On ne va pas recommencer les mêmes maudites affaires ! riposte Batis.

– C'est la demande de pardon qui n'a rien donné, réplique Abraham.

Marie-Ange approuve Abraham et suggère d'écrire un plaidoyer dans lequel il serait question d'appel à la compassion et à la fraternité.

Bien que plusieurs demeurent fort sceptiques quant aux résultats d'une telle initiative, tous l'encouragent. Les voisins et amis entrent chez Abraham qui s'installe à sa table. Il tente de rédiger une lettre en portant une vive attention au ton… tout de respect, mais non moins persuasif.

Messieurs,

Vous admettrez avec nous que, depuis quelques mois, nous vivons des temps très difficiles, de part et d'autre. Beaucoup de souffrances. Beaucoup d'inquiétudes ! Beaucoup de temps perdu et de sang versé dans des batailles dont personne ne voulait, croyons-nous. Nous pourrions mettre fin à tout cela dès aujourd'hui, messieurs. Nous pensons qu'il suffirait de prendre un petit moment pour imaginer ce que deviendrait notre vie à tous si nous décidions de nous traiter mutuellement comme des humains. Anglais, Français, ou Micmacs, n'avons-nous pas tous les mêmes besoins et les mêmes désirs ? Tous les papas de la Nouvelle-Écosse et vous aussi, les officiers, ne souhaitez-vous pas bâtir votre famille dans l'amour et la paix ? voir grandir vos enfants ? leur construire un avenir où le respect, l'entraide et l'honnêteté seraient de rigueur ?

Nous ne pouvons croire, messieurs, que cet appel du cœur vous laisse indifférents. Nous sommes prêts à discuter avec vous des mesures à prendre pour que, ensemble, nous puissions retrouver le bonheur en ce beau pays.

Quant à la demande du capitaine Murray de lui livrer nos meilleurs taureaux, nous croyons que c'est inacceptable ; en revanche, nous acceptons de vous les vendre à prix réduit.

Au nom de tous les habitants du bassin des Mines.

Marie-Ange est chargée de lire le texte à haute voix. Comme il fait l'unanimité, Évangéline le recopie deux fois.

Trois personnes sont désignées pour aller remettre les lettres en mains propres, une à Winslow, l'autre à Murray et la troisième à Lawrence.

Comme une traînée de poudre, la nouvelle sème l'espoir dans tous les foyers de la Grand'Prée, de Rivière-aux-Canards et de Pigiquit. Les fervents catholiques prient la Vierge Marie et son fils de les exaucer. Leur foi repose sur le bien-fondé de leur demande.

– Pas un bon Dieu ne pourrait nous refuser ça, soutient Géraldine, la grand-mère de Louis.

– Oui, et à ses yeux, on est tous ses enfants, ajoute la mère de Félicité, s'emmurant dans cette conviction qui nourrit son espérance.

∞∞∞

Dans tout le bassin des Mines, le retour du beau temps pour la première semaine de septembre étire les heures de travail. Dans les champs, les fermiers et leur épouse s'activent; la moisson sera généreuse à condition de ne pas perdre de temps. Tous les moulins à grain ronronnent avant même que le soleil s'étende sur les charrettes remplies qui attendent aux abords des meuneries.

Quelques habitants de la Grand'Prée, dont les Melanson, les Bellefontaine et les Cormier, ont terminé leurs récoltes et se prêtent de bon cœur à la construction de la maison d'Évangéline et de Gabriel. Après dix jours de travail, du soleil levant à son couchant, les fondations sont jetées, la charpente montée, la toiture posée. Il ne reste bientôt plus qu'à la couvrir. Dans son atelier, Antoine Forest prépare les fenêtres.

Au moulin à scie des Boudrot, Benoît a fait transporter les billots de pin qui serviront à bâtir le plancher dans la maison de sa fille. Les planches les plus courtes seront conservées pour les marches de l'escalier qui montera au grenier.

Évangéline a délaissé le tissage pour corder sur leur lot, non loin de la maison, le bois de chauffage requis pour passer l'hiver. La grange, inoccupée depuis quelques années, sera réorganisée pour accueillir deux vaches laitières, quatre ou cinq porcs, une dizaine de poules et une vingtaine de moutons. Perrine, la mère de Félicité, vient rejoindre Évangéline, portant une boîte au contenu manifestement précieux. Évangéline va à sa rencontre, tendant les bras pour la soulager de ce poids, mais Perrine refuse son aide.

– C'est pas pesant et je tiens à l'ouvrir moi-même devant toi.

Évangéline n'a aucune idée de ce que lui apporte cette femme qu'elle affectionne tendrement. Aussi l'invite-t-elle à la suivre dans la grange, là où des tonneaux vides leur serviront de table. Perrine y dépose sa longue boîte avec une telle délicatesse qu'Évangéline fouille son regard en quête d'indices.

– Je ne t'ai pas tout apporté... J'en garde un peu pour Agnès et sa petite sœur, précise Perrine en soulevant un pan de la boîte.

De fins tissus de lin apparaissent.

– Comme il y a de grosses chances que tu en aies besoin avant elles... et vu que tu as décidé de ne pas t'en aller au Canada, je te le prête. Félicité l'aurait fait, j'en suis sûre. Tu peux regarder.

Ses doigts effleurent doucement le minuscule bonnet au rebord brodé, la petite robe blanche joliment ornée de rubans de satin, et les chaussettes...

– J'avais préparé ce trousseau de baptême pour son premier bébé. En cachette. Je devais le lui offrir en cadeau de noces... Des belles grandes joies qu'elle aurait pu avoir en même temps que toi si..., murmure Perrine.

– Vous savez, madame Blanchard, elle est bien souvent à côté de moi... Ça vous arrive, à vous aussi, de la sentir ?

– Quand j'aurai moins de peine peut-être...

– C'est pour ne pas vous attrister encore plus que je tarde à vous redonner sa robe de mariée et son voile. Mais Agnès pourrait bien en avoir besoin avant longtemps…

– Tu peux me la rapporter, c'est bien correct. Oui, mon Agnès pense de plus en plus au mariage.

Évangéline sourit, le regard illuminé par le trousseau de baptême. Comme si tous ces vêtements fins et délicats couvraient déjà ce petit être auquel ils sont maintenant destinés.

– Mais tu n'as pas pris le dernier morceau, au fond de la boîte, lui fait remarquer Perrine.

Obnubilée par les vêtements de bébé, Évangéline n'a pas vu qu'il restait autre chose. Un grand morceau, cette fois.

– Oh ! Mais c'est donc bien beau ! C'est la plus belle que j'aie jamais vue, s'exclame Évangéline devant la robe de nuit de maternité dont l'empiècement et les poignets en nids-d'abeilles sont brodés de bleu azur.

– Je me demandais si ta mère t'en avait déjà donné une.

– Non. Ma mère n'a pas vos doigts de dentellière, madame Blanchard. Les siens sont faits pour guérir !

– À chacune ses talents. Les siens ont sauvé plus d'une maman et bien des enfants, comme tu le sais.

– Je vais en prendre bien soin, promet Évangéline en replaçant chaque pièce dans la boîte. Tout ça va retourner à vos filles, un jour…

– Ça me manque tellement de ne pas avoir de petits-enfants. Je ne connais pas mieux que la présence des bébés pour se remettre le cœur à la bonne place, confie Perrine. Toi, Évangéline, penses-tu que…

– J'aimerais bien vous annoncer une bonne nouvelle comme ça, mais je suis mariée juste depuis trois semaines, sourit timidement Évangéline.

– Ta mère a dû te dire qu'il y a des femmes qui le sentent tout de suite? avance Perrine, mendiant une réponse affirmative.

– Oui, je sais, mais c'est si facile de prendre ses espoirs pour la réalité… que j'aime mieux ne pas me prononcer.

– En veux-tu beaucoup?

– Une bonne dizaine, répond-elle, radieuse. Gabriel aussi.

– On en aura bien besoin, de tous ces petits bras, pour refaire notre pays, murmure Perrine, rembrunie. Mais la pire chose serait de se laisser gagner par des idées noires, reprend-elle.

Un simple hochement de tête laisse voir que cette lutte n'est pas facile pour la mère de Félicité. Usure du chagrin ou idée prémonitoire?

Évangéline ne veut adopter que la première hypothèse. Avant de retourner corder son bois, elle place son précieux colis dans un repaire secret de la grange.

∞∞∞

Benoît a entassé dans sa bergerie une vingtaine de poches de laine à carder et, dans sa grange, du fourrage pour nourrir ses deux cents moutons jusqu'en mai prochain. Des fenêtres ouvertes des maisons s'échappent ici une odeur de marinades, là un arôme de confiture, et partout un effluve de fenaison. Une fresque d'abondance sur laquelle un espace est resté désert : les produits de la pêche. Une perte inestimable pour tous les habitants qui, depuis le vol des embarcations et la saisie des bateaux de commerce, ne peuvent plus aller vers les bassins les plus généreux en anguilles, maquereaux, coques, palourdes, harengs et morues.

Quatre jours sans écho de la lettre acheminée à Winslow, Murray et Lawrence. Par contre, ce matin du 4 septembre, des bruits de sabots sont venus réveiller Abraham et son épouse. Deux cavaliers sanglés dans leur costume rouge éclatant qu'une bande blanche traverse de l'épaule gauche à la hanche droite, un fusil en bandoulière, s'arrêtent à leur porte. L'un d'eux ordonne à Abraham de sortir sur le perron. Les jambes tremblantes, Anne suit son mari. Les soldats adressent quelques phrases à Abraham.

– Ils viennent chercher un interprète, traduit-il à son épouse. Ça doit être la réponse à notre lettre…

– Que le ciel t'entende !

– Je vais chercher ma jument. Ne t'inquiète pas, Anne.

Abraham passe un bras au-dessus du cou de sa jument et, d'un élan, s'assoit à califourchon sur le dos de sa bête, pour être conduit au presbytère où Winslow l'attend. Il n'est pas encore six heures. Déjà gréé de tous ses apparats de militaire, le lieutenant-colonel accueille le sage et interprète de la Grand'Prée avec une impassibilité déroutante. Après lui avoir désigné un fauteuil, il lui remet un texte, lui ordonne de le lire et lui demande s'il en saisit bien le sens. La réponse est affirmative de la part du vieillard pétrifié. Vient un second ordre : faire le tour de la Grand'Prée et de Rivière-aux-Canards, escorté par les deux soldats désignés, pour transmettre ce message à toutes les familles.

Avant d'aller frapper à la première porte, adossé au flanc de son cheval, Abraham relit le texte dont les intentions sont aussi impénétrables que l'attitude de Winslow. D'instinct, il se rend d'abord à la meunerie de Basile Melanson où il est sûr de trouver une bonne poignée d'hommes.

L'arrivée des trois cavaliers fait hennir les chevaux et bâillonne les clients qui attendent leur tour à l'entrée de la meunerie.

– Quelque chose de grave ? s'informe Basile, venu à la rencontre d'Abraham.

– Tu peux arrêter les poulies une minute ? Je n'entendrai rien avec ce gros bruit-là ! lui répond le vieil homme. Dis à tout le monde d'aller dans le haut-côté, je vais vous expliquer.

En moins de cinq minutes, les habitants ont arrêté les machines et formé un peloton d'hommes au souffle retenu. Gabriel et son père se placent devant le groupe, les deux soldats dans leur mire. Juché sur une botte de foin, Abraham tient dans ses mains tremblantes la feuille frappée de la signature de John Winslow.

– Mes amis, on vient d'avoir une réponse. Je vais essayer de vous dire ça en français du mieux que je peux.

Les fronts se rident. Les regards s'interrogent.

Abraham s'exécute.

De John Winslow, lieutenant-colonel et commandant au service de Sa Majesté à la Grand'Prée, à Rivière-aux-Canards et aux endroits adjacents. Aux habitants du district de la Grand'Prée, de Rivière-aux-Canards, etc., aux anciens et jeunes hommes et femmes.

Abraham s'arrête et, d'un seul coup d'œil, il capte sur les visages tendus vers lui des émotions allant de l'espoir à l'appréhension, de la stupéfaction à l'impatience.

– On vous écoute, Abraham, dit Daniel.

– Voici, annonce Abraham après avoir inspiré profondément.

Puisque le lieutenant-gouverneur m'a informé de sa dernière résolution, tout en respectant ce qui a été proposé aux habitants, il m'ordonne de vous en faire part. Son Excellence le général désirant que tout un chacun soit satisfait des décisions de Sa Majesté, j'ai reçu l'ordre de vous transmettre ces décisions telles qu'elles m'ont été données.

Les épaules se redressent. Les visages se détendent. Des sourires s'affichent sur certains visages. Les mots « respect » et « satisfaction », dans la lettre de Winslow, permettent tous les espoirs.

– Enfin ! notre lettre a porté ses fruits, chuchote Louis Cormier, optimiste plus que jamais.

– C'est bien probable, à voir le ton de la lettre, lui répond Germain Forest.

– Je m'attends à ce qu'on nous annonce que nos droits de propriété sur nos terres ne seront plus remis en question, dit l'un des plus riches agriculteurs de la région.

– Mes amis, reprend Abraham, on va aller au bout de la lettre avant de conclure quoi que ce soit. J'en étais au deuxième paragraphe. Le lieutenant-colonel écrit donc :

Je commande, par la présente, à tous les habitants des districts mentionnés ci-dessus, les vieillards, ainsi que les hommes de dix ans et plus, d'être présents à l'église de la Grand'Prée, le vendredi 5 septembre à trois heures de l'après-midi, afin de vous communiquer ce qui m'a été ordonné.

Cette convocation sème l'enthousiasme dans tous les cœurs, sauf dans celui d'Abraham. Nul ne peut soupçonner à quel point il lui pèse de lire la dernière ligne. La tentation de l'escamoter est forte. Très forte. Y succomber serait lourd de conséquences.

– C'est tout ? demande Germain mettant fin aux hésitations d'Abraham.

– Presque, corrige Abraham. C'est que le lieutenant-colonel ajoute : *Aucune absence ne sera acceptée...*

Un habitant dont le père est paralysé depuis près de dix ans lui coupe la parole.

– Tous les gars de dix ans en montant, sans exception ? Malades ou pas ! s'exclame-t-il, ébahi.

Basile Melanson s'empresse d'intervenir.

– On va se servir de notre gros bon sens, quand même !

– Puis, je ne vois pas ce que ça changerait que mes fils de dix et douze ans aillent là-bas au lieu de continuer leur besogne !

– On n'a pas besoin de trois paires d'oreilles pour comprendre un message, ajoute un autre.

Abraham demande qu'on l'écoute.

– Attention, mes amis ! On n'est pas aussi libres que vous le pensez. Le lieutenant-colonel a écrit qu'aucune absence ne sera acceptée, *sous peine de perdre nos biens personnels.*

Cette sommation soulève un tollé de protestations.

– Mais voyons donc ! Il nous laisse entendre qu'on sera satisfaits puis, en même temps, il menace de nous enlever nos biens ! Ça ne tient pas debout, ça ! juge Gabriel.

– Il veut peut-être être sûr que tout le monde aura compris la même chose ? suppose Germain.

– À part ça, la nouvelle qu'il se prépare à nous annoncer ne nous concerne peut-être même pas ! C'est peut-être au sujet du partage des terres entre l'Angleterre et la France, dit Charles Béliveau avec un regain de courage.

– Je pense…, reprend Abraham, je pense que tous les pères de famille devraient monter à l'église pour trois heures demain après-midi… avec leurs fils.

Les hommes n'arrivent pas à se réjouir pleinement de la convocation de John Winslow. Ses derniers mots ont semé un doute cuisant dans les esprits.

Pendant que les meules se rabattent sur les grains, que les sacs de farine recommencent à s'engorger, que les clients de la meunerie se questionnent sur les intentions de Winslow, Abraham poursuit sa tournée.

– Ramassez-moi tous les hommes du canton, ordonne-t-il de long en large de la Grand'Prée, promettant de revenir avant la fin de la journée.

Dans tous les hameaux, même réaction : de l'optimisme que vient amenuiser la menace de Winslow en cas d'absence.

Jusque tard dans la soirée, des habitants se promènent de maison en maison, se consultant sur la meilleure décision à prendre, se questionnant sur les réelles intentions des autorités britanniques, et affirmant leur volonté de rester solidaires. D'autre part, sur les chemins de Rivière-aux-Canards et de la Grand'Prée, les cavaliers rouges, plus nombreux qu'à l'accoutumée, patrouillent. Au bassin des Mines, tout est feutré, retenu, chuchoté en cette soirée du 4 septembre 1755. Dans le ventre des marais, de sourds fourmillements. Des abîmes de la mer, des ressacs se forment. Dans l'église aux portes verrouillées et flanquées de quatre gardiens, la flamme des chandeliers danse longtemps pour les soldats rassemblés autour de leur lieutenant-colonel. Michel Longuépée et Gabriel les ont observés de la grange des Boudrot et s'inquiètent. Évangéline le sent à la manière dont son mari se glisse sous les draps, tard dans la nuit.

– Oh, Gabriel ! Enfin…

– J'ai bien pensé que tu ne réussirais pas à dormir avant que je revienne. Pardonne-moi, ma belle Éva, supplie Gabriel couvrant son cou de baisers apaisants.

– Qu'est-ce que vous avez décidé… pour demain ?

– On doit aller voir…

– Gabriel, n'y va pas demain… je n'aime pas ça. Reste ici.

Gabriel se glisse à ses côtés.

– Viens ici, ma belle. Tu sens la force qu'il y a dans mes bras ?

Un long soupir le lui confirme.

– Ça va en prendre des dizaines et des dizaines comme ça demain pour défendre les autres, si jamais la réunion tournait mal.

– J'ai peur, Gabriel, comme jamais je n'ai eu peur.

– La lettre de Winslow n'est pas si terrible, sauf la dernière phrase.

– Je pense comme mon père là-dessus. C'est pas clair, mais faut prendre ce bout-là bien au sérieux.

– Les Britanniques ont tellement les ordres et la menace faciles que…

– Puis, ils ne sont pas scrupuleux non plus. Ils se comportent comme si tout ce que nous avons leur était dû.

– Qu'est-ce qui te fait trembler comme ça, Évangéline ?

– Ça sent le piège, ce rassemblement-là.

– Qu'est-ce qu'ils pourraient bien nous faire, nombreux comme on va être ? nous amener en prison ? nous tuer ? Jamais le roi George II ne demanderait ça.

– Non, je sais, Gabriel. Mais j'ai beau me raisonner, la peur prend le dessus.

– Je vais te faire une promesse, Éva : aussitôt que je pourrai revenir te dire ce qu'il en retourne, je me sauverai à toute vitesse. Mieux que ça : reste dans les environs de l'église, près de la grange des Boudrot, par exemple, et en moins de deux minutes, je serai avec toi.

– Tu n'oublieras pas ton porte-bonheur ?

– Je la porte toujours sur moi, ma plume d'aigle. Faoua a dit qu'elles nous garderaient unis à jamais. J'y crois, maintenant.

– Ne la perds pas. Je t'aime, Gabriel.

Les larmes qui coulent des paupières d'Évangéline sur la poitrine de Gabriel font fuir tout discours. Toute tentative d'euphémisme. La fusion de leurs corps prend une intensité que seuls un bonheur ou un chagrin extrêmes peuvent inspirer. Leur plume d'aigle sous l'oreiller, Évangéline et Gabriel laissent leur étreinte les emporter dans un profond sommeil.

Le lendemain, dès l'aube, une fébrilité gagne toute la population de la Grand'Prée et de Rivière-aux-Canards. On se lève tôt. On n'aura que l'avant-midi pour vaquer à l'essentiel. Et pourtant, les gestes manqués et les pas inutiles se multiplient. Les rires nerveux et les empressements non justifiés, aussi. L'étrangeté, partout. Une étrangeté qui se moule à une vague humaine, quand le cortège d'hommes de toutes les générations se dirige vers l'église Saint-Charles sous les regards tourmentés ou confiants des femmes et des enfants que, pour une raison nébuleuse, ils laissent derrière eux, pour quelques minutes ou quelques heures. Les portes des meuneries se sont fermées à deux heures de l'après-midi. Les moulins à scie, aussi. Les cris des agriculteurs ont quitté les champs, les coups sur les enclumes, les forges. Les hommes ont fait un brin de toilette pour la grande convocation de John Winslow. Ils ont embrassé leur épouse et leurs enfants avant de se joindre à la cohorte des convoqués. Les femmes ont multiplié leurs recommandations.

– Tu restes près de ton père, ont-elles ordonné à leurs jeunes garçons.

– Vous revenez au plus vite, ont-elles imploré leur mari.

– Pas de coup de tête, ont conseillé certaines autres.

– Tu as ta plume d'aigle ? a demandé Évangéline qui aurait voulu se lover dans les bras de son mari… pour l'empêcher de partir.

– Tu m'attends près de la grange des Boudrot ? lui rappelle-t-il.

– Maman sera avec moi. Nous vous attendrons, papa et toi.

Que de retenue dans ses paroles et ses gestes ! L'affolement n'est pas de mise.

Tôt après le dîner, les gardes ont déverrouillé les barrières : la principale, du côté du village, et l'autre, qui donne sur la grande prairie et sur le cap Blomidon. La joie de retrouver leur sanctuaire serait vive si huit soldats armés n'étaient postés à chacune de ses barrières… si deux rangées de dix soldats, baïonnette au canon, n'avaient érigé, de la route au portique, un couloir piqué de fusils. Si…

La nef a pris des allures d'entrepôt avec ses murs tapissés de munitions, de sacs de poudre et de tout un arsenal de guerre. Le chœur, avec son tabernacle vide, est devenu une salle de réunion où, sous la lampe du sanctuaire, les officiers haut gradés discutent du sort des bâtisseurs, des pionnières et des enfants de cette Acadie vieille de deux cent cinquante ans. Les statues se sont éclipsées derrière l'Union Jack. Les confessionnaux ont été convertis en repaires pour les uniformes. Le long de la balustrade, un amas de gants d'officier, de tricornes, d'épées et de dizaines d'autres objets hétéroclites. Le plancher est envahi par les militaires. L'endroit ne ressemble plus en rien à l'église Saint-Charles. Même Dieu s'est tu.

En attendant l'entrée solennelle de Winslow, les aînés à la tête blanche, les propriétaires des lots et les jeunes hommes au visage rondelet se saluent, épient les soldats, scrutent les lieux, les uns assis sur les quelques bancs qui restent, les autres, sur le plancher. On prend des nouvelles des familles pour tuer le temps. Soudain, plus un chuchotement. Que l'écho sec des pênes qui claquent au fond des gâches avec une synchronie sidérante. Les grandes portes arrière sont closes et verrouillées. De chaque côté du chœur, d'autres s'ouvrent.

Celle de gauche, pour laisser entrer deux soldats transportant une table. Celle de droite, sur une délégation de quatre officiers du camp dont Croxton, bien connu des habitants du bassin des Mines. Puis, un cri en anglais lézarde l'air.

– Levez-vous devant le lieutenant-colonel John Winslow, commandant des troupes de Sa Majesté dans le bassin des Mines.

Un silence glacial. Le représentant du lieutenant-gouverneur Lawrence fait son apparition. Deux soldats armés encadrent cet homme qui porte une perruque blanche sous un tricorne, un mastodonte rubicond à l'air hautain.

Des feuillets à la main, il avance jusqu'aux marches qu'il ne descend pas. Ainsi peut-il maintenir son regard fuyant au-dessus de plus de quatre cents personnes entassées jusqu'au fond de l'église. William Barker va porter des papiers à Abraham Landry et au notaire LeBlanc debout près de la balustrade. L'écho de ses pas agonise quand le lieutenant-colonel lance d'une voix tonitruante ses salutations protocolaires et un court préambule. D'un signe de la main, il ordonne aux deux interprètes de se tourner vers les habitants et de traduire. Livide et chancelant, le vieux sage du bassin des Mines pèse chaque mot, prend une pause entre chaque phrase, enveloppant de son regard de patriarche tous ses compagnons captifs, le temps de découvrir les décisions de Charles Lawrence mises à exécution par John Winslow.

– Messieurs, j'ai reçu de Son Excellence le lieutenant-gouverneur Lawrence les instructions du roi. C'est sur ses ordres que vous êtes convoqués pour apprendre la décision finale de Sa Majesté à l'égard des habitants français de sa province de Nouvelle-Écosse où, depuis près d'un demi-siècle, vous avez bénéficié d'une plus grande indulgence qu'aucun de ses autres sujets en aucune partie de son empire. Vous connaissez mieux que quiconque l'usage que vous avez fait de cette indulgence.

Dans l'assistance, des fronts se plissent, des mentons pointent leur indignation vers Winslow qui enchaîne avec un autre paragraphe.

L'appréhension du notaire et d'Abraham prend forme au fil du discours.

– Le devoir qui m'incombe, quoique nécessaire, est très désagréable à ma nature et à mon caractère, leur fait savoir Winslow par la bouche du vieux sage, tout comme les conséquences qui en découlent vous seront pénibles, à vous qui avez la même nature. Il ne m'appartient pas, toutefois, de critiquer les ordres que je reçois; ma responsabilité est de m'y conformer.

Le malaise du lieutenant-colonel angoisse les hommes qui en devinent la cause, et les jeunes garçons qui les observent. Le reste de son allocution, livré sur un ton résolument autoritaire, ajoute à leur anxiété.

La révolte assèche la bouche d'Abraham. Dans sa gorge, les mots restent coincés. Trop cruels. Il ne se résout pas à les répéter à ses concitoyens. Abraham se tourne vers Croxton, reconnu pour bien se débrouiller en français. Vain espoir. Le capitaine hausse les épaules, feignant l'incompréhension. De la part de Barker, même refus. Désespéré, Abraham implore le notaire LeBlanc, qui souhaitait lui aussi se soustraire à cette tâche qui lui pétrit le cœur. Personne dans cette enceinte ne peut soupçonner la dose de courage qu'il faudra aux deux interprètes dans les minutes qui suivront. Il n'y a pas que leur voix qui chancelle. Leurs bras et leurs jambes aussi.

– Je vous communique donc, reprend le notaire, plus énergique mais non moins catastrophé, les ordres et instructions de Sa Majesté, à savoir que toutes vos terres et habitations, bétail de toute sorte et cheptel de toute nature, sont confisqués par la couronne, ainsi que tous vos autres biens, sauf votre argent et vos meubles. Vous êtes chassés de cette province… qui lui appartient.

– Chassés? Comment ça, chassés? C'est ici qu'on vit. C'est chez nous, ici! hurle Gabriel.

Des dizaines de voix se joignent à la sienne.

La hargne monte vite sur les lèvres des hommes qui ont trimé pendant vingt, trente, quarante ans pour faire du bassin des Mines une des régions les plus fertiles et les plus prospères de l'Acadie.

– Ça ne se passera pas de même! vocifère Charles, aussitôt approuvé par une douzaine d'hommes qui se dirigent vers la sortie.

Un coup de sifflet de Winslow fait surgir de la sacristie une horde de soldats qui encerclent les rebelles, leur pointent la baïonnette en pleine poitrine, et les tiennent rivés au mur. Dès lors, la porte principale est barricadée et gardée par une double rangée de soldats.

Un ordre péremptoire est donné aux interprètes d'en finir avec la traduction des décisions de Lawrence. Abraham prend la relève du notaire. Épuisé, dévasté dans tout son être, il s'entend à peine prononcer chaque mot qui sort de sa bouche.

– C'est la décision irrévocable de Sa Majesté que tous les habitants français de ces régions soient déportés. J'ai des instructions, par suite de la bonté… de Sa Majesté…

La gorge nouée par la nausée, Abraham doit s'arrêter. Il ne reprend son allocution qu'après avoir fustigé Winslow de son regard le plus fielleux.

– … vous êtes autorisés à emporter votre argent et vos meubles dans la mesure où les navires sur lesquels vous embarquerez n'en soient pas surchargés. Je ferai tout ce qui est en mon pouvoir pour que tous ces biens vous soient rendus et qu'ils ne soient pas abîmés durant le transport. Je veillerai aussi à ce que les familles embarquent accompagnées des leurs dans le même vaisseau, et à ce que cette déportation, qui, je le sens bien, doit vous causer beaucoup de peine, s'accomplisse aussi facilement que le permet le service de Sa Majesté.

Abraham n'en peut plus. C'est trop de mépris, trop d'arrogance, trop d'injustice, trop de flèches en plein cœur... C'est l'odieux porté à son paroxysme que représentent les deux lignes qui suivent. Tout son être craque et se rebiffe.

L'interprète de Rivière-aux-Canards, plus jeune et plus robuste, doit alors remplacer celui de la Grand'Prée. Le ton de sa voix, ses regards incendiaires dirigés vers Winslow présagent du vœu ironique de Lawrence.

– J'espère qu'en quelque partie du monde où vous vous trouverez, vous demeurerez de fidèles sujets de Sa Majesté, et serez un peuple... paisible... et heureux.

Cinglant outrage, honteuse imposture, horrible crapulerie.

Une marée de colère et de haine monte entre les quatre murs de ce lieu jadis voué à la paix et à l'amour. Winslow la sent et la redoute. Il commande le silence et somme le notaire LeBlanc de livrer immédiatement les dernières volontés de son lieutenant-gouverneur. Furieux mais refusant de flancher, le notaire se soumet.

– Son lieutenant-gouverneur, comme il dit, a écrit ce qui suit:

C'est le bon plaisir de Sa Majesté que vous restiez en sécurité sous la surveillance et la direction des troupes que j'ai l'honneur de commander...

Incapable d'achever sa phrase, le notaire tourne le dos à ses concitoyens affolés. Ses épaules secouées de sanglots, il fait entendre des gémissements... Le pire n'a pas encore été dit. C'est à Abraham qu'il incombe de conclure.

– ... et... ainsi, je... vous déclare... prisonniers... du roi.

Abraham s'écroule, semant le désarroi dans toute l'enceinte. Michel Longuépée se précipite vers lui, colle à ses narines une petite fiole d'alcool et en enduit ses lèvres. Le vieillard reprend peu à peu connaissance, navré de sa défaillance.

Soulagé qu'il n'y ait pas eu mort d'homme, Winslow se hâte de sortir par la porte de la sacristie. Des ordres sont donnés à une vingtaine de soldats de se joindre aux précédents.

L'évanouissement d'Abraham n'a détourné les esprits que le temps pour le pauvre homme de reprendre ses sens. « Prisonniers ! Prisonniers du roi ! » La pire de toutes les infamies. Abasourdis, consternés, les habitants répètent ces mots comme on tente de sortir d'un affreux cauchemar. Les pères de famille pleurent à chaudes larmes provoquant les sanglots des jeunes garçons qui réclament d'aller rejoindre leur mère, leurs frères et sœurs, leurs chatons, leur chien. Pierre Arsenault supplie les soldats de les laisser sortir.

– Ma femme et mon bébé sont malades. Je ne peux les laisser seuls à la maison, tente-t-il de leur faire comprendre, mais sans succès.

Le notaire se tourne vers Croxton et insiste pour qu'il intercède lui-même auprès de Winslow avant la fin de la journée. Sentant un peu de compassion chez ce capitaine, Abraham y va d'une autre supplique.

– S'il vous plaît, capitaine Croxton, faites entendre raison au lieutenant-gouverneur. Il a probablement été mal informé de notre conduite !

– Vous pensez qu'on pourrait discuter avec son représentant ? enchaîne Benoît.

L'officier hoche la tête, hausse les sourcils et accepte finalement d'aller intercéder en leur faveur auprès de Winslow.

– Gardons espoir ! recommande Abraham à ses frères prisonniers, les invitant à prier avec lui.

– Notre Père qui êtes aux cieux…, entame Germain, qui enchaîne avec dix *Je vous salue, Marie* que tous scandent avec lui.

Lorsque Croxton réapparaît dans le chœur, les prières se couvrent de silence… et d'angoisse. Winslow consent à recevoir une délégation de quatre prisonniers, pas plus. Abraham, Benoît, Gabriel et Charles sont choisis pour aller plaider la cause des quatre cent dix-huit Acadiens détenus.

Pendant que les délégués acadiens parlementent avec Winslow, les minutes s'allongent et l'effroi gagne les hommes. Les regards sont rivés sur la porte de la sacristie d'où ils ressortiront avec de bonnes ou de mauvaises nouvelles.

– C'est bon signe si ça prend du temps, dit Germain à ceux qui n'y voient qu'un mauvais présage.

– Maman est toute seule pour faire la traite, gémit un garçon d'une douzaine d'années.

– Ils vont nous permettre d'aller dormir chez nous, au moins, chuchote Batis, que la peur avait jusque-là muselé.

– C'est évident qu'on ne peut pas passer la nuit ici… On ne pourra même pas tous s'allonger, fait remarquer Michel Longuépée.

Les habitants de Rivière-aux-Canards se pelotonnent autour du notaire LeBlanc, leur homme de confiance. Plus la luminosité du midi glisse vers l'ombre, plus ils craignent de ne pouvoir être libérés à temps pour aller s'occuper de leurs animaux. Dehors, aux femmes de la Grand'Prée, dont le nombre augmente à chaque minute, s'ajoutent quelques épouses de Rivière-aux-Canards.

– Ce n'est pas normal ! Ça fait plus de deux heures qu'ils sont enfermés là, fait remarquer Rachel, la mère de Louis.

– J'ai entendu du barda dans l'église, tout à l'heure, dit l'épouse d'Abraham, livide.

– Mon Dieu que ça regarde mal ! gémit Josephte.

Perrine sanglote. Trop de malheurs en quatre mois : son cœur de mère a saigné en juin dernier, et voilà qu'aujourd'hui son cœur d'épouse est meurtri. Agnès ne trouve pas les mots qui l'apaiseraient. Quelques femmes se voient forcées de rentrer chez elles sans savoir ce qu'il adviendra de leur mari.

– Ce doit être suffocant dans l'église, pense Marie-Ange qui, tout comme sa fille, a quitté la grange des Boudrot dans l'espoir d'en apprendre un peu plus aux abords du campement.

– Si un soldat venait au moins nous informer de ce qui se passe, se plaint Évangéline.

– Les Anglais ? Se montrer aimables ? Ma belle biche…

– Avant d'être engagés pour faire la guerre, ils étaient probablement de bons maris, de bons pères, non ?

– Mais une fois enrôlés… et avec l'entraînement qu'ils reçoivent, ils perdent toute sensibilité.

Le regard accroché à son alliance et la plume d'aigle collée à sa poitrine, Évangéline sent que son espérance, sur le point de défaillir, se ranime. Serait-ce qu'à ce moment même, elle flaire qu'à quelques pieds d'elle, Benoît et Gabriel passent du presbytère à l'église, porteurs de la décision de Winslow ?

À peine le premier des quatre délégués a-t-il mis un pied dans la sacristie que les prisonniers sont aspirés par la nouvelle… qu'ils espèrent. Benoît a été mandaté pour la leur annoncer.

– Le lieutenant-colonel nous a écoutés lui dire que nous ne comprenons pas pourquoi ils veulent nous sortir de notre pays malgré nous. Que c'est criminel de vouloir nous enlever nos maisons, notre bétail et tous nos biens. Si George II veut qu'on parte d'Acadie, qu'il nous achète nos terres et nos bêtes et qu'il nous laisse partir là où on voudra bien aller.

L'approbation de tous les paysans incarcérés est gagnée.

– Mais il semble que Lawrence ne reviendra jamais sur une décision qu'il mûrit depuis qu'il a mis les pieds chez nous. La pire qu'il pouvait prendre…

La déception des prisonniers est incommensurable. Des sanglots se font entendre jusqu'aux délégués demeurés près de l'autel. Une détresse innommable ravage les visages.

– On a quand même obtenu deux faveurs, reprend Benoît, des larmes dans la voix. Ce soir, vingt d'entre nous iront coucher avec leur famille… Ils seront chargés d'informer les autres de ce qu'ils ont appris ici et devront revenir demain avant le coucher du soleil. Demain soir, ce sera le tour de vingt autres et ainsi de suite jusqu'à ce que les vaisseaux anglais arrivent…

– Puis, si on décidait de ne pas revenir ? demande Basile Melanson.

Les quatre délégués se consultent. Benoît se tamponne le front et répond :

– On doit vous dire la vérité… Le reste des prisonniers seraient pris en otage et risqueraient d'être maltraités.

– Ils n'ont pas le droit de nous faire ça ! s'écrie Batis.

– Pourquoi on se laisserait faire ? rétorque Louis Cormier. On est plus de quatre cents ici. On n'a plus de fusils, mais on a des mains et des pieds…

– Ouais ! Ouais ! entend-on de partout dans l'église.

De jeunes hommes, jusque-là terrassés, redressent les épaules, portent la tête haute et serrent les mâchoires, prêts à l'attaque. Un sang vengeur bouillonne dans les veines des Acadiens écroués. Une émeute sourd. Abraham lance un appel au calme. Le notaire l'appuie.

– Mes amis, il ne faut pas risquer nos vies. Pas tant qu'on n'aura pas tout essayé. Pensons à nos femmes, à nos enfants, à…

– C'est justement pour eux autres qu'il faut se défendre, riposte Basile.

– Ils nous en ont assez fait endurer comme ça, les salauds ! C'est le temps plus que jamais de leur montrer qu'il y a des limites ! hurle Louis.

Des dizaines d'autres voix crachent leur colère et leur désir de vengeance.

– Écoutez-moi un instant, les supplie Abraham. Nous avons prévenu le lieutenant-colonel de la possibilité d'une émeute…

– Puis ?

– Puis ?

– Trois cents soldats armés contre trois cents hommes sans armes… En moins d'une heure, ils nous auront tous…

– … fait sauter la cervelle, admet le notaire LeBlanc.

– J'ai pensé à quelque chose : ceux qui vont sortir d'ici dans les prochains jours pourraient aller chercher du renfort, propose Basile.

– Mais où ? demande Abraham. Plus un Acadien n'est armé.

– Mais on a des amis qui le sont…

– Recourir aux Micmacs serait s'exposer à mettre notre pays à feu et à sang, clame Abraham, avec la solennité du juste. Nous venons d'apprendre de Winslow que des centaines d'autres soldats sont sur le point d'arriver des colonies anglaises.

Louis n'arrive plus à mater ses tremblements.

– Nous ferions mieux d'écouter les conseils de notre sage, recommande-t-il. Pourquoi ne pas choisir tout de suite les vingt hommes qui sortiront ce soir ? Le temps presse d'aller avertir nos familles…

– Comment choisir ? s'inquiète Batis, souhaitant être du nombre.

Benoît se tourne vers Abraham à qui il mendie la réponse.

– D'abord, propose le sage, dix de Rivière-aux-Canards et dix de la Grand'Prée.

Un murmure d'approbation générale se fait entendre.

– Pour ce soir, je suggère d'envoyer des hommes qui connaissent tous les coins de leur région et les raccourcis. Des jeunes pères de famille, peut-être, ou ceux qui ont laissé un parent dans le besoin ce matin. Comme notre ami Pierre Arsenault, par exemple.

– Bien pensé, affirme Benoît.

– Que les gens de Rivière-aux-Canards choisissent leurs hommes, et nous, on en fera autant pour notre village, ordonne Abraham.

Deux pelotons se forment: un autour du notaire LeBlanc, l'autre autour d'Abraham Landry.

Instant pathétique. Choisir dix hommes parmi les cent éligibles. En décevoir combien d'autres? Abraham, Benoît, Basile et Gabriel font appel à la bonne volonté et à la compassion de leurs concitoyens.

– Qui accepterait de laisser sa place pour ce soir? demande Abraham.

Une à une, des mains se lèvent. Trop peu. Gabriel décide de regrouper dans un coin de l'église les jeunes hommes non mariés, les vieillards, les chétifs et les malades.

– Vous avez compris qu'il faut envoyer les plus costauds qui seront capables de couvrir toute la région d'ici demain soir, leur explique-t-il.

– Sans oublier ceux qui doivent secourir un parent, précise Daniel.

Un cadeau pour Gabriel que cette remarque. À son père et à Abraham de relancer l'odieuse question.

– Qui, parmi vous, accepterait de passer son tour, ce soir ?

Une vingtaine de prisonniers réclament de sortir. Deux fois trop. Abraham ne veut pas trancher pour eux. Benoît a une idée qui fait l'unanimité : aux vingt captifs de la Grand'Prée désireux de sortir, il demande de se placer en ligne et d'exposer chacun leur plaidoyer. Ceux qui se sacrifient désigneront, par ordre d'importance, ceux qui rentreront chez eux le soir même.

Contre toute attente, le choix se fait avec facilité.

Charles Béliveau, Camille Cormier, Pierre Arsenault et Roméo Boudrot, père de onze filles de moins de quinze ans, sont au nombre des délégués. Ceux de Rivière-aux-Canards en sont arrivés très vite à un consensus, vu la distance à parcourir.

Croxton frappe le plancher de trois coups de baïonnette. Il a des ordres à transmettre aux vingt premiers Acadiens en libération temporaire.

– Premièrement, donnez votre nom avant de partir. Deuxièmement, revenez demain avant le coucher du soleil. Troisièmement, ramenez avec vous ceux qui ne se sont pas présentés aujourd'hui. Quatrièmement, informez les femmes qu'à partir de demain, elles devront apporter de la nourriture pour leur mari et leurs fils.

– Elles vont pouvoir venir nous voir ? demande Gabriel.

Croxton a compris et répond en s'adressant à Abraham qui répète :

– Non. Elles apporteront la nourriture à l'une des barrières en indiquant aux gardes le nom du prisonnier à qui le remettre.

– Mais ça n'a pas d'allure de faire venir nos femmes jusqu'ici, s'écrie le notaire LeBlanc, de Rivière-aux-Canards. Déjà qu'elles sont prises toutes seules avec les plus jeunes et toute la besogne à faire !

Croxton rétorque en des mots qui signifient :

« Débrouillez-vous comme vous le pouvez pour ne pas mourir de faim en attendant les vaisseaux anglais. »

– C'est votre décision de nous enfermer ici, c'est donc votre responsabilité de nous nourrir ! réplique Benoît, furieux.

De la riposte de Croxton, il comprend que les vivres de la troupe commencent à manquer.

– Qu'est-ce qui nous garantit, dans ce cas, que vous n'allez pas manger ce que nos femmes vont apporter pour nous ? reprend Benoît.

Croxton lui rappelle vertement que l'armée n'a pas de comptes à leur rendre.

Un autre mugissement monte, soufflé par trop de colère réprimée. Abraham et le notaire LeBlanc doivent faire un appel au calme.

– Mes amis de Rivière-aux-Canards qui partez ce soir et qui allez revenir demain, essayez de rapporter le plus de légumes et de pain possible, suggère leur sage.

– Et vous de la Grand'Prée, dites à nos femmes d'en envoyer plus… pour compléter.

– Je voudrais revenir sur un point, réclame Germain, s'adressant aux deux sages. Les Anglais nous demandent de ramener ceux qui ne se sont pas présentés aujourd'hui mais, ils sont fous de penser qu'on va collaborer avec des bandits comme eux autres !

– C'est trop mal connaître les Acadiens ! ajoute Charles Béliveau.

– Chut ! fait Abraham en essuyant les perles de sueur sur son front.

Les délégués ont compris.

– Que Dieu et la Vierge Marie vous protègent, dit le patriarche en se signant de la croix.

Tous se signent à leur tour. Winslow refait son apparition, entouré de ses gardes. Il tient à s'adresser aux vingt prisonniers sur le point de sortir de l'église. « Des paroles réconfortantes », annonce-t-il. Il veut que les femmes sachent que tous ceux qui sont dans cette église en attendant l'arrivée des vaisseaux anglais auront du pain et de l'eau dans quelques minutes. Que tous les jours, entre six heures du matin et six heures du soir, ils pourront sortir à l'intérieur de l'enceinte du campement pour se dégourdir et boire aux puits.

– Trop généreux, marmonne Charles.

Winslow ajoute une dernière précision.

– Quiconque tentera de fuir n'aura aucune chance de s'en sortir vivant. Ce sont les ordres du lieutenant-gouverneur.

– Mais où allons-nous dormir ? demande Abraham.

– Ici, répond Winslow.

– Impossible d'étendre quatre cents hommes sur ce plancher, riposte le sage. Si au moins vous n'aviez pas pris tant de place pour vos maudits gréements…

– Vous vous coucherez à tour de rôle, marmonne Winslow.

– Laissez donc nos jeunes gars retourner chez eux, réclame le notaire.

– Hors de question ! claironne Winslow.

– Chien sale, balbutie Émile, dont les quatre fils âgés de dix à seize ans restent inconsolables.

Winslow, pressé de retourner au presbytère d'où il surveillera l'opération, vérifie le nom des vingt délégués et donne ses recommandations à Croxton : faire sortir d'abord les messagers par la porte de la sacristie, puis les autres prisonniers, qui pourront les escorter jusqu'à la barrière où les attendent une douzaine de soldats armés, le doigt prêt à tirer à la moindre incartade. Avant la tombée du jour, le notaire et Abraham doivent remettre à Winslow la liste complète des prisonniers de leur village respectif.

De l'autre côté de la palissade, les femmes retiennent leur souffle en voyant sortir un, deux, trois et quatre des leurs. Rachel fond en larmes dans les bras de son Camille.

– Les garçons… s'en viennent, présume-t-elle.

– Demain peut-être,

– Camille ! Tu n'avais pas le droit de les laisser là tout seuls. Va vite les chercher. Mes pauvres p'tits gars !

– Si j'y retourne, je ne pourrai plus ressortir. Viens, je vais t'expliquer…

Les épouses de Charles Béliveau et de Pierre Arsenault se lancent vers la palissade. Leurs hommes sont parmi les premiers, eux aussi.

– Votre Basile n'est pas encore sorti? demande Anne en s'adressant à Josephte.

– Il ne devrait pas tarder, ajoute-t-elle, témoin de son angoisse.

Si quelques femmes de Rivière-aux-Canards ont vu leurs prières exaucées, d'autres commencent à désespérer. Évangéline et sa mère sont muettes d'appréhension. Une appréhension qui tourne au cauchemar lorsque la barrière se referme sur le vingtième Acadien à la franchir.

– Les autres, ça va aller vers quelle heure? demande Marie-Ange à Roméo Boudrot, le dernier libéré.

– Demain soir, peut-être bien.

– Comment ça, peut-être bien? Qu'est-ce qu'ils vous ont dit?

– On va tous devoir partir…, répond Charles.

– Partir? Mon Dieu, mais où?

– Là-bas. Dans les colonies anglaises…, bafouille-t-il.

Un attroupement se forme autour de Charles et de Camille. Assaillis de questions, déchirés entre le désir de ménager ces pauvres femmes et l'obligation de leur dire la vérité, les deux hommes mesurent le prix de leur libération provisoire. S'il fut cruel d'apprendre la décision de Lawrence, devoir l'annoncer à ces mères et épouses qui remettent leur espoir entre leurs mains l'est davantage. Comment leur faire savoir, sans les voir s'écrouler sous la douleur, que, bientôt, elles devront dire adieu à leur maison, à leur terre, à leur troupeau, à leur Acadie? qu'il n'est pas certain que leur mari et leurs fils auront la permission de retourner dans leur famille, ne serait-ce que pour une nuit… une demi-journée… ou le temps de les embrasser ? qu'elles doivent se préparer à venir les rejoindre avec leurs enfants quand les bateaux de Shirley jetteront l'ancre au pied du cap Blomidon ? que des menaces de mort pèsent sur tous ceux qui tenteront de s'enfuir ?

Les lamentations, les cris de désespoir et les hurlements de révolte ont avalé le chant des oiseaux et le sifflement de la cigale. Dans les champs et près des remises, les charrettes bondées attendent des chevaux absents. Ils le seront jusqu'au retour de leur maître. Mais dans combien de jours ? Ce soir, tous les animaux rentreront dans les bâtiments, de peur que les soldats viennent se les approprier. Le chien veillera. Les volets seront fermés, les loquets baissés pour protéger ce qu'il reste de la famille. De peur que… de peur que… Sur toutes les lèvres, ces paroles ont effacé le futur pour ne retenir que le passé. Les inquiétudes collent au creux de l'estomac à en donner des nausées… parce qu'il ne faut pas que les enfants les entendent. Parce que leur prêter quelques mots, c'est les exposer à se décupler sur l'oreiller… sous les paupières trop chargées.

Ce soir, Évangéline a tous les âges, sauf ses vingt-deux ans. Dans les bras de sa mère, chez qui elle est venue passer la nuit, elle n'est qu'une enfant. Quand elle cherche les mots pour redonner à Marie-Ange l'espoir de revivre des temps heureux avec Benoît, elle se sent très vieille. Mais elle n'a plus d'âge quand, submergée par l'angoisse de toutes les épouses laissées seules avec leurs jeunes enfants, elle supplie sa mère d'aller avec elle auprès de celles qu'elle juge le plus en détresse. Comment ne pas craindre que cette expulsion de leur Acadie, plus sauvage que tous les courants de toutes les rivières, n'entraîne avec elle maris, enfants et parents sur des rives étrangères ? Loin les uns des autres… sans repères.

– Compte sur moi, Évangéline. Mais pas cette nuit. Il faut reprendre des forces… On ne sait pas ce que demain nous réserve.

Les deux femmes conviennent de dormir ensemble.

– … comme quand j'étais petite et que le tonnerre me réveillait.

– Ou quand tu étais malade.

– Dire que ce soir, ce n'est ni la maladie ni le tonnerre qui risquent de nous garder réveillées.

– C'est cent fois pire que tout ça, ma pauvre petite fille.

– Vous pensez arriver à dormir, vous ?

– Il le faut, Évangéline. Sinon, ça ne profite à personne. On commence par laisser aller nos pensées, puis le cœur finit par suivre, affirme Marie-Ange.

– Je me demande bien dans quel état est Gabriel… enfermé là, par les Anglais, sans lit pour dormir.

– Pauvres hommes !

– Pauvres enfants aussi !

Des soupirs d'impuissance et de douleur meublent leur silence.

– Au moins, on pourra leur apporter de la bonne nourriture demain, dit Marie-Ange.

– Avez-vous encore du lard dans la saumure ?

– Heureusement, oui. Puis des légumes plein le jardin. Puis de bons biscuits d'avoine. On va leur apporter tout ce qu'on peut !

– Ce sera peut-être leur dernière journée d'emprisonnement…, envisage Évangéline, comme pour s'en convaincre.

– C'est comme ça qu'il faut penser, ma fille. Ton père serait fier de toi s'il t'entendait.

– Gabriel aussi.

Toutes deux laissent les minutes courir sur ces propos… prémonitoires, souhaitent-elles.

Enlacées dans les bras l'une de l'autre, elles trouvent finalement le sommeil.

Gabriel, vidé de toute énergie, ne dort pas. Il ne s'allonge pas. Des pleurs étouffés lui labourent le cœur. La rage lui souffle des images lugubres. Il jure de tenir tête à la garde qui vient d'être doublée. « Si les soldats manquaient de nourriture pendant deux ou trois jours, ça ne leur ferait pas de tort et, comme ça, ils seraient aussi faibles que nous ! » pense-t-il, déterminé à surveiller la distribution des paniers quand les femmes se présenteront aux barrières. « Évangéline viendra, c'est sûr. J'aurai un bon repas. Elle va peut-être m'écrire une lettre… »

Les sanglots ont raison de son optimisme. Écrasé sur les marches devant la balustrade, la tête cachée dans ses grandes mains, Gabriel ne repousse pas le bras qui vient se poser sur ses épaules.

– Faut que ça sorte, mon garçon. Y a des limites à vouloir tout garder en dedans, lui chuchote Basile.

– Je ne suis pas plus raisonnable que ces pauvres p'tits gars qui sanglotent au lieu de dormir.

– C'est ce que je trouve le plus dur ! Voir ces jeunes pris ici… On aurait dû faire front commun et n'amener que les gars de seize, dix-sept ans. Pas en bas de ça. On s'est conduits comme des sans-génie.

– On devrait se réessayer demain… Retourner voir Winslow. Trouver les mots pour qu'il libère nos petits garçons, suggère Gabriel.

– On va lui en parler, Gabriel. Des petits, ce n'est pas menaçant… et ils seraient bien mieux à aider leur mère.

– À moins que…

Sous la lueur de la lampe du sanctuaire, Basile voit l'effroi figer les traits de Gabriel.

– … que Murray ait prévu de les utiliser pour nous garder tranquilles.

La douleur vrille le dos de Basile. Un flux de colère monte de son estomac affamé et coule jusque dans ses poings prêts à émietter les visages de la centaine de pantins qui les gardent à vue.

– Tu peux être certain que je ne laisserai pas un seul de ces barbares porter la main sur un de nos petits gars ! jure Basile Melanson.

À quelques pieds de leur prison de fortune, John Winslow n'arrive pas non plus à fermer l'œil. Les commentaires des soldats relevés de leur garde l'ont chamboulé. Des enfants qui s'agrippent aux portes pour aller retrouver leur mère, des pères qui n'ont que leur propre douleur pour les calmer, des hommes qui n'ont d'énergie que pour gémir à force d'avoir trop pleuré. Des hommes dont l'angoisse a ciselé le ventre, d'autres dont les mâchoires serrées et les murmures laissent présager un goût d'émeute.

« Insupportable pour un humain ! se dit Winslow. Il ne faut pas que ça dure plus de deux jours, tout ça, sinon… » Énervé par le retard que met le capitaine Saül à ramener son bateau de Chignectou, exaspéré par le silence de Shirley qui s'était engagé à envoyer d'autres soldats, alors qu'il n'en a qu'un pour deux Acadiens, Winslow va d'une fenêtre à l'autre, en quête d'un regain d'intrépidité qui ne vient pas.

Des pas sur la galerie, le claquement du loquet ; Croxton se présente, perplexe.

– Dans l'église, six hommes et deux garçonnets sont malades, rapporte-t-il. Que faire ? Il est passé minuit.

– Et qu'ont-ils cette fois ? raille Winslow.

– Ils vomissent et se plaignent de maux de ventre. Certains semblent très fiévreux.

– Un danger de contagion est-il à craindre ?

– Difficile à dire, lieutenant.

– Bon. Demandez à Abraham Landry d'aller chercher une charrette avec vous. Quand vous reviendrez près des barricades, vous embarquerez les malades. Agissez avec prudence, mais débarrassez-nous-en le plus vite possible, souhaite Winslow qui n'est pas sans penser au sort, pire encore, que leur réserve la traversée en bateau.

– À vos ordres, lieutenant-colonel.

– Attendez, soldat ! Dites-lui bien que nous ne sommes pas dupes et que les hypocrites seront sévèrement punis. N'oubliez pas de noter leurs noms et rapportez-moi cette liste.

Si Winslow avait la moindre idée de la tentation qui harcèle Abraham, il lui retirerait sa confiance à tout jamais. Gabriel et son père, apprenant la mission dont leur sage vient d'être investi, y voient, tout comme lui, l'occasion rêvée pour déjouer les plans de Lawrence : en désespoir de cause, ils doivent avertir les Micmacs de leur emprisonnement.

– Faudrait que tout se fasse avant le lever du soleil, chuchote Basile.

– Je vais faire mon gros possible, promet Abraham.

À sa sortie du campement, deux soldats continuent de l'escorter. « Jusqu'où ? » se demande Abraham, craignant de plus en plus de devoir enterrer son dessein. Aller le plus loin possible pour trouver une charrette et un attelage lui semble astucieux. « Ils vont se lasser, croit-il. D'autant plus qu'ils ne doivent pas se méfier d'un vieux comme moi. »

Ils passent devant quatre fermes sans s'arrêter, puis un des soldats indique à Abraham, du bout de sa baïonnette, qu'il doit aller frapper à la porte.

– Pas ici, messieurs, les prie-t-il. La veuve Richard est seule avec ses enfants et elle a besoin de sa charrette demain matin.

– À la prochaine maison, alors, lui ordonne le soldat.

Abraham est de plus en plus convaincu que les soldats de garde comprennent suffisamment le français pour les espionner. Plus d'une fois, depuis leur incarcération dans l'église, il a noté sur les visages des signes de compréhension lors d'échanges entre les Acadiens. Non, le sage de la Grand'Prée ne se lancera pas dans le recrutement de guerriers micmacs pour venir désarmer leurs ravisseurs à la faveur de la nuit prochaine. Il n'ira pas consulter Faoua sur ses terres. Soupçonnant d'être accompagné de soldats à l'oreille entraînée à la parlure acadienne, il se soumettra aux ordres reçus. Il se rendra chez les Cormier, annoncera à la dame que son mari lui sera bientôt rendu ainsi que ses deux fils. Il lui révélera le nom des quatre autres paysans malades, parmi lesquels un vieillard et un infirme. Puis, il attellera la jument de Pierre Cormier à la charrette à foin, la seule capable de ramener tous les malades, et il rentrera docilement au campement, portant sur ses épaules la profonde déception des Melanson, Boudrot, Arsenault, Cormier, Hébert, Dupuis, Blanchard et tous les autres, qui s'étaient apaisés ou adoucis à la perspective d'une libération prochaine. Abraham devra leur avouer son échec et leur en expliquer les raisons en quelques mots susurrés, avec des gestes camouflés.

Les prisonniers qui attendaient son retour comme des mendiants affamés voient un autre de leurs espoirs s'écrouler. Des hommes de tout âge éclatent en sanglots. D'autres assènent au parquet les coups qu'ils porteraient à Lawrence et à ses complices, si le pire des châtiments ne devait les en punir.

– Mon ami, dit Benoît, vous avez fait votre possible. Ceux qui vont pouvoir sortir ce soir vont réessayer d'informer les Micmacs…

Gabriel souhaite de tout son amour pour Évangéline, de tout son attachement pour les Acadiens et pour sa patrie, de toute sa hargne contre le despotisme britannique, être un de ceux qui seront choisis. Pour compléter l'œuvre d'Abraham. Aucun doute dans son esprit: Évangéline l'approuvera, l'épaulera même. Elle connaît plusieurs Micmacs... Ne les ont-ils pas mariés, il y a moins d'un mois?

Aux huit malades désignés s'ajoutent deux vieillards que la fièvre fait délirer. Michel Longuépée est chargé de les conduire à leur domicile. Il n'est nullement surpris de voir surgir, à quelques arpents derrière la charrette, deux cavaliers armés qui ont manifestement reçu l'ordre de le ramener au camp avant le lever du jour.

– Décidément, les Anglais ont flairé quelque chose, conviennent les principaux acteurs de ce stratagème avorté.

∞∞∞

La corne d'appel n'a pas à vibrer pour que les prisonniers s'alignent près de la porte, attendant la permission d'aller prendre l'air, de se précipiter vers les latrines, de se rafraîchir à l'eau des puits et de courir vers les barrières dans l'espoir d'y trouver, de l'autre côté, une épouse, une mère, une fiancée, une fille... venue leur porter à manger. Les jeunes captifs, le visage tuméfié, la démarche incertaine, tendent l'oreille... Une voix connue, celle de leur mère, viendra-t-elle clamer leur nom dans quelques minutes? La grande sœur, peut-être, avec un panier de nourriture et une lettre, rien que pour eux, signée: *Ta maman qui t'aime et t'attend.*

Depuis leur incarcération dans cette église, tous n'ont trouvé pour refuge ultime que la main de leur père, dans laquelle ils ont enfoui la leur plus petite qu'hier, tremblante, glacée d'effroi. Une petite main non préparée à la torture. Une main moulée aux caresses… celles offertes à la mère, au petit frère qui vient de naître, à l'agnelet, au poussin, aux fleurs. Laurent Blanchard promène son cœur en lambeaux, de son aîné à son benjamin. Au cours de la nuit, sa tête s'est vidée de ces mots qui rassurent. Les déserts qui s'étendent à l'infini sèment l'hallucination. Laurent en est presque là, allant de fabulation en fabulation pour assécher les larmes sur les joues de Cyprien, de Janis et d'Alexis, ses trois fils. Spectacle navrant, imposé à répétition. Gabriel s'approche des Blanchard.

– C'est votre dernière nuit ici… ou je ne m'appelle plus Gabriel Melanson !

Des regards à fendre le cœur le mettent au défi.

– Je vais aller parler à Winslow et à Abraham. Ce soir, vous allez dormir à la maison. Tous les quatre.

– Les enfants n'ont pas eu le droit de sortir hier, rétorque Laurent.

– On va tout expliquer à Winslow, il va comprendre, souhaite Gabriel.

– Il le faudra parce que je ne laisserai pas mes garçons ici tout seuls. Ça, jamais !

– Attendez-moi ici. On va voir ce qu'Abraham peut faire.

L'approbation vient sans la moindre hésitation de la part d'Abraham Landry. Gabriel précise :

– Aussi, on va demander à Winslow de ne pas compter les trois garçons parmi les dix délégués de ce soir. On va l'exiger !

– L'exiger ? Je ne suis pas certain, mon Gabriel, que Winslow va se laisser donner des ordres par un Acadien. Vaudrait mieux lui démontrer la logique de cette requête.

– C'est ça... Il doit bien avoir un peu de cœur. Évangéline croit qu'il en a plus que tous les autres Anglais qu'elle a observés.

Abraham réfléchit.

– C'est connu que ta petite femme sait de quoi elle parle, admet-il. Je vais en glisser un mot à Croxton au cours de la journée, promet le vieil homme visiblement affaibli par cette nuit blanche. Peut-être que tu pourrais venir rencontrer Winslow avec moi...

Leur conversation est interrompue par un déplacement de la garde vers les barrières. Un hennissement puis des voix de femmes de l'autre côté de la palissade. Michel Longuépée est le seul à pouvoir porter ses yeux au-dessus des pieux.

– Une guimbarde de femmes avec des paniers de nourriture ! s'exclame-t-il.

En une fraction de seconde, c'est la cohue. Une dizaine de soldats s'ajoutent pour contrôler la foule.

– Reculez ! Reculez ! commandent-ils aux prisonniers affamés.

Des noms traversent d'un côté et de l'autre de la palissade. Quand l'appelé reconnaît son nom, son panier lui est remis.

– *Melannesonne Basil and*... entend-on.

– Ti-ou-ti-ti-yu, lance aussitôt Gabriel.

– Ti-ou-ti-ti-yu, entend-il à deux reprises.

– C'est Évangéline ! Elle est là !

Gabriel et son père accourent, mais la boîte qui leur est destinée leur passe sous le nez. Un soldat l'a attrapée et court la porter au presbytère. Les deux Melanson se précipitent derrière lui, interceptés par les quatre soldats postés au bas de l'escalier.

– Vous n'avez pas le droit de nous voler notre repas, bandits ! hurle Gabriel.

– Redonnez-nous notre nourriture ! réclame Basile en tentant de se frayer un chemin.

– C'est la mienne, maintenant ! se moque le soldat qui le repousse au bas de la marche.

– On veut notre dû. Dans cette boîte, ma mère et ma femme ont placé des provisions, mais des lettres aussi ! fulmine Gabriel.

Les mots d'Évangéline… il a passé une partie de la nuit à les imaginer, à leur répondre dans sa tête. Il veut les voir, les lire, les sentir.

Inquiété par cette altercation, Abraham s'approche.

– C'est à nous autres, cette boîte-là ! Les Anglais n'ont pas le droit de nous la prendre ! proteste Basile.

– Calmez-vous, les gars. Je vais aller en discuter avec Croxton.

Les deux Melanson le suivent, mais se voient de nouveau interceptés à l'entrée du presbytère. Lorsque Abraham en ressort quelques minutes plus tard, accablé et les mains vides, Basile et son fils s'affolent.

– Qu'est-ce qui se trame ?

– Ton nom est sur la liste des prisonniers à punir, annonce-t-il à Gabriel.

– Punir de quoi ?

– L'île Georges… ton évasion. Puis avant ça, ta bagarre au fort Edward.

De rage, les pieds de Gabriel frappent la terre. Abraham et Basile comprennent qu'il vaut mieux ne pas intervenir… pour laisser le temps à sa révolte de s'essouffler un peu.

– Notre passé nous rattrape tout le temps, laisse tomber Abraham.

– Admettons, mais ce n'est pas une raison pour priver mon père, dit Gabriel.

– Je le pensais, moi aussi. Mais on a eu tort de ne pas croire Lawrence quand il nous disait que nos familles aussi paieraient la note si on ne se soumettait pas, réplique Abraham.

Anéanti, Gabriel s'accroupit sur la terre encore humide, la tête retombée sur ses genoux pliés.

– Tu admettras avec moi que c'est mieux que j'aille parler pour les Blanchard sans toi, dit Abraham.

– Rapportez-moi la lettre d'Évangéline, je vous en supplie, monsieur Landry.

– Je vais faire tout mon possible, répond-il.

Il semble sur le point d'ajouter quelque chose, mais il se ravise.

– Vous avez appris quoi d'autre ? demande Basile qui l'observait.

– Les autres évadés de l'île Georges…

– Batis et Charles, oui. Mais il est sorti hier, Charles Béliveau ! s'écrie Gabriel.

– Winslow avait oublié de me remettre la liste des interdits, explique Abraham.

– Faut pas que Charles revienne !

– S'il ne revient pas, il y a des risques que plus personne ne sorte d'ici à compter de ce soir, fait remarquer Abraham.

– Autrement dit, on est coincés de tout bord, tout côté, échappe Basile.

Des compatriotes se sont approchés et insistent pour partager leurs provisions avec eux.

– Donnez-les aux enfants qui n'ont encore rien reçu, propose Gabriel.

– Les enfants ont tous mangé, dit le bon samaritain.

– Et les hommes de Rivière-aux-Canards, eux ?

– Leur famille devrait arriver au cours de la matinée, à cause de la distance.

– Servez-les d'abord. S'il en reste quand les gens de Rivière-aux-Canards seront venus, je mangerai.

– Moi aussi, dit Basile.

Les estomacs des autres prisonniers ne crient plus famine, mais la désolation ne se répand pas moins comme une traînée de poudre.

Qu'on soit d'un côté ou de l'autre de la palissade, les sentiments sont les mêmes. Évangéline pourrait en témoigner. Le soleil qui, encore hier, injectait aux paysans du bassin des Mines une dose bienfaisante d'énergie, afflige ce matin tous les habitants. Sa luminosité les agresse. Les oiseaux ne devraient plus chanter. Leurs aubades font pleurer. Les agneaux aussi devraient se taire : hier, leurs bêlements étaient reçus comme de douces salutations matinales ; aujourd'hui, ils se fondent aux lamentations des Acadiens. À la marée qui se ballonne impunément, les prisonniers et leur famille reprochent de ne pas faire glisser sur son dos des vaisseaux chargés de soldats français qui se précipiteraient à leur secours.

Le cap Blomidon n'a plus la prestance d'un protecteur. C'est à croire que les dieux qui l'ont créé ont déjà battu en retraite.

À l'heure où l'angélus du midi aurait dû sonner, Évangéline est revenue à la barrière. De nouveau, elle a fait entendre le chant de la sturnelle. Gabriel lui a répondu. Pour lui, elle l'a entonné quatre fois avant de remettre au soldat qui attendait son panier de provisions et une lettre adressée à Gabriel Melanson.

– S'il vous plaît ! S'il vous plaît ! l'a-t-elle supplié.

L'officier a tout pris. Évangéline est restée là à attendre un signe… la promesse qu'il rendrait le tout à son destinataire. Le soldat n'a même pas crié le nom de Gabriel avant de s'éclipser. Elle ne l'a pas revu.

– Quelque chose me dit que nos hommes sont loin d'être chouchoutés, pense Marie-Ange, résignée à retourner à la maison sans plus de nouvelles que celles que leur a rapportées Charles, la veille au soir.

– Maman, si Winslow en veut aux Melanson, faut trouver une autre manière de leur apporter à manger.

– On met tout au nom de mon frère, Antoine Forest, ou Germain.

– À moins qu'un des deux ou les deux soient libérés ce soir à leur tour, anticipe-t-elle avec une espérance… de peau de chagrin.

– Il va être tard. Tu sais bien que ceux qui sont forcés de retourner au presbytère ne vont pas se presser.

– Ils n'ont pas le choix, maman. Winslow exige qu'ils soient revenus au campement avant le coucher du soleil.

– Ouais. Comme Charles l'a dit, il faut que les hommes libérés hier soient tous rentrés pour que vingt autres sortent.

Évangéline s'arrête, hoche la tête, les épaules alourdies par les malheurs qui endeuillent le ciel acadien.

– Je me demande ce que je déciderais si j'étais à leur place, dit-elle.

– Pas facile, comme situation…

– Si papa vous demandait votre avis…

– Je serais très embêtée, Évangéline. Sauver sa peau, mais en faire payer le prix à tous les autres Acadiens, ou bien rester solidaires au risque de…

Des mots d'une cruauté sans pareille restent coincés dans sa gorge. Les larmes qui forcent les paupières des deux femmes n'ont plus rien d'exceptionnel, depuis les vingt-quatre dernières heures. Des images d'apocalypse les hantent dès qu'elles essaient de ne plus penser.

– C'est l'épuisement qui nous fait ça, allègue Évangéline pour ne pas évoquer la clairvoyance de sa mère. Il faudrait essayer de dormir un peu.

– T'as le goût de dormir, toi ?

– J'avoue que c'est difficile. J'ai l'impression que, si je ferme l'œil, tout ce qui existe de solide autour de moi va me glisser entre les doigts.

– Si on s'arrêtait chez Camille ? propose Marie-Ange, à quelques arpents de la maison des Cormier.

À peine se sont-elles engagées dans l'allée d'érables qu'elles voient Camille et Rachel gesticuler comme des naufragés à la recherche d'une bouée. Rivés l'un à l'autre, ils vivent une grande déchirure, la plus grande de leurs vingt-six années de vie commune.

– Je ne peux pas me résigner à penser qu'on abandonnerait Louis…, gémit Rachel.

– Louis est fort et débrouillard. Il est capable de s'en sortir sans nous, tandis que…

Un sanglot a coupé la voix de Camille. Il n'a pas l'intention de retourner au campement, ni ce soir ni un autre jour. Il a passé la nuit à tenter de gagner Rachel à son plan : fuir, avant le lever du jour. Fuir vers l'île Royale avec les enfants et tout ce qu'il est possible de transporter.

Mais il est midi passé et ils sont encore là.

– À chaque heure qui file, c'est une chance de perdue, estime Camille. Les soldats ne tarderont pas à commencer leur tournée et à ramasser tous les hommes qu'ils vont trouver.

– Mon Louis ! Mon cher petit garçon ! On ne peut pas l'abandonner comme ça ! Qu'est-ce que vous en pensez, vous, Marie-Ange ?

– Ma brave Rachel, je n'aurais jamais cru qu'un jour on aurait à choisir entre notre mari et nos enfants ! avoue-t-elle, dévastée. C'est la pire de toutes les épreuves pour une femme.

– Mais nos cinq autres, on peut les sauver, riposte Camille.

– En perdre un, c'est comme les perdre tous les six, Camille ! C'est ça qui me déchire le ventre, explique Rachel, gémissante.

– Mais on ne le perdra pas, notre plus vieux… On va trouver un moyen de lui faire savoir où on s'en va.

– Comment veux-tu qu'il le sache ? Pas un homme ne pourra reparler à sa femme si tu ne retournes pas au campement, riposte-t-elle.

– Qu'est-ce que vous dites là, Rachel ? s'écrie Évangéline, foudroyée.

– C'est Charles qui me l'a dit. Camille, tu le sais toi aussi. Tous ceux qui sont au campement vont être pris en otage s'il y a des absents ce soir !

– D'autres aussi ont l'intention de partir vers l'île Royale avant demain matin, révèle Camille. Ce n'est pas parce que je retournerais dans l'église que ça changerait le sort des quatre cents autres.

– Je ne pensais pas que l'enfer pouvait exister sur terre, balbutie Marie-Ange, s'accrochant au bras de sa fille pour ne pas défaillir.

– Plus un homme à perte de vue, laisse tomber Évangéline.

Les femmes Bellefontaine retournent vers leur domicile en grignotant la distance, en tentant d'oublier l'horreur qui se resserre autour de leurs rêves. De nouveau, le silence. Un silence opaque, tissé de détresses déjà nommées. Un silence que vient émietter un crissement sur la chaussée : une charrette avec deux soldats armés ramène Laurent et ses fils à la maison.

Chapitre 6

Adieu mon pays

En ce début de septembre, si ce n'était des soldats britanniques postés un peu partout, on pourrait croire que les paysans du bassin des Mines ont renoué avec leur quotidien.

Dans presque tous les moulins, les meules ont repris leur roulement, les barils se remplissent de grain et les sacs de jute regorgent de farine. Winslow s'en réjouit. Son armée a besoin de victuailles. Son baleinier n'est pas encore revenu de Chignectou, et les provisions promises par Lawrence et Monckton tardent à rentrer. Tous les deux jours, des courriers à cheval ont porté les doléances du lieutenant-colonel de la Grand'Prée jusqu'à Beaubassin, d'une part, et jusqu'à Halifax, d'autre part:

Pendant combien de temps pourrai-je encore nourrir les soldats? Pendant combien de temps pourrai-je maintenir plus de quatre cents hommes dans ce campement sans qu'une émeute éclate?

Des ordres du lieutenant-colonel sont arrivés du fort Edward : parmi les prisonniers, des agriculteurs seront libérés chaque jour pour terminer les récoltes et des meuniers sont sommés de reprendre leur travail en attendant que les bateaux de déportation arrivent.

– Un cadeau empoisonné ! hurlent les Acadiens qui ont recouvré un semblant de liberté.

– Si, au moins, on trimait douze heures par jour comme ça pour nos femmes et nos enfants, ronchonne Germain Forest. Mais non, on travaille comme des esclaves à nourrir nos bourreaux !

– C'est ça qu'ils font de nous autres : des esclaves dans nos propres champs, dans nos propres moulins ! s'indigne Boudrot.

Évangéline et sa mère, sitôt informées par une voisine de la libération de certains prisonniers, attendent, avec un enthousiasme reconquis, le retour de leurs maris. Elles courent aux nouvelles vers ceux qui sont déjà revenus. Elles s'arrêtent d'abord à la meunerie de Germain Forest, le frère de Marie-Ange, où elles sont accueillies par deux soldats armés.

– On aura tout vu ! s'écrie Marie-Ange en passant devant eux.

Évangéline les fusille du regard et file vers Germain.

– Qu'est-ce qui leur prend, mon oncle, de vous traiter comme un criminel ?

– Je ne suis pas le seul. Winslow en a flanqué deux comme ça aux trousses de chaque homme libéré… de peur qu'on en profite pour se sauver.

– Ils ne vous suivront quand même pas jusque dans la chambre à coucher…, ironise Marie-Ange.

– Au moins, on ne perdra pas notre grain, tempère Évangéline. On a besoin de farine, et nos animaux ne peuvent se passer de leur ration quotidienne.

– Détrompe-toi, ma fille ! Tout ça va aller aux Anglais. Ils ont besoin de bien manger pour faire leur sale besogne.

La rage au cœur, Germain charge les cuvettes de grain destiné à la farine et prépare les sacs qui iront, non plus dans les greniers des Acadiens, mais dans les campements militaires.

– Des vers de terre ! Voilà ce qu'on est devenus, reprend-il. Privés de nos maisons, de notre bétail, de nos terres, on n'est même plus maîtres de notre temps… ni de nos bras… ni de la patrie où on vit.

Les deux femmes s'approchent. Marie-Ange pose la question que Germain a déjà anticipée.

– J'imagine que, demain, ça va être le tour d'autres hommes… Il y aura bien Benoît ou Gabriel dans le lot.

Le meunier n'a pas à ouvrir la bouche. Les lèvres pincées, il balance la tête de gauche à droite.

– Ni Benoît ni Gabriel ? Mais pourquoi ? demande Marie-Ange, outrée.

– Ils n'ont pas été nommés…

– Ils sont malmenés, nos hommes, dans le campement ? s'inquiète Évangéline.

– Vos maris ? Pas plus que les autres… s'ils restent tranquilles.

– Et la nourriture qu'on leur prépare ? questionne Marie-Ange.

– Elle est envoyée au presbytère. C'est Winslow qui se charge de faire la distribution. La plupart du temps, on mange du pain et du lard trois fois par jour.

– Tu es en train de nous dire qu'on cuisine pour…

– … pour nos bourreaux, je vous l'ai dit tout à l'heure.

– Mais c'est révoltant ! s'écrie Évangéline.

Un silence s'installe entre ces trois opprimés du bassin des Mines. La hargne et l'angoisse emprisonnent les mots dans leur bouche. Des larmes sont épongées sur les manches.

– Et les enfants ? reprend Marie-Ange. Pourquoi Winslow ne les laisse pas revenir à la maison ?

– On a tout essayé. On a fait voir que les récoltes et les moutures seraient finies bien plus vite si nos garçons venaient nous aider. Rien à faire.

– Ils servent d'appâts, déduit Évangéline.

– J'en ai bien peur.

– C'est répugnant ! Les pires sauvageries qu'on n'ait jamais vues, crache-t-elle, des flèches dans les yeux à l'intention des deux gardes.

– De voir ces enfants, confie Germain, ça crève le cœur… à en perdre le goût de vivre. Je ne pense pas que l'enfer soit pire.

Le meunier se couvre le visage de son avant-bras. Les soubresauts de ses épaules et de sa poitrine traduisent l'horreur qui se vit dans ce campement.

Évangéline et sa mère n'ont pas besoin de détails pour deviner la détresse de ces garçons. Donner un coup de main aux meuniers demeure pour elles une des rares consolations permises. Germain apprécie leur aide. Sur le point de l'exprimer, il croise le regard d'Évangéline qui quémande des informations au sujet de Gabriel.

– Y a pas de mots pour dire comment on peut se sentir là-dedans… dans notre église, occupée par une armée. Surtout la nuit. Toutes les portes fermées. Pas de place pour s'étendre plus qu'une couple d'heures de suite. Ne pensez pas que l'air est bon à respirer quand quatre cents hommes sont enfermés au même endroit. Tu imagines comment un homme de la trempe de ton mari peut vivre ça ?

– Il se rebiffe ?

– Il en a souvent envie. Son père et Abraham réussissent à le calmer, mais je ne sais pas pour combien de temps encore.

Évangéline n'en est pas surprise.

– Il vous a donné un message pour moi ?

– Une sorte de message, oui. En me montrant son alliance, puis sa plume d'aigle, il m'a dit : « Dites à ma belle Éva que pas une armée ne viendra à bout de ça. » Plein d'amour dans ses yeux pour toi, Évangéline.

Plein de larmes dans ceux de la belle Éva.

Marie-Ange la rejoint, accroche son bras au sien et l'entraîne vers la sortie.

– Vous reviendrez ce soir, avant le coucher du soleil, leur crie Germain, à travers le tintamarre des poulies.

– Pourquoi avant le coucher du soleil ? demande Marie-Ange.

– Parce qu'ils ne veulent plus nous laisser dormir chez nous, avec nos femmes et nos enfants.

– Maudits Anglais ! hurle Marie-Ange à l'intention des soldats.

– Vous allez nous payer ça un jour ! les menace Évangéline.

Les soldats les chassent de la meunerie et les talonnent tant qu'elles ne se sont pas éloignées d'une dizaine d'arpents.

Les deux femmes humiliées, le visage en feu, marchent sans se retourner. L'outrage s'est ajouté à leur douleur.

∞∞∞

Chez les Blanchard, la libération temporaire de Laurent et de ses trois fils a causé une immense joie… jusqu'à ce matin, avant que la nuit n'ait totalement déserté le bassin des Mines. Les parents de Félicité ont peu dormi. Appuyé sur un coude, penché au-dessus de sa douce Perrine, Laurent tente de lui dire la vérité sur son retour obligatoire au campement, et sur l'imminence de leur déportation ; il essaie de trouver les mots pour atténuer le choc.

– En réalité, Perrine, on ne sait pas pour combien de jours on sera encore ici…

– Tu penses qu'on ferait mieux de tout vendre ?

– Euh… je pense, oui, dit Laurent.

Il préfère encore mentir, ne se sentant pas le courage de poursuivre jusqu'au bout la discussion qu'il a amorcée.

– On pourrait aller s'installer vers l'île Royale ?

– Ce serait une idée, oui.

– Avec tout ce qu'on pourra emporter d'animaux et de meubles ?

Laurent, qui ne veut plus penser qu'à l'instant présent, laisse Perrine rêver l'impossible.

– L'important, dit-il, c'est qu'on soit tous ensemble maintenant, et que tu me serres dans tes bras comme ça tous les matins, en attendant qu'un de nos enfants vienne se glisser dans le lit avec nous autres.

– Chut ! fait Perrine, un doigt sur sa bouche, se lovant dans les bras de son mari. J'entends piétiner. Les petits commencent à avoir faim.

Comme avant le 5 septembre sont venus les rejoindre dans leur lit les bruits du matin et la candeur des plus jeunes, une candeur que Laurent et Perrine leur envient. Une candeur qui perdra bientôt de ses droits…

Comme avant le 5 septembre pas une place vacante autour de la table.

Comme avant le 5 septembre les taquineries et les rires fusent entre les plus jeunes. Les trois aînés ne sourient que du bout des lèvres, les jours d'emprisonnement leur ont volé leur joie de vivre et une partie de leur jeunesse.

Toute la famille vient à peine de sortir de table que Marie-Ange et Évangéline empruntent jusqu'à la maison l'allée jalonnée de superbes saules.

– Vous n'avez pas de soldats à vos trousses ? s'étonne Marie-Ange, fixant Laurent avec de grands yeux.

– Y a pas de raison. Mon mari et mes fils ne sont pas des criminels, rétorque Perrine, venue avec Laurent les accueillir sur le perron.

Son mari lui donne raison. Il sait que, tôt ou tard, il devra révéler à son épouse les circonstances qui ont motivé sa libération et, du même coup, les conditions imposées aux meuniers relâchés… une libération temporaire, le temps que les bateaux de déportation arrivent.

Perrine louvoie entre la réjouissance et l'appréhension.

– On a rencontré Charles Béliveau hier soir, annonce Marie-Ange. Ce qu'il nous a appris…

– … n'est pas facile à accepter, rétorque aussitôt Laurent, visiblement nerveux.

– C'est vrai ça, qu'on va tous être chassés du bassin des Mines ? s'enquiert Évangéline.

Laurent se tourne vers son épouse et explique enfin avec une infinie douceur.

– C'est ce que Lawrence aurait décidé.

– On va être emmenés où ? et quand ? demande Perrine, effarée.

– J'aimerais pouvoir vous le dire, mais je n'en sais pas plus.

– Charles Béliveau a parlé des colonies anglaises de l'Amérique, avance Évangéline.

– Il a bien l'intention d'échapper à la déportation, notre beau Charles, chuchote Marie-Ange.

– Je ne voudrais pas être à sa place quand les Anglais vont l'attraper, murmure Laurent, les yeux rivés aux planches du perron.

– Ils vont lui tirer dessus, croit Marie-Ange.

– Pire que ça. Y a des tortures pires que celle-là.

– Tu me fais peur, Laurent ! Crache ce que tu sais ! le prie Perrine.

– Qu'est-ce qu'il y a de plus cruel, penses-tu, que de voir de tes yeux quelqu'un que tu aimes être torturé ? ou de te faire torturer devant ceux que tu aimes ?

– Les Anglais ne vont pas faire ça ? s'écrie son épouse, prise de panique.

– J'ai peur pour mon Gabriel, balbutie Évangéline.

– Un homme pour qui j'irais décrocher la lune, dit Laurent, la voix hachée par l'émotion. C'est grâce à lui si on a été relâchés tous les quatre, révèle-t-il, en s'adressant à sa femme. On est les rares à avoir eu droit à ce privilège.

Perrine veut en connaître la raison.

– À cause de notre deuil, répond son mari. C'est Gabriel qui a plaidé pour nous autres auprès d'Abraham Landry et de Croxton pour qu'ils aillent faire entendre raison à Winslow. Je n'aurai pas assez de toute ma vie pour l'en remercier.

Perrine colle sa chaise à celle de son mari, prend sa main et la niche entre ses seins.

– Vous autres aussi, les garçons, vous n'êtes pas près de l'oublier, hein ? relance Laurent.

Les mots sont absents des lèvres de ses trois fils, tant les blessures sont encore vives.

– J'ai toujours pensé que Winslow était un peu plus humain que les autres, avoue Évangéline, le regard endeuillé.

– Pas tant que ça, corrige Laurent. Je dirais plutôt que c'est le militaire le plus difficile à saisir que j'aie jamais vu. On est plusieurs Acadiens à comprendre assez bien l'anglais. Ça, il ne le sait pas, Winslow. Parce que s'il le savait, il n'aurait pas parlé de nous autres comme de l'une des plaies d'Égypte. Il ne se serait pas moqué de notre curé comme il l'a fait, pensant que je ne comprenais pas un traître mot d'anglais.

S'ils savaient, ces Acadiens, que John Winslow, puritain de réputation, croulait parfois sous le poids de ses appétits sexuels. Que ses paternités éparpillées ne lui causaient aucun remords. Qu'il nourrissait un souci constant de son image publique, de ce que l'Histoire dirait de lui. Que certaines de ses décisions dites charitables étaient avant tout dictées par sa quête d'honneurs et de reconnaissance...

– Est-ce qu'il aurait laissé échapper des choses au sujet de papa et de Gabriel ?

– Hum... Pas lui, mais Croxton, oui.

– On veut savoir, exigent les deux femmes.

– Il passe pour une tête forte, Gabriel. Puis, comme Benoît est son beau-père et qu'ils ne cachent pas leur amitié, bien...

– Bien, quoi ? le supplie Évangéline.

– Les soldats les ont à l'œil tout le temps. Basile Melanson et Batis Arsenault aussi.

– Gabriel, surtout, suppose Évangéline.

– Oui. À cause de ce qu'il a fait au fort Edward et à l'île Georges.

– J'y ai bien pensé.

– Aussi, parce qu'il est fort comme un cheval en plus de regimber plus que les autres. Ça agace les soldats quand d'autres prisonniers se regroupent autour de lui et se mettent à chuchoter.

C'en est trop pour Évangéline, qui fond en larmes sous les regards affligés des Blanchard. Tour à tour, Perrine, Agnès et Marie-Ange tentent de la consoler, mais c'est Gabriel qu'elle veut sentir près d'elle. C'est dans ses bras robustes qu'elle veut se réfugier. S'y blottir pour la vie.

Pour le seul bonheur de l'entendre lui répéter: «Ma belle Éva.»

Marie-Ange se rebelle contre l'attitude résignée de Laurent.

– Je ne peux pas croire qu'il ne nous reste plus qu'à attendre que les bateaux viennent nous chercher… Ça ne nous ressemble pas, ça, voyons! On est un peuple de battants et de gagnants!

– On l'a été, Marie-Ange. Mais on n'a plus rien pour nous battre. Si vous saviez…

De nouveau, c'est l'angoisse. Veut-on en savoir davantage?

Pourra-t-on en supporter plus? Marie-Ange semble être la seule à vouloir affronter ce que les hommes ont ruminé à s'en rendre malades. Laurent aimerait bien s'arrêter là, mais Marie-Ange réclame sa confession.

– On est plusieurs à avoir entendu Winslow dire à Croxton que des centaines de soldats arrivaient des colonies anglaises, celles du sud, surtout. Au cas où on leur ferait de la misère.

– Quelle misère?

– Quand ils vont vouloir nous embarquer sur les bateaux. Ils savent bien que les plus costauds vont tenter de se sauver.

– Mon Dieu! bafouille Marie-Ange, les lèvres blanches de terreur.

Perrine ne veut plus rien entendre.

– Vous allez rester dîner avec nous? offre-t-elle, pour faire diversion. Le ragoût est chaud. Après, on ira toutes les trois porter à manger aux hommes.

– Les enfants auraient tellement besoin de plus qu'un dîner chaud, gémit Évangéline que l'appétit a désertée.

Laurent revoit tous ces jeunes garçons, et entend encore leurs cris de détresse.

– Si on pouvait être sûrs au moins qu'ils…

Ses longues mains décharnées cachent les larmes qu'il n'a pu retenir. Cette fois, ni sa femme, ni Évangéline, ni Marie-Ange ne le relancent.

∞∞∞

C'est la cohue à la porte de l'église, sur le point d'être ouverte par les soldats, en ce matin du 10 septembre 1755. Il n'est pas six heures qu'une bagarre commence entre certains prisonniers à bout de nerfs. D'autres essaient d'intervenir, mais, finalement, ils viennent grossir le groupe des bagarreurs. Leur rogne s'abat aussi sur les meuniers et les agriculteurs qui ont été libérés pour trois journées de travail et qui attendent impatiemment de retourner auprès de leur famille pour une quatrième fois. Des frères se chamaillent pour obtenir plus d'espace pour dormir. Les couteaux volent bas. On se traite de puant, d'effronté, de « picouille ». Les jeunes pleurent, supplient leur père d'arrêter de bûcher sur cet oncle si sympathique. Abraham et le notaire LeBlanc, les deux sages et interprètes, sont dépassés par la situation : la guerre fait rage à l'intérieur comme à l'extérieur.

Les soldats qui montent la garde, alertés, affolés, envoient un des leurs frapper à la porte du presbytère.

– C'est en train de mal tourner, lieutenant-colonel. Les prisonniers ne contrôlent plus leur colère. Ils se battent entre eux, mais on se demande s'ils ne finiront pas par nous attaquer.

Tiré abruptement de son sommeil, Winslow se tient la tête à deux mains.

– Allez me chercher Croxton.

– Mais, il dort ici, lieutenant-colonel.

– C'est bien vrai. Retournez à vos postes.

– Qu'est-ce qu'on fait ?

– Attendez mes ordres.

– Est-ce qu'on ouvre les portes à la même heure que d'habitude ?

– Pourquoi pas ?

– Bien… Il est cinq heures quarante-cinq et on n'est pas sûrs qu'ils seront calmés dans quinze minutes, lieutenant-colonel.

– Je pensais qu'il était bien plus tôt que ça. Attendez mes ordres pour ouvrir, décrète-t-il.

Le lieutenant-colonel crache tous les jurons qu'il connaît avant d'aller réveiller Croxton. Le presbytère n'est pas assez grand pour contenir sa colère. Winslow arpente le rez-de-chaussée de long en large en vociférant.

– Je le savais ! Quel gâchis ! Je connais quelqu'un qui se fera un plaisir de me le remettre sous le nez… il n'attend que ça. Qu'il aille au diable comme ses semblables, Charles Lawrence ! Saleté de *British* ! Qu'est-ce que je fais sous ses ordres, bon Dieu de bon Dieu ?

– Qu'est-ce qui se passe ? s'inquiète Croxton, réveillé par des claquements de talons.

– Les *Neutrals* sont en train de s'entretuer…

– S'entretuer ?

– Se prendre aux cheveux, si vous voulez… dit Winslow.

– Mais, il ne faut pas les laisser faire, mon lieutenant.

– Je le sais bien, Croxton. Taisez-vous, si vous n'avez que des réponses insignifiantes.

Les deux officiers s'affalent dans les fauteuils du curé Chauvreulx. Winslow rumine. Dans sa tête, et dans son cœur aussi, c'est le chaos. Son ambition militaire s'oppose à sa sensibilité dans un duel qu'il ne veut surtout pas afficher devant son subalterne.

Se libérant d'un silence infernal, Winslow en vient à une stratégie.

– Ce qu'il faut, c'est les embarquer et les expédier en Nouvelle-Angleterre, maintenant, même si nous n'avons pas un nombre de bateaux suffisant ! Si nous ne faisons rien, nous nous retrouverons avec une situation impossible à contenir. Allez informer les chefs de peloton de se tenir prêts. Nous devançons la date prévue, capitaine Croxton.

Les soldats sont sur le qui-vive. Les portes de l'église auraient dû être ouvertes depuis plus d'une heure déjà. Des carreaux ont éclaté, des cris s'échappent par les fenêtres. La porte de la sacristie risque de céder sous les coups. Une odeur de fumée s'élève.

– *My God!* Vite, allez ouvrir et faites le nécessaire ! crie Croxton à son armée. Allez chercher le lieutenant-colonel Winslow immédiatement.

Dans la nef, un amas de chaussures fume et une chemise, suspendue à la lampe du sanctuaire, brûle. L'église pourrait flamber en moins d'une demi-heure. Ça, Benoît

Bellefontaine le sait, et il assume la responsabilité du brasier.

– Si on ne peut pas se faire entendre par des moyens civilisés, ils vont avoir la peur de leur vie, les sales Anglais ! a-t-il décidé.

– Dehors ! Dehors ! crie Croxton aux prisonniers. Sortez-les ! Debout, à genoux ou à plat ventre s'il le faut, mais sortez-les ! ordonne-t-il à ses soldats.

– Notre bétail est mieux traité que nous autres. Bande de brutes ! les invective Gabriel en les voyant haler des vieillards si épuisés qu'ils ne peuvent plus se relever.

Winslow accourt sur les lieux et constate les dégâts. Des officiers ont maîtrisé les flammes juste à temps pour éviter une catastrophe. Le lieutenant-colonel doit se rendre à l'évidence : l'inconduite des prisonniers mérite que leur soit retirée la permission d'aller terminer leurs récoltes.

À cette annonce, la fureur des prisonniers se décuple. Winslow ajoute qu'à onze heures, tous, sans exception, devront s'aligner le long de l'église pour recevoir de nouvelles instructions.

– Croxton ! appelle Winslow. Ma décision est plus que prise : nous les embarquons, aujourd'hui !

– Les quatre cents, mon lieutenant ? demande Croxton ébahi.

– Mieux que ça !

– Je ne comprends pas, mon lieutenant !

– Seulement les garçons en bas de quinze ans.

– Quelle brillante stratégie ! s'exclame le capitaine.

« Quand je pense que j'ai douté de ses qualités de chef », se dit Croxton, sur le point de voir ses tendances tyranniques assouvies.

– Seulement eux. Pour commencer, en tout cas, nuance Winslow.

– Dans quel bateau ?

– Éparpillés dans les cinq ancrés dans la baie.

– Quand ?

– Après le dîner. Sans traîner. Pour ne pas rater la marée montante.

– Ce qui veut dire qu'il faudrait les avoir tous embarqués à quatre heures ?

– Sans faute ! Vous n'avez pas une minute à perdre. Allez en instruire les soldats et organisez l'opération… avec prudence et discrétion.

Chez les captifs, l'angoisse effrite la résistance des plus intrépides. Abraham et le notaire LeBlanc tentent un rassemblement pour ranimer la confiance des leurs.

– Mes amis, tout est encore possible, dit le notaire.

– C'est à prouver, réplique Batis.

– Le lieutenant-colonel veut nous voir, monsieur Landry et moi, leur apprend le notaire LeBlanc.

Des mugissements et des grognements lui coupent la parole.

– Il faut demander à Winslow de nous laisser retourner auprès de nos familles en attendant que les bateaux arrivent, réclame Batis.

– Il va avoir bien trop peur qu'on se sauve ! riposte Gabriel.

– Il sait qu'on ne pourra pas aller bien loin, épuisés comme on est, prétend Abraham.

– Puis sans bateau, sans chaloupe ! renchérit un prisonnier.

– On va retourner auprès de maman ? demande un jeune garçon.

– Peut-être bien…

– Moi, je veux mourir si vous ne me ramenez pas à la maison, dit un autre.

– Ils vont demander à monsieur Winslow que vous tous, les enfants, vous retourniez auprès de votre mère, lui promet Gabriel.

– Moi, je vais les tuer, les Anglais, s'ils ne me laissent pas partir ! déclare un troisième.

– Faut pas parler de même, mon garçon.

– Prions fort, recommande Abraham.

Des appels à l'espoir, puisés au plus profond des cœurs dévastés, sont lancés par tous les hommes regroupés devant l'église.

Des regards de naufragés suivent les deux sages jusqu'au presbytère. Les bagarreurs se sont dispersés. L'air pur émousse leur agressivité. Plusieurs font la file devant les six puits. Il fait chaud en ce début du mois de septembre. Faute de ne pouvoir changer de vêtements, nombreux sont les prisonniers qui se versent sur la tête de pleines chaudières d'eau. Tous sont pieds nus. Des pères semoncent leurs fils qui refusent de faire une bonne toilette. Les latrines sont devenues repoussantes. Il n'est de lieu, dans ce campement, où l'on ne porte son regard sans ressentir un haut-le-cœur. La détresse s'est logée partout. Elle suinte par les pores de la peau de tous les prisonniers.

La porte du presbytère grince. En sortent Croxton et Winslow, suivis des deux interprètes.

Les officiers demeurent sur la première marche du perron, la liste des prisonniers en main. Derrière eux, Abraham et le notaire gardent les yeux baissés. Winslow s'entête encore à faire l'appel. Les mains sont lentes à se lever. Croxton doit répéter les noms trois ou quatre fois. Plus encore pour d'autres qui, comme Charles Béliveau et Camille Cormier, n'ont pas été ramenés au campement après leur journée de travail. Ils ont échappé à la vigilance de soldats peu motivés et étourdis par le va-et-vient orchestré des femmes autour de leurs hommes. Les enfants de dix ans et moins, chargés d'envahir la place et d'attirer l'attention des soldats par leurs espiègleries ont facilité l'évasion des fugitifs. « Ont-ils réfléchi un instant aux représailles auxquelles ils exposent leur famille et leurs concitoyens ? » se demande Abraham, tenté de les accuser d'égoïsme.

Une fois la longue et fastidieuse litanie des noms terminée, Winslow annonce que le dîner sera servi une heure plus tôt.

– Il faudrait avertir nos femmes, réclame Basile Melanson.

Abraham répond :

– Le lieutenant-colonel nous a dit tout à l'heure qu'on mangerait aux frais du roi, aujourd'hui.

– À plus forte raison. Nos femmes ont assez d'ouvrage à faire sans préparer des repas puis venir nous les porter pour rien, lance Germain.

– Qu'est-ce que ça cache, cette histoire? Un autre cadeau empoisonné? soupçonne Benoît.

– Empoisonné... ou empoisonneur, les deux reviennent au même, ajoute Gabriel.

– Moi, je ne mange pas de leur bouillie, clame Boudrot en signe de protestation.

– Moi non plus.

– Moi non plus.

Des dizaines d'autres prisonniers manifestent le même refus. Un front d'opposition que Winslow et Croxton n'avaient pas prévu. Tournés vers les deux sages, les officiers discutent à voix basse. Ils arrivent à un compromis: des soldats iront immédiatement prévenir quelques femmes de Rivière-aux-Canards et de la Grand'Prée qui, à leur tour, devront répandre l'information. Antoine Forest rugit.

– Pourquoi ne pas le dire tout de suite aux Acadiennes qui s'inquiètent de l'autre côté de la palissade? Leurs hommes devaient retourner à la maison pour finir le barda... C'est cruel de les laisser comme ça sans explication.

La réponse tarde. L'heure du dîner a été devancée pour qu'il y ait le moins de femmes possible près du campement vers midi.

Pour une deuxième fois en quelques minutes, Winslow et Croxton sont pris au dépourvu. Ils se retirent dans le presbytère pour en discuter et trouver une solution. Winslow tente de cacher sa déroute. Croxton lui soumet une idée...

Convaincu de la pertinence de la proposition du capitaine, Winslow somme un des soldats d'aller chercher Barker.

– Tu vas aller dire aux femmes qui tempêtent de l'autre côté de la palissade que leur mari et leurs fils auront droit à des traitements de faveur aujourd'hui et qu'elles n'ont pas à se préoccuper de leur repas. Ensuite, tu fileras annoncer la même chose à la Grand'Prée. D'autres soldats vont s'occuper de répandre la nouvelle à Rivière-aux-Canards. Tu as bien compris, Barker ?

– Vous êtes sûr, mon lieutenant, que…

– Barker ! Je suis ici pour donner des ordres et toi, pour les exécuter.

– Bien, lieutenant-colonel.

Winslow s'empresse d'informer le notaire et Abraham de cette concession. « Ainsi, aucun prisonnier ne pourra prévoir ce qui va suivre », s'imagine-t-il.

La nouvelle n'a pas l'effet escompté. Les captifs avaient réclamé bien davantage : la libération de tous les prisonniers en attendant l'arrivée des bateaux. L'accablement d'Abraham et du notaire témoigne de la réponse de Winslow.

Derrière la palissade, dix, vingt, puis trente femmes ont accouru au cours de la matinée. Évangéline est venue prêter sa voix et son soutien à ces épouses inquiètes pour leur mari qui tarde à rentrer. Elles ont beau assaillir les soldats de questions, tous, soudainement, sont devenus sourds et muets.

L'apparition de Barker saisit Évangéline. Qu'il se dirige d'abord vers elle l'étonne plus encore… mais pas autant que ce qu'il lui apprend ! Alors qu'elle voudrait le retenir, lui poser des questions, tenter de comprendre, il file, la laissant diffuser l'information qu'elle a reçue.

– Qu'est-ce qu'il t'a dit ? la pressent Françoise, Marie-Ange et les autres, aussitôt que Barker s'est éloigné.

– Je me demande si j'ai bien compris…

– Dis toujours !

– Pas de dîner à apporter ce midi, mais…

– Pas de dîner ?

– Non. Le repas de nos hommes sera aux frais de George II, ce midi.

– En quel honneur ? s'étonne Françoise.

– Si on s'attendait à ça ! s'exclame Agnès.

Marie-Ange n'a pas l'enthousiasme facile. Les soupçons sont devenus son pain quotidien.

– Qu'est-ce qu'il t'a dit, aussi, Évangéline ? insiste-t-elle.

Avant de traduire d'un trait les mots de Barker, Évangéline se les remémore à voix basse.

– Oui, c'est bien ça qu'il a voulu dire.

– Parle plus fort ! réclame Françoise.

– Winslow dit de ne pas venir porter de nourriture pour le dîner.

– Rien que ça ? relance Marie-Ange.

– Pas vraiment…

– Dis ! l'implore Agnès.

– Il a hésité avant d'ajouter : « Je conseille à toutes les femmes de venir ici quand même, sur l'heure du midi. » Puis, il a mis un doigt sur sa bouche…

– Comme s'il n'aurait pas dû dire ça, présume Marie-Ange.

– Justement, lui confirme sa fille.

– C'est sûr qu'il se passe quelque chose de pas ordinaire dans le campement aujourd'hui, affirme l'épouse d'un meunier de Rivière-aux-Canards qui est venue en charrette, avec ses trois jeunes enfants, pour chercher son mari.

– Peut-être que Winslow veut nous faire une surprise... et libérer nos hommes, dit Agnès, qui a de l'espoir à revendre.

– C'est plein de bon sens ! Sinon, il nous aurait envoyé nos maris ce matin, prétend une meunière de Rivière-aux-Canards.

– On ferait mieux de ne pas perdre plus de temps en bavardages, conseille Évangéline.

Elles seront dix-huit femmes et jeunes filles à couvrir la région, à pied, à cheval ou en guimbarde.

Certaines épouses de Rivière-aux-Canards doivent partir aussitôt informées de la nouvelle, quitte à apporter le nécessaire pour faire manger leurs enfants sur place. Nombreuses sont celles de la Grand'Prée à faire de même.

Deux heures plus tard, c'est la consternation au campement. Au tour de la garde rouge de s'énerver.

– Des dizaines de femmes arrivent, en plus de celles qui sont déjà là... les mains vides.

Winslow enrage en apprenant cette nouvelle de la bouche de Croxton.

– Ou bien ces *Neutrals* sont encore plus bornés que je pensais, ou...

Le lieutenant blêmit de colère.

– Barker... Est-il de retour, celui-là ?

– Je ne l'ai pas vu, affirme Croxton.

– Allez demander à ces insolentes ce qu'elles viennent faire ici.

La présence du capitaine et ses questions relancent l'espoir des femmes.

– On attend nos maris depuis ce matin, répondent certaines.

– On est venues chercher nos hommes, déclarent d'autres.

– On veut savoir ce qui se passe, exigent plusieurs.

Croxton se limite à les écouter, impassible, et à informer Winslow des réponses obtenues.

– Elles sont nombreuses, les femmes ?

– De plus en plus, lieutenant-colonel. Plusieurs charrettes, aussi.

Les mots sont impuissants pour décrire la déconvenue de Winslow, qui étourdit son capitaine avec ses va-et-vient.

– J'ai ma petite idée sur ce qui a pu se passer, avoue Croxton.

Winslow lui coupe la parole. Un soupçon lui traverse l'esprit.

– Barker… Il aurait révélé notre plan aux femmes ?

– Ce ne serait pas surprenant. Barker… un vendu ! dit Croxton, dodelinant de la tête, une jouissance malsaine sur le visage.

– Non, il n'a pas pu faire ça ! proteste Winslow.

– J'espère pour lui, réplique Croxton, goguenard.

Même s'il connaît son antipathie pour Barker, Winslow n'apprécie guère l'allusion de Croxton, ni sa méfiance ni ses jugements hâtifs. De plus, l'heure est aux décisions rapides et efficaces concernant les prisonniers. Les bonnes décisions.

– Quels sont vos ordres ? relance son capitaine.

D'un geste de la main, Winslow lui fait signe de se taire. De le laisser réfléchir en paix. Un échec cuisant pour lui, le deuxième de la journée. « Tout ce qui compte pour Lawrence et Monckton, c'est que je les débarrasse des *Neutrals* », se répète-t-il intérieurement.

– J'ai voulu épargner à ces femmes un spectacle atroce, mais elles l'auront voulu.

– C'est ça ! dit Croxton, voyant son chef reprendre du panache.

Les provisions du fort sont distribuées aux prisonniers, au grand déplaisir des soldats.

– Ne vous inquiétez pas. À partir de ce soir, vous aurez le champ libre pour aller vous servir dans les poulaillers et les moulins des alentours…, leur fait savoir Winslow, narquois.

Du pain, du poisson, des œufs et du lard sont servis aux plus jeunes d'abord. Les pères vérifient la nourriture… par précaution. La soudaine générosité du roi les a rendus suspicieux. Leur tour de manger venu, les adultes montrent très peu d'appétit. Dans leur estomac, une répulsion… L'odeur de complot qui flotte dans le campement leur donne la nausée.

Les soldats en font la remarque à leur lieutenant-colonel.

– Tant pis pour eux, riposte-t-il, les dents serrées sur sa détermination à rester imperturbable.

Du même souffle, Winslow annonce que le moment est venu de procéder à l'embarquement. Les capitaines

Adams et Osgood sont chargés de l'opération. Prenant leurs grands airs militaires, ils sortent du presbytère pour s'adresser aux prisonniers. Le cœur de tout le bassin des Mines bat la chamade.

Les deux interprètes sont priés de rejoindre les capitaines. Ce qu'ils entendent… et doivent annoncer aux leurs… une catastrophe. La liste établie aux premiers jours de l'emprisonnement contient les noms de cent quarante garçons de moins de quinze ans.

– Rangez-vous du côté gauche de l'église, leur demande Abraham, la voix et les jambes chancelantes.

Moins d'une centaine obéissent. De jeunes garçons, les mains agrippées à celles de leur père, n'acceptent pas de s'en éloigner, ne serait-ce que de quelques pas.

– On n'est pas pour les forcer à obéir, crie un père.

– Sans savoir ce qu'ils pourraient faire à nos enfants…

– Que Winslow nous dise ce qu'il prépare !

– Qu'il nous explique pourquoi il veut mettre nos garçons à part !

Les deux interprètes se consultent, après quoi le notaire LeBlanc, la main en porte-voix, annonce :

– C'est aujourd'hui que la plupart d'entre nous vont prendre le bateau…

– Pas tout le monde ?

– Non. Il paraît qu'on manque de place.

– Pour aller où ?

– Ça, aucun moyen de le savoir.

– Puis nos femmes et nos tout-petits, quand est-ce qu'ils vont venir nous rejoindre ?

– Ça non plus, aucun moyen de le savoir, répond le notaire.

– Seulement quand les autres bateaux seront là… à ce que j'ai pu saisir, ajoute Abraham.

– Allez, mes garçons ! Du courage ! Placez-vous avec les autres, sur la gauche, reprend le notaire LeBlanc.

– Moi, je garde mes deux p'tits gars avec moi ! crie un habitant de Rivière-aux-Canards dont les fils n'ont guère plus de dix ou onze ans.

– Moi aussi, décide un autre.

Ils sont une vingtaine, pères et grands-pères, à tenir de jeunes garçons enchaînés à leurs bras. Les interprètes n'arrivent plus à se faire écouter ; les pleurs des enfants, les hurlements de révolte des pères, les gémissements des vieillards… une muraille contre ces ordres meurtriers.

Les capitaines Adams et Osgood mobilisent alors cent quatre-vingts soldats pour dresser un couloir rouge que les premiers déportés devront emprunter ; un couloir d'un mille et demi entre l'église et le rivage, où les barques les attendent.

La stupeur des enfants monte. La rébellion des hommes, plus encore. La marée, au même rythme.

De la fenêtre du presbytère, Winslow observe et fulmine. Sa stratégie n'a pas le mordant qu'il souhaitait. Il ne peut intervenir personnellement sans se laisser émouvoir par ce spectacle déchirant. « Monckton lui-même en serait incapable ! Je déteste Lawrence pour toutes les horreurs que ses ambitions nous font vivre ! » Sa rage lui redresse la colonne, enflamme son courage. Il sort du presbytère d'un pas décidé et se dresse, stoïque, devant ses capitaines, ses soldats et les « prisonniers de Lawrence et de Monckton ».

– Les pères de famille ont vingt minutes pour conduire leurs garçons là où je l'ai exigé, s'ils veulent revoir le reste de leur famille un jour, ordonne-t-il.

Abraham et le notaire LeBlanc sont sidérés par cette menace. Tous deux s'entendent pour en atténuer la cruauté.

– Le lieutenant-colonel promet que si nous obéissons à ses ordres, nous pourrons revoir nos familles…, clame Abraham.

– Il va nous amener nos femmes et nos enfants sur les bateaux ? questionne Antoine.

– Ce doit être ça, répond le notaire.

– C'est un piège ! s'écrie Gabriel. Ne croyez pas Winslow !

– Je t'en prie, Gabriel. On a besoin de ton aide, riposte Abraham, l'invitant à venir le rejoindre.

Le notaire lui chuchote à l'oreille :

– Réfléchis, Gabriel ! C'est la vie de nos enfants et celle de leur père qu'il faut sauver. On n'a plus le choix. Il faut se plier à la volonté de Winslow.

– Il faut aider les pères à laisser partir leurs fils avant eux, sinon, c'est leur sang qui coulera…, reprend Abraham, tremblant de colère et d'effroi.

Ils sont plus d'une douzaine maintenant à encourager les enfants à se mettre en rang près de l'église et à suivre les soldats, en leur promettant que leur père et le reste de leur famille viendront les rejoindre.

– Pensons à nos femmes, dit le notaire aux papas les plus récalcitrants.

Le cœur à la dérive, les jambes alanguies, les jeunes prisonniers qui s'accrochaient à la taille de leur père de toutes leurs forces ne le tiennent plus que par la main… que du bout des doigts… leur bras demeurant tendu dans le vide jusqu'à ce que les officiers, à bout de nerfs, entassent les jeunes proscrits… entre deux murs de résignation.

Une barrière s'ouvre. Non pas celle du village, derrière laquelle est attroupée une cinquantaine de femmes avec des enfants, mais celle qui donne sur la baie. Trois pelotons de soldats attendent les premiers déportés. Quatre-vingts soldats, fusil à l'épaule, pour encercler les enfants. Faute de trouver Croxton, qui a été chargé de diriger cette opération, Winslow vient se placer entre la troupe et les enfants, et hurle :

– Avancez !

De nouveau, la frayeur dans les rangs. Certains garçons sont devenus hystériques. D'autres tentent de retourner vers leur père.

– Papa ! Papa ! Je veux rester avec vous !

– Venez avec moi, papa. J'ai peur !

– Papa ! Maman !

– Non ! Non ! Lâchez-moi, monsieur !

– Vous me faites mal, soldat ! Arrêtez !

De tels cris, n'importe quelle femme les entendrait, où qu'elle soit. La vague humaine, alertée en matinée par les quelques mots de Barker, se déplace alors du côté est du campement, vers le chemin de la desserte qui mène au point d'embarquement. Ils sont deux convois, maintenant, de chaque côté de la garde rouge. Deux cortèges aux bras tendus, aux appels déchirants.

– Maman ! Je suis ici, maman.

– Viens me chercher !

– Thomas, je suis ici ! crie une grande sœur. Je te suis. Je te prendrai au bord du bassin.

– Émile, mon grand ! Regarde-moi ! Regarde tes sœurs !

– Ne te laisse pas faire, mon beau Joseph. Sauve-toi ! On ne peut pas se passer de toi…

Les appels de détresse s'élèvent de partout. Les mères se ruent vers leurs enfants. Quelques-unes essaient de se frayer un chemin entre deux gardes qui, la crosse levée à hauteur de poitrine, les repoussent sans ménagement. Leurs compagnes se précipitent pour les défendre, bousculées à leur tour. Un cafouillis où les injures fusent dans les deux langues.

Winslow, au bord de l'affolement devant le nombre de femmes et le tumulte qu'elles causent, resserre les rangs et ordonne que les baïonnettes soient fixées au canon des fusils.

Soudées l'une à l'autre dans la douleur, Marie-Ange et Évangéline vivent l'enfer. Sans Benoît. Sans Gabriel. Que sont-ils devenus ? Qu'en ont-ils fait, les Anglais ?

Le ciel de la Grand'Prée est lourd. Le vent, refoulé par ce mur d'abomination. Les oiseaux ? Ou bien ils se sont tus, ou bien les gémissements des enfants et de leur mère ont étouffé leurs mélodies.

– Si tu essayais de faire le chant de la sturnelle en rentrant, Évangéline ? Peut-être que Gabriel t'entendrait… et qu'il te répondrait.

– Ma gorge n'est plus capable de…

Soudain, derrière elles, résonnent des voix d'hommes. Un autre convoi encerclé par des soldats. D'autres prisonniers.

Chaviré par la souffrance des jeunes proscrits et de leurs pères, Winslow décide que cent hommes mariés, de la Grand'Prée et de Rivière-aux-Canards, accompagneront ces garçons sur les bateaux.

– On est plus de deux cents, fait remarquer le notaire.

– Vous êtes d'accord pour que ce soit d'abord les pères de ces jeunes hommes ? propose Abraham.

L'assentiment est spontané.

– Selon ma liste, ils sont autour de soixante-dix; on pourrait en laisser monter une trentaine d'autres… Qui veut y aller ?

Des mains se lèvent, puis se baissent.

– Il faudrait que Winslow promette à cette trentaine de volontaires de faire monter le reste de leur famille sur le même bateau, suggère Benoît.

– Au moins ça! renchérissent Antoine, Gabriel et Germain.

– En attendant que le notaire revienne avec la réponse, qui accepte de partir maintenant si sa famille le suit ? relance Abraham.

Près de quarante volontaires se manifestent. Tous ont laissé de jeunes enfants à la maison. Le besoin de les serrer dans leurs bras et de retrouver leur épouse l'emporte sur le sacrifice de leurs biens et l'arrachement à leur Acadie.

Leur sortie du campement fait éclater une clameur sans pareil. Sous la haute surveillance de la garde, les pères courent vers leurs fils.

– Charles ! C'est papa. Je te suis…

– Papa ! Papa ! entend-on d'un bout à l'autre du cortège des jeunes déportés.

– N'aie pas peur, mon p'tit. Je serai avec toi !

– Richard ! C'est moi, Jeanne ! Ta femme !

– Viens-t'en, Jeanne. Emmène les petits. Au moins, on sera ensemble.

Jeanne et trois autres mères forcent les rangs des soldats pour rejoindre leur mari. Rabrouée, l'une d'elles tombe à la renverse, un bébé dans les bras ; la deuxième est refoulée cavalièrement avec ses trois enfants par un soldat nerveux ; les deux autres sont menacées du bout de la baïonnette. Les maris montrent les poings à la figure des soldats qui ont brutalisé leur épouse. Une mutinerie risque d'éclater. Winslow doit trouver rapidement un moyen de l'éviter. Il demande encore une fois à Abraham de calmer les captifs et de traduire ses ordres. Le porte-voix à la main, Abraham s'exécute.

– Du calme, mes amis. J'ai une bonne nouvelle. Du calme, s'il vous plaît.

Le tumulte persiste. Le notaire LeBlanc reprend le porte-voix et avec l'insistance et la force des derniers recours, il annonce :

– Le lieutenant-colonel promet que les familles ne seront pas séparées si vous vous soumettez à ses directives.

Le vacarme s'apaise.

– Vos femmes et vos enfants vous retrouveront sur les bateaux… Vous serez déportés ensemble et laissés au même endroit. C'est promis!

– Quand ça?

– Très bientôt. Aussitôt que les autres bateaux seront arrivés.

Vociférations et revendications se mêlent aux cantiques et aux prières des femmes qui accompagnent toujours le cortège. Un chemin de Golgotha où l'*Ave Maris Stella* prend des accents pathétiques. Le ciel et l'enfer se sont rejoints, se confondent, se pourchassent.

Aux sept immenses barques amarrées depuis l'arrivée de Winslow dans la petite baie des Gaspereau, derrière la grange des Béliveau, trois autres sont venues s'ajouter tôt en matinée. Dans chacune, six marins attendent leurs premiers passagers: plus de cent quarante jeunes garçons anéantis. Des jeunes perfidement dépouillés de leur enfance, de leur candeur, de leurs rêves. Leur jeunesse est restée hors des palissades de la Grand'Prée.

Le cortège est à moins de cinquante pas de la ferme des Béliveau. Leur père, leur mère, leurs sœurs comptent ces pas. Un espoir anime les déportés… mince, mais essentiel. Vital. Au cœur de chaque père et de chaque mère, un même vœu:

«Embrasser mes fils… prendre sur moi le trop-plein de leur souffrance… rallumer une lueur d'espérance dans leur regard.» Ils ne sont plus maintenant qu'à une dizaine de pas de leurs hommes. Mais la garde se mobilise.

Un autre tumulte surgit. Des cris de frayeurs fendent l'air du bassin des Mines.

L'ultime réconfort de ces centaines d'opprimés est piétiné par les soldats qui bloquent le passage aux femmes et au deuxième peloton de déportés. Une torture sans nom. Sans limites. Les larmes, taries. Des voix agonisantes, il ne reste qu'un filet pour accompagner avec l'hymne national la fuite des dix barques vers les vaisseaux anglais. Chacune d'elles tangue avec, à son bord, quatorze jeunes prisonniers escortés de six marins et de trois soldats armés. Marie-Ange, Évangéline et quelques autres femmes au courage décuplé entonnent l'*Ave Maris Stella*, couplet après couplet :

Ave maris stella, (Salut, astre des mers,)
Dei mater alma, (Auguste mère de Dieu,)
Atque semper virgo, (Qui toujours demeuras vierge,)
Felix cœli porta. (Heureuse porte du ciel.)
Felix cœli porta. (Heureuse porte du ciel.)
Solve vincla reis, (Délie les liens des coupables,)
Profer lumen cæcis, (Donne la lumière aux aveugles,)
Mala nostra pelle, (Chasse nos maux,)
Bona cuncta posce. (Obtiens-nous tous les biens.)
Bona cuncta posce. (Obtiens-nous tous les biens.)
Monstra te esse matrem, (Montre-toi, notre mère,)
Sumat per te preces, (Qu'il reçoive par toi nos prières,)
Qui pro nobis natus, (Celui qui, né pour nous,)
Tulit esse tuus. (A daigné être tien.)
Tulit esse tuus. (A daigné être tien.)
Virgo singularis, (Vierge unique,)

Inter omnes mitis, (Douce entre toutes,)
Nos culpis solutos, (Fais que, délivrés de nos fautes,)
Mites fac et castos. (Nous soyons toujours doux et chastes.)
Mites fac et castos. (Nous soyons toujours doux et chastes.)
Vitam præsta puram, (Accorde-nous une vie pure,)
Iter para tutum, (Ménage-nous un chemin sûr,)
Ut videntes Jesum, (Afin que, voyant Jésus,)
Semper collætemur. (Nous partagions sans fin ta joie.)
Semper collætemur. (Nous partagions sans fin ta joie.)
Sit taus Deo Patri, (Louange soit à Dieu le Père,)
Summo Christo decus, (Honneur au Christ souverain,)
Spiritui Sancto, (Au Saint-Esprit,)
Tribus honor unus. (Aux trois, un seul et même honneur.)
Tribus honor unus. (Aux trois, un seul et même honneur.)

Chacune de ces notes a été portée jusqu'aux chaloupes par des mains qui semaient des au revoir… de grands ponts entre le cœur des mamans et celui de leurs enfants enlevés. Évangéline s'agenouille, croise les doigts et fredonne avec la douceur d'une brise tiède :

Sumens illud Ave, (Recevant cet ave,)
Gabrielis ore, (De la bouche de Gabriel,)
Funda nos in pace, (Établis-nous dans la paix,)
Mutans Hevæ nomen. (En retournant le nom d'Éva.)
Mutans Hevæ nomen. (En retournant le nom d'Éva.)

« Ma belle Éva… » Mots cent fois répétés. Mots si doux… devenus si déchirants. Évangéline s'effondre. Enfouie dans son chagrin, elle laisse son front épouser le sol chaud qui l'a vue naître, cette mère Terre, si féconde, à qui plus d'une centaine d'autres Acadiens font leurs adieux.

Entre cette terre chérie où leur femme, leurs filles et leurs jeunes enfants les pleurent, et la mer où leurs fils sont livrés à un sort inconnu, il n'y a de place que pour la déchirure. Des lambeaux d'hommes sur le chemin de la désolation.

Leur femme et leurs filles, souffrant jusqu'à l'épuisement. Bien que de nouveau rabrouées, toutes s'approchent le plus possible des captifs qui attendent le signal des gardes pour se diriger vers les barques.

Avant de pouvoir s'y embarquer à leur tour, les habitants passent une éternité à entendre les pleurs de leurs fils sur les bateaux que le cap Blomidon dérobe à leur vue. Comme s'il fallait payer des pires ignominies ce refus de prêter un serment d'allégeance inconditionnelle. Une imposture! La soumission n'aurait que reporté de quelques années l'expulsion de tous les *Neutrals* de ces terres riches, de ces rivières aux eaux généreuses, de cette porte grande ouverte sur l'Amérique. L'avidité des empires a fait sa loi.

Avant que la marée n'ait fini de faire le dos rond au pied du cap Blomidon, six embarcations partent vers les vaisseaux anglais, déposent leurs jeunes détenus et reviennent chercher la centaine d'hommes qui les accompagneront.

Adams refait le décompte au moment de faire monter ces derniers dans les chaloupes. Vingt d'entre eux manquent à l'appel.

– Incompréhensible! Je vois d'ici la tête de Winslow…

– On ne peut pas lui cacher ça.

– Il faut qu'il le sache, reconnaît Adams, tenté de se rabattre sur les autres détenus, qui tremblent de peur d'être réprimandés à la place des fugitifs.

Le lieutenant-colonel Winslow, épuisé et chamboulé, reçoit ses deux capitaines, les entend… mais les écoute-t-il ?

– Je veillerai à ce qu'on les trouve, leur répond-il avec une apathie empruntée.

– On part avec ceux qui sont dans les barques ou bien…

– Vous partez.

Prévenus de la fuite de certains détenus, Abraham et le notaire LeBlanc sont tourmentés. Bien qu'en leur âme et conscience ils comprennent ce geste, ils en redoutent les conséquences. Escortés par quatre soldats jusqu'à l'église, ils y retrouvent cent cinquante prisonniers, plus affamés de nouvelles que de nourriture.

– Vous avez vu nos femmes ?

– Mes enfants étaient là ?

– Mes fils ont vu leur mère ?

– Ma fille et ma femme ? s'enquiert Benoît, de l'angoisse plein la gorge.

– Évangéline ? reprend Gabriel, tout aussi anxieux.

– Mes amis, ces femmes ont trouvé le courage de chanter notre hymne national… tout au long du passage des convois. Évangéline a ajouté un couplet pour toi, Gabriel, répond Abraham qui s'empresse de le lui répéter, avant de fondre en larmes.

L'estomac de Gabriel est dans un étau. La pression qu'il ressent est insupportable. Une fièvre court dans ses bras, qui se referment sur le vide. Agenouillé à la sainte table, la tête penchée sur sa poitrine, il gémit. Douleur d'amour. Douleur d'impuissance. Asphyxie. Appel à la mort... évincé par un ressac de la vengeance. Gabriel se relève, s'élance de toutes ses forces vers la porte arrière de l'église qui s'est refermée sur lui et sur ses cent quarante-neuf compagnons depuis le départ du dernier convoi.

– Ouvrez! Ouvrez ou je vous tue! crie-t-il à la garde qui les tient séquestrés.

Ils sont nombreux à venir l'appuyer, à hurler avec lui toute la colère contenue depuis cinq jours... depuis des mois... depuis cent ans d'oppression.

Mis au fait du brouhaha et dans l'espoir d'apaiser les captifs, Winslow consent à les laisser sortir dans la cour du campement.

– Les femmes ne vont pas tarder à leur apporter à manger, dit-il à Croxton.

– Elles ne seront pas aussi nombreuses... Plusieurs savent que leurs fils et leur mari sont sur les bateaux, fait remarquer le capitaine.

– Mais ceux-là aussi, il faut les nourrir, riposte Winslow, furieux contre Monckton qui ne lui a pas encore fait parvenir les vivres promis.

– Les femmes croient peut-être qu'il y a de la nourriture sur les bateaux...

Sur le point de choisir le soldat qui devra transmettre sa consigne, Winslow constate qu'il n'a pas vu Barker de la matinée. Le moment est venu de lui faire subir un interrogatoire serré.

– Va chercher Barker! commande-t-il à Croxton. Ensuite, vous vous occuperez d'envoyer des provisions aux bateaux.

En rentrant de sa tournée d'information, William Barker s'est posté tout près de la barrière qui donne sur le village… loin de la mire de Winslow. Il trépigne d'impatience en attendant que les portes de l'église laissent passer les cent cinquante détenus. Plusieurs Acadiennes sont là, de l'autre côté, à crier le nom de leur mari. L'une d'elles, à ne pas s'y méprendre, imite le chant de la sturnelle… d'une voix cahoteuse.

Sortis en trombe, les prisonniers courent vers ce côté de la palissade. Là où les femmes ont l'habitude d'apporter les repas. Là où Gabriel entend le chant de l'oiseau… « C'est elle! C'est ma belle Éva! Y a plein de larmes dans sa voix, mais je la reconnais. Écoute, ma belle Éva. Écoute. Ton Gabriel te répond. » Les sons trouvent difficilement leur chemin dans sa gorge, égarés par la cruauté des Anglais, éteints par trop de révolte et de détresse.

– Ti-ou-ti-ti-yu, tente-t-il.

Sa voix ne porte guère plus qu'à quelques pieds à la ronde. Elle a tout de même rejoint Benoît qui accourt vers lui.

– Elle est bien de l'autre côté, Évangéline. Je l'ai entendue, moi aussi. Réessaie, Gabriel!

Les poings fermés, le regard projeté au-dessus de la palissade, le torse bombé, le cou tendu, le menton narguant la distance, Gabriel se reprend. Trois fois, sans arrêt. Clairement. Énergiquement. Fièrement. La réponse se fait attendre. Beaucoup plus vigoureuse cette fois. Presque cristalline. Un appel à l'espérance.

Les bras levés vers le ciel, Gabriel veut attraper ces notes, les enchâsser au creux de son oreille, à jamais. Pour qu'il lui suffise désormais de fermer les yeux pour les entendre résonner. Pour en ressentir les ondes sur sa peau. Pour retracer le chemin de leur amour. Pour retrouver cet espace, si réduit soit-il, où leur fougue les a portés à l'extase. En attendant que… Il ne doit plus être loin, ce moment où leurs corps s'épouseront à nouveau.

Gabriel s'est apaisé. Benoît l'a accompagné sans ouvrir la bouche. Sa pensée a navigué vers les deux femmes pour qui tous deux donneraient leur vie. Plus encore depuis le 5 septembre. Leur vie contre un bonheur assuré pour Marie-Ange et Évangéline. « À bien y penser, ce n'est pas si cher payé. L'existence d'un déraciné, qu'est-ce que ça peut bien valoir ? » Les deux hommes se demandent en leur for intérieur ce qu'un peuple qui a bâti un pays qui lui ressemble à grand renfort de solidarité et d'ingéniosité peut bien faire de l'hospitalité d'étrangers en terre hostile et inconnue. À l'aube de sa quarante-sixième année, Benoît se sent vieux. Les cinq jours précédents ont aspiré son enthousiasme, anémié sa vigueur et élimé son endurance.

À l'autre bout de la palissade, Évangéline voit venir sa mère, les bras chargés de victuailles. Elle est restée là à attendre, au cas où les détenus seraient libérés, le temps de finir les récoltes, ou le temps qu'arrivent les vaisseaux anglais. Accroupie sur le sol, le dos collé à la rangée de pieux, il lui semble entendre battre le cœur de Gabriel. Rien que pour elle. Son pouls à la mesure de sa bravoure.

À la mesure de son amour pour elle. Un amour plus fort que le despotisme de Lawrence, que l'odieux de ses ambitions, que le sort qu'il fait peser sur un peuple qui ne demandait que la paix. Évangéline passerait la nuit appuyée contre cette palissade, si Gabriel y était aussi adossé. Si les soldats ne se montraient pas aussi méfiants et intolérants… S'il existait plus d'un Barker dans cette armée…

∞∞∞

– C'est décourageant ! Des soldats sont encore venus se servir au moulin, gémit la mère de Gabriel. Ils sont partis avec plein de sacs de farine et d'avoine, puis les légumes de mon jardin !

– En trois jours, ils nous ont pris une douzaine de moutons, des poules et du bois de chauffage, lui apprend Évangéline.

Depuis l'embarquement des jeunes garçons et des soixante-dix-neuf hommes mariés, les réserves des Acadiens du bassin des Mines baissent outrageusement. Un pillage monstre face auquel les femmes restées seules sur leur lopin de terre ne peuvent rien faire.

Ce 13 septembre, à l'heure du midi, il y a pire encore. Le lieutenant-gouverneur Charles Lawrence convie tous les *Neutrals* à un spectacle. Une leçon qu'il veut donner aux rebelles qui seraient tentés de s'évader… comme l'a fait Camille Cormier, après sa deuxième journée de libération. Sa femme, ses enfants et lui ont fui pendant que l'armée était entièrement déployée pour le premier embarquement des prisonniers de la Grand'Prée.

Du campement, les prisonniers aperçoivent la spirale de flammes et de fumée noire qui s'élève de la grange de Camille Cormier, de sa remise, de sa porcherie, de sa maison. Les cris sinistres des porcelets sont horribles. Louis Cormier, les mains sur les oreilles, les yeux résolument fermés sur cette ignominie, hurle et tourne sur lui-même. Il court se réfugier dans l'église, ravagé par une peine atroce. Personne ne peut l'approcher. Pas même Gabriel, son meilleur ami. Nombreux sont les prisonniers qui, comme Louis, essaient de fuir ce cauchemar.

– Ils vont finir par le tuer, notre pauvre Louis, craint Benoît.

– Ils auraient pu s'en prendre à d'autres qui ne sont jamais revenus au campement, comme Béliveau, dit Batis.

Gabriel se lance vers lui et lui colle son poing sous le menton.

– Vas-tu finir par la fermer, ta grand' gueule, ou attends-tu que je te la casse ?

Une dizaine de prisonniers les entourent. Les uns envient Gabriel de laisser sourdre sa colère, d'autres craignent qu'un tumulte semblable à celui du matin du 10 septembre se reproduise. Les soldats se positionnent… prêts à intervenir.

Batis a eu le temps de pâlir et de chanceler avant que Gabriel se calme. Basile Melanson, à bout de forces, lui chuchote :

– On n'est pas pour commencer à se malmener entre nous, y en a assez qui s'en chargent, tu ne trouves pas ?

Gabriel échoue sur un banc, un peu à l'écart, près du confessionnal. On l'y laisse tranquille pendant un bon moment, puis Benoît, Joseph et Basile s'approchent suivis de Louis, redevenu plus calme.

– Je n'en peux plus de les voir nous abrutir comme ils le font, confesse Gabriel, anéanti.

– Je te comprends, rétorque Louis. Je pense que c'est pire d'être séparé de la femme qu'on aime par ces crétins que par la mort…

– C'est de la torture à petit feu, ajoute Joseph Forest qui, après vingt ans de mariage, est aussi amoureux de son épouse que le soir de leurs noces.

– Je me sens comme si j'avais reçu à moi tout seul tous les coups durs que les Anglais font subir à notre peuple depuis quinze ans, soupire Benoît.

Des sanglots dans la gorge, Gabriel dit :

– J'ai mal partout… dedans… dehors. Partout. Puis, j'ai peur pour elle…

– Sa mère est avec elle, puis la tienne aussi, lui rappelle Benoît, sur le point de craquer à son tour.

– Je ne sais même plus si je souhaite encore l'entendre imiter le chant de la sturnelle. Ça me fait trop mal. Sa peine me fait trop mal.

Le notaire croit pouvoir le consoler un peu.

– De ce que j'ai pu saisir du baragouinage entre les capitaines, Gabriel, on serait sur le point de tous se retrouver sur les bateaux avec nos femmes et nos enfants, annonce-t-il.

Un coup de fouet pour Gabriel. Debout devant le notaire, il le saisit par les épaules et le prévient :

– C'est mieux d'être vrai ce que vous dites là, notaire, parce que nous autres, on n'en peut plus de se faire conter des menteries puis de se faire plumer vivants.

– Je vais essayer de me renseigner auprès du lieutenant-colonel, promet Abraham, non moins ébranlé que le notaire.

Si le sol pouvait capter la frayeur des habitants, toute l'Acadie en tremblerait. Dans tous les foyers, on se relaie la nuit pour faire le guet. On craint les soldats, qui ont commencé à incendier les bâtiments, en plus d'y voler provisions et bétail.

Au cœur de l'après-midi, un linceul de cendres malodorantes couvre le firmament de Rivière-aux-Canards, de la Grand'Prée et de Pigiquit. Les évadés et leur famille sont paniqués. Cette odeur de châtiment sature les champs, les boisés, les maisons, les repaires, les habits… la peau des assujettis du Bassin. Il faut aux femmes une dose infinie de courage et d'énergie pour préparer le souper aux prisonniers de l'église et à ceux détenus dans les cales des bateaux. Les femmes se sont partagé les tâches : celles de Rivière-aux-Canards s'occupent du campement, et celles de la Grand'Prée se rendent jusqu'aux chaloupes ; de là, les soldats apportent la nourriture aux bateaux.

Pour ce dernier repas du 13 septembre 1755, toutefois, les femmes de Rivière-aux-Canards n'ont pas à se rendre jusqu'aux palissades. La vingtaine d'évadés déclarés disparus depuis le jour de leur libération temporaire, dont Charles Béliveau, qui se cachaient sur le territoire micmac le plus près de la rivière Gaspareau viennent donc remplacer les femmes… Mieux vaut l'emprisonnement que de voir leurs biens s'envoler en fumée et leur famille livrée à l'effroi et à la misère. À bout de ressources, les gardes ont appréhendé les fils de Charles et les ont assaillis de questions et de menaces. Une seule réponse, toujours la même, leur a été donnée.

– Peut-être noyé, répètent-ils inlassablement, montrant la rivière d'un geste. On ne l'a plus revu…

Charles, à l'instar de tous les autres, a réussi à berner les soldats de Winslow… mais la violence et la mise à exécution des menaces de Lawrence et de son lieutenant-colonel le ramènent au campement.

Ce soir, l'opinion des captifs et de leurs épouses est aussi ténébreuse que le ciel de l'Acadie. Rien ne transpire du jugement de Winslow. Aucun châtiment n'a été annoncé pour les fugitifs qui se sont finalement rendus.

– J'ai vu ta femme, cet après-midi. Pas longtemps, mais je l'ai vue, susurre Charles à l'oreille de Gabriel.

– Elle était comment, dis ?

– Belle. Toujours aussi belle… et courageuse.

Instinctivement, Gabriel regarde ses vêtements encrassés et démêle sa chevelure de ses longs doigts… tremblants. Les deux amis et cousins éclatent de rire.

– Tu m'apportes quelque chose de sa part, Charles ?

– Oui… je te donnerai son papier… quand il fera noir.

– Tout de suite, Charles. Glisse-le dans ma poche. Y a pas de soldats derrière nous.

– S'il fallait…

– Pas besoin d'avoir peur… Dépêche-toi.

Non moins fébrile, Benoît, qui se tient près d'eux, les cache du mieux qu'il peut, par prudence.

– Restez comme ça que je le lise, demande Gabriel, privé de salive tant la nervosité l'étrangle.

Mon grand amour!
Quel cadeau du ciel que ton cousin Charles! Mon amour, où tu iras, où tu seras, porte ta plume d'aigle sur toi. Moi, je vais la porter dans mes cheveux. Que Dieu et Glooscap nous ramènent dans les bras l'un de l'autre. Attends-moi, mon amour. J'arrive!

Ton Éva pour la vie

Une larme insoumise tombe sur le papier, renfle le dernier mot. Gabriel serre contre lui ce papier, son joyau. Un souffle d'espérance et de courage. « Attends-moi, mon amour. J'arrive… », se répète-t-il, en retournant près du confessionnal, sa vie désormais accrochée à ce petit morceau de bonheur.

Tout autour de Charles Béliveau, les mêmes questions, sur toutes les lèvres.

– La mienne, ma femme, tu l'as vue?

– Mes enfants?

Mais la garde, redoublant de vigilance en raison des bavures que ces *Neutrals* rebelles lui ont fait essuyer en huit jours, se resserre. Le cercle de présumés conspirateurs entourant Charles est disloqué par trois coups de baïonnette sur le plancher. Les prisonniers sont dispersés, dans la mesure où il est possible de le faire entre les quatre murs de cette église, qui n'en a plus que le nom et le clocher.

Lorsque le hululement du hibou des marais se fait entendre ce soir-là, Gabriel ne lutte pas contre le sommeil. Il lui suffit de fermer les yeux pour que les mots d'Évangéline se métamorphosent… Son corps contre le sien, ses lèvres sur sa bouche fiévreuse de désir, leurs bras noués par un amour aussi impérissable que le cap Blomidon, par une espérance à la mesure des continents.

Dans l'église-prison, un air infect flotte au-dessus des détenus aux loques crasseuses. Une courbature à l'épaule et le coup de pied d'un compagnon qui réclame plus d'espace réveillent Gabriel. Puis, des cris, en pleine nuit, retentissent.

– *Get up! Get up!*

« Ils ne sont pas juste barbares, ces Anglais, ils sont fous », se dit Gabriel, enjambant, à la lumière de la lampe du sanctuaire, les corps encore trop appesantis pour décoller du plancher.

Le notaire LeBlanc, le sage Landry, Croxton et Winslow se tiennent près de la porte, dans l'entrée du chœur. Les deux sages sont blafards, muets. Leur regard en dit long. Une détresse infinie s'en dégage.

– C'est cette nuit qu'ils nous embarquent, marmonne Charles, entouré par Benoît et Gabriel.

– C'est ça. Les pêcheurs d'humains ont attendu que leurs filets soient pleins pour les jeter à la mer, répond Benoît, flétri de désespoir.

Son regard ne reflète qu'un immense vide. Son torse est comme un roseau incliné vers la terre qui semble l'aspirer.

– Monsieur Bellefontaine, ce n'est pas le moment de vous laisser aller, le prie Gabriel. On est à quelques jours de retrouver nos familles sur les bateaux.

– Tu peux toujours y croire, Gabriel. Pas moi.

– Demandez à Abraham. Il va vous le dire...

Les échanges sont interrompus par un vacarme. Des grandes portes de l'église surgissent une cinquantaine de soldats. Du renfort, pour vider l'église une fois pour toutes, à l'insu des femmes qui dorment. Vider une église de près de deux cents prisonniers qui risquent de créer de nombreux problèmes avec le retour des fugitifs. Leur apparente soumission ressemble fort à un ferment de mutinerie. Winslow déplore qu'il n'y ait toujours que cinq vaisseaux ancrés dans la baie. C'est peu pour y envoyer le reste des captifs. Mais, pour faciliter la garde à vue de ces rebelles, il décrète :

– Embarquez-les à raison de trente-sept hommes de plus par bateau, en attendant...

Winslow compte hâter ainsi l'arrivage des renforts promis depuis plus de trois semaines. « C'est inhumain de corder quatre-vingts personnes dans ces cales insalubres sans savoir quand ces vaisseaux pourront prendre le large », fait-il savoir à Lawrence et à Monckton dans des courriers qu'il leur expédie presque quotidiennement. Il lui tarde de tourner le dos à cette « très désagréable mission » et de rentrer dans le Massachusetts pour y retrouver son épouse et ses deux fils.

– C'est traître de nous embarquer en pleine nuit, lance Basile, outré, en passant devant Abraham.

– On ne nous a pas demandé notre avis, mon ami.

Les prisonniers traînent les pieds. Nul n'est pressé de quitter la Grand'Prée pour aller au-devant de la misère. Personne ne comprend l'impatience de Gabriel qui les pousse à sortir. Il veut être l'un des premiers à l'extérieur. Il a son plan.

Enfin, dehors ! Amère déception, le corridor rouge est déjà dressé, de la porte de la sacristie au quai d'embarquement. « Ils ne peuvent quand même pas me bâillonner », pense Gabriel. Les mains en porte-voix, les poumons gonflés, il lance à trois reprises :

– Ti-ou-ti-ti-yu. Ti-ou-ti-ti-yu. Ti-ou-ti-ti-yu.

Un coup de crosse lui est asséné sur l'épaule. Gabriel reste impassible. Il se faufile vers la fin du cortège, attend une dizaine de minutes et relance trois fois :

– Ti-ou-ti-ti-yu. Ti-ou-ti-ti-yu. Ti-ou-ti-ti-yu.

Gabriel entend la réponse de sa belle Éva. Faiblement, puis clairement. Assez proche. Des claquements de sabots, aussi. Des hennissements. Ceux de Princesse. Gabriel les reconnaît. Une succession de « drelins » produits par les clochettes attachées à son harnais, en plus. Puis, fissurant l'opacité de la nuit, une amazone, la plus belle de toute l'Acadie. Derrière elle, d'autres femmes à cheval, en charrette ou à pied. « Plus personne ne dort sur ses deux oreilles depuis le 5 septembre. Ils sont naïfs, ces Anglais, de ne pas l'avoir deviné ! » se dit Gabriel, presque heureux.

– Je suis ici, Évangéline. Derrière ! Par ici ! crie-t-il, le cœur battant comme un tam-tam micmac.

– Gabriel ! Oh, Gabriel ! Attends-moi !

– *Back up ! Back up !* hurle un soldat, pointant son arme sur Évangéline.

– Laissez-la tranquille ou je vous étrangle ! crie Gabriel.

De la queue du défilé, le notaire LeBlanc hurle le même avertissement… une fois, deux fois, jusqu'à ce que Barker sorte du rang et vienne se poster entre le soldat et le cheval d'Évangéline. Des paroles brèves, martelées, tranchantes entre les deux soldats. L'agresseur, le menton pointé vers Barker, lui fait la nique avec mépris avant de s'éloigner. Satisfait, Barker file reprendre sa place. Gabriel est ébahi.

De sa monture, Évangéline peut, entre chaque piquet rouge de cette palissade humaine, distinguer son amoureux, entendre ses mots d'amour, avancer au rythme de ses pas, pour ne pas perdre la chaleur de sa voix, la seule qui subsiste dans cette apocalypse. Accompagner son homme, de seconde en seconde, en faisant fi de l'issue de ce sentier cahoteux… l'accompagner tant qu'elle le pourra. Le convoi des femmes s'allonge. Les appels désespérés reprennent l'ampleur de ceux qui ont entouré l'embarquement précédent. Plus déchirants, dans la nuit. Plus sadique, le zèle des gardes à empêcher les mains de se serrer… une dernière fois. Descendue de sa monture, Évangéline parvient à passer un bras entre deux crosses de fusil.

Gabriel attrape sa main, l'emprisonne dans les siennes, et la couvre de baisers, encore et encore. Ses lèvres goûtent ses propres larmes sur les doigts de sa belle. Un soldat lui crie d'avancer et le bouscule, précipitant une rupture inévitable, à quelques arpents de là. Déjà, le claquement des rames. Le glas.

– Benoît ! Je t'attendrai… mille ans s'il le faut ! lui crie Marie-Ange.

– Éva ! Ma belle Éva !

– Évangéline ! Ma fille chérie !

– Papa ! Gabriel !

Sur le point de s'évanouir, Évangéline prend une longue inspiration et puise à la source de son amour les miettes de courage qui la gardent debout, sa plume d'aigle à la main, en réponse à Gabriel qui brandit la sienne d'aussi loin qu'elle peut l'apercevoir.

Les deux interprètes ne montent pas dans la dernière chaloupe. Winslow aura encore besoin d'eux…

Ce matin du 14 septembre 1755, l'horizon se pare timidement de ses feux. Par respect, croirait-on. Pour les habitants de la Grand'Prée, un voile diaphane se glisse sur ce bandeau aux évocations sanguinaires.

∞∞∞

Une agitation inhabituelle règne sur les eaux qui se bercent au pied du cap Blomidon.

Depuis le 5 septembre, la méfiance colle à la peau de toutes les femmes du bassin des Mines. Chaque nuit qui se dérobe emporte avec elle une partie du troupeau et des réserves entreposées pour l'hiver. Le pillage est devenu routinier pour les soldats anglais. Les moulins à grain opèrent au ralenti ; l'inexpérience des meuniers improvisés et le manque d'eau dans les rivières et les ruisseaux en sont la cause. L'approvisionnement promis tardant à arriver, les paysannes sont priées d'apporter plus de légumes et plus de viande aux chaloupes.

Les prisonniers commencent à mourir de faim. Confinés dans les cales pestilentielles des vaisseaux depuis près d'un mois déjà, les hommes et les jeunes garçons sont ballottés par l'angoisse, la colère et le chagrin dont le ressac est aussi violent que celui des vagues quand la mer se déchaîne. Les femmes qui iront les rejoindre partagent leur détresse.

Évangéline et sa mère, en proie au désespoir, sont venues chez Abraham, l'interprète que Winslow laisse en liberté surveillée en attendant le dernier embarquement.

– Pourquoi ne pas nous ramener nos hommes en attendant les vaisseaux anglais ? gémit Évangéline.

– Pourquoi ne pas les avoir laissés à la Grand'Prée où ils pouvaient respirer l'air pur, au moins ? récrimine Marie-Ange.

– Je sais, je sais, répond Abraham. Je les ai posées, ces questions, à Winslow.

– Et puis ?

– Il a avoué que ça ne devait pas se passer de même. Une douzaine de vaisseaux devaient arriver au début du mois de septembre…

– Ils devaient venir d'où ? demande Évangéline.

– C'est Monckton qui devait les envoyer après la prise de Beaubassin. Winslow les attend encore. Y a de quoi se mettre en beau joual vert.

– Puis, c'est nous qui payons pour ça ! Joual vert ou pas, il n'y a personne d'excusable dans cette histoire, riposte Évangéline.

– S'il y a un bon Dieu, je me demande à quoi il est occupé depuis le mois de mai, laisse tomber Marie-Ange.

– Un Micmac m'a dit qu'il ne restait plus un seul Acadien à Beaubassin ni à Chignectou, reprend Anne, très inquiète.

– Ils sont allés où ? demande Marie-Ange.

– Plusieurs familles seraient parties vers l'île Saint-Jean. D'autres auraient pris la direction de la baie des Chaleurs, a appris Abraham.

– J'ai bien peur pour tout ce monde, avoue Anne. Les soldats de Monckton sont à leurs trousses. C'est la prison ou la mort qui les attend s'ils se font attraper.

– C'est à se demander lequel des deux sorts est le moins cruel, soupire Évangéline.

Abraham les laisse repartir sans leur dévoiler l'information qu'il détient d'un émissaire de Winslow. Anne le lui reproche. Une dispute s'ensuit. La première de leur vie commune.

– On est à bout de nerfs, ma pauvre Anne. Jamais je n'aurais cru en arriver à te dire des mots durs.

– Moi non plus. C'est injuste… en plus de tout ce que tu as à supporter depuis le printemps.

– Je redoute le mois qui vient de commencer, aussi.

Affalée sur une chaise berçante, le visage niché dans ses mains, Anne sanglote.

– Je veux mourir avant que notre tour vienne, parvient-elle à chuchoter.

– Winslow m'a promis de nous garder ici jusqu'à ce que le dernier Acadien soit embarqué, Anne. Il se pourrait bien qu'on ne parte jamais…

– Jamais ?

– Des fugitifs… il en restera toujours dans la région, dit-il, un tantinet moqueur.

Au fond de lui-même, Abraham aimerait le croire. Mais, il connaît trop l'empressement de Lawrence à vider la Nouvelle-Écosse de tous les *Neutrals*. Monckton, Winslow et Murray en ont reçu l'ordre formel : ils doivent d'abord nettoyer la région de Beaubassin et celle de Chignectou, et envoyer ensuite les navires au bassin des Mines pour y embarquer tous ses habitants. Or, Monckton a tardé à mettre les voiles, l'embarquement des femmes et des enfants s'avérant beaucoup plus long et difficile qu'il ne l'avait prévu. C'est donc d'Annapolis Royal que sont venus aujourd'hui les vaisseaux dans lesquels la majorité des familles de la Grand'Prée seront entassées. Les deux interprètes doivent accompagner les soldats qui les préviendront.

En secret, Abraham Landry souhaite, tout comme son épouse, mourir avant que se déroule sous ses yeux le pire drame qu'il pourrait imaginer.

Dans une heure, les porteuses de pain commenceront à défiler vers les barques. C'est là que, pour gagner du temps, Winslow et ses deux interprètes leur annonceront leur déportation. Elles n'auront qu'une journée pour préparer leurs enfants et emballer les objets qu'elles veulent apporter avec elles. Les gros meubles sont bien sûr exclus, étant donné le manque d'espace sur les bateaux.

Le cœur en charpie, la liste des déportés en main, Abraham et le notaire, postés devant les chaloupes venues chercher des victuailles pour les détenus en cales, attendent que la majorité des femmes soient arrivées avant de prendre la parole.

– Regardez donc, maman, qui est là, près des chaloupes, fait remarquer Évangéline, les bras chargés.

– Mon Dieu ! Une autre mauvaise nouvelle nous attend ! Il me semblait bien qu'Abraham n'était pas comme d'habitude, ce matin.

Josephte et Françoise Melanson les suivent de près. Germaine, la mère de Trefflé Arsenault, aussi. Les Boudrot, les Cormier et les Forest s'approchent, ralentissent le pas, puis s'arrêtent, paralysées par le sentiment de poser le pied sur une poudrière. Une fois de plus. Certaines craignent de ne pouvoir retourner chez elles… d'être capturées avec leurs sacs de pain et d'œufs dans les bras. Les enfants sont restés à la maison sous l'œil vigilant et affectueux de leur grande sœur, mais ils ne pourraient pas se passer de leur mère. D'autres appréhendent la fugue de leurs hommes incarcérés et l'annonce du châtiment pour leur famille. Perrine n'est pas sans penser à son vieux père, dont la santé était déjà si fragile au moment de son enfermement. L'appréhension est pire encore pour celles dont les maris sont reconnus pour leur tempérament impulsif.

Avant que le ravitaillement soit livré dans les chaloupes, Winslow saisit le porte-voix et prononce quelques phrases que le notaire est chargé d'interpréter… à sa façon, décide-t-il.

– Mes chères dames, vous pourrez revoir vos maris et vos fils… très bientôt. Demain, on vous conduira sur les bateaux où ils vous attendent.

Dans le groupe de femmes, une vague d'effervescence… vite suivie d'une autre… d'angoisse.

Placée tout près des interprètes, Marie-Ange demande :

– Nos hommes nous attendent ? Ils le savent ?

Abraham soumet la question à Winslow et prend le porte-voix.

– Le capitaine de chaque vaisseau devrait leur apprendre la nouvelle demain.

– Vous avez promis de ne pas séparer les familles sur les bateaux. Vous tiendrez parole, lieutenant-colonel Winslow ? s'enquiert Évangéline.

La réponse ne tarde pas à venir, comme s'il s'agissait d'une évidence. Winslow chuchote. Le notaire traduit.

– L'embarquement commencera demain dans l'avant-midi.

– Le souper que vous apporterez pour vos hommes ce soir sera le dernier, ajoute Abraham. Le lieutenant-colonel Winslow me dit qu'il y a des provisions sur les bateaux.

– Et nos animaux ? demande Marie-Ange.

Une onde d'effroi passe dans le regroupement de femmes. Les questions se bousculent.

– Bien oui, nos animaux ?

– Nos vaches, qui va les traire ?

– Nos moutons ? On ne peut pas les laisser tout l'hiver dehors sans les nourrir !

– Notre chienne vient de mettre bas, j'espère qu'on pourra la prendre avec nous ?

– Mes enfants sont très attachés à leurs petits chats…

– Ma vieille mère est paralysée. Quelqu'un va m'aider à la transporter ?

En réponse, des haussements d'épaules. Des dodelinements de tête. Des pincements de lèvres inquiétants.

Après avoir remis leurs provisions aux soldats, les femmes ne semblent pas pressées de rentrer chez elles. Trop de questions. Trop d'incertitudes. Trop de peurs. Trop de deuils à faire.

Winslow le sait, il le ressent. Il a toujours appréhendé ce moment déchirant et redoutable à plus d'un égard. Il salue les *Neutrals* de la main et, d'un pas qui décourage toute approche, il prend le chemin du presbytère. Le notaire avait reçu la consigne d'attendre son départ avant de nommer les déportés du 13 octobre. Attroupées autour des interprètes, les épouses, les jeunes femmes, les veuves écoutent, haletantes, la liste des noms. Ceux des Bellefontaine, des Landry et des Blanchard, entre autres, ne sont pas prononcés.

– Pourquoi ? s'inquiète Évangéline.

– Il paraît qu'il manque de place sur les bateaux, répond Abraham.

– Ça se pourrait qu'on reste chez nous ! s'exclame-t-elle, y croyant presque pendant une fraction de seconde.

– Tôt ou tard, d'autres vaisseaux doivent venir pour finir de vider nos terres, murmure Abraham, dont l'état d'épuisement inquiète Évangéline et sa mère.

– Je vois…

Évangéline ne sait plus quoi souhaiter. Partir plus tard signifie assister deux fois au lieu d'une à la saignée de son village. Le vieux sage perçoit son tourment.

– Je sais que je serai le dernier des Acadiens à être embarqué, dit-il. Winslow a besoin de moi. Peut-être serons-nous sur le même bateau…

– Avec papa, maman et Gabriel.

– Je le souhaite. En attendant, il faut distribuer à ces pauvres femmes tout ce qu'on a de courage, Évangéline.

– Comptez sur nous, mon bon ami, répond Marie-Ange.

La vague humaine quitte la rive et se déplace lentement, lourde de tous les deuils qui s'entasseront dans les maisons, les bergeries, les meuneries, les écuries, les granges, les chambres d'enfants… à compter de ce jour. Existe-t-il des mots pour annoncer, sans torturer, l'arrachement à ses biens… le déracinement… l'exode forcé ? Ces proscrites se le demandent. Mentir aux enfants… pour ne pas les affoler… le plus longtemps possible… en attendant que la sordide réalité les rattrape. Puiser dans les dernières ressources de l'imaginaire pour ne pas que les plus jeunes s'effondrent avant l'embarquement. Avant d'avoir retrouvé leur père, leurs grands frères. Chuchoter des paroles feutrées à l'oreille de la grand-mère alitée, du grand-père dysentérique, en espérant qu'ils ne réclament aucune explication à l'annonce d'un déménagement…

Les appels à l'aide, de par toute la Grand'Prée, dépassent les capacités d'y répondre en si peu de temps.

Évangéline et sa mère vont d'une famille à l'autre pour aider à empiler la vaisselle dans les coffres de bois, remplir les boîtes de jouets, de souvenirs, de documents importants, de conserves, de légumes, de fruits. Récupérer les sacs de jute pour les bourrer des vêtements de toute la famille, sans oublier ceux du papa et des grands frères, des hommes qu'on retrouvera dans quelques heures… Winslow l'a promis. Faire rentrer les poules dans le poulailler et leur préparer une bonne ration de grain et d'eau claire. Faire la traite le lendemain matin avant de partir, en espérant que les remplaçants ne tardent pas trop à prendre la relève en fin de journée. Déplacer les moutons et les chevaux vers des enclos au fourrage copieux. Mais que fait-on de Georgette, la belle colley, et de ses chiots nés la veille ? Madeleine, la mère de Charles, repose la question à Marie-Ange.

– C'est impensable de les embarquer demain, juge-t-elle.

– À moins que vous les laissiez ici et que je vienne m'en occuper, propose Évangéline.

– Il faudra me les apporter quand vous partirez, exige la septuagénaire. Ça fait douze ans qu'on vit ensemble avec Georgette, ce n'est pas le temps de nous séparer !

– Mais comment savoir où vous serez, Madeleine ? demande Marie-Ange, trop spontanément.

– On ne vous a pas dit où on nous emmenait ?

– Pas encore… trouve à répondre Évangéline.

– Mais on devrait être tous ensemble… là-bas. Ça, Winslow l'a promis, non ?

La réponse a l'effet d'un poignard dans le cœur de la vieille dame. Recroquevillée sur sa chaise berçante, les mains croisées sur sa douleur pour qu'elle ne l'étouffe pas, Madeleine ne peut détacher son regard de celui de Georgette.

Avant de disparaître dans sa chambre avec sa fidèle amie qui la suit, la tête soumise au mauvais sort qui s'abat sur elle, Madeleine fait signe à ses deux visiteuses de partir avec les chiots… La nuit reprend ses droits, sans laisser aux femmes de la Grand'Prée celui de dormir. Trop de choses à faire, à penser. Et la colère qui monte avec l'épuisement. Et le chagrin emprunté à celui des enfants qui, à leur réveil, devront laisser derrière eux, l'un, son canard de pierres de grève, l'autre son goéland d'os de morue ; la bambine, le cheval de bois sculpté par son grand-père, sa jumelle, le berceau de sa poupée, l'aînée, la statue de la Vierge Marie reçue lors de sa confirmation. Une odeur d'étrangeté réveille les enfants… trop tôt. Marie-Ange l'appréhendait, affairée avec Germaine, la mère de Trefflé Arsenault, à empaqueter les vêtements et les chaussures d'hiver de ses cinq filles, sans oublier ceux de leurs frères et de leur père déjà embarqués, au cas où ils ne pourraient revenir avant le printemps.

– Je m'occupe de les faire déjeuner, offre Évangéline.

Des tartelettes au lard, des beignes à la mélasse, un reste de poutine en sac ont été sortis du garde-manger et placés au centre de la grande table en bois de pin.

L'étonnement écarquille les yeux des plus matinales, et leur stupéfaction fait naître les questions les plus redoutables.

– Pourquoi vider les armoires, maman ? On va revenir !

– Vous nous avez dit hier soir qu'on allait en voyage… On va revenir.

– On va barrer la porte et fermer les fenêtres comme il faut, à cause des voleurs.

– Je vais cacher ma petite chaise berçante sous mon lit.

– Moi, je vais cacher ma brouette derrière le poêle.

Pendant que les fillettes, cordées sur les deux bancs, s'entretiennent sur les précautions à prendre, Évangéline leur sert à manger, tandis que Marie-Ange et leur mère plient les couvertures et les entassent avec les oreillers dans de grands sacs de chanvre.

– Des tartelettes au lard, comme le dimanche ! s'exclame Marie, la plus gourmande.

– Mais ça ne ressemble pas à un dimanche, marmonne Jeanne qui fait la lippe.

– Pourquoi vous ne parlez pas, maman ? demande Marie-Rose sur le point d'avoir ses douze ans, qui s'étonne du comportement de sa mère.

– Tu vois bien qu'elle est trop occupée, répond l'aînée.

– Où est ma Grisette ? s'inquiète la petite Judith, qui a hérité d'un chaton.

Aucune réponse ne vient. La fillette de quatre ans quitte la table, va vers sa mère et lui tapote la cuisse en répétant sa question. La gorge nouée, Germaine détourne la tête, elle a dû tuer les chatons pendant la nuit. Marie-Ange intervient.

– Ta maman nous a demandé de les garder, vos chats, en attendant que vous reveniez…

– Je veux l'emporter avec moi, ma Grisette, rouspète l'enfant.

– Moi, j'emporte Boule de poils, d'abord ! exige sa jeune sœur.

Du regard, les trois femmes se consultent. Il faut préparer les filles. Germaine ne parvient même pas à les regarder. Marie-Ange lui vient en aide. Les deux mains appuyées sur la table, elle ne veut laisser aucun pouvoir à ses émotions.

– Écoutez-moi bien, les filles. Surtout vous autres, les plus vieilles. Vous allez devoir aider votre maman à prendre soin de vos petites sœurs et à transporter les bagages. Il va y avoir beaucoup de monde sur le bateau. Il faudra être très gentilles… Pas de chicane. Les soldats ne sont pas très patients.

– Papa va nous défendre, réplique Jeanne.

– Trefflé aussi, reprend Marie, au bord des larmes. Je m'ennuie tellement de lui, maman.

– Je veux voir mon papa, réclame Judith, en sanglots.

Marie-Ange pince les lèvres, mais les larmes ont forcé ses paupières et glissent sur ses joues exsangues. Elles sont huit à pleurer, à chercher des bras consolateurs où se réfugier.

∞∞∞

Le défilé des proscrites de la Grand'Prée prend l'allure d'un convoi de gitanes quand les soldats, à l'entrée du village, commencent à faire le tri des bagages permis et de ceux qui devront rester dans les charrettes.

– On nous a dit qu'on pouvait apporter des meubles, vrai, pas vrai, Abraham ? proteste une femme qui a sa guimbarde remplie de biens.

– Les capitaines nous ont fait savoir qu'il n'y aurait de la place que pour vos vêtements et votre nourriture, répond-il, on ne peut plus affligé.

– Je retourne à la maison avec mes affaires, si c'est comme ça ! réplique-t-elle.

Trois autres femmes dans la même situation se préparent à faire demi-tour.

Des soldats les interceptent.

– Mais vous êtes fous de penser que je vais laisser mes meubles dans le champ comme ça. Voyons donc !

D'autres soldats s'ajoutent aux premiers, leurs baïonnettes pointées vers les naseaux des chevaux qui commencent à chauvir des oreilles et à se cabrer. Les protestations des femmes lésées, les pleurs des enfants effrayés et les voix autoritaires des officiers sèment l'effroi. Winslow, sur les dents, enjoint à une dizaine de soldats de faire descendre ces femmes de leur charrette, bon gré mal gré. Plusieurs résistent. Sous les yeux de ses enfants, l'une d'elles est basculée par-dessus bord et, les mains agrippées aux rênes, elle est traînée sur une distance de plus d'un arpent avant de s'évanouir, la figure éraflée, le corsage en lambeaux. Une autre se fait menotter et tirer par les jambes jusqu'à une chaloupe où deux soldats la balancent à la vue d'autres femmes et enfants terrifiés... dans la mire de Winslow. Courroucé, le lieutenant-colonel met ces soldats aux arrêts et les renvoie au campement pour y attendre leur sanction.

Chacune des chaloupes appartient à un vaisseau. Le chahut est tel qu'il est difficile pour Croxton et ses interprètes de diriger les proscrites et leurs enfants vers les barques qui les emmèneront au bateau où se trouve leur mari.

Après deux heures de tohu-bohu, les deux interprètes, qui veillent à ce que chaque famille soit orientée vers la bonne embarcation, constatent une erreur et la dénoncent aussitôt.

– Cette chaloupe ne va pas au bateau *Ranger*, fait remarquer Abraham. Pourquoi y avoir fait monter madame Boudrot et ses enfants ?

D'un geste de la main, le capitaine lui signifie que ça n'a plus d'importance.

– Ce n'est pas ce qui a été convenu ! se récrie l'interprète.

De guerre lasse, Winslow a cédé aux pressions de ses capitaines et a permis que le reste des familles soit embarqué… au hasard. Il lui tarde d'en finir. La résistance des déportés est en train de miner la sienne.

Une trentaine de personnes ne seront pas emmenées aux bateaux aujourd'hui. Parmi elles, Évangéline et sa mère, Madeleine Béliveau et sa chienne Georgette, madame Hébert et son vieux père étendu sur un grabat de fortune, Joseph Cormier et sa femme Géraldine qui tousse et crache le sang. Aussi, deux éclopés et un chien que les soldats ont eu l'ordre de ne pas laisser monter à bord des vaisseaux. Joseph et madame Hébert, sommés de se rendre dans la dernière chaloupe, refusent. Abraham plaide pour eux.

– Il ne faut pas laisser ces deux malades seuls…

– Que les autres *Neutrals* s'en occupent, d'ici à ce qu'on revienne les chercher, répond Croxton, au nom de son lieutenant-colonel.

– Puis la femme… là-bas, avec son chien ?

– Renvoyez-la chez elle. On l'embarquera la prochaine fois.

– On a tué mes chiots pour rien! gémit la pauvre femme, en apprenant la nouvelle. Marie-Ange et sa fille la ramènent chez elle, ainsi que les deux malades largués comme des ordures.

Les quelques habitants qui restent à la Grand'Prée, disséminés comme des résidus, sont habillés d'une froide solitude. Dans leur tête, un avenir flou à en donner le vertige. La seule bouée à laquelle ils se raccrochent: survivre jusqu'aux retrouvailles.

Les jours comme les nuits, les bêlements des brebis, l'aboiement des chiens abandonnés, les gémissements des vaches aux pis prêts à éclater, le hennissement des chevaux embarqués sur les vaisseaux en direction de l'Angleterre, tout n'est plus que cacophonie en cette Acadie tant aimée. Entre Évangéline et sa mère, les mots, usés par la détresse, ne montent jusqu'aux lèvres qu'en de rares moments. Le silence, les soupirs et les larmes les ont supplantés.

Des heures vides passées à attendre... Mais attendre quoi? Rien, à part reprendre la vie d'avant septembre 1755, n'est désirable.

– Je vais chez les Micmacs refaire mes provisions d'herbes médicinales, annonce Marie-Ange, en quête de réconfort.

– Aimeriez-vous que j'aille avec vous?

– Ce serait mieux que tu restes ici, Évangéline... au cas où ton père ou ton mari reviendraient.

Comme un raz de marée, en l'absence de Marie-Ange, le *Seaflower* vient chercher les derniers *Neutrals* qui restaient à la Grand'Prée, à l'exception des moribonds, d'une douzaine de femmes âgées inintéressantes... et d'Abraham Landry qui est parti pendant son sommeil. La veille au soir, il avait longuement pleuré avant d'aller au lit. Anne, elle-même des plus chagrinées, n'avait pu trouver de paroles apaisantes pour son mari. « Il est allé se reposer dans la plus belle des patries... après l'Acadie », s'est-elle dit en constatant son décès, au petit matin. Anne aurait voulu partir avec lui... avant d'être arrachée à ses racines. Évangéline n'est pas épargnée, elle non plus. L'absence de Marie-Ange, au moment de l'embarquement, la plonge dans un profond désarroi. « S'il fallait que les soldats la retrouvent et l'accusent d'avoir voulu leur échapper ! Je sais qu'ils seraient capables de la tuer... Je vous prie, Seigneur Jésus, et vous, Glooscap, de protéger maman, de la garder en sécurité au milieu des Micmacs pour qu'on puisse se retrouver un jour. »

Le capitaine Murray aspirait depuis longtemps à ce grand ménage de tout le bassin des Mines. N'avait-il pas écrit au lieutenant-colonel Winslow :

Pour moi, j'ai hâte de voir ces pauvres diables embarqués. Alors, je me paierai le plaisir d'aller vous voir et de boire avec vous à leur bon voyage. Aussitôt que j'aurai expédié ces rascals, *j'irai me reposer avec vous et nous nous amuserons.*

Chapitre 7

Des milliers de voix

Des milliers de voix, un seul cri dans toute l'Acadie :

– Pourquoi ? Pourquoi nous voler notre plus belle saison ? Pourquoi effacer de nos calendriers un de nos plus beaux mois de l'année ? Octobre remplissait les fenils de nos granges et garnissait nos greniers. Nos enfants prenaient gaiement le chemin de l'école tous les matins…

Les saules pleureurs ombrageant le cimetière où repose Félicité laissent leurs dernières feuilles agoniser sur le sol. Désormais, la vie et la mort se partagent aveuglément le sort d'Évangéline et celui de milliers d'Acadiens entassés dans des cales de bateaux.

– Et quels bateaux ! fulmine le lieutenant-colonel Winslow.

Oui, des moyens de transport sont arrivés, permettant aux soldats anglais de purger le bassin des Mines d'une grande partie de ses *Neutrals*. Dans les cales puantes de ces goélettes, sloops et senaus, ils en ont entassé près de mille six cents. Winslow devra cependant procéder à une seconde vague de déportation. Quelque six cents habitants hébergés à la Grand'Prée n'ont pas pu être embarqués à bord de ces convois chargés à vomir. Une déconfiture pour Winslow face au capitaine Alexander Murray, qui a réussi à vider presque toute la région de Pigiquit de ses « rebelles ». Ce sont mille trois cents habitants qui sont venus ajouter leur voix à la mélopée des mille six cents déracinés du bassin des Mines.

À l'attente interminable de vaisseaux et de nourriture supplémentaires s'est ajoutée l'indignation devant le délabrement de certains bateaux, dont le *Seaflower*, un des plus grands parmi les quatorze bateaux affrétés par Charles Lawrence.

En dépit des recommandations de la couronne britannique, son capitaine, Nathaniel Donnell, reconnu pour son avarice, s'est limité aux réparations urgentes. Dans ce navire utilisé pour transporter des marchandises et du bétail, Winslow a découvert une cale encrassée, dégageant une odeur infecte, au plancher noyé d'eau stagnante à moitié absorbée par du foin et épaissie par des excréments de bêtes.

– Capitaine Donnell, lorsque la couronne a fait appel à votre sloop, elle s'attendait à obtenir un bâtiment en parfait état ! La couronne n'affrète pas de vieux navires qui canardent ! lui assène le lieutenant-colonel, cinglant.

– Parlant de la couronne, mon lieutenant-colonel, pensez-vous qu'elle supporterait mieux de voir repartir un bâtiment vide ? réplique Donnell, non moins caustique.

Winslow reste bouche bée.

– Mieux que ça, mon cher lieutenant-colonel, je vous gage la somme due pour dix passagers en trop que nous allons accoster à Boston sans le moindre retard.

Doué de cran, le capitaine rouquin au profil ampoulé n'a d'odorat que pour l'argent. La main tendue, il réclame la somme due pour le tonnage excédentaire. Et pour cause, la liste des prisonniers du *Seaflower*, dont la capacité ne dépasse pas les quatre-vingts tonneaux, contient une soixantaine de passagers en trop.

Winslow le paie, pressé de tirer sa révérence, bouillant de colère. Les affaires importantes ainsi réglées, le capitaine du *Seaflower* assiste au défilé des passagers sous la haute surveillance de l'armée britannique. Il pousse l'arrogance jusqu'à se permettre quelques commentaires déplacés sur sa nouvelle cargaison humaine, surtout sur les femmes, surtout sur Évangéline. Toisant la foule qui alourdit les cales de son bateau, il ne décroise ses mains que pour palper la « marchandise ». Quand vient le tour d'Évangéline de s'engager vers la cale, il retient sa main.

– Vous êtes mariée, très chère ! dit-il à la vue de l'alliance qu'elle porte au doigt. Tant mieux, vous en serez moins farouche…

Indisposé par les vociférations d'Évangéline, et avant que les membres de l'équipage ne les entendent, Donnell croise ses mains dans son dos, sans toutefois dissimuler le désir qui barbouille ses yeux de concupiscence. Outrée, Évangéline crache sur les bottes lustrées du grossier capitaine qui, d'une rude poussée, l'envoie dans la cale. Les vêtements souillés et les jupons déchirés, Évangéline se relève, indignée d'avoir été ainsi brutalisée, mais non moins satisfaite d'avoir pris sa revanche.

∞∞∞

Le matin du 21 octobre, Winslow convoque les maîtres de vaisseaux dans le campement humide de la Grand'Prée pour remettre à chacun des capitaines frigorifiés les directives à suivre.

Lorsque Thomas Milton, le capitaine du *Pembroke*, se présente, Winslow le prend à partie et le réprimande sévèrement pour avoir, lors de l'embarquement, malmené certaines déportées, « ces pauvres créatures sans arme et sans mari ». Le capitaine rétorque par un petit sourire narquois, sachant bien que le lieutenant-colonel ne peut le congédier. En revanche, Winslow le somme de lui lire à haute voix la lettre qui lui est destinée.

Au capitaine Thomas Milton, commandant du senau Pembroke

Monsieur,

*Vous avez maintenant à bord de votre senau deux cent trente-deux habitants français de la province de Nouvelle-Écosse (hommes, femmes et enfants). Lorsque le vent et la température le permettront, toute la flotte du bassin des Mines recevra l'ordre de partir. Pour votre plus grande sécurité et pour la protection des transports, le convoi sera escorté par trois navires de guerre (*Halifax, Nightengale *et* Warren*) qui se chargeront de donner le signal de départ. Vous vous* *rendrez en direction du district du Maryland. À votre arrivée, vous devrez attendre que l'honorable Horatio Sharp, lieutenant-gouverneur et commandant en chef de ladite colonie, émette un certificat d'autorisation de débarquement. À l'aide de mes hommes, vous assisterez ce dernier pour le débarquement.*

En tout temps, vous devez vous assurer qu'aucune arme n'est à la disposition des passagers. Tout au long du trajet, ces derniers seront maintenus prisonniers sous la plus haute surveillance; cela afin d'éviter qu'ils ne s'emparent du senau.

Vous veillerez aussi à ce que les instructions pour la distribution de la nourriture soient exécutées régulièrement, et ce, conformément aux directives du rationnement établies par monsieur George Saül, agent de ravitaillement des vaisseaux.

Sur ce, je vous souhaite bon voyage!

Lettre remise en main propre au capitaine Milton, camp de la Grand'Prée, Nouvelle-Écosse, le 13e jour du mois d'octobre anno domini 1755.

Le commandant des forces de Sa Majesté pour les Mines et les lieux adjacents, John Winslow.

– Bien, Milton. Souvenez-vous de chaque mot de cette lettre. Allez!

À chaque capitaine est remis un texte personnalisé indiquant les précautions qu'il doit prendre, le nombre de passagers sur son bateau et la colonie où ils doivent être débarqués.

Le 26 de ce funeste mois, tout est prêt pour la déportation. Or, bien que le vent tourne dans la bonne direction, une pluie violente s'abat sur la région. La mer s'agite autour de la ligne de flottaison des bateaux. Les navires surchargés donnent dangereusement de la gîte. Les marins et les capitaines sont inquiets. Le *Seaflower* n'est pas le seul bâtiment à ne pouvoir affronter une mer impétueuse sans risquer le naufrage. La flotte est donc sommée d'attendre que le calme revienne avant de prendre la direction des colonies anglaises d'Amérique. Officiers, soldats, marins et capitaines grincent des dents. Il leur tarde de retrouver leur famille dans le Massachusetts.

Après trois jours d'enfer, la tempête est tombée et le vent a retrouvé une force idéale.

Ce furent des jours de cauchemars pour les prisonniers, ballottés dans des cales de moins de six pieds de hauteur et disposant, pour eux-mêmes et la cargaison, d'à peine plus de trente-deux pieds de largeur sur une soixantaine de pieds de longueur.

Trois jours des pires présages pour les semaines à venir. Déjà, des femmes, des enfants et quelques hommes souffrent de crampes abdominales et de forte fièvre. L'odeur des vomissures et des excréments, ajoutée à l'air déjà infect de la cale, provoque de constantes nausées. On réclame de la chaux pour couvrir l'amas de détritus repoussés dans un coin. Les soldats mettent une journée entière à en glisser un seau par l'écoutille.

Embarquées les dernières, les femmes ont fait monter un peu d'humanité à bord des vaisseaux, apportant avec elles des couvertures de laine, des vêtements chauds et des médicaments.

Évangéline a rassemblé tout ce qu'elle a pu trouver de chandails, de châles, de manteaux, de jupes et de bas. Des pantalons d'hommes, aussi, pour son père et son mari… qu'elle n'a pas, comme elle l'espérait, retrouvés à bord du *Seaflower*. «Le transfert des passagers n'est peut-être pas terminé», espère-t-elle toujours après avoir lancé en vain le chant de la sturnelle, des notes qui se perdent dans l'opacité crasseuse de la cale. Ne lui sont retournés que des cris de souffrance: des gémissements d'hommes découragés et angoissés, des lamentations de vieillards grelottants, des pleurs d'enfants terrorisés… et les sanglots des veuves du destin, celles que la dissémination des familles lors des embarquements a séparées des maris. De temps à autre, des jeunes filles entonnent des cantiques à la Vierge Marie, alors que de jeunes hommes clament leur impatience de tuer leur premier Anglais.

Un grondement secoue le *Seaflower*. On ouvre l'écoutille pour y pousser trois hommes: deux fugitifs retrouvés et embarqués juste avant que la flotte anglaise prenne la mer, et un évadé repentant, Michel Longuépée.

– J'ai compté vingt-sept bateaux sur le point de prendre le large, annonce-t-il aux prisonniers de la cale. Le vent est bon, le ciel, clair.

Un cadeau de la Providence que l'arrivée de Longuépée dans la cale du *Seaflower*. Enfin, des nouvelles! Dans la tête des hommes de la Grand'Prée et de Pigiquit, captifs depuis le 5 septembre, des centaines de questions se bousculent.

– Pourquoi t'es-tu sauvé ?

– Pour bien des raisons. Mais surtout, pour prendre des nouvelles et en rapporter. Je voulais savoir si les femmes étaient dans leur maison. Je serais allé dire aux intéressées que leur mari ou leurs fils étaient sur le *Pembroke* pour qu'elles exigent d'être déportées sur ce même bateau. J'avais des messages à livrer à plusieurs. Je voulais retourner sur le *Pembroke* pour rapporter des nouvelles, comme je vous l'ai dit, mais, surtout, pour aider mes amis à mettre notre plan à exécution…

– Un plan ?

– Un plan secret. Je vous en parlerai plus tard.

– Comment c'était, sur le *Pembroke* ?

– L'enfer ! Les jours presque pareils aux nuits. Que des sons de misère et de souffrance à nos oreilles.

– Pourquoi n'es-tu pas allé te livrer au capitaine du *Pembroke* ?

– Parce que le bassin des Mines était presque entièrement vidé de ses femmes.

– Pourquoi te livrer au capitaine du *Seaflower*, alors ?

– Barker m'avait donné le nom de plusieurs passagers de ce bateau-ci… des gens que je connais, des membres des familles qui sont aussi sur le *Pembroke*.

– Ma femme était là ?

– Mes enfants étaient là ?

– T'es allé à la Grand'Prée ? Mon troupeau, quelqu'un va lui donner à manger ?

– Mes poules et mes chevaux ?

– Ma forge ?

– Mon moulin ?

Impossible pour Longuépée, qui n'a joui que de huit jours de liberté... réduite, depuis son évasion du *Pembroke*, de répondre à toutes les questions et de ne dire que la vérité. L'angoisse criante dans le regard des opprimés l'incite à taire l'incendie des fermes, le chargement des troupeaux, la brutalité des soldats envers les *Neutrals* et la mort de plusieurs compagnons d'infortune. «Un jour, peut-être, je leur dirai... des choses. Quand nous serons libérés. Quand nous serons revenus sur nos terres», se promet-il.

Parmi les prisonniers qui forment un petit groupe autour de lui, Michel Longuépée reconnaît les familles Blanchard et Arsenault, ainsi qu'Évangéline Bellefontaine et Éléonore Doucet, la sage-femme de Pigiquit.

– Vous étiez plusieurs sur votre bateau? demande Laurent.

– Plus de deux cents.

– Des enfants aussi?

– Beaucoup d'enfants! Quelque chose comme une centaine de filles et un peu moins de jeunes garçons, avec une trentaine d'hommes et autant de femmes.

– Des gens qu'on connaît? hasarde Évangéline.

Ailleurs que dans la cale d'un bateau, Michel n'aurait pas eu à ouvrir la bouche. Sur son visage, dans ses yeux, Évangéline aurait lu le nom de Gabriel. Apprendre de la bouche de Longuépée que Charles Béliveau, Basile Melanson, Louis Cormier et le notaire LeBlanc s'y trouvent aussi la réconforte.

– Et mon père?

– Pas sur ce bateau-là, en tout cas, affirme-t-il, pressé de se tourner vers Germaine.

– Vous avez plusieurs filles. Votre mari, ce ne serait pas un certain…

– Raymond Arsenault, oui. Vous l'avez vu ? Puis mon fils Trefflé aussi ?

– Trefflé est sur le *Pembroke*. Votre mari, non.

– Mais Winslow avait promis de ne pas les séparer !

– Y a eu du grabuge à la fin de l'embarquement.

– Comment on va bien faire pour se retrouver, Dieu du ciel ?

– Des Robichaud, en avez-vous vu sur votre bateau ? demande David Robichaud, un garçon de douze ans, seul sur le *Seaflower* avec sa jeune sœur.

– Plusieurs, oui, plusieurs.

– Notre papa s'appelle Prudent et notre maman, Henriette.

– Prudent et Henriette Robichaud ! Oui, ils étaient là ! S'ils avaient su que je vous retrouverais, ils m'auraient dit plein de belles choses pour vous deux. Ils vous aiment tellement.

David et sa sœur Marthe éclatent en sanglots.

– Faut pas pleurer comme ça, mes petits. Écoutez-moi : c'est une chance incroyable pour vous deux que vos parents soient sur le *Pembroke*. Vous allez pouvoir les retrouver plus vite. Je vous expliquerai comment on va faire, quand nous serons sortis de ce bateau-ci.

– Ils nous attendent là-bas ! avance Marthe Robichaud avec sa candeur de fillette de huit ans.

La réponse de Michel tarde. Éléonore Doucet vient à son secours :

– On va tout faire pour que les enfants rejoignent leurs parents, leur promet-elle.

Évangéline a perçu des ondes de mystère et de drame dans les réponses de Longuépée. « Peut-être pourrais-je en savoir davantage si je suis seule avec lui », croit-elle.

– Demain, quand on nous enverra par petits groupes sur le pont, j'aimerais que tu viennes avec moi, le prie-t-elle.

– Je n'y manquerai pas, Évangéline. Je peux te dire en attendant que j'ai rarement vu un gars aussi amoureux que ton Gabriel. Nuit et jour, il pense à toi. Je me demande s'il a passé une nuit sans rêver tout haut à toi depuis qu'on est sur le *Pembroke*. Il en a dit, des « Ma belle Éva », en cinquante nuits.

Michel attend, prête l'oreille, mais aucune réplique ne vient. Qu'un soupir plaintif.

– Tu pleures, Évangéline ?

Pas un mot.

– Il a un plan pour te retrouver, tu sais. Je t'en parlerai demain quand on sera sur le pont. En espérant qu'ils nous permettent d'y aller…

∞∞∞

Aux commandes du *Seaflower*, ce jeudi 29 octobre, le capitaine Donnell, installé derrière la barre, les deux pieds vissés au pont, se réjouit de voir les premières voiles se hisser.

– Je pensais, monsieur, que nous n'en viendrions jamais à bout ! se plaint le second, Tom Tilbury.

– Il était temps… avant que nous transportions plus de morts que de vivants.

– Par chance, nous ne sommes pas payés pour assurer leur survie.

Donnell glousse de mépris pour sa cargaison. La posture calquée sur celle du mât de son bateau, il claironne ses ordres.

– Monsieur Tilbury, veuillez activer les manœuvres d'appareillage. Profitons de ce vent et de cette belle marée montante pour voir si ce bateau réussira à avancer, ironise-t-il, persuadé du contraire.

Empruntant le vaste couloir de la baie Française, le vent fait faseyer la voilure du *Seaflower*, rapiécée et recousue à maints endroits, et fait siffler les cordages du pont jusqu'à la cale. Le capitaine Donnell apprécie d'autant plus sa sortie du bassin des Mines qu'il redevient seul maître à bord après Dieu. Il en a assez des ordres et des récriminations de Winslow. Le *Seaflower* pointe sa proue vers le sud, remonte doucement au vent, gonfle ses voiles et emplit de liberté le cœur de son capitaine.

Nombreux sont les captifs qui n'auront pu dire un dernier adieu à la Grand'Prée : ni Évangéline, ni les vieillards fiévreux qui grelottent, ni ces femmes qui cherchent à faire un peu de place à leurs bambins, ni ces jeunes hommes qui frappent sur les parois de la coque pour ne pas devenir fous. Évangéline joint ses litanies d'espoir aux pleurs des enfants recroquevillés sous d'épaisses couvertures, aux sanglots étouffés des femmes, aux prières murmurées des jeunes filles. Chacun à sa façon cherche à colmater ses déchirures, à anesthésier sa douleur.

Tout devient lugubre. Le glissement du bateau sur la vague, les craquements sourds du bois sous la poussée du vent, les jérémiades de la cargaison humaine. La tempête s'est éloignée sans emporter avec elle la détresse des proscrits. Depuis l'embarquement, plusieurs, dont Anne, la veuve d'Abraham Landry, se sont cloîtrés dans un mutisme qui pourrait les plonger dans une détresse insurmontable.

Évangéline cherche une bouée: Gabriel, Dieu, Glooscap... Elle ne rencontre que l'obscurité, et beaucoup trop de corps pour si peu d'espace. Elle les sait là, tout comme elle, à se chercher un îlot de survie. Quelques voix connues l'entourent. Des voix d'enfants, d'hommes, de femmes qu'elle aime... Éléonore... le grain de cette voix, doux comme celui de sa mère. Une mer calme, une force tranquille révélant ce qu'il reste de vie dans les pires moments. Entre les repas, seuls repères du moment de la journée, chaque mot qui sort de la bouche de la sage-femme fait naître une histoire réconfortante, puis une autre encore, et ainsi de suite.

Après quatre jours passés dans la cale sans avoir obtenu la permission d'aller sur le pont, à cause de la mauvaise température, leur a-t-on dit, les filles de Germaine sont de plus en plus maussades. Éléonore et Évangéline tentent de les amuser; au mieux, de les distraire.

– Vous connaissez l'histoire des lutins tresseurs? leur demande Éléonore.

– Racontez-nous-la, madame Doucet, supplie Jeanne.

– Autrefois, les chevaux se faisaient tresser la crinière durant la nuit… par des lutins.

– Des lutins ? Qu'est-ce que c'est ? demande la petite Judith.

– Les lutins sont de petits personnages taquins et rusés. Les tresses qu'ils faisaient étaient tellement fines et serrées qu'il était très difficile de démêler la crinière des chevaux par la suite. On raconte même que si on défaisait ces tresses, le cheval se mettait à maigrir… et finissait par mourir.

– Non !

– Mais ils ne jouaient pas que de mauvais tours, ces lutins. Il paraît qu'ils se faufilaient dans les granges durant la nuit et qu'ils nourrissaient les chevaux pendant les durs froids de l'hiver.

– S'ils venaient ici, ils pourraient peut-être nous apporter de la bonne nourriture… souhaite Marie-Rose, qui, de jour en jour, devient squelettique tant elle refuse d'avaler la tambouille qui leur est présentée.

– J'aimerais bien, reprend Germaine. Mais je ne suis pas sûre qu'ils existent. Et toi, Évangéline ?

– Moi non plus. Par contre, je connais un grand magicien. Il s'appelle Glooscap.

– C'est un drôle de nom ! s'écrie Marie-Rose.

– C'est ma maman qui m'en a parlé la première. Glooscap, c'est comme le petit Jésus des Micmacs.

Cécile, la plus jeune maman de la cale, s'est approchée, son bébé de trois mois, haletant, pressé contre sa poitrine. Éléonore s'inquiète de plus en plus pour elle.

Comme Germaine, Cécile avoue se représenter plutôt vaguement ce dieu des Micmacs et elle presse Évangéline de poursuivre.

– Il y a très longtemps, le Grand Esprit que nous, les chrétiens, appelons Dieu, a créé l'univers et tout ce qui existe. Ensuite, il s'est assis et il s'est reposé. Ensuite, il a créé Glooscap et lui a donné de très grands pouvoirs.

Évangéline sent grandir l'intérêt de Cécile et des fillettes qui l'entourent.

– Un jour, le Grand Esprit a bourré sa pipe sacrée, a appelé Glooscap pour lui offrir de fumer avec lui et lui a dit: « Glooscap, je vais créer les gens à mon image et je les appellerai Micmacs.» Le Grand Esprit était fier de sa création. Il a pris encore une fois sa pipe sacrée et il a rappelé Glooscap. Pendant que le Grand Esprit fumait, Glooscap a remarqué une grande quantité de glaise rouge qui était restée après la création de l'univers. Savez-vous ce que le Grand Esprit a fait ?

– Un plat ? des pansements ? risque Germaine.

– Beaucoup mieux que ça ! Le Grand Esprit a dit à Glooscap : « Tu vois que cette glaise a les mêmes teintes que la peau des Micmacs. Je vais faire de cette glaise une forme en croissant, et ce sera le plus beau de tous les endroits sur la mère Terre. Ce sera la région des Micmacs.»

– Elle existe pour vrai ? demande Marie-Rose.

– Bien sûr ! Le Grand Esprit a fabriqué une île merveilleuse qu'il a nommée Minegoo. Il a couvert la peau rouge de ce bout de terre d'herbe verte et de belles forêts habitées par une grande quantité d'arbres de toutes sortes, et il les a saupoudrées de fleurs de toutes les couleurs. Le sol des forêts de cette île extraordinaire est devenu un épais et doux tapis sous les mocassins des Micmacs. Minegoo était tellement jolie que le Grand Esprit a été tenté de la garder pour lui.

– Ça n'aurait pas été bien, dit Éléonore.

– Justement. Le Grand Esprit a pensé placer Minegoo avec les étoiles. Mais, après y avoir songé pendant un certain temps, celui qui est sage a décidé que Minegoo devrait être placée au milieu des eaux chantantes.

– Des eaux chantantes ! On les connaît ? demande Cécile, les yeux brillants.

– Je pense que oui. Le Grand Esprit a porté son île superbe sur ses épaules jusqu'à ces eaux chantantes. Il voulait en faire un paradis… sur mer.

– Il les a trouvées, c'est sûr, dit Jeanne qui est habituée aux contes magiques.

– Tu as raison. C'est dans le golfe du Saint-Laurent que le Grand Esprit a déposé son chef-d'œuvre. Vous devinez, Germaine ?

– Non.

– Toi, Cécile ?

– Non.

– Et vous, Éléonore ?

– Je pense que c'est l'île Saint-Jean, répond-elle.

– C'est ça. C'est l'île Saint-Jean. Les Micmacs qui habitent cette île depuis des milliers d'années l'appellent Abegweit, ce qui signifie « berceau dans les vagues ».

– C'est là qu'on s'en va ! s'écrie Jeanne, dont l'enthousiasme devient contagieux.

– On ne sait pas combien de temps ça prendra, mais on va tous aller l'habiter un jour, cette île, confirme Évangéline.

– Papa est peut-être déjà là-bas, lui, pense tout haut Marie-Rose.

– Vous imaginez la belle maison qu'il a commencé à vous construire ? enchaîne Michel Longuépée, resté jusque-là silencieux, médusé par ce récit et par ce qu'il s'apprête à révéler à Évangéline, dès qu'ils pourront se retrouver seuls sur le pont.

– Si vous voulez le revoir, votre papa, puis notre nouvelle maison sur la belle île, il faut rester en santé, mes belles filles, leur rappelle Germaine.

– Et pour rester en santé, il faut manger, ajoute Évangéline.

– Même quand ce n'est pas bon ? demande Jeanne.

– Oui, même quand ce n'est pas bon… pas bon comme ce qu'on a l'habitude de manger.

∞∞∞

– Qui croirait que la lumière puisse faire si mal aux yeux ? se plaint Évangéline à Michel, sortant sur le pont après quatre jours d'obscurité presque totale dans la cale.

– Je me demandais si on allait sortir de ce trou de misère avant d'arriver à destination.

– Tu sais, toi, Michel, où ils nous emmènent ?

– Non… pas exactement, en ce qui concerne ce bateau-ci. Vers les colonies anglaises d'Amérique, ça, c'est sûr. Mais laquelle ?

– Tu sais où le *Pembroke* doit accoster ?

– À peu près. Dans le Maryland ou en Caroline.

– C'est loin ?

– D'après ce que j'ai compris, c'est le *Pembroke* qui est envoyé le plus au sud ; mais je continue à croire que c'est lui qui est allé le moins loin…

Avec ces quelques mots pleins de sous-entendus, toute l'attention d'Évangéline lui est acquise. Dans ses grands yeux noisette, l'espoir d'une révélation, d'un rendez-vous secret. Gabriel, caché… à l'attendre. Évangéline s'approche de Michel pour être seule à entendre, pour tout entendre.

– Avec Charles, Basile, Gabriel, le notaire LeBlanc et quelques autres, on a mis au point un plan parfait.

– Pour vous sauver du bateau ?

– En définitive, oui, mais d'abord pour faire dévier le bateau.

– Le ramener au Bassin ?

– Non, non ! On se ferait tirer dessus ou emprisonner aussi vite. Dévier vers une terre de paix… dont tu as toi-même parlé hier.

– L'île Saint-Jean ! Quelle bonne idée vous avez eue !

– Mais ce n'est pas pour y rester…

– Ah, non ?

– Pas dans le cas de Gabriel. C'est en Nouvelle-France qu'il a l'intention de se rendre. Tout près du Saint-Laurent, à Québec.

– Mais ce n'est pas réaliste, tout ça ! Le détournement, la fuite, le voyage à Québec…

– Écoute-moi bien, Évangéline. Tu vas comprendre que tout a été prévu. Imagine notre petit groupe dans la cale à bâtir notre plan : on attend la première tempête pour profiter du brouillard… on sait qu'il va y en avoir au moins une. On fait semblant de se chicaner dans la cale pour attirer l'attention du capitaine, puis exiger qu'il laisse monter quinze d'entre nous sur le pont, pour plus longtemps que d'habitude. Tous les gars qui ont un rôle à jouer montent en même temps. C'est là que tout commence. Charles va voir le capitaine Milton. Il dépasse donc le périmètre de sécurité. Les soldats sont appelés, toute leur attention est sur lui. C'est le signal d'attaque. À ce moment, Gabriel fonce sur l'écoutille de la cale. Tous les hommes forts du bateau montent sur le pont et viennent aider à ligoter les soldats et le capitaine. Ensuite, on vole leurs armes. La cale restera ouverte pour de bon. Charles prend la direction du bateau, nous donne ses ordres, et on change de cap.

– C'est une manœuvre difficile que de virer un bateau de bord, fait remarquer Évangéline.

– Je sais, mais Charles l'a fait des dizaines de fois dans sa vie. En plus, il connaît bien ce bateau-là ; c'est lui qui l'a réparé le printemps dernier.

– Ça me rassure.

– Un détail important : Barker est sur le *Pembroke*. On sait comment l'acheter… On le libère à la dernière minute à la condition qu'il nous ouvre le coffre-fort du bateau. C'est tout à prévoir qu'il va choisir de se sauver avec nous.

– Sinon, c'est la prison à vie, pour lui.

– Ou pire encore ! Arrivés à l'île Saint-Jean, on déguerpit avec tout ce qu'on aura ramassé de provisions, d'argent et d'armes. Ils nous ont volé les nôtres, on ne se privera pas de prendre les leurs. Puis, on file par la route du portage vers la Nouvelle-France… vers Québec.

Évangéline enveloppe les mains de Michel dans les siennes. Le regard noyé de grandes joies anticipées, elle affirme :

– Le détournement va réussir, Michel. Je vais revoir mon Gabriel.

– Moi aussi, j'ai confiance… le Grand Esprit… le créateur de l'île Saint-Jean…

∞∞∞

Sur le pont trempé du *Seaflower*, les soldats et les officiers qui montent la garde toussent. L'air glacial de novembre traverse leur uniforme. La mine ravagée, ils maudissent cette mission périlleuse. Le vent pince leur visage et leurs mains sont raidies par le froid. Manœuvrer est difficile. Chaque tâche demande le double des effectifs, tant le bateau est surchargé. Les voiles sont tellement tendues qu'elles risquent de fendre à tout moment. Les cordages traînent en tas sur le sol sans que le capitaine Donnell trouve à redire. Le *Seaflower* suit sa route sur le lit du vent.

Dans la grande chambre, Donnell, de bonne humeur, est penché sur la carte. Il se flatte d'avoir bien estimé la date d'arrivée du *Seaflower* dans le port de Boston.

Tilbury, le second, qui a parié avec les hommes sur une date d'arrivée du bateau, est maintenant effrayé par ce vent qui souffle trop fort. Par mesure de sécurité et sans la permission du capitaine, il a fait affaler la misaine, conscient que cette manœuvre peut retarder l'accostage à Boston. Tilbury saura s'en justifier auprès de son capitaine : une bourrasque menace de déchirer les voiles et une lame de fond pourrait provoquer un naufrage.

– C'est la saison des ouragans, il faut se méfier ! rappelle-t-il à tous les membres de l'équipage. Tenez-vous prêts !

Nerveux, Tilbury tient la barre. Il parvient tant bien que mal à réduire la vitesse du sloop. Le vaisseau monte et descend à chaque lame. Les hommes les plus agiles se tiennent aux cordages, prêts à réduire ou à augmenter la voilure selon les caprices du vent. Les autres se déplacent péniblement, ralentis par les rafales de pluie.

Donnell laisse ses calculs sur sa table de travail et s'élance sur le pont. Il pousse Tilbury sans ménagement et attrape le gouvernail. Une fois Tom rabroué, Donnell invective le vent et la pluie qui semblent s'être ligués contre lui. Le bateau avance dans le noir. Seuls les éclairs laissent entrevoir l'immensité de la lame. Comme si ce n'était pas suffisant, la foudre tombe tout près. Le capitaine fixe le grand mât et lui hurle toute sa colère.

Si le grand mât se brise, la mer avalera le *Seaflower* en un rien de temps. Donnell a beau tenir la barre de toutes ses forces, le vaisseau ne répond pas à ses ordres. Le capitaine serre les mâchoires, déterminé à vaincre son pire ennemi :

– Viens ici, viens plus près, que je passe à travers toi, vent sale ! Vent de misère ! Malédiction ! Couche-toi, te dis-je ! C'est moi, le maître du *Seaflower* !

Les membres de l'équipage observent Donnell, transis d'appréhension. La proue du bateau s'enfonce dangereusement à chaque vague. « Verra-t-on la suivante ? » se demandent-ils, prisonniers des éléments et de leur impitoyable maître.

Dans la cale, les passagers paniqués hurlent. Les corps trop rapprochés se heurtent, se blessent, s'écrasent les uns sur les autres, bien malgré eux. Les pleurs, les cris et les suppliques s'entremêlent. Un interminable cauchemar qui sent la fin du monde.

Comme tous ses voisins, Évangéline ne dort que quelques heures quand vient son tour de s'allonger. L'espace lui manque ; chaque soubresaut du bateau bouscule d'autres femmes, des enfants, des hommes. L'obscurité constante les plonge dans une confusion généralisée. Le jour, la nuit. La détresse, la colère. La pitié, le dégoût. Évangéline, intérieurement, parle à Gabriel, à Marie-Ange, à Benoît, à Félicité. « Elle délire », croit Germaine qui, non loin, veille sur ses filles.

Derrière elles, la voix de Cécile.

– Tu es bien fine, ma petite Marguerite. Dors, dors, tu auras bien le temps de rire des mauvais tours que la vie nous joue. Avez-vous vu ça ? Les bébés savent quand il faut rester tranquille. Si on pouvait tous redevenir des bébés pour dormir et ne se réveiller qu'en arrivant… On ne sait pas où on va aboutir, mais j'aimerais me réveiller bien plus tard. Ou jamais… Emmène-moi avec toi, ma petite Marguerite…

Éléonore Doucet se fraie un passage jusqu'à Cécile. L'ombre de la folie les guette tous. Ils le savent. Mais il faut se taire pour le moment. Ne pas trop bouger non plus, pour n'éveiller ni la morbidité ni le Grand Mal.

– Ça va te faire du bien de dormir, ma petite Cécile. Je vais m'occuper de ton bébé, lui murmure Éléonore. Évangéline s'est réveillée et sent la présence de la sage-femme à ses côtés.

– Elle lui a mis bien trop de couvertures. Il fait tellement chaud. Il aurait fallu qu'elle la laisse respirer un peu, sa petite.

– La petite Marguerite ? demande Évangéline.

– Oui. Prie pour que sa mère dorme profondément, lui chuchote Éléonore d'une voix sonnant le glas.

– Ce n'est pas vrai, Éléonore ! Il faut la sauver, la petite de Cécile !

Les captifs sursautent. La trappe du pont vient de s'ouvrir. Un jet de lumière dorée glisse par l'écoutille. Sans la moindre explication, Éléonore met le poupon dans les bras d'Évangéline.

– Dépêche-toi. Monte sur le pont, lui dit-elle à voix basse, prenant bien soin de ne pas réveiller Cécile.

Un barreau après l'autre, Évangéline grimpe, retenant le bébé d'un bras et se cramponnant à l'échelle de l'autre. Au dernier échelon, elle s'accroche dans ses jupons et arrive sur le pont… à genoux, la petite Marguerite soudée à sa poitrine. Par un tour de force, Évangéline est parvenue à la garder dans ses bras. Elle se relève… en toute hâte, souhaiterait-elle. Mais ses jambes sont molles et tremblotantes. Évangéline avance péniblement, à la recherche d'un endroit où s'isoler. Lorsqu'elle y parvient, elle dégage la figure de la petite pour l'aider à respirer. C'est l'horreur… Un visage bleuté. Évangéline sent ses genoux fléchir; elle s'accroupit sur le sol pour ne pas s'évanouir. Un soldat s'approche, elle le devine à ses bottes. Fouettée dans sa dignité, elle retrouve ses forces, se redresse et, d'un geste rapide, cache la tête du bébé. « Grand Esprit, vous avez donné plein de pouvoirs à Glooscap, venez à mon secours. Vierge Marie, vous avez accompagné votre fils dans la mort, donnez-moi du courage pour les minutes qui viennent. »

Évangéline se sent exaucée. Elle peut marcher sans vaciller. Trop peu de temps, hélas ! Le cri du soldat leur ordonnant de retourner à la cale l'agresse, l'affole. Elle n'a pas eu assez de temps pour trouver les mots qu'elle voudrait dire à Éléonore et à Cécile.

Malgré la pénombre, les yeux et la nervosité d'Évangéline parlent pour elle. Éléonore la serre dans ses bras, le petit corps déjà froid à l'abri de leurs cœurs, lové dans le plus chaud des berceaux.

– Sa maman dort. On ne lui dira rien, propose la sage-femme

– On le lui apprendra à son réveil.

– C'est ça. Laissons-la dormir.

– Mais il y a combien d'autres morts cachés ? se lamente Évangéline.

– On ne le saura peut-être jamais.

– Qu'est-ce qu'on fait, maintenant ?

– Je vais l'emmener avec moi sur le pont, puis je vais attendre le bon moment pour la confier à la mer, notre petite Marguerite.

Ces mots sortis de sa bouche, Éléonore laisse le temps aux cœurs des femmes de parler pour elles.

– Oh ! mon Dieu ! étouffe Germaine.

– Elle va en mourir, cette pauvre Cécile ! pleure Agnès.

– Je resterai près d'elle, promet Perrine.

Éléonore, forte et sage, dit comme on s'insuffle du courage :

– Dieu, s'il m'a aimée assez pour me gréer de mains qui donnent la vie, va me donner le courage de lui renvoyer nos morts.

Agnès et Évangéline ont tout entendu... tout compris. Dans cette cale, tous les corps des prisonniers suivent la même mouvance, vivent les mêmes chutes, les mêmes supplices. Leurs cœurs, les mêmes morsures, les mêmes saignées.

Éléonore, revenue s'accroupir près de Cécile, attend qu'elle sorte de son sommeil pour lui murmurer doucement :

– Cécile, tu as bien fait de te reposer un peu. Pendant que tu dormais, le bon Dieu s'est occupé de ton bébé.

– Elle est guérie ?

– Elle ne souffrira plus jamais, ta fille.

– Oh, mon Dieu ! Pas ça ! Non, pas ça ! Je veux mourir, moi aussi !

Les sanglots de Cécile, ceux des femmes et des enfants qui les entendent... une vague de désespoir dans la cale du *Seaflower*.

Depuis qu'elle a appris la mort de son enfant, Cécile cherche une main à serrer. Elle trouve celle d'Évangéline d'un côté et celle d'Agnès de l'autre. Les rejoignent celles de Germaine et de ses filles. En ce jour, plus sombre encore que tous les autres, une chaîne de mains s'étend au-dessus des malheurs qui ne se comptent plus.

Dans la mémoire d'Évangéline, dans son cœur, une chanson berce toutes les vies arrachées impunément.

Glooscap dans un canot de roc
Voit la femme qui s'enfonce
Dans la Nepisiquit
Glooscap lui tend la main
Ton pays perdu
N'est désormais que petit caillou.

∞∞∞

Plus d'un mois après le départ du cap Blomidon, le pont du *Seaflower* porte encore les traces séchées des petits pieds des fillettes et de ceux, plus grands, de leurs mères.

Soudain, le *Seaflower* s'immobilise.

– Ou bien il coule, ou bien une autre tempête nous fonce dessus, marmonne Laurent Blanchard.

Dans la cale, le temps est suspendu, les gémissements retenus, les oreilles tendues. Un mugissement sur le pont, une ondulation de vie, souhaitée, perçue, assurée. La voix claire du capitaine. Les prisonniers aux larmes taries espèrent. Ceux que trop de déceptions ont élimés tremblent. De l'écoutille, une lueur, exceptionnelle à cette heure. Une heure que peu de détenus pourraient prédire avec justesse. Condamnés à vivre les jours comme des nuits, ils ont perdu toute notion du temps. Les minutes, les jours, les semaines, tous les repères se sont moulés à la tyrannie des officiers anglais.

– Il est entre neuf et onze heures, affirme Éléonore qui n'en est pas à sa première prophétie.

– Avant, mon estomac me la donnait, l'heure. Mais, à force d'être à moitié vide, il ne sait plus, dit Laurent.

Le va-et-vient sur le pont, de gais éclats de voix qui glissent par l'ouverture de l'écoutille, et soudain la lumière, sans ombres, qui se répand dans la cale: l'optimisme est permis.

Le *Seaflower* a mouillé l'ancre à l'embouchure du port de Boston, au quai Long Wharf, avec une seule journée de retard. Un retard funeste, toutefois, pour le parieur Donnell.

– Ils nous ordonnent de monter sur le pont, par groupes de quarante, pour applaudir le capitaine et son équipage, traduit Michel Longuépée aux proscrits dégoûtés, humiliés.

– On nous traite comme des abrutis, regimbe Évangéline qui, comme Éléonore, la famille Blanchard, Germaine et ses filles, fait partie du premier groupe à sortir de la cale.

Le temps est venu pour le grand maître du *Seaflower* d'annoncer à ses passagers qu'il est dix heures trente, que c'est jeudi, le 15 novembre 1755, qu'ils sont arrivés à destination et qu'ils seront laissés à Boston.

La petite Judith, qui a beaucoup souffert de l'obscurité et de l'humidité de la cale, s'extasie devant les nombreuses voiles qui se déploient au large.

– Regardez, maman, on dirait de grands lys blancs.

– Vous avez vu la grosse maison rose avec ses grandes fenêtres et sa statue noire devant? s'écrie l'aînée des filles, éblouie par le prestige du Faneuil House, un édifice qui sert de marché et de salle de réunion.

– Puis là, un peu plus loin, la superbe bâtisse en brique rouge avec deux campaniles montés l'un sur l'autre, au milieu du toit, fait remarquer Germaine, apercevant le Old State Hall.

Éléonore, luttant contre un vertige, murmure :

– Dieu du ciel ! C'est ici, « le pays de la Grosse Montagne », comme disent les Micmacs.

– Nos meilleurs commerçants venaient d'ici ! s'exclame Longuépée. Je serais capable de les reconnaître ! affirme-t-il avec l'intention de s'accorder le plaisir de revenir sur ce quai.

Le regard d'Évangéline est attiré au loin par des rangées de maisons rouge feu.

– On dirait une armée. En tout cas, ça ne donne pas envie de s'installer par ici.

– Tu sais bien, Évangéline, qu'on ne s'installera pas ici. On y est seulement en attendant de retourner chez nous, dit Germaine.

– Ça risque de prendre du temps, riposte Longuépée.

– Winslow a dit qu'on retournerait chez nous aussitôt que la paix sera revenue entre la France et l'Angleterre.

– Elles ne sont pas en guerre, ma pauvre Germaine, lui rappelle Éléonore qui était demeurée silencieuse, happée par ce paysage et par tout ce qu'il lui inspire d'inquiétude.

– Au moins, on va enfin sortir de ce trou noir et puant, soupire Évangéline.

Éléonore pose sur elle un regard d'une infinie tristesse.

– Je me demande bien ce qu'ils vont faire de nous, avec l'allure qu'on a, marmonne-t-elle, secouée par l'expression méprisante des badauds qui déambulent dans le port.

– Je voudrais bien les voir, moi, s'ils avaient passé un mois entassés dans une cale sordide comme celle-là ! riposte Agnès Blanchard.

Évangéline ne trouve pas le courage de poser les yeux sur ses propres vêtements. L'odeur qu'ils dégagent lui donne la nausée. Elle agite ses jupons, les offre à la brise fraîche qui circule sur le pont. Germaine tente de faire la même chose, mais ses quatre benjamines sont accrochées à sa jupe. Terrorisées par les affres de l'embarquement, et plus encore par cinq semaines de captivité dans une obscurité pestilentielle, elles ne quittent plus leur mère d'un pas.

Il vient trop vite, le temps de redescendre dans cet enfer pour permettre aux quatre autres groupes de venir prendre l'air et de tenter à leur tour d'imaginer leur vie future.

– Pourquoi ne pas nous débarquer tout de suite ? demande Longuépée à un membre de l'équipage.

– Inspection, puis permission de Shirley d'abord, répond-il, dans un français approximatif.

– Quand ? Aujourd'hui ?

L'officier hausse les épaules, sans rien ajouter. Évangéline l'observe.

– Qu'est-ce que tu en déduis ? demande-t-elle à Longuépée.

– Des inspecteurs vont venir.

– Pas pour fouiller nos minables bagages ! Et la permission de Shirley ?

– Très importante. C'est le grand chef, par ici, dit Longuépée.

– Je ne peux pas croire qu'il n'était pas prévenu de notre arrivée !

– J'ai l'impression qu'on va être largués ici comme de la marchandise encombrante !

Autant d'appréhensions que Michel et Évangéline décident de garder pour eux, afin d'éviter d'affaiblir encore le moral de leurs compagnons d'exil.

Le père de Félicité fait partie du deuxième groupe à jouir du privilège de monter sur le pont.

Il tente de saisir les propos d'un agent de la garde côtière qui, un peu en retrait, un grand cahier noir en main, s'entretient avec le capitaine Donnell.

– Vous arrivez donc de la Nouvelle-Écosse. Où allez-vous ainsi ?

– La destination de ce sloop est ici, à Boston, monsieur…

– Ah bon ? Je croyais que vous ne vous arrêtiez que pour faire escale ! Vous avez des passagers à bord ?

– Des *French*, monsieur.

– Des *French* ! Combien ?

– Autour de deux cents… ils doivent tous débarquer ici.

Le garde-côte reste bouche bée. Trois autres vaisseaux chargés de proscrits sont passés au début de novembre, forcés par une dure tempête à prendre refuge pour quelques jours dans le port de Boston. Mais jamais on n'a avisé ce garde de l'arrivée d'un bateau d'immigrants, des *French* de surcroît.

– Rassurez-vous, monsieur ! reprend le capitaine Donnell en percevant le malaise de son vis-à-vis. Le gouverneur Shirley a dû remettre un certificat d'autorisation de débarquement à vos supérieurs. Sinon, un de mes officiers ira le réclamer.

Le capitaine lui montre la lettre scellée du lieutenant-gouverneur Lawrence.

– Je vois, fait le garde-côte. Dans ce cas, personne ne doit descendre tant que le gouverneur ne sera pas venu en donner lui-même l'autorisation.

– C'est tout naturel ! Vous ne voyez pas d'objection à ce qu'un membre de mon équipage se rende aujourd'hui même à la rencontre du gouverneur ?

Un silence chargé de méfiance.

– Notre messager est officier de la marine, ajoute Donnell. Il portera le sauf-conduit de Son Excellence Charles Lawrence.

– Nous nous chargerons nous-mêmes d'aviser les autorités. Je vous le répète : personne n'est autorisé à descendre. Nous vous avons à l'œil !

Laurent Blanchard a compris suffisamment de cet entretien pour en déduire l'essentiel.

– J'ai bien peur qu'on passe une autre nuit dans notre cage puante, chuchote-t-il à son épouse.

– Pourvu que ce soit la dernière, trouve-t-elle à répondre après avoir rassemblé les miettes de courage logées au creux de son ventre.

Depuis la perte de son bébé, Cécile reste cloîtrée dans son silence, presque inerte. Elle est montée sur le pont avec le dernier groupe de prisonniers. La présence de quatre Bostonnais en uniforme, en grande discussion avec le capitaine Donnell, a rendu tout le monde inquiet.

En début d'après-midi, l'un d'eux, escorté par le capitaine, descend dans la cale, une lanterne à la main. Une vague d'effroi se répand sur son passage. Aux détenus de comprendre qu'ils seront examinés à la loupe. Les vieillards et les malades, surtout. C'est vers un coin de la cale aménagé pour eux par précaution que les deux hommes se dirigent après avoir dessiné un cercle lumineux autour des expatriés. Les jambes se replient pour libérer le passage aux deux officiers qui devisent, à voix basse, du sort de ces épaves, avant de promener leur lampe sur les autres.

Comment ne pas croupir de honte devant ces regards inquisiteurs, lourds de répugnance ? Évangéline se cache la figure, le temps qu'ils en finissent avec cet examen abject. Les enfants se cramponnent à leur mère ou à leur père, ou encore, faute de mieux, à la dame qui leur a inspiré confiance pendant ces semaines de captivité.

Nombreux sont les proscrits qui auraient approuvé les reproches de l'inspecteur au capitaine Donnell : un bateau qui ne devait pas transporter plus de cent soixante passagers ; des conditions d'insalubrité inacceptables, un ferment de maladies et de contagion.

Ce commissaire inspecteur ne cache pas son indignation, d'autant plus que le *Seaflower* ne fait pas exception. Pire encore était le *Dolphin*, arraisonné deux semaines plus tôt. À son arrivée à Boston, il avait à son bord un excédent de soixante-dix passagers, dont une quarantaine gisaient sur le pont, prêts à être jetés à la mer.

Le capitaine Donnell n'est pas surpris. Faute de ressources et contraint par les ordres de Lawrence, Winslow a dû accepter tous les bateaux disponibles et consentir à les surcharger. Au tour des capitaines d'essuyer les diatribes des inspecteurs.

Une déception attend ce capitaine harassé, pressé de libérer les cales de son sloop : les autorités du Massachusetts, peu disposées et non préparées à recevoir ces miteux, ne savent où les entreposer, ne savent qu'en faire.

– Je détiens pourtant un certificat du lieutenant-gouverneur Lawrence. Mes instructions étaient claires ! Destination : Boston ! rétorque Donnell, indigné.

– On ne débarque pas une bande d'indigents comme ça. Il y a des règles à suivre. Notre population doit être protégée.

Donnell est découragé.

– Quand croyez-vous que nous pourrons commencer à les faire descendre ?

– Comptez deux ou trois jours, le temps de rédiger notre rapport, de le présenter au gouverneur Shirley et d'obtenir une autorisation légale de débarquement.

Mécontent, Donnell grimace. Il devine la réaction des déportés acadiens ; il la redoute. Certains d'entre eux risquent de ne plus être en état de… « Qu'adviendra-t-il des trois moribonds ? de la femme sur le point d'accoucher ? de ces deux orphelins du destin qui délirent à force de fièvre incessante ? » se demande-t-il.

Dans la cale, la même question court sur les lèvres depuis la visite de l'inspecteur. Anne, la veuve d'Abraham Landry, respire de plus en plus difficilement, et ses jambes ne la supportent plus. Elle demande à mourir et souhaite que son corps aille rejoindre celui de son défunt mari au cimetière de Saint-Charles-les-Mines, où Winslow a promis de l'enterrer.

La maigre pitance du souper a été distribuée dans la cale aux deux cents déportés, une fois… puis deux. Au total, deux jours et demi avant que soit enfin accordée l'autorisation de quitter cet enfer.

– Nous restons dans cette ville ou nous allons ailleurs ?

– Personne ne nous l'a dit, note Évangéline qui, comme les autres passagers du *Seaflower*, n'a pas l'énergie pour traîner son maigre baluchon en luttant contre un vent glacial.

Michel Longuépée, qui était du dernier groupe à monter sur le pont en cette deuxième journée d'attente, dit :

– J'ai cru entendre le commissaire prononcer « Cambridge » quand il est venu parler au colonel. J'ai demandé à un soldat où c'était.

– Il te l'a dit ?

– *Just there !* qu'il m'a répondu en pointant le village de l'autre côté, vers l'ouest.

Presque tous les passagers sont sortis sur le quai et grelottent de froid et de fatigue. Éléonore n'est pas là. Cécile non plus. Évangéline s'inquiète.

– Éléonore m'a dit qu'elle restait avec les malades jusqu'à ce qu'on sache comment ils seront transportés, dit Germaine.

– Mon mari est avec elle, lui annonce Perrine.

Longuépée retourne vers le capitaine pour s'informer des moyens de transport qui les emmèneront à destination. Il revient sur le quai en un temps record.

– J'ai cru comprendre que, d'ici, on était à trois ou quatre heures de marche de la bâtisse qu'on pourra occuper.

– Mais… et nos malades ? relance Germaine.

– Le capitaine dit de mettre les plus faibles dans la charrette et de s'organiser pour traîner les enfants malades dans un genre de hamac.

– Une seule charrette ? Un hamac ? proteste Évangéline.

– Il va nous prêter des draps…

– On aura seulement une charrette pour deux cents personnes ?! Ça ressemble à ce qu'on a vécu depuis deux mois, ça ! s'écrie Perrine Blanchard, outrée.

Michel Longuépée se frotte le menton, hésite, puis dévoile :

– On ne sera pas deux cents. On ne sera pas tous au même endroit…

Des serrements de poitrines brûlants, des sanglots incontrôlables, des gémissements déchirants. L'angoisse de la séparation et de l'inconnu plane une fois de plus.

– Soixante-dix seulement pour commencer, à Cambridge.

– Et les autres ? s'écrie Agnès, affolée.

– Plus loin, je ne sais pas où.

– Qui va à Cambridge ? entend-on, partout sur le quai.

– Le commissaire a reçu une liste de noms, dit Longuépée.

La certitude d'être à nouveau séparés de leurs proches étrangle les proscrits.

– Pourquoi ne pas nous laisser décider par nous-mêmes ? demande Germaine qui, séparée de son mari et de son fils, ne survivrait pas à la perte d'une de ses filles.

Longuépée sollicite cette faveur auprès du commissaire du gouverneur Shirley, promettant de respecter le nombre d'immigrants permis. Le commissaire l'informe alors que les quatre soldats qui les accompagneront veilleront à ce que ce nombre ne soit pas dépassé et que le convoi se déplace dans l'ordre.

– Enfin, une raison de se réjouir ! s'écrie-t-on en apprenant que la permission est accordée.

Un Bostonnais de belle apparence, aux tempes grisonnantes, au regard clément, s'approche et les questionne sur leur provenance et leur destination. Il les écoute, stupéfait. Dans le groupe de misérables, une femme sanglote, son fils de trois ans agonisant dans ses bras. L'homme se présente.

– *I'm Thomas Hutchinson*, dit-il.

Cet homme propose de prendre sous sa protection cette femme et l'enfant qu'il promet de faire soigner. Longuépée, devenu *de facto* l'interprète et le conseiller des passagers du *Seaflower*, se présente à son tour et lui confie être profondément touché par sa générosité.

– Mes trois autres fils aussi, s'il vous plaît. Et la petite dame qui a perdu son bébé, elle peut venir avec nous ? mendie la femme.

Monsieur Hutchinson est disposé à offrir l'hospitalité à Cécile et aux cinq membres de la famille désespérée.

À ce moment, un commissaire du port s'interpose entre le bienfaiteur et les déportés.

– Une interdiction a été donnée à tous les Bostonnais d'aider ces gens, annonce-t-il.

Bien que rabroué par un soldat de la garde côtière, Hutchinson ne compte pas se soumettre. En vertu de son titre de gouverneur de cette colonie et au nom de la charité chrétienne, il clame son droit à venir en aide aux infortunés et quitte le quai avec ses protégés. Bouche bée, le commissaire laisse partir son supérieur sans rien trouver à répliquer. Les proscrits regardent avec envie s'éloigner leurs congénères.

Longuépée se retourne vers le groupe d'exilés, devant qui il n'a pas à défendre la nécessité de ne pas séparer les familles et d'assurer un équilibre entre les plus fragiles et les plus résistants. Les Acadiens qui iront à Cambridge s'y rendront à pied, sauf les vieillards et les malades. Une ou deux charrettes seront mises à leur disposition. Ils devront être les premiers à quitter le quai. Par ailleurs, des voitures transporteront tous ceux qui accepteront d'aller vivre plus loin, ce que décide la majorité des familles de Pigiquit, préférant une balade en voiture à une marche de plusieurs heures.

Anne Landry devrait être de ceux qu'on envoie à Cambridge. On la cherche. Perrine ne peut plus se taire.

– J'ai essayé de la retenir… quand j'ai vu qu'elle…

– … se jetait à l'eau ? Ce n'est pas vrai ! balbutie Évangéline, étouffée de chagrin.

– Ne pleure pas, lui dit Éléonore. Elle avait assez souffert, cette pauvre femme. Son Abraham l'attendait. Elle est dans ses bras, maintenant.

La foi d'Éléonore est un baume sur les cœurs endeuillés. Le convoi des proscrits, précédé finalement de deux guimbardes désuètes, ne se met pas en route avant que cinq malades et une dame sur le point d'accoucher aient été pris en charge. Un des trois moribonds, un cousin d'Éléonore, a rendu son dernier soupir à quelques minutes de sa sortie de la cale. Les deux autres, Victor et Eugène, sont allongés dans une des voitures, entourés d'un fatras de bagages. L'autre charrette en est remplie. Une place est aménagée pour Clara, la jeune femme dont les contractions sont de plus en plus rapprochées et douloureuses… À tour de rôle, les hommes porteront dans un hamac de fortune David et Marthe, les deux orphelins du destin.

Comme tous les lundis, en ce 17 novembre, Boston et ses villages environnants fourmillent d'activité. Une grande fébrilité qui s'estompe au passage du défilé de ces gueux répugnants, redoutables, venus d'on ne sait où. Devant les marchés, les clients déposent leurs sacs bourrés de provisions pour regarder passer le défilé des squelettes.

Autour du sanctuaire, et tout au long de ce pèlerinage vers un autre sanctuaire encore inconnu, des doigts se croisent sur les poitrines des puritains, des moues de mépris s'affichent sur leurs visages, des cris de révolte s'élèvent de la cohorte des déportés. Les douleurs aux pieds, aux jambes, au dos, sont insupportables pour ceux qui, à tour de rôle, occupent une petite place dans la voiture à bagages.

Ce qui devait être une distance raisonnable s'avère finalement un long chemin de croix : une route pénible et vaseuse qui traverse le Boston Neck et les villages de Roxbury et de Brookline. Un trajet de six heures, sans répit.

Le ventre creux, la soixantaine d'Acadiens ralentit le rythme. La fatigue, le mépris des villageois qui sortent des tavernes pour les toiser, la brutalité des soldats minent le peu de confiance qu'ils avaient regagnée en quittant le *Seaflower*. Un fardeau inhumain.

Moins d'une heure avant le coucher du soleil, les déportés franchissent le Great Bridge qui traverse la rivière Charles. De l'autre côté se trouve le village de Cambridge, peuplé en grande partie d'agriculteurs puritains, au nord duquel s'élève fièrement le Harvard College.

Ce cortège ressemble à une horde de brigands déambulant sur Wood Street, aux yeux des agriculteurs du village réunis sur la place du marché pour préparer le *Thanksgiving Day*, la fête des récoltes. Une centaine de pèlerins puritains britanniques chassés de l'Angleterre qui trouvèrent refuge dans le Massachusetts la célèbrent depuis leur arrivée, en 1620. Pour fêter leur première récolte, le gouverneur William Bradford avait décrété trois jours de prière et de festivités, comme le veut la tradition vieille de cent trente-cinq ans à laquelle sont attachés ces paysans. Pour eux, l'arrivée d'étranges itinérants est d'autant plus malvenue qu'elle ne leur inspire que des craintes: l'obligation de partager leurs récoltes, de surveiller leurs biens… et leurs enfants.

Les présentoirs de fruits et de légumes, leurs couleurs, l'arôme qu'ils dégagent, sont tout autant de supplices qui s'ajoutent à la souffrance des déportés.

– Nos récoltes qui se retrouvent dans l'assiette de nos bourreaux ne seraient pas moins appétissantes, rumine Laurent Blanchard.

– À force de privation, j'en ai presque oublié notre bonne cuisine de la Grand'Prée, gémit Michel Longuépée.

– J'ai faim, maman, se lamentent les filles de Germaine Arsenault. On peut acheter des légumes ?

– On est presque arrivés. Il va y en avoir dans notre maison, là-bas, répond leur mère, s'efforçant d'y croire.

– Maman a oublié son argent à la maison, allègue une autre dame pour calmer son jeune fils qui la supplie de lui acheter des pommes.

À moins d'un quart de mille au nord du village, sur la route du Fresh Pond qui longe un pré où paissent les vaches, les deux soldats qui ouvrent le défilé s'engagent dans une courbe qui débouche sur une grange désaffectée, à deux étages. L'ordre est donné aux déportés de suivre les soldats à l'intérieur du bâtiment.

– C'est là-dedans que le gouverneur Shirley nous installe ? C'est pas vrai ! s'écrie Laurent Blanchard.

– On n'est pas du bétail ! s'indigne Germaine.

– Rien pour se faire à manger… remarque Longuépée.

– Rien d'autre pour se laver que le puits, là, dehors… gémit Agnès.

– Il n'y a qu'une vieille pompe à eau, là-bas, dans le coin, fait remarquer Laurent.

– Au moins, il y a de la paille pour se coucher, note Éléonore.

– C'est pas mal mieux que dans la cale du *Seaflower*, reconnaît Évangéline.

Longuépée grimpe à l'échelle qui mène au fenil. Il en redescend aussi vite.

– Où est notre souper ? demande-t-il au soldat posté à l'entrée de la grange.

D'un geste, l'officier désigne trois tonneaux alignés contre le mur d'entrée. Y sont entassés pêle-mêle du pain, des légumes et des galettes.

– Quand une vingtaine de personnes auront mangé, il ne restera plus rien. Où est le reste ? réclame Laurent.

Le soldat lui recommande de partager.

– Pour demain matin, on n'a rien ? lui crie Germaine.

– Laissez-moi lui parler, fait Longuépée.

Les échanges sont brefs. Le soldat laisse entendre que Shirley devait faire envoyer des provisions la veille, mais que, pour une raison inconnue, rien n'a été livré. Demain, sans doute, suppose-t-il, condescendant. Michel propose d'aller avec lui acheter d'autres légumes et du lait chez les fermiers.

– *No money, no bread!*

Michel se tourne vers ses compatriotes. L'instant suivant, tous les adultes se mettent à fouiller leurs poches et leurs bagages pour en sortir une part des économies qu'ils ont apportées avec eux. Les soldats sont médusés.

Installés dans une des deux charrettes, le soldat et le déporté sont finalement conduits à l'entrepôt d'un agriculteur qui consent à leur répondre… à la condition que le *French* attende dehors.

L'initiative de Longuépée a fouetté le courage de ses compatriotes. Dans la grange, c'est à qui trouvera un objet utile. Ici, un outil abandonné, des morceaux de bois réutilisables ; là, des banquettes, des seaux, de la corde, des chaînes… Le tout est rassemblé au centre du bâtiment. Victor et Eugène, les deux malades, ont été soigneusement déposés sur un amas de paille, débarbouillés et réconfortés tant bien que mal. Les manteaux des moins frileux leur servent de couvertures. À David et à sa petite sœur, une bonne rasade d'eau claire, quelques bouchées de pain et de biscuits ont été servies, juste avant le traitement-choc contre la fièvre : des chiffons d'eau froide sur tout leur corps.

– Ils dorment enfin. La fièvre semble vouloir tomber, dit Perrine, une fois les enfants séchés et enroulés dans des couvertures.

Au tour des plus robustes de s'offrir de l'eau fraîche, la denrée dont tous les passagers du *Seaflower* ont été le plus atrocement privés. L'élixir des pauvres et des riches. Des éclats de joie, enterrés depuis des mois sous les ruines de l'oppression, résonnent. Des embryons de bonheur, comme pour accompagner celui qui devrait voir le jour bientôt.

– La pauvre Clara est si mal en point, marmonne Perrine.

– Si c'est leur destin de survivre, l'accouchement sera facile, philosophe Germaine, néanmoins inquiète.

Michel n'est pas encore revenu avec la nourriture dont on risque d'avoir besoin avant longtemps dans le fenil.

– Viens, Évangéline. Viens m'aider, supplie Éléonore. Notre belle Clara a perdu ses eaux et… la petite tête est tout près…

– Trouvez le moyen de faire un feu, les hommes. Ça nous prend de l'eau chaude. Vous me l'apporterez, Perrine, ordonne Évangéline avant de grimper les échelons deux à la fois.

– Mais c'est dangereux ! fait remarquer Germaine.

– On va prendre des précautions, lui promet Laurent.

On amasse des bouts de bois, on vide un vieux tonneau de fer dans lequel on crée une ouverture vers le bas, on éloigne de l'âtre de fortune tout ce qui pourrait propager le feu à la grange. En un rien de temps, les flammes lèchent les parois de la marmite suspendue au-dessus du feu.

Une fébrilité dont on avait presque oublié la saveur pousse l'amertume et le désespoir hors des murs de cette grange. Le ravitaillement tant attendu pour satisfaire tous les estomacs arrive enfin. On se le partage. Un réconfort qui porte les uns à l'exubérance, les autres à assister, médusés, à leur résurrection. Un bon présage, croit Perrine, confiante qu'au fenil, la vie reprend ses droits sur le spectre de la mort… leur despote depuis les six derniers mois.

Éléonore fait tout ce qu'il faut pour qu'il arrive, « cet enfant de la résistance », a-t-elle murmuré. Ces mots réussissent à élever Clara au-dessus de sa douleur.

Croyant exercer son métier pour la dernière fois de sa vie, la sage-femme en profite pour répéter à Clara ce qu'elle a dit à toutes les mamans sur le point d'accomplir leur miracle. Évangéline l'écoute autant que Clara.

– Sur le point de plonger dans les Grandes Eaux de la Vie, toi aussi, ma biche, tu as entendu ce que je vais leur dire, à ce bébé et à sa maman. Tu le demanderas à Marie-Ange quand tu la retrouveras, elle s'en souvient sûrement.

Agenouillée tout près de Clara, une main chaude tenant la sienne, Éléonore laisse glisser ces mots, sa voix, sur un tapis de velours.

– C'est comme la marée montante, ma brave Clara. La première vague vient de loin et atteint à peine l'endroit où on se trouve sur la rive. Puis, la prochaine se rapproche, et ainsi de suite jusqu'à ce que nous devenions la mer elle-même. C'est pour cela que ces deux mots, « mer » et « mère », se prononcent pareil. Il n'y a que la façon de l'écrire qui est différente, tu sais. Mais nous, celles qui parlent juste, on n'en fait pas, de différence. On sait que c'est la même mère ou mer ! Peut-être parce que ce sont les hommes, pas les femmes, qui ont inventé l'écriture et qu'ils pensaient que ce n'était pas la même chose. Clara, quand les vagues commencent à se rapprocher, comme elles le font maintenant, il reste juste à laisser ce petit être que tu nous donnes nager dans les eaux tumultueuses de la Grande Vie. Garde-le bien dans tes bras, ton bébé, les premiers jours, ma chère Clara, parce qu'il ne saura pas où est-ce qu'il est rendu, et ça va être affolant pour lui ! Tu es toute la terre pour ce p'tit-là. Serre-le bien contre ton cœur. C'est son port d'attache, avant de retourner à la Grande Source.

Ces paroles ont profondément remué Évangéline. Elles ont chassé la douleur hors du corps de Clara. Elle était presque endormie quand la dernière vague s'est présentée, apportant avec elle son vigoureux fils.

– Moïse ! Je veux qu'il s'appelle Moïse, clame la maman, la voix rauque à cause de l'effort. Moïse a conduit son peuple dans le désert. Mon petit garçon nous ramènera dans notre patrie.

Aux premiers pleurs du nouveau-né, toute la grange est en liesse. Des étincelles de joie, même dans les yeux des plus fourbus.

Sa tâche d'assistante accoucheuse terminée, Évangéline se blottit sur une veillotte de foin, dans un coin du fenil. Des sanglots d'épuisement, mais aussi de joie, secouent ses épaules. Le trop-plein d'un émoi indescriptible ressenti auprès de Clara et de son accoucheuse. Les paroles d'Éléonore, si sublimes, venues d'un autre monde. La naissance de Moïse, la fertilité au milieu du désert. Un faisceau d'espoir que ce nouveau-né ! Le triomphe de la vie. Une victoire, la seule depuis des mois où les pertes ont avalé tous les gains, sauf la solidarité.

Pour ces exilés du bassin des Mines, le repos redevient possible. L'ambiance s'y prête : un silence non profané, une paillasse qui finit par tenir au chaud, une obscurité naturelle, une proximité qui ne sent pas le moisi, une tranquillité que ne viole pas l'intrusion de lanternes par l'écoutille. Un goût de bonheur dans la bouche, à la condition d'oublier, pour une nuit, les caresses d'un mari, la chaleur du corps d'une épouse, les rires des enfants. Il faut oublier, tandis qu'une brise qu'on dirait venue de l'autre côté du cap Blomidon frôle les narines, y laissant une odeur de fenaison.

Oublier pour dormir.

Ou encore se souvenir, comme pour Évangéline, qui puise un brin d'espoir dans son passé, dans la certitude de son amour pour Gabriel, dans les promesses de Faoua, dans l'assurance que sa mère, protégée par les Micmacs, l'attend… l'attendra. Elle sentira sa présence à des vingtaines d'heures de route. Ces choses-là ne s'expliquent pas.

Éléonore repose, satisfaite, dans un sommeil de peau de chagrin, de peur que Moïse, sa mère ou les deux orphelins collés l'un sur l'autre comme des siamois aient besoin d'elle. Vers quatre heures, elle est réveillée par un bruit sourd, menaçant. Par les frémissements du plancher, le cahotement de la grange. Comme un raz de marée en plein champ…

– Un tremblement de terre ! crie Longuépée. Il faut sortir d'ici, transporter les malades, aider Clara, son bébé. Vite, avant que le toit nous tombe sur la tête ! Plus vite ! Plus vite !

Des appels à l'aide. Des pleurs de panique.

Une partie du toit glisse vers la droite, faisant entendre un gémissement d'ogre.

Des cris d'horreur en provenance du village, un vacarme de débris qui s'empilent, un clocher d'église qui culbute dans un fatras d'apocalypse, s'échouant sur le toit des maisons environnantes.

Par miracle, il n'y a aucune victime chez les *Frenchs*, abasourdis devant leur baraque décoiffée.

– Nos bagages !

– Nos provisions !

– Notre refuge !

– Ma poupée !

– N'y allez pas ! crie Longuépée. D'autres parties du toit pourraient bien céder.

Au-dessus de la tête des sinistrés acadiens, une voûte bleu acier, altière, sur laquelle dansent des millions de feux follets. Un dôme d'une beauté, d'une résilience et d'une perfection ironiques. Entre cette magnificence et le désastre, la distance d'un battement de paupières.

Derrière la grange, une remise de construction plus récente a tenu le coup, sauf les vitres de ses deux fenêtres qui sont en miettes. Son plancher, cependant, est suffisamment grand pour y coucher les quatre malades, le nouveau-né, sa mère et une douzaine de personnes. La prudence en tête, les hommes tentent de sortir de sous les débris de la grange tout ce qu'ils peuvent récupérer de paille, de nourriture et d'articles utiles pour installer les malades dans la remise, et préparer des paillasses sur le sol pour ceux qui cherchent leur apaisement dans le sommeil.

À l'aube, des ombres se déplacent non loin de leur campement provisoire. Des curieux. Des indignés. Des protestataires. Des puritains tentés de considérer la venue de ces miteux comme un présage de malheur. À preuve, dès leur arrivée, ce tremblement de terre d'une force jamais vue. Ils n'ont pas à crier leur hargne pour que les malheureux déportés la lisent sur leur visage et dans leurs gestes.

Assise sur une pile de planches près d'Évangéline, qui semble avoir perdu la voix depuis le séisme, Agnès cherche à se rebâtir un havre de paix.

– J'ai déjà lu quelque part qu'on peut construire des cathédrales sur des ruines, dit-elle.

– Ce ne sont ni nos ruines ni notre pays ni notre monde, rétorque Évangéline. On ne sait même plus qui on est… D'Acadiens libres et fiers, on est devenus d'indésirables *French Neutrals*, puis des prisonniers de George II, des proscrits, des… Quelqu'un pourrait me dire qui on est devenus ?

À part les hochements de tête, les mains portées au visage, les regards fuyants, rien. Pas un mot.

– Bien, je vais vous le dire, moi, reprend Évangéline. Un vulgaire butin qu'on entrepose dans un coin, loin des gens respectables. Vous le voyez bien ! Regardez autour de vous : des animaux, puis des animaux, puis encore des animaux.

– Il faudrait que tu te reposes, Évangéline, lui recommande Germaine. C'est l'épuisement qui te donne des idées noires comme ça.

– Elle a raison, madame Arsenault. Je ne te reconnais pas, dit Agnès, au bord des larmes.

Évangéline se lève, secoue sa jupe et se dirige vers la remise.

– Je vais aller remplacer Éléonore auprès de Clara. Au moins, là, il n'y a pas que du déshonneur.

Avec toute l'énergie que ses pieds peuvent encore déployer, elle piétine cette terre aussi hostile que ses habitants. Sa plume d'aigle toujours piquée dans la longue tresse châtaine, le désarroi de tout son peuple sur ses épaules, elle avance vers ce bâtiment, l'antichambre de la mort pour Victor, le portique de la vie pour Moïse.

– Merci, Évangéline. Je vais m'étendre un peu, murmure Éléonore.

Évangéline la couvre de son châle.

– C'est incroyable de voir comme la vie et la mort se côtoient souvent de près. Il vous est arrivé souvent, Éléonore, de vous placer comme ça entre les deux ?

– Assez souvent, oui. D'ailleurs, j'ai failli devoir le faire quand ta mère est venue chez moi, à ta naissance. Tu devais survivre, Évangéline LaBiche.

Ce commentaire de la sage-femme la fait sourire, lui fait du bien.

– Ce n'est pas toujours facile de l'aimer, cette vie qui nous a été si chèrement donnée.

– Ce n'est qu'une mauvaise passe, Évangéline, tu verras. Tu es jeune, toi. Victor, lui, est sur le point d'être exaucé...

– Il va partir sans recevoir les derniers sacrements ? C'est triste pour lui, un homme si croyant.

Éléonore lève la tête vers Évangéline et sourit.

– Tu veux mon avis ? Dans des conditions comme les nôtres, pas besoin de simagrées pour que les péchés soient pardonnés et qu'un enfant soit baptisé. Les mots, les gestes, tu penses que le bon Dieu a besoin de ça ? Il s'en va vers la Lumière, notre bon Victor, ça se voit sur son visage qui se détend, qui rosit.

– Et le petit Moïse, lui ?

– Sa maman l'a baptisé aussitôt qu'elle a été installée ici. Il manquait seulement la marraine.

– Clara l'a choisie ?

– Tiens, Évangéline, prends-le dans tes bras, ton filleul.

– Mon Dieu ! Quand Gabriel va apprendre ça ! Quand il va le voir, ce petit homme, déjà trempé comme un vrai Acadien, murmure-t-elle, pressant sur sa poitrine l'élu de Yahvé, comme le désigne sa mère.

Impossible de retenir ses larmes.

– L'enfant de l'exil, balbutie Évangéline.

– Le premier, ajoute Éléonore.

∞∞∞

Les habitants de Cambridge n'ont pas attendu l'aurore pour s'activer. Sur la route du Fresh Pond, des voitures de tout acabit, des passagers curieux qui remarquent, ébahis, cet attroupement de gueux autour de la grange disloquée. Une calèche digne des plus fortunés s'attarde, s'arrête et s'engage sur le chemin cahoteux en direction des indigents... les uns inquiets, les autres honteux, quelques-uns confiants. Une élégante dame, âgée d'une quarantaine d'années, et son cocher, un mastodonte coiffé d'une casquette, en descendent. Michel Longuépée va à leur rencontre.

– *Mary Kirkland. And you?*

– Michel Longuépée. Je suis acadien.

– Des Français! s'exclame la dame avec un accent *british*.

Ravie, madame Kirkland explique que ses beaux-parents sont originaires de Montréal, que son défunt mari, aubergiste et commerçant, parlait toujours le français à la maison.

On s'approche un peu, pour mieux entendre, mais pas trop, par respect pour la dame richement vêtue. Un chapeau de vison, un col d'une fourrure identique sur un manteau de lainage marron ne laissent aucun doute sur le bon goût et la situation sociale de madame Kirkland. Une brèche de réconfort dans le sombre tableau de ces *Frenchs*.

Dans leur sourire et leur regard, Mary Kirkland a vu toute la détresse et l'infamie d'un peuple assujetti aux ambitions d'un lieutenant-gouverneur anglais. Elle les a écoutés raconter la tragédie de leur peuple, a essuyé une larme à plus d'une reprise, a promis avant de partir de ne pas les laisser coucher à la belle étoile.

– D'autant plus qu'il y a apparence de forts vents, fait remarquer Longuépée.

Les sinistrés restent là, à la regarder s'éloigner. Les sceptiques, ceux que les déceptions répétées ont vidés de toute foi en la parole donnée par quiconque n'est pas acadien, doutent de la revoir.

Le ciel commence à se décolorer ; la confiance, à s'effriter ; l'estomac de tous, à se rebiffer. Les hommes, surtout, ont eu le temps de reprendre leur baluchon de dépit. Quelques femmes aussi, mais elles tentent de le déloger à coups d'oraisons et de cantiques.

– C'est elle ! s'écrie Laurent qui fait le guet au bord de la route du Fresh Pond. Y a une charrette qui suit sa calèche.

Piqué par les grimaces de méfiance que suscite son annonce. Laurent renchérit :

– J'en suis sûr ! Y a une lanterne accrochée de chaque côté de son siège. Je les avais remarquées ce matin.

Une série de « Clac ! » sur la chaussée, des « Hue ! » et des « Yâ ! » lui donnent raison.

Une charrette et une calèche, trois hommes, une femme, Mary Kirkland, plus sobrement vêtue qu'en matinée.

À peine ces voitures s'engagent-elles dans l'allée que quatre autres surgissent, toutes venues chercher les expatriés pour les loger dans une des tavernes les moins fréquentées du défunt Harry Kirkland. Rien n'est trop lourd ni trop difficile pour les protégés de madame Kirkland, qui rassemblent leurs rarissimes biens, aident les mal-portants à se déplacer et se cordent dans les charrettes venues à leur secours. Les croyants se félicitent d'avoir gardé la foi. Les sceptiques se confessent.

– Une belle maison pour toi, mon petit Moïse, murmure Clara, ragaillardie, à l'oreille de son bébé.

– Une belle maison pour notre grand Moïse à nous, enchaîne Éléonore.

Les filles de Germaine jubilent. Le beau voyage que leur mère leur avait annoncé en quittant leur maison pourrait être vrai, à compter de ce jour.

Sur la façade de ce spacieux bâtiment à deux étages, aux nombreuses fenêtres et au toit mansardé, tout près de la place du marché, le panneau réclame a été enlevé et remplacé. Sur le nouveau, en lettrage rouge, est inscrit « FRENCH HOUSE ».

Les passants assistent cois au défilé de ces miséreux en haillons qui, descendus des charrettes, osent pénétrer dans l'édifice par la grande porte. À l'intérieur, des hommes et des femmes les ont précédés. Ces « âmes généreuses », comme les désigne Mary, s'empressent de faire installer des lits, toutes sortes de lits, de faire entrer des caisses de couvertures, de vêtements, de médicaments.

Au rez-de-chaussée de la taverne, presque rien n'a changé, sinon que les réserves d'alcool ont été retirées des tablettes. Dans la cuisine, de la vaisselle disparate a été apportée : des assiettes, des verres, des tasses, des ustensiles et des marmites. Sur le feu, deux chaudronnées de soupe aux légumes fument. Sur le comptoir de service, du pain de ménage et du beurre. Le lait est fourni en abondance, et des glacières le gardent frais.

– Un vrai paradis ! s'exclame Agnès.

– On ne l'a pas volé ! réplique Germaine, heureuse de voir ses filles courir dans le long corridor de l'étage consacré à l'ancien hôtel.

Une main sur le cœur, Éléonore n'en revient pas.

– Il y a vraiment un bon Dieu pour les opprimés, dit-elle.

– Et ce bon Dieu s'appelle madame Kirkland ! ajoute Évangéline, suffisamment fort pour que Mary l'entende.

– Ce n'est pas difficile de donner quand on a beaucoup reçu, ma belle dame ! lui répond-elle, lui tendant une jolie veste de laine.

– On croirait qu'elle n'a jamais été portée ! s'écrie Évangéline, ravie.

– Je manquais de place dans mes tiroirs, allègue Mary.

La soirée se poursuit dans une alternance de travail, de discussions et de ravitaillement.

Le corps de Victor est enterré au petit cimetière catholique, dans la fosse commune des pauvres. Eugène va de mieux en mieux, David et Marthe aussi. Clara ne vit plus que pour son bébé qui a eu droit à un berceau.

Les vents du nord se sont levés. Aux deux étages, un âtre distribue sa chaleur. Autour d'une des nombreuses tables de cette ancienne taverne, une dizaine d'expatriés conversent avec leur bienfaitrice.

Que de questions lui sont soumises ! Une réponse, une proposition, une ébauche de solution. Il faut que les déportés reçoivent de toute urgence la visite d'un médecin. Mary en connaît plusieurs, mais…

– Dès demain, je vais parler au docteur Trowbridge. Il a un cœur d'apôtre, celui-là.

« Seul un cœur d'apôtre pourrait consacrer son temps et sa science à des défavorisés comme nous, c'est ça que pense Mary, et elle a bien raison », se dit Évangéline, quelque peu affligée. Faut-il si peu de temps pour qu'un peuple voie sa dignité fondre sous l'ignominie ? Mary Kirkland semble le croire, le comprendre et compatir avec un respect dépouillé de toute pitié.

Deux jours passent sans la visite de Mary ni du médecin annoncé. Les passants continuent de maugréer contre la French House et ses locataires de langue et de religion à prohiber. Michel Longuépée a dû puiser dans les vêtements apportés pour se donner belle allure, dans les mains des déportés qui ont encore de l'argent pour acheter des denrées au marché.

On s'inquiète de madame Kirkland.

– Elle est peut-être malade.

– Les gens d'ici lui causent peut-être des ennuis parce qu'elle s'occupe de nous.

– On va peut-être devoir payer pour rester ici.

Laurent Blanchard croit deviner ce qui se passe, mais il préfère ne pas se prononcer.

– Elle va revenir, la bonne dame, mais peut-être pas avec de bonnes nouvelles, craint Michel.

Le soleil s'est éclipsé depuis deux heures déjà quand Mary Kirkland franchit la porte de la taverne avec un grand monsieur grisonnant, la moustache en accroche-cœur, le regard vif, une mallette à la main.

– Mesdames, messieurs, docteur Thomas Trowbridge, un ami, dit-elle en le présentant à la vingtaine de personnes qui discutaient autour des tables.

Habitués aux bonnes manières, et ô combien honorés de cette visite, tous se lèvent pour les saluer.

– Un thé bien chaud ? offre Évangéline.

– Trop de travail à faire. Trop de personnes à examiner et à traiter, répond Mary qui demande qu'on les conduise d'abord auprès des deux plus jeunes malades.

Éléonore les accompagne. La majorité des hommes, entourés de Perrine, d'Agnès et d'Évangéline, reprennent leurs entretiens, à voix basse. On fait défiler les questions sans trouver de réponses ; on exprime ses appréhensions sans pouvoir les atténuer. Deux longues heures à attendre les verdicts du médecin. Évangéline s'en lasse. Sur la pointe des pieds, elle monte à l'étage, se dirige vers la chambre qu'elle partage avec Agnès quand Mary, Éléonore et le docteur Trowbridge franchissent la porte voisine.

– Cette petite dame aussi a été très malade pendant le voyage, docteur, dit Éléonore, entraînant Évangéline vers son lit, toute protestation interdite.

Plus un mot entre les deux femmes demeurées dans le corridor. Le médecin qui les rejoint, une dizaine de minutes plus tard, a des questions délicates pour Éléonore. Mary traduit.

– Vous la connaissez bien, cette jeune dame ? Est-elle majeure ? Est-elle mariée ? Vous a-t-elle parlé de…

Les affirmations de l'Acadienne dessinent un sourire… vite effacé sur le visage du médecin. À Mary, il confie son verdict, inquiet de la réaction de la patiente. Tous deux réfléchissent puis, d'un commun accord, demandent à Éléonore de préparer Évangéline à entendre le diagnostic…

– Pas ce soir, madame Kirkland. Laissons-la se reposer. J'aimerais que le docteur vienne voir notre bébé et sa maman avant de partir.

Ses examens terminés, le médecin dresse une liste des remèdes et des soins dont ces gens auront besoin. Autour de la table, Michel Longuépée, Laurent et son épouse discutent avec leur bienfaitrice et le docteur Trowbridge des moyens dont dispose le groupe pour se nourrir, se vêtir et se soigner. Un long soupir soulève les épaules de Mary et sème l'inquiétude.

– Les autorités de la ville ne voient pas d'un bon œil que je vous héberge, surtout pas ici. J'ai promis d'enlever le panneau sur la façade et je leur ai juré que vous seriez très discrets et…

– … et quoi, encore, madame Kirkland ? Ne me dites pas qu'on va être emprisonnés ici pour ne pas faire honte à votre monde ! s'écrie Michel.

– Je leur ai expliqué que vous ne pouviez pas trouver facilement du travail en plein mois de novembre, mais qu'aussitôt que ce serait possible, vous seriez bien contents de vous installer un peu plus loin…

– Un peu plus loin ! J'ai bien compris ? s'indigne Laurent.

– Les gens d'ici ne sont pas habitués à voir…

– … des parias, c'est ce que vous voulez dire, reprend Michel.

Le mot ne semble pas connu de Mary qui promet de les défendre de son mieux. Madame Kirkland et le médecin referment la porte sur des gens à nouveau vidés d'espoir.

– Je ne passerai pas plus d'un hiver ici.

– On a juste échangé une misère pour une autre.

– Une prison pour une autre.

– Chez nous ou ici, on est régentés par la même bande, des maudits Anglais !

– Quand je pense que la France avait promis de nous protéger…

Le dernier fanal éteint, c'est l'obscurité totale dans la taverne de feu Harry Kirkland, comme dans l'esprit de ses occupants.

Chapitre 8

Dans ses bras

Une pluie torrentielle de fin novembre embrume les fenêtres de la French House et anémie le moral de ses occupants.

– C'est le bon moment. Je vais chercher Évangéline, annonce Éléonore en quittant la chambre de Clara et de son bébé.

Sa voix et ses mains tremblent. Ce qu'elle s'apprête à faire n'est pas nouveau dans sa vie, mais jamais elle n'a eu à le faire dans de telles circonstances.

Au rez-de-chaussée, hommes et femmes s'acharnent à chasser la grisaille de l'après-midi. Autour des tables, des groupes se sont formés pour jouer aux cartes. Longuépée, heureux d'avoir trouvé une guitare parmi les aumônes apportées par les «protecteurs des pauvres», chante des mélodies acadiennes sur des accords enveloppants. Des femmes ont approché leur chaise et fredonnent avec lui. Les filles de Germaine et les cadettes Blanchard dansent. Leur candeur est belle à voir.

Agnès les regarde avec envie. Elle aimerait retrouver un peu de cette insouciance. Évangéline, pour sa part, a choisi de se laisser hypnotiser par les mèches de feu qui se forment dans l'âtre, incandescentes, trop tôt poussées vers l'agonie, vers la mort. « Naître pour mourir si vite, quel non-sens ! Heureusement, notre Moïse a connu un meilleur sort », pense-t-elle. Un sourire sur ses lèvres. Un long soupir de nostalgie. Une main délicate se pose sur son épaule.

– Ton filleul aimerait avoir de la visite, chuchote Éléonore.

– Je ne demande pas mieux ! s'exclame Évangéline, s'engageant aussitôt dans l'escalier. Éléonore lui emboîte le pas.

– Regarde comme il a l'air bien, mon p'tit homme, dit Clara en le déposant dans les bras d'Évangéline.

– On croirait qu'il possède, à lui tout seul, toute la paix qui nous a été volée. Une paix contagieuse, murmure Évangéline.

– J'en ai tellement vu, de ces petits êtres, venir au monde ! Pas un ne m'a fait douter qu'ils nous arrivent avec le pouvoir de faire des miracles. Même en terre d'exil, affirme Éléonore.

– Le temps qu'on les tient dans nos bras et qu'on les laisse remplir nos yeux et notre cœur de leur beauté, ajoute Évangéline, s'enivrant de la pureté du nouveau-né.

Le silence sied bien à ces instants de plénitude.

– Ça compense mille fois la douleur qu'on ressent au moment de les mettre au monde, confie Clara, radieuse, son regard cherchant celui de la marraine.

– Le crois-tu, Évangéline? demande Éléonore, avec une insistance troublante.

L'émotion est éclatante sur les visages de Clara et de la sage-femme. Le regard brillant d'Éléonore sur Évangéline, une belle vague venue la caresser.

Les mots sont superflus. L'émotion qui fait battre le cœur de la jeune maman et celui de la sage-femme parle.

– Le docteur aurait-il…

Évangéline ne peut terminer sa question. Elle n'a pas à la terminer. Sur le visage des deux femmes assises devant elle, la réponse est éloquente. La belle Éva peut maintenant se laisser envahir par la certitude qu'elle réfutait pour ne pas vivre un autre deuil. Des larmes, abondantes, insoumises, glissent de ses paupières jusque sur Moïse. Impossible pour Éléonore et Clara de retenir les leurs.

– Le docteur pense au joli mois de mai, lui révèle la sage-femme.

Évangéline a cessé de respirer, le temps de faire le compte à rebours de ses mois de grossesse. «Au mois d'août… peut-être ce beau soir de pleine lune dans le wigwam, après les rituels de notre mariage chez nos amis micmacs. C'était si extraordinaire! se rappelle-t-elle. Tu as bien fait de te presser, mon bébé. Tu savais qu'on n'avait que trois semaines pour te préparer un petit nid? Par contre, tu ignorais peut-être que lorsque l'amour est fort comme celui de ton papa et de ta maman, ça ne prend qu'une minute pour faire une belle place à un trésor.»

Clara reprend son fils endormi et le dépose dans son berceau. Éléonore ne bouge pas, ne remue même pas les lèvres, pour ne pas détourner Évangéline de son bonheur.

Les mains posées sur son ventre, elle se laisse imprégner de cette présence qui ramène un peu de Gabriel auprès d'elle. Son cœur… Oui, son cœur. Ses yeux. Ses cheveux. Sa bravoure.

– Même si je ne devais jamais revoir Gabriel, il ne m'aura pas quittée complètement, murmure-t-elle sans lever les yeux.

– Tu le reverras, ma belle Évangéline. Je le sens là où le mensonge ne peut s'infiltrer, dit Éléonore en posant le bout de ses doigts sur son plexus solaire.

Évangéline s'élance dans ses bras.

Un souvenir vieux de plus de vingt ans rattrape alors Éléonore, et une vive émotion passe dans leur étreinte. Elle la revoit, cette petite biche qui n'a pas cédé à la faiblesse au moment de choisir la vie.

– Veux-tu l'annoncer à tout le monde ? lui demande Clara, visiblement désireuse de transmettre la bonne nouvelle.

– Vas-y. Je te suis.

Clara reprend son fils dans ses bras et se dirige vers l'escalier. Évangéline et Éléonore la suivent. À mi-chemin entre les deux étages, elles s'arrêtent. De là, il est plus facile d'attirer l'attention de leurs compagnons d'infortune.

– C'est à vous, Éléonore, que revient le privilège de l'annoncer, chuchote Clara, refrénant son envie de le faire elle-même.

– Mes amis, vous voyez Moïse ? Eh bien ! j'ai le plaisir et l'honneur de vous apprendre qu'il aura un compagnon ou une compagne… le printemps prochain.

Tous les yeux se tournent vers Évangéline qui, d'un signe de tête, le regard lumineux, leur sourit comme elle ne l'a pas fait depuis l'embarquement.

Sous des applaudissements de plus en plus soutenus, Évangéline descend accueillir les accolades, les poignées de main et les élans de joie des enfants. Michel Longuépée est le dernier à s'approcher d'elle. Ses yeux d'ébène se mouillent. Ses longs bras d'aventurier enlacent Évangéline. Longuement. Des soubresauts dans sa poitrine. Cette nouvelle, de nature à réjouir la soixantaine de réfugiés de la French House, lui crève le cœur. Combien de temps pourra-t-il encore taire ce qu'il n'a pas encore eu le courage de lui révéler ? « Pourvu que je tienne jusqu'à Noël », souhaite-t-il, pour éviter que cette fête soit assombrie d'un autre chagrin pour la grande amie qu'est devenue cette jeune femme au fil des malheurs semés sur leur route par Lawrence et ses alliés.

– J'aimerais te parler d'une idée qui m'est venue, murmure Évangéline.

– Je t'écoute.

– Pas tout de suite, Michel. Demain. J'ai besoin d'y réfléchir sérieusement. De peser le pour et le contre.

– Quand ça te conviendra, Évangéline.

Autour de Germaine, ses filles, Agnès et ses sœurs se sont attablées, papier et crayon en main, pour trouver le plus beau prénom à suggérer pour le bébé à naître. Une colonne pour les prénoms de garçon, une autre pour les prénoms de fille.

– Et si tu as des jumeaux, tu pourras choisir dans les deux listes, dit Agnès qui semble avoir retrouvé un peu de l'exubérance qui la caractérisait avant la mort de Félicité.

– Des jumeaux ! Ce serait tout un cadeau ! s'exclame Clara. Ça donnerait la chance à deux d'entre nous de devenir marraines.

– Et les parrains ! s'écrie Laurent, moqueur, feignant d'être vexé.

– Ça dépend de qui est choisi. Il faudra peut-être penser au mari de la marraine, quand on se retrouvera tous, ajoute Michel.

– À qui as-tu pensé, Évangéline ? lui demande Éléonore.

– À mes parents… ou à ceux de Gabriel.

Devant les regards ébahis des adultes, les enfants se taisent. Un vent de nostalgie vient de balayer ces quelques instants d'allégresse. Le passé déloge le présent. Le manque et l'absence s'imposent. Est-il une joie qui ne soit pas éphémère depuis juillet 1755 ? Nombreux sont les captifs de Cambridge à se le demander. Évangéline ressent cette réalité comme une brûlure dans sa poitrine, dans sa gorge, dans ses yeux qui s'embrument.

– Je vais monter me reposer un peu, parvient-elle à articuler avant que sa voix se brise.

Allongée sur son lit, elle ferme les yeux. Ils sont là, devant elle, Gabriel, Marie-Ange et Benoît, à la fois si présents et si inatteignables. Le désir de les serrer contre elle monte depuis l'enfant lové en son sein jusque dans ses bras, dans ses mains tendues vers le vide. Une détresse innommable. De ses paupières closes glissent des larmes qui se perdent dans sa chevelure. « Où que vous soyez, vous qui m'êtes si chers, écoutez ! Votre cœur entendra ce que le mien a à vous dire. Il est aussi pour vous, cet enfant que je porte depuis quatre mois. C'est dans vos bras que je veux le déposer quand il naîtra. Dans les tiens d'abord, mon Gabriel chéri. Pour que nous le regardions ensemble, heureux. Sa bouche, sa peau comme du satin, un beau visage comme le tien, Gabriel. Tu le vois déjà, notre enfant, avec son premier sourire, ses premiers gazouillis, ses premiers pas ? Et vous, maman, vous verserez des larmes sur le temps de vie qu'il ajoute à vos jours par sa seule présence. Vous prendrez le plus grand soin de sa santé. Vous ne trouverez pas de mot, ni papa ni vous, tellement vous l'aimerez. Avant ses premiers sourires, vous aurez fait des projets pour ce bébé. »

Évangéline prie pour qu'un jour, ils soient de nouveau tous réunis, heureux d'arracher du livre de leurs vies le chapitre des malheurs qui auront failli les séparer à jamais. Heureux de brûler ces pages et de les regarder s'envoler en fumée, réduites à néant. « Quand nous serons ensemble, Gabriel, je te raconterai, pour que tu sois fier des combats que j'ai menés et pour que, tous les trois, nous savourions la paix retrouvée. La dignité, aussi. Et la prospérité. »

∞∞∞

Encore deux jours sombres passés à attendre la visite de madame Kirkland. Chacun de ses retards angoisse les adultes de la French House.

– S'il fallait qu'on se fasse déloger à ce temps-ci de l'année, ce serait le comble du malheur, estime Eugène, encore affaibli par un mois de maladie.

– Le p'tit Jésus nous ferait pas ça, rétorque Perrine, un peu plus enjouée. Il a bien envie qu'on le fête, même loin de notre Acadie.

– À force de recevoir des menaces, on finit peut-être par se faire peur pour rien, dit Germaine.

– Moi, je n'en peux plus d'attendre sans savoir ce que le mois prochain nous réserve. Je vais aller me promener un peu dans le village. Les rumeurs, ça va vite et ça n'a pas de barrière de langue, dit Longuépée, décrochant le plus long des manteaux qui leur ont été donnés, un capot de chat au col et aux poignets élimés.

– Qu'est-ce que tu veux dire avec tes histoires de barrière ? lui demande Agnès.

– Je veux dire que les rumeurs, ça se sent plus que ça s'écrit.

– Plus que ça, les rumeurs cachent toujours un fond de vérité, affirme Éléonore.

Sur le point de franchir le seuil de la porte, Longuépée s'arrête.

– La voilà, dit-il. Elle s'en vient avec deux messieurs.

– Ce n'est pas bon signe, frémit Perrine.

Mary Kirkland, un large sourire aux lèvres, invite ses deux acolytes à se mettre à l'aise pendant qu'elle fait la bise aux fillettes accourues vers elle. Les quelque dix personnes qui étaient au premier étage descendent aussitôt accueillir leur bienfaitrice, dont Éléonore, Clara et son fils que

Mary prend le temps de câliner un peu avant de le rendre à sa mère.

– Et vous, ma belle Évangéline, comment allez-vous ? lui demande-t-elle en regardant Éléonore d'un air complice.

– Je suis si bouleversée que je ne saurais vous dire si le bonheur de porter un enfant l'emporte sur la peine d'être privée de la présence de son père et de ses grands-parents.

– Je vous comprends, répond Mary, faisant signe à ses deux invités de venir prendre place à ses côtés.

Qui, de ce refuge, ne les trouve pas impressionnants ?

– Je vous présente monsieur le maire et son bras droit, dit Mary en les désignant.

De timides salutations se font entendre à travers la salle.

– Mes amis acadiens, je viens de prendre connaissance d'une lettre vous concernant. Elle est adressée aux autorités de cette ville. C'est la raison pour laquelle j'ai emmené avec moi ces deux messieurs. Écoutez bien. Je vais vous traduire cette lettre.

Selon les informations mises à notre disposition, nous avons dans la ville près de soixante-dix Français indigents venus de la Nouvelle-Écosse, et qui vivent dans une de nos maisons publiques. Nous avons appris qu'ils étaient des prisonniers de guerre. Le jour, ils peuvent aller et venir à leur gré et le soir, aucun gardien ne veille sur eux. Notre manière de gérer leur présence est inacceptable, car elle entraîne de grands dangers pour nous. Les prisonniers pourraient profiter de la liberté qu'apporte la nuit pour commettre des crimes, ils auraient, ainsi, la possibilité de s'emparer de nos vaisseaux dans le port et de s'y embarquer pour fuir. Si ces crimes étaient commis, nous serions les premiers à blâmer pour ne pas avoir pris les mesures nécessaires pour éviter ce qui pourrait être préjudiciable pour nous. Ces habitants français sont-ils moins à craindre que les autres prisonniers de guerre ? Je crois que ces hommes sont plus exaspérés que la majorité des prisonniers de guerre, car ils ont dû se séparer de leurs biens et quitter leurs domaines ; ils ont aussi été séparés de leurs amis et de leur famille et ont été réduits à la pauvreté. Quels crimes, spécialement commis par eux, seraient pardonnables dans les circonstances ? Est-ce que nous ne devrions pas, dans ces conditions, nous blâmer nous-mêmes pour avoir permis à un si grand nombre de personnes de vivre ensemble sans surveillance ? Ne devrions-nous pas prendre les mesures nécessaires pour les empêcher de s'enfuir avec nos vaisseaux ? ou encore de mettre le feu à la ville, ce qui pourrait être fait aisément dans la situation présente. Leur serait-il impossible de faire sauter notre poudre à canon dans nos entrepôts, ou encore de commettre nombre d'autres larcins ? Lorsque soixante-dix têtes sont réunies, échauffées par le zèle et la passion, elles ont le pouvoir de trouver des solutions beaucoup plus vite que vous et moi. Cette situation qui met notre ville en danger mérite d'être étudiée.

Madame Kirkland a lu sans lever les yeux. Elle devine la blessure que de tels jugements peuvent porter au cœur de ces gens déjà dépossédés injustement. Sa feuille posée sur la table, elle porte un regard enveloppant sur ses protégés et enchaîne :

– Comme les deux messieurs qui m'accompagnent sont sur le point d'adopter des mesures de sécurité répondant aux plaintes et craintes contenues dans cette lettre, je tiens à ce qu'ils se fassent une idée plus juste de qui vous êtes. Après, ils verront bien que les gens vous ont mal jugés. Je suggère que tous les adultes qui sont ici révèlent, à monsieur le maire et à son adjoint, la valeur des biens qu'ils ont été forcés de laisser derrière eux. Je veux qu'ils entendent, de votre bouche, ce que je leur ai dit de vous. Je traduirai…

– Vas-y, Laurent, le presse Longuépée.

Les épaules droites, le torse bombé, le regard franc, Laurent, debout devant la table des visiteurs, déclare :

– Sur ma terre de trente arpents de front par cinquante de long, messieurs, madame, j'avais trente et un bovins, vingt-trois vaches, cinquante moutons, vingt-deux porcs, trois chevaux et une soixantaine de poules.

Mary lui demande de répéter et de parler moins vite ; elle veut tout noter. Son tour venu, Germaine n'est pas moins fière d'énumérer les avoirs de son mari.

– Chez nous, en Acadie, on ne faisait pas pitié, messieurs. Une belle grande terre, avec le plus beau des vergers. Pas rien que des pommes, des poires aussi ! Puis, des grands champs de seigle et de blé d'Inde. On n'avait pas de problème à nourrir notre famille, puis tout notre bétail : quinze vaches, dix-sept bovins, une vingtaine de cochons, une soixantaine de moutons.

Une fois la traduction faite, les deux dirigeants de Cambridge échangent des propos que les Acadiens veulent comprendre. Mary les leur traduit.

– Ils sont très surpris. Ils aimeraient bien avoir pour eux toute cette richesse ! Je pense que vous n'aurez pas de misère à toucher leur cœur.

Une douzaine d'autres exilés font état des biens qui leur ont été arrachés. Vient ensuite le tour d'Évangéline.

– Je vais vous parler de mes deux familles, Bellefontaine, la mienne, Melanson, celle de mon mari. Mon père a la plus grosse bergerie du bassin des Mines. Pas loin de cent moutons. En plus, il élève des oies, des poules et des chevaux. Vous devriez voir nos champs de blé et de chanvre. Ma mère est descendante des Forest, une des premières familles arrivées en Acadie. La première à avoir construit des aboiteaux pour dessaler nos terres. Ma mère travaille la laine, le lin et le chanvre, en plus de soigner les gens du Bassin. La famille de mon mari…

Le visage penché vers l'enfant qu'elle porte, Évangéline pince les lèvres, ravale un sanglot, serre les paupières et continue avec une dignité belle à voir :

– Basile Melanson, mon beau-père, a deux moulins, un très gros pour le grain et la farine et un autre pour travailler la laine des moutons. Ses terres font dix arpents de large et pas moins de quarante de long. Sans parler des bateaux que mon mari, Gabriel, construit avec son cousin Charles.

– Puis, de beaux bateaux ! renchérit Longuépée qui prend la parole à son tour. J'ai travaillé avec eux. J'ai acheté de leurs embarcations et je n'étais pas gêné d'en vendre aux commerçants de Boston. Jamais une plainte de leur part. Des bateaux de pêche aussi, faits exprès pour s'adapter à nos rivières et à la mer. Il nous est arrivé souvent de réparer et de solidifier ceux qui venaient de par ici, des colonies anglaises d'Amérique. Nos bateaux sont comme les chevaux que j'élève : imbattables, lance Michel, avec sa fougue habituelle.

Son regard croise celui d'Évangéline, admiratif, complice.

Les messieurs de Cambridge baissent les yeux et griffonnent des lettres et des chiffres en écoutant la traduction de Mary qui, une fois de plus, réclame leur attention. Son index pointé sur une ligne, puis sur une autre, une harangue dans le regard, elle les confond. Se tournant vers ses protégés, elle dit :

– Ne vous inquiétez pas, mes amis. Vous pourrez fêter Noël ici. Et je vais faire tout ce qui est en mon pouvoir pour que vous ne soyez pas obligés de partir avant le printemps !

– Qu'est-ce qu'on ferait sans vous, madame Kirkland ? Mais je suis obligée de vous dire qu'on est à court de pain et de lait, marmonne Germaine, intimidée. Peut-être des légumes et des céréales aussi…

– Vous avez encore un peu d'argent ? leur demande humblement la bienfaitrice.

– Moi, je n'en ai plus, répond Michel, que ce mensonge ne gêne pas.

Une déclaration étonnante pour ses compagnons, qui le considèrent comme le plus fortuné du groupe. « Peut-être devrions-nous faire comme lui et mentir », pensent plusieurs autres, dont Évangéline. Malgré tout, une bonne dizaine vont puiser de nouveau dans les sommes qu'ils ont eu la sagesse d'apporter avec eux.

– Je vais vous faire préparer des paniers pour Noël, promet Mary.

– Je peux vous donner un coup de main, propose Michel.

– Moi aussi, dit Laurent, bientôt imité par tous les hommes de la French House.

Longuépée et Laurent mendient l'aide de madame Kirkland pour payer la nourriture dont a besoin la soixantaine de personnes.

∞∞∞

À dix jours de la fin de cette funeste année, Évangéline a mûri sa décision. Adultes et enfants sont presque tous au lit lorsqu'elle demande à Michel Longuépée, Éléonore et Clara de venir la rejoindre dans sa chambre. Michel a apporté des chaises pour Éléonore et lui. Clara et Évangéline sont assises sur le bord du lit.

Une angoisse palpable flotte dans l'air. Michel la ressent dans l'étau qui empoigne son estomac, et Éléonore, dans ses mains qui tremblent.

– Je veux que mon bébé naisse en Acadie, sinon en terre française ! annonce Évangéline, invincible comme le cap Blomidon.

Les regards se cherchent, se fuient et se retrouvent. La respiration saccadée, la voix feutrée, Éléonore dit :

– Ma pauvre petite biche, comment penser retourner en Acadie dans l'état où tu es ?

– Par les terres.

– Tu ne pourras pas faire du portage, pas avant avril en tout cas, dit Michel qui en a l'expérience.

– Les femmes abénaquises, tout comme les Micmaques, le font. Il leur arrive même d'accoucher en route, rétorque Évangéline.

Clara pleure. Éléonore craint le pire. Michel est chaviré.

– Mais on n'a pas la résistance de ces femmes ni leurs méthodes, fait doucement remarquer Éléonore.

– La résistance des Forest et des Bellefontaine vaut bien la leur, riposte Évangéline.

– Écoute-moi bien, la supplie Michel qui a approché sa chaise et placé ses mains sur les genoux de la future maman. Je le connais, le chemin du portage vers l'Acadie. Je connais aussi celui qui mène à Québec; on peut le faire en dix jours en plein été. Mais pas en avril ni même en mai.

– En combien de temps?

– Vingt, vingt-cinq jours... Mais y a pas que le temps, y a les conditions aussi. Évangéline...

Ramenant ses longues mains de chaque côté de son visage, Michel réfléchit, se tourmente et poursuit.

– Si tu tiens vraiment à être en terre française au début du mois de mai, je ne vois pas d'autre moyen que le bateau pour t'y rendre en sécurité.

– Le bateau?

Au souvenir de la cale puante du *Seaflower*, Évangéline réprime un haut-le-cœur.

– Tu rêves, Michel! reprend-elle, outrée.

– J'ai une idée, Évangéline. J'ai des contacts avec des marchands de Boston...

– Peut-être que madame Kirkland aussi en a, dit Clara.

Le regard d'Évangéline est, à nouveau, plus lumineux que la lanterne suspendue au plafond de la chambre.

– Si tu nous trouves une place sur un bateau, Michel, tu viens avec nous trois.

– Nous trois ? s'étonne Éléonore.

– Oui. Clara, la sœur que je n'ai pas eue… et mon filleul.

– Ce n'est presque pas croyable, murmure Clara, au bord des larmes.

– Rentrer au bassin des Mines, c'est peut-être trop demander, mais que tu t'en rapproches serait pour moi le plus beau cadeau du monde, confie Éléonore, de nouveau emportée par un sursaut d'espoir.

– Et pour moi, ce serait que mon enfant soit mis dans les bras de son père dès sa naissance, reprend Évangéline, les lèvres tremblantes de ce bonheur qu'elle espère tant.

– Mais tu sais où il est, ton mari ? demande Clara.

Évangéline se tourne vers Longuépée.

– Il était sur le *Pembroke* avec moi, dit-il. Il avait un plan pour s'en aller à Québec.

– Aurais-tu croisé un dénommé Boudrot, sur ce bateau ? ose timidement Clara.

– Son prénom ?

– Pierre. Aussi grand que toi, Michel, les cheveux roux et…

– Le grand rouquin au rire contagieux ?

– Oui ! C'est lui ! C'est certain ! jubile Clara.

– Il était le seul à nous décrocher un rire, ton Pierre.

– Évangéline ! Ça veut dire qu'on a de grandes chances de retrouver nos hommes, toi et moi, s'écrie Clara, dans une étreinte qui tire les larmes.

– On devrait aller dormir là-dessus, propose Michel, de peur que d'un projet à l'autre, Évangéline le force à lui faire la révélation éprouvante qu'il n'a toujours pas osé lui faire.

Tôt dans la matinée du 23 décembre, vêtu de ce qu'il a pu trouver de plus élégant, Michel Longuépée s'aventure vers le quai Long Warf, de Boston, là où le *Seaflower* a accosté le 15 novembre.

Les noms de certains commerçants sont demeurés dans sa mémoire. Les officiers du port connaissent ces commerçants.

Pour ne pas se laisser dévorer par l'angoisse que cette démarche suscite en elle, se languissant de voir revenir Michel, Évangéline cherche désespérément à s'occuper. Et quoi de mieux que d'écrire ces deux lettres qu'elle rumine jour et nuit depuis qu'elle se sait mère ? La première à Marie-Ange, qu'elle adressera à Faoua, le père Maillard ayant fort probablement été fait prisonnier, comme tous les prêtres de l'Acadie.

Cambridge, Massachusetts, le 23 décembre 1755

À l'attention de madame Benoît (Marie-Ange) Bellefontaine, de la Grand'Prée

Ma chère maman,

Je prends la plume pour vous dire que je vous imagine au milieu de nos amis micmacs, bien protégée par Faoua et ses proches. Je le souhaite de tout mon cœur, plutôt avec les deux cœurs qui battent maintenant en moi. Oui, maman ! Il est là, mon bébé, depuis quatre mois déjà au dire d'Éléonore Doucet et du docteur Trowbridge qui m'a examinée peu après notre arrivée dans ce village du Massachusetts.

Comme vous pouvez voir, j'ai survécu à des semaines d'enfer dans des cales de bateaux indignes même des animaux. Notre protectrice, une dame qui a de la parenté à Montréal, prend bien soin de nous. On est soixante-huit ici et on s'aime beaucoup. Par contre, les habitants de ce village nous méprisent et nous prêtent toutes sortes de mauvaises intentions. On veut tous retourner chez nous dès que le printemps sera arrivé. Comment ? On ne le sait pas encore.

Je suis vraiment décidée à tout faire pour que mon bébé vienne au monde chez nous au milieu de tous ceux que j'aime, vous, Gabriel et papa. D'après Michel Longuépée, Gabriel serait passé au Canada. Je veux aller le rejoindre à Québec et rentrer en Acadie avec lui et notre bébé. Encore six mois, maman, et on sera de nouveau réunis. Je le souhaite tant !

Si, par miracle, cette lettre se rendait jusqu'à vous, répondez-moi vite, très vite, maman. Ce serait plus prudent d'adresser votre enveloppe à notre protectrice, qui me la remettra.

Madame Mary Kirkland
23, Main Street, Cambridge

Attendez-nous, maman, on viendra tous les trois, d'ici l'été prochain. Si Dieu exauce mes prières, papa sera avec vous.

Votre petite biche qui vous adore,
Évangéline

Une agitation inhabituelle monte de la salle du rez-de-chaussée. Évangéline tend l'oreille : des voix inconnues, des propos en anglais résonnent. Elle s'avance sur la première marche et aperçoit deux messieurs, portant paletot de drap et chapeau de feutre. À Laurent qui leur a ouvert la porte, s'efforçant de bien les accueillir malgré l'appréhension qui le fait bégayer, ces hommes remettent une grande enveloppe brune et, avant de repartir, exigent une signature au bas d'une feuille noircie d'un texte incompréhensible.

On déplore l'absence de Michel qui, en un rien de temps, aurait saisi l'essentiel du texte avant de signer la feuille. Évangéline n'est pas bilingue, mais elle décode certains passages.

– C'est au sujet d'une loi… Regardez l'en-tête, Eugène.

– De fait, ça vient de la cour générale du Massachusetts.

– Ça nous concerne. À la deuxième ligne, je lis « Nouvelle-Écosse » ; à la fin de la page, aussi. On parle de travail, de protection. Ici, je lis « quarante shillings par personne ».

– Une loi qui nous concerne, ça veut dire qu'ils acceptent qu'on reste ici, déduit Eugène, ragaillardi.

– À quelles conditions, ça, on ne le sait pas, fait remarquer Éléonore.

– Vaut mieux ne pas se faire d'idées avant que Michel nous ait traduit ce papier, suggère Clara.

– De toute façon, moi, je vais m'organiser pour retourner chez nous le plus vite possible, marmonne Évangéline.

Nombreux sont ceux qui, jetant un coup d'œil au texte, n'envisagent pas moins de quitter la Nouvelle-Angleterre dès l'arrivée du printemps.

Après un dîner de porc frais et de fèves, les mamans, montées faire la sieste avec leurs jeunes enfants, sont ramenées au rez-de-chaussée par la visite de madame Kirkland.

– Quelle chance ! pense Clara. On va savoir à quoi ça rime, cette loi sur les « exportés de la Nouvelle-Écosse ».

Mary est stupéfaite et choquée. C'est elle qui devait venir informer ses protégés des mesures envisagées par la cour générale du Massachusetts pour satisfaire la population quant à la présence des réfugiés francophones catholiques. Elle prend le temps de lire attentivement avant de répondre à la rafale de questions qui l'assaillent.

– Rassurez-vous. Les représentants du conseil ont été bouleversés d'apprendre que, avant d'être chassés de votre pays, vous étiez très à l'aise, pour ne pas dire riches. Que vous étiez de nobles gens. Tous les adultes regroupés autour de Mary poussent un soupir de soulagement. On ose même laisser resurgir de ses tripes ce sentiment de dignité si souvent bafoué qu'on craignait devoir y renoncer.

– Si cette loi est adoptée, tous ceux qui s'occupent de vous ne seront plus réprimandés ni dérangés par les autorités. Autrement dit, tout le monde aura le droit de vous aider.

– Les autorités vous défendaient de…

– On risquait d'être punis après un troisième avertissement, révèle Mary.

– Quel genre de punition ? demande Laurent indigné.

– Ce n'est plus important, mon bon ami. Ce que vous devez savoir, c'est que si cette loi passe, et elle passera, croyez-moi, les gens d'ici auront le droit de vous donner du travail pour subvenir aux besoins de vos familles.

– Quel genre de travail ? s'informe Eugène.

– Du tissage, du filage et différents travaux manuels en attendant que le printemps arrive. Ensuite, ce sera du travail dans les champs, dans les fermes.

– Et les femmes qui n'ont pas leur mari avec elles ? s'inquiète Germaine.

– Elles et leurs filles seront engagées comme ménagères dans des familles aisées.

Une crainte étrangle les mamans. Le souvenir de la captivité de leurs fils dans l'église de la Grand'Prée ne les a pas désertées.

– Nos filles rentreront-elles après leur journée de travail ? s'enquiert Perrine, inquiète.

– Quand la distance ne sera pas trop longue, oui.

Les filles de Germaine et de Perrine bougonnent leur refus de s'éloigner de leur mère.

– On ne pourra pas aller travailler pour ces gens-là, madame Kirkland. On ne comprend pas l'anglais, proteste Agnès, aussitôt appuyée par sa sœur, Marie-Angélique, et par les deux aînées de Germaine, Jeanne et Marie.

– On finit toujours par se comprendre…avec des gestes, rétorque Mary.

– On sera payés combien ? demande Laurent.

– Pour du travail bien fait, on prévoit quarante shillings par jour.

– Pour nourrir huit bouches !

– Sans compter qu'il faudra se loger, se chauffer, s'habiller, ajoute Perrine.

– Vos grandes filles rapporteront aussi un peu d'argent…

Le spectre abominable de la dissémination du groupe, voire des membres d'une même famille, réapparaît, et l'enthousiasme fuit.

– Il ne faudrait pas oublier que, en plus de ceux qu'on nommera les « surveillants des pauvres », il y aura toujours les « protecteurs des pauvres » qui veilleront aux besoins de ceux qui ne peuvent pas travailler, comme Clara, comme Eugène, comme les orphelins Robichaud, rappelle madame Kirkland, soucieuse de voir un sourire renaître sur le visage de ses protégés.

De sa bourse, Mary sort un sac de friandises et s'apprête à en distribuer aux enfants quand Perrine s'interpose.

– Chez nous, madame Kirkland, on ne donne pas de bonbons aux enfants pendant l'avent. On pourrait les garder pour demain soir, au réveillon.

– Comme vous voulez ! À propos du réveillon, on a une belle surprise pour vous. Des dames généreuses de leur temps et de leurs biens m'ont aidée à vous préparer tout ce qu'il faut pour fêter Noël, leur apprend-elle.

Cette annonce décroche bien des sourires : ceux des enfants, francs et lumineux ; ceux des adultes, nimbés de l'absence de leur mari, de leur épouse, de leurs enfants, de leurs aînés.

Le retour tant souhaité de Michel Longuépée survient au moment où Mary allait quitter ses amis de la French House.

– Pourriez-vous m'accorder quelques minutes? lui demande Michel.

– J'ai tant de choses à voir d'ici demain soir… mais je pourrais prendre encore un peu de temps avec vous, répond Mary.

– Je m'en doute bien, madame Kirkland, mais il faut absolument que je vous parle. C'est très important.

Et se tournant vers Évangéline, il enchaîne:

– Tu nous emmènes dans ta chambre? Ça va grandement t'intéresser, dit-il en attrapant deux chaises au passage.

Évangéline se sent écartelée entre l'appréhension et le besoin de s'abandonner à l'espoir.

Une fois la porte refermée derrière lui, Michel s'adresse aux deux femmes, implorant l'intervention de l'une et la confiance de l'autre. En matinée, il a pu rencontrer deux des commerçants qui venaient souvent au bassin des Mines. Ils furent unanimes.

– Il nous est strictement interdit de laisser monter un Acadien sur nos bateaux de commerce. Si le gouverneur veut en affréter un pour renvoyer les déportés chez eux, il nous en donnera l'ordre par écrit, ont-ils répondu.

– J'ai voulu offrir mes services comme marin, raconte Michel. Rien à faire. Sous prétexte qu'ils ont accepté des déportés il y a quelques semaines et qu'ils ont déserté.

Mary cherche à comprendre. Évangéline l'informe de sa volonté d'accoucher en terre française.

– Ma pauvre fille! Je vois bien que vous êtes loin d'imaginer le peu d'égards et de scrupules des gars de bateaux envers une femme comme vous sur leur vaisseau, dit Mary, dégoûtée.

– Je ne serais pas seule. J'ai demandé à Michel de venir avec nous.

– Avec vous ? Mais, de qui parlez-vous, Évangéline ?

– De Clara et de son bébé. Je suis la marraine de Moïse et son papa était sur le même bateau que mon mari. Vous comprenez, madame Kirkland ?

Mary hoche la tête, promène son index sur son menton rosé et dit :

– Je pense à quelques hommes qui pourraient peut-être vous aider. Laissons passer le temps des fêtes, leur suggère-t-elle. Mais je vous préviens : si on réussit à vous faire rentrer chez vous sains et saufs, ce sera un miracle, mes enfants.

– On en a vu d'autres, madame Kirkland. On sait que les bons esprits sont de notre côté, réplique Évangéline, les yeux couleur d'espoir.

Madame Kirkland n'a pas aussitôt quitté la French House qu'Évangéline confie à Michel :

– Je vais écrire une lettre à Gabriel… Je la compléterai au fil des événements, pour qu'il sache ce que nous avons vécu depuis notre séparation.

– Très bonne idée, Évangéline.

– J'aurais un service à te demander. La prochaine fois que tu vas te rendre au village, voudrais-tu t'occuper d'envoyer cette autre lettre en Acadie, pour maman ?

– Tu penses que…

– Je prends une chance, Michel. Elle est probablement restée avec les Micmacs. Et peut-être que papa est avec elle… peut-être qu'il a trouvé le moyen de se sauver du bateau.

Michel fixe le plancher, se tourne vers la porte, y colle son front, ses longues mains à plat au-dessus de sa tête.

– M'as-tu caché quelque chose, Michel? pressent Évangéline, tremblant soudain de tout son corps.

Un signe de tête lui donne raison.

– Au sujet de… papa?

Michel revient vers Évangéline, s'assoit près d'elle et pose un bras sur les épaules de sa jeune amie, qui vient appuyer sa tête contre la poitrine robuste où bat, à certaines heures, le cœur de toute l'Acadie. Puis il chuchote:

– Il n'a pas souffert longtemps, lui, au moins.

Pas un mot ne sort de la bouche d'Évangéline. Qu'un sourd gémissement étouffé.

– Tu avais raison. Il a essayé d'aller rejoindre ta mère.

– Il s'est… noyé? demande-t-elle, toujours

blottie dans les bras de Michel.

– C'est ça, répond-il, jugeant qu'elle n'a pas à savoir, pour l'instant, qu'on a tiré sur Benoît à bout portant quand il a tenté de se sauver de la chaloupe qui l'emmenait au bateau.

Pas un cri de révolte. Que des larmes pour cette déchirure, pour celle que ressentira sa mère en l'apprenant. Évangéline se détache doucement de Michel, se dirige vers la petite table placée dans un coin de sa chambre et se prépare à écrire. Michel, le cœur gros, quitte la pièce sur la pointe des pieds.

Évangéline relit la lettre adressée à sa mère. Elle hésite et décide de ne pas la corriger. Au cas où ce ne serait pas

Benoît Bellefontaine qui se serait noyé. Au cas où Marie-Ange vivrait uniquement de l'espoir de retrouver son mari et sa fille. Au cas où les retrouvailles devanceraient l'annonce de la mort de Benoît.

Cambridge, Massachusetts, le 23 décembre 1755

Monsieur Gabriel Melanson, de la Grand'Prée

Mon cher amour,

Je prends ma plume pour te dire que, hier, je n'aurais pu t'écrire que des bonnes nouvelles. Mais je viens d'apprendre de Michel Longuépée, qui est avec nous à Cambridge, que papa se serait noyé en voulant s'échapper de la chaloupe... Perdre mon père à ce moment-ci est deux fois plus cruel. J'aurais tellement souhaité qu'il connaisse... notre enfant, Gabriel. Oui ! notre enfant ! Il naîtra en mai, Gabriel. Dans cinq mois. Et j'ai décidé que ce serait le ciel de Québec qu'il verrait en ouvrant les yeux. Là où je pense que tu nous attendras. Ce sera le plus beau moment de notre vie... devenue si fragile depuis mai dernier.

On s'aimera alors avec la même force qu'on aura mise à s'accrocher à la vie. Je me laisserai enivrer par ton amour. On le reportera sur notre enfant. Il reconnaîtra ta peau sur la sienne, ta voix aussi. Il l'a entendue entre la mi-août et le 5 septembre. Son petit cœur sur le tien et le mien, ce sera les plus belles retrouvailles de la terre. On mettra derrière nous tous les cauchemars et toutes les injustices que les Anglais nous ont fait vivre et on travaillera ensemble à rebâtir un pays de paix pour nos enfants.

Noël approche. Je sais qu'il ne sera en rien comparable à ceux qu'on a connus en Acadie, mais je veux le vivre avec courage, pour toi, pour notre enfant et pour ceux qui sont ici avec nous, entourés d'une cinquantaine d'adultes… au cœur gros.

Malgré tout, on a la chance d'être les protégés de madame Kirkland. Le fait qu'elle ait de la famille à Montréal la rend sensible à nos malheurs.

Je vais devoir m'arrêter là pour aujourd'hui ; mon filleul pleure. Notre filleul. Oui, oui, tu as bien lu ! Un petit garçon né ici à Cambridge, dans le Massachusetts. Son nom : Moïse. Je t'en reparlerai.

Ta belle Éva

Depuis quelques jours, on rumine et on appréhende ce réveillon qu'on n'ose plus appeler fête de Noël. Dans l'esprit des occupants de la French House, des pensées et des souvenirs gonflent les paupières. Dans les cœurs, un vide insoutenable. Sur les lèvres, des mots avortés, pour ne pas affliger davantage les enfants, les épouses, les autres.

– Michel, tu vas aller nous chercher ce qu'il faut pour faire des naulets au moins, décide Perrine, sa main prête à verser dans celle de Longuépée l'argent nécessaire pour payer la farine, le sucre, la graisse, le lait et les raisins.

– Puis, des croquignoles, tant qu'à faire, ajoute Laurent.

De l'argent s'ajoute dans la main de Michel.

Tous les adultes conviennent que, pour les enfants, Noël ne serait pas Noël sans leur gros biscuit en forme de petit bonhomme, offert habituellement par leur marraine.

– J'ai toujours aimé faire ces biscuits-là, dit Germaine. Des raisins, il m'en faut pour les yeux, le nez et les boutons du manteau. Pour la bouche, une simple fendure.

– Je vais pouvoir t'aider, offre Perrine. On a deux rouleaux à pâte.

– Moi, propose Clara, je vais découper les bras et les jambes.

– Moi, je vais placer les raisins et tracer la fendure, dit Évangéline.

– Les croquignoles, je me les réserve, décide Éléonore.

Un petit comité se forme pour organiser cette soirée du 24 décembre 1755. À madame Kirkland qui, venue en soirée, manifeste son désir d'apporter des jouets aux enfants de la French House, les Acadiens, étrangers à cette tradition anglaise, expriment leur préférence: des vêtements et de la nourriture.

– Des pâtés à la viande surtout, je sais. Mon mari aurait été bien malheureux de ne pas en trouver sur la table pour Noël, dit Mary.

– On pourrait les faire si on avait ce qu'il faut, suggère Perrine.

– J'ai déjà engagé deux dames pour ça. Je vous les fais livrer demain après-midi. Il ne vous restera plus qu'à les réchauffer. Vous aurez de la bonne nourriture, au moins, ajoute Mary, fuyant les regards de ses protégés tant ils sont voilés de tristesse.

– Où est-ce qu'on pourrait trouver quelques bonnes bûches? demande Eugène.

– Vous manquez de bois! s'écrie Mary, catastrophée.

– Non, non. C'est à cause de la tradition…

– Oui, reprend Éléonore. La veille de Noël, on fait brûler une très grosse bûche dans la cheminée. Si elle est encore en feu le matin de Noël, c'est un signe que le tonnerre ne tombera jamais sur nos bâtiments.

– On garde la cendre dans une chaudière, ajoute Germaine, et quand la neige est fondue, on va l'éparpiller autour de nos arbres fruitiers pour qu'ils nous donnent une belle récolte.

– Je vous en ferai porter deux grosses, c'est promis. Vous avez l'intention de veiller ? demande-t-elle, hésitante.

– Non, madame Kirkland, affirme Éléonore. Ce serait retourner le fer dans la plaie.

– Un bon souper, puis, le lendemain, la distribution des naulets aux enfants, et ce sera tout, ajoute Évangéline.

– Je n'aurais pas détesté qu'on chante des cantiques de Noël, avoue Agnès, mais ce serait trop triste.

– Vaut mieux dormir le plus longtemps possible. Pendant ce temps-là, on n'a pas mal à l'âme, ajoute Eugène.

Trois mois de captivité, allégée, mais trois mois à quêter son pain quotidien et ses remèdes. Sans l'aide de madame Kirkland et de son équipe de « protecteurs des pauvres », l'attente de jours meilleurs serait encore plus épuisante. Aux hommes, de petits travaux de cordonnerie et de réparation de meubles ont été confiés. Des lots de laine ont été apportés aux femmes qui savent tricoter, et des travaux de couture ont été donnés aux autres ; ainsi, les exilés compensent un tant soit peu leur mendicité.

Évangéline trompe sa nostalgie en tricotant des vêtements pour son filleul et une layette pour le bébé qu'elle attend. Le docteur Trowbridge, qui lui rend visite régulièrement, souhaiterait qu'elle s'alimente mieux ; sa pâleur et sa maigreur l'inquiètent. Aussi donne-t-il ses recommandations à Éléonore.

– Il y a trois personnes dans cette maison qui ne doivent jamais manquer de lait ni de légumes : madame Clara, son fils et madame Évangéline.

– Nous y veillerons, promettent Éléonore et Michel.

– Je vais encore fouiller les journaux de la région, au cas où du travail serait proposé, déclare Michel.

– J'ai remarqué que tu te débrouilles de mieux en mieux en anglais, lui dit Évangéline.

– S'il y a une miette de positif dans tout ce qu'on a vécu depuis six mois, c'est bien celle-là, rétorque Michel.

– Tu en oublies une autre, dit Clara.

– Oui ! J'ai un filleul ! lui rappelle Évangéline.

– Et moi, une grande amie, d'ajouter Clara.

– Mais qu'est-ce que c'est que ça ? s'écrie Michel, le doigt pointé sur le haut d'une page du journal.

Laurent et d'autres hommes se précipitent vers Michel.

– Traduis-le-nous, le pressent-ils.

– Attendez que je finisse de le lire, pour être bien sûr de ne pas me tromper.

Un silence monacal s'installe dans la French House. Les regards se croisent, se questionnent. Des mains jointes sur la poitrine… des prières. Des larmes.

– Des nouvelles d'un des bateaux de déportation, dit Michel. Le… le *Pembroke*.

Évangéline et Clara se rapprochent, se tiennent par la main, tremblent autant l'une que l'autre.

– Je vais vous le traduire de mon mieux, dit Michel, la gorge serrée.

Le Pembroke, *un voilier de cinquante tonneaux, avait à son bord trente-trois hommes, trente-sept femmes, soixante-dix garçons et quatre-vingt-douze filles. Ce vaisseau devait se rendre en Caroline du Nord. Les autres navires du convoi transportaient plus de mille six cent soixante prisonniers acadiens; ils allaient vers le Massachusetts, le Connecticut, New York et la Caroline du Sud. Tous les navires se sont rendus à destination sauf le* Pembroke. *Pour éviter que les prisonniers suffoquent, à tour de rôle, on permettait à six Acadiens de sortir sur le pont supérieur, pour une vingtaine de minutes. Un des déportés avait comploté avec cinq ou six compagnons d'expérience que, dès que l'ordre serait donné de retourner dans la cale, ils monteraient avant que l'écoutille soit refermée.*

Longuépée s'arrête, lève les yeux vers tous ceux qui l'entourent et dit:

– Vous vous rappelez ce que je vous ai raconté à mon arrivée sur le *Seaflower*? Ce que je comprends, c'est que le plan de Charles Béliveau a fonctionné. Ils ont réussi à détourner le *Pembroke*.

– On doit s'en réjouir? demande Clara.

– L'avenir nous le dira, mais je pense que oui. Écoutez bien ce qui suit…

Un des prisonniers aurait assommé la sentinelle anglaise d'un vigoureux coup de poing. Ce fut le signal de la révolte.

De nombreux autres prisonniers sont montés par l'écoutille restée ouverte, et sont venus prêter main-forte au petit groupe d'audacieux. Le capitaine et son équipage auraient été neutralisés très rapidement. Un habitué de la navigation a pris en charge le voilier et l'a fait changer de cap.

De nouveau, Michel s'arrête.

– Je sais que c'est Charles Béliveau qui a fait ça. Gabriel était sûrement à ses côtés. On écrit que:

Le vent étant fort, l'ex-capitaine a tenté d'apeurer le nouvel équipage, en criant que le mât principal avait une faiblesse et allait se briser. Le malheureux avait oublié que c'était justement ce prisonnier qui avait installé ce nouveau mât. Plusieurs autres capitaines acadiens ont pris la barre à tour de rôle. Le Pembroke *aurait déchargé sa cargaison humaine au port de Saint-Jean le 8 février 1756.*

– C'était bien là qu'ils voulaient aller, nos hommes? l'interrompt Évangéline.

– Oui, c'est bien là.

– T'as tout lu? demande Laurent.

– Non. Il reste encore quelques lignes, pas très rassurantes.

– On veut tout savoir, réclame Agnès.

– Les familles fugitives du *Pembroke* auraient quitté la région pour aller se réfugier à Québec. Mais plusieurs n'auraient pas pu s'y rendre…

– Ça devait être dur de faire le portage en plein hiver, pas habillés ni chaussés pour affronter le froid. Ils étaient partis de chez nous en pleine chaleur pour se rendre à l'église, rappelle Éléonore.

– J'espère qu'ils ont trouvé de bons Abénaquis sur leur route…, murmure Évangéline.

– C'est tout ? demande Clara.

– C'est tout, affirme Michel, persuadé qu'il vaut mieux taire la dernière phrase.

À quoi leur servirait de savoir qu'une épidémie de petite vérole s'est acharnée sur les fugitifs et a décimé la majorité de ceux qui ont réussi à atteindre la ville de Québec ?

∞∞∞

Au bout d'un hiver morne et gris arrive enfin avril avec ses arbres en bourgeons sur lesquels les oiseaux frileux reviennent gazouiller. À l'extérieur de la French House se déploie un décor de promesses et d'espérance : du travail pour plusieurs hommes dans les fermes avoisinantes, et dans les maisons de riches pour les jeunes filles.

– Elles doivent revenir coucher ici, chaque soir, ont exigé les mères inquiètes.

Pour Évangéline, c'est bientôt la fin d'une grossesse dont le dénouement augure bien, malgré les faibles probabilités d'accoucher en terre française. La permission de prendre le bateau sera accordée à la future maman à deux conditions : premièrement, qu'elle présente aux autorités portuaires un papier médical qui prouve qu'elle peut supporter le voyage, compte tenu des deux ou trois semaines à passer en mer ; deuxièmement, difficulté majeure, qu'elle ait un répondant connu des autorités du Massachusetts. Michel Longuépée ne répond pas à cette exigence. Évangéline a pensé au docteur Trowbridge, mais elle craint que ce soit audacieux de lui demander une telle faveur. Il ne reste à Évangéline que trois semaines pour trouver son répondant. C'est sur lui que reposera aussi la décision de laisser monter sur ce bateau Clara et son bébé, en plus d'Évangéline. Répondre de ces personnes, c'est défrayer presque en totalité les coûts de leur transport et de leur subsistance. Michel, Évangéline et Éléonore cherchent des solutions dans les flammes de l'âtre qui leur offrent leurs dernières ardeurs.

– Ce serait peut-être plus facile de trouver quelqu'un s'il ne restait presque rien à débourser, suggère Michel.

– J'ai encore une bonne somme d'argent cachée dans mes affaires, lui confie Évangéline.

– Moi, je pourrais vendre mon jonc, propose Éléonore.

– Pour Clara, je peux faire quelque chose, dit Michel. J'ai encore de l'argent en plus des alliances de mes parents, que je garde pour les Abénaquis.

– Les Abénaquis ! s'exclament les deux femmes.

Michel pose ses coudes sur ses cuisses, laisse tomber sa tête presque jusqu'à ses genoux et sourit.

– Si on réussit à vous embarquer sur le premier bateau qui se rend à Québec, je vais peut-être arriver avant vous…

– Tu vas te…

Évangéline n'a pas le temps de terminer sa phrase.

– Je ne serai pas le premier à prendre ce portage-là, murmure-t-il, des milliers de scintillements dans les yeux. Je ne le ferai pas tout seul non plus.

– T'es sûr d'avoir l'aide des Abénaquis ? s'inquiète Évangéline.

– Plus encore si tu acceptes de… Je sais que ce serait un gros sacrifice pour toi, mais je pense que ça m'aiderait beaucoup. Ta plume d'aigle, Évangéline, il faudrait que tu me la prêtes. Je trouverai le moyen de te la rendre. Je saurai vous retrouver, toi et Gabriel, à Québec ou en notre Acadie.

Évangéline acquiesce d'un signe de tête, le regard habité par un mélange d'espérance et de crainte.

– Tu prends le risque de te faire arrêter… et tuer, Michel, le prévient Évangéline.

Comme tous les réfugiés de Cambridge, elle a été catastrophée d'apprendre que, depuis mars, malgré les bons mots du maire et les paroles rassurantes de madame Kirkland, les *Frenchs* n'ont plus le droit de sortir de la ville sans être accompagnés par un policier. Ils risquent d'être abattus s'ils défient cette interdiction…

– J'ai ma petite idée sur le moment et la façon d'agir. Ne te tourmente pas pour moi, Évangéline.

– De nous tous, tu es sûrement le plus capable de passer au Canada sans y laisser ta peau.

– C'est pour toi et Gabriel que je suis resté ici, Évangéline. Aussitôt que je serai sûr que tu pourras embarquer pour Québec, je m'en irai. J'aimerais ça te devancer, prévenir ton mari, lui remettre la lettre dont tu m'as déjà parlé.

Évangéline se retrouve dans les bras de Michel, un ami pour la vie. Éléonore partage leur émoi, essuie une larme et murmure :

– *Deo gratias*.

∞∞∞

– J'avais pensé le placer ici, dit madame Kirkland, en désignant un coin de la salle du rez-de-chaussée.

Deux hommes de service et un chic monsieur entrent avec elle, en ce midi de printemps.

– Quand je vous l'ai commandée, cette taverne était très populaire. Mon défunt mari s'en occupait bien, ajoute-t-elle, encore émue à l'évocation des mérites de son époux.

Les occupants de la French House observent, silencieux, respectueux, intimidés même. Qu'est-ce que peut bien contenir une caisse si bien ficelée, d'environ quatre pieds de haut, sur trois de long et autant en profondeur? Apparemment lourde, de surcroît.

Un côté de la boîte, enfin éventrée, laisse voir la sculpture… d'un castor. L'émoi est général. Cet animal, cher aux peuplades indiennes pour sa peau, son huile et sa chair, l'est davantage pour les Acadiens qui y ont toujours vu le symbole de l'intelligence, de la débrouillardise et de la persévérance. Un peu plus et ils pourraient croire que madame Kirkland a commandé cette sculpture pour eux.

– Mon mari et toute sa famille vénéraient le castor, dit Mary, en admiration devant l'œuvre de l'artiste… si discret qu'aucun des observateurs ne pourrait deviner qu'il est l'auteur de cette œuvre.

Et, s'adressant à ses protégés, elle annonce:

– C'est une personne très importante que nous recevons aujourd'hui, mes amis. Ce sculpteur vient de Québec.

Monsieur Jean-Baptiste Levasseur. Il était un bon ami de Harry, mon mari.

Monsieur Levasseur les salue dans leur langue, qui est aussi la sienne. Une brise parfumée, qu'on dirait venue du bassin des Mines, que ces quelques mots. Les regards rivés sur lui se sont habillés de tendresse, de gratitude aussi.

– L'anglais, c'est seulement pour les affaires, précise-t-il. Il n'en fallait pas davantage pour que l'admiration et la confiance des exilés lui soient acquises.

La tête légèrement inclinée vers son épaule droite, une moustache grisonnante soigneusement lissée au-dessus d'une bouche dessinée pour sourire, monsieur Levasseur pose un regard attentionné sur le groupe et lui confie :

– Mes amis, nous sommes au courant des grands malheurs qui vous sont arrivés. Certains de vos gens ont réussi à se rendre jusque chez nous, à Québec. De pauvres hommes épuisés, affamés. Ils venaient de la rivière Saint-Jean. Ils se considéraient très chanceux d'être encore en vie. Échapper aux Anglais, c'est tout un tour de force. Ensuite, à la petite vérole…

– La petite vérole ! s'écrie Clara, affolée.

– Pas dans le Massachusetts, s'empresse de préciser leur visiteur. Seulement chez nous, au cours de l'hiver…

Michel Longuépée est catastrophé d'entendre cette nouvelle qu'il avait voulu cacher à ses compagnons d'exil. Évangéline est sidérée. Les Acadiens fugitifs du *Pembroke* atteints par l'épidémie. Les chances que Gabriel soit encore vivant s'amenuisent. « Mon Dieu, sauvez mon mari ! Sauvez le père de mon enfant ! » balbutie-t-elle, chancelante, cherchant une chaise libre. Michel vient se placer debout derrière elle, pose ses mains sur ses épaules, resserre ses doigts pour lui faire sentir qu'il est là. Leurs regards croisent celui de Clara. Même angoisse. Pierre Boudrot a-t-il été plus fort que les Anglais ? plus fort que la maladie ?

– Je peux vous garantir une chose, dit monsieur Levasseur. Nous les avons accueillis avec tous les bons soins qu'on accorde à des frères. Parce que vous êtes nos frères.

Il n'y a pas que les femmes et les enfants qui pleurent. Mary flanche devant la détresse innommable de ces déportés, traités comme des parias, réduits à l'indigence, tourmentés par le sort de leurs proches. Jean-Baptiste Levasseur, bouleversé, leur avoue :

– On pourrait faire plus pour aider votre peuple. D'autant plus que rien ne nous dit qu'un jour on n'aura pas à se défendre contre les Anglais, nous aussi.

– Ce ne serait pas surprenant, ils veulent s'approprier tout ce qui appartient à la France, rétorque Michel Longuépée.

Qu'on se tourne vers l'est ou vers le nord, l'avenir est menaçant pour les déportés acadiens. Michel sent bien qu'il n'est pas le seul à s'en apercevoir. Rebelle jusqu'au bout des ongles contre tous ceux qui cherchent à lui voler son pays, Longuépée l'est aussi devant toute tendance à nourrir des idées noires.

– Mais, dites-moi, monsieur Levasseur, le temps doux serait-il déjà arrivé à Québec ?

– Un printemps comme on en a rarement eu, mon bon ami. Le 21 mars, on pouvait se frayer un chemin sur le fleuve. Qu'est-ce que vous voulez demander de mieux pour les affaires ! s'exclame-t-il.

L'atmosphère de la salle se bonifie. Les visages s'illuminent.

Tout comme Mary, Éléonore, Évangéline, Clara et Michel ne sont pas restés indifférents aux propos de monsieur Levasseur. Pour ramener encore plus de gaieté dans la French House, madame Kirkland rend hommage à leur visiteur.

– Vous avez deviné que ce monsieur est très généreux. C'est un homme au grand cœur et de grand talent. Il y a cinq ou six ans, c'est lui qui a décoré le tabernacle du maître-autel d'une église de l'île d'Orléans. Un chef-d'œuvre. Mon mari l'a vu. Monsieur Levasseur a décoré plusieurs vaisseaux de la marine française, aussi.

– Justement. Monsieur Kirkland avait beaucoup aimé ce que j'avais sculpté sur la frégate *Castor* et sur le vaisseau ravitailleur *Caribou* : un castor et un bouclier aux armoiries de la France…

– C'est pour honorer la mémoire de mon cher Harry que j'ai commandé cette sculpture et que j'ai voulu qu'elle soit exposée ici, déclare Mary, fort émue. On félicite l'artiste. Michel accompagne les visiteurs jusqu'à l'extérieur.

– Je ne voudrais pas trop vous retarder, monsieur Levasseur…

– Je ne suis pas si pressé, monsieur.

– Vous avez laissé entendre que vous pourriez faire quelque chose de plus pour nous…

Madame Kirkland l'interrompt.

– J'allais lui en parler, monsieur Longuépée.

Son sourire témoigne de l'appui qu'elle compte accorder à sa demande: intercéder pour qu'Évangéline et Clara puissent être emmenées à Québec par bateau.

Jean-Baptiste se gratte la tête et grimace.

– C'est que… on ne fait pas monter de femmes sur nos bateaux de commerce.

– Même pour une raison comme celle-là, monsieur Levasseur… insiste Michel.

– Je vais voir ce que je peux faire, dit le sculpteur avec une sincérité éloquente.

– J'ai une idée à lui soumettre, annonce Mary, pour appuyer la confiance de Michel.

– On pourrait presque tout payer, reprend Michel, se voulant persuasif.

Michel ne se presse pas pour franchir le seuil de porte de la French House. «Une balade autour du bâtiment, dans le silence, pourrait me remettre les idées bien en place. Évangéline va me questionner, Clara aussi, et je ne me pardonnerais pas de leur avoir inspiré de faux espoirs.»

À son retour dans la bâtisse, Évangéline l'attend, anxieuse.

– La seule chose qu'on puisse faire pour l'instant, c'est de s'assurer qu'on aura assez d'argent pour payer votre voyage, dit-il, visiblement habité par quelques idées sur le sujet.

Ni Éléonore ni aucune des deux jeunes femmes ne s'attendaient à recevoir, deux jours plus tard, la visite de Mary, porteuse de bonnes nouvelles.

– Ça pourrait se faire, annonce-t-elle à Michel et aux trois femmes rassemblées autour du berceau de Moïse.

Évangéline lève les yeux vers le ciel en caressant son ventre où bouge une promesse de vie.

– Il y a plusieurs conditions.

– Dites-les-nous, madame Kirkland. Je suis sûr qu'on va pouvoir les remplir, riposte Michel, de la détermination plein la voix.

– Monsieur Levasseur a dû faire des démarches auprès du capitaine et des autorités du port. Sur le bateau qui part le 20 avril, il n'y a plus de place. Sur celui qui part cinq jours plus tard, ce serait possible, mais il faut que monsieur Levasseur réponde de vous…

– Ce qui veut dire ? demande Évangéline.

– D'abord, qu'il paie la différence, si vous manquez d'argent. Les cabines, c'est lui qui les loue.

– Ensuite ? la presse Michel.

– Un médecin doit accompagner Évangéline au cas où elle accoucherait sur le bateau. Et c'est là que ça se complique, dit-elle, fort soucieuse.

– Madame Kirkland, on n'a pas besoin de médecin pour mettre un enfant au monde. Ce n'est pas une maladie, la naissance, pas plus que la grossesse. Éléonore a fait des centaines d'accouchements dans sa vie. Il faut les convaincre de l'emmener avec nous ! insiste Clara.

– Un certificat du docteur Trowbridge pourrait peut-être faire l'affaire, suggère Éléonore. Ça se voit quand un bébé est sur le point d'arriver.

– Quant à l'argent, fait remarquer Clara, on en a ramené pas mal et on peut s'entasser dans une grande cabine, Évangéline, mon fils et moi.

– Ça coûtera moins cher et ça me permettra de m'entraîner avec Moïse à mon futur rôle de mère, réplique Évangéline.

– Puis, Laurent va vendre aujourd'hui tous les tricots qu'on a faits, ajoute Clara.

– Je vais porter les chaussures, les sacs et les deux harnais qu'on a réparés cette semaine. Ça devrait faire pas mal d'argent, estime Eugène.

– Il faut quand même en garder pour ceux qui ne partiront pas, réplique Évangéline.

Michel l'approuve :

– C'est à ceux qui s'en iront de trouver les moyens de payer leur voyage.

Agnès, très chagrinée à l'idée d'être séparée d'Évangéline sans savoir quand elle la reverra, s'approche et lui chuchote à l'oreille :

– Je ne moisirai pas ici bien longtemps, moi non plus.

Heureuse de voir ses protégés s'organiser, Mary Kirkland repart plus confiante.

∞∞∞

Pour les réfugiés de la French House, les adieux sont déchirants en cette matinée ensoleillée. Des femmes envient celles qui les quittent pour se rendre à Québec ; d'autres sont affolées par les risques de tempête en mer, de maladie et de mort qui les guettent. Les sœurs de

Félicité et les filles de Germaine pleurent le départ d'Évangéline et du petit Moïse, à qui elles se sont tant attachées. Les deux orphelins du destin s'accrochent à la promesse que Michel Longuépée leur a faite avant de partir: trouver leurs parents et les faire venir à Québec. Des lettres accompagnent les voyageuses, des dizaines de lettres destinées aux proches qu'elles espèrent retrouver.

– Tu es heureuse, Évangéline? lui demande Agnès, retenant ses larmes.

– Comment veux-tu que je sois heureuse quand je laisse tant de gens que j'aime derrière moi, sans savoir ce qu'ils deviendront? Je dois t'avouer, Agnès, que j'ai très peur. Si on pouvait m'assurer que vous ne serez pas maltraités, que j'arriverai vivante… mon bébé aussi. Et qui me dit que je vais le retrouver, mon Gabriel?

– Des dangers, on n'arrête pas d'en courir depuis un an, dit Perrine, compréhensive. On continue de prendre des risques pour se sortir de nos malheurs, en espérant que ça ne se retournera pas contre nous, comme c'est arrivé l'été passé. Mais, on n'est plus sûrs de rien.

Marthe pleure, blottie contre son frère David qui tente de la consoler.

– Michel est allé avertir papa et maman… Il va revenir nous chercher. Quand les pommiers seront en fleurs, a-t-il dit.

– Ça va être long?

– Non. Pas trop, répond Évangéline qui doit rassembler toutes ses forces pour ne pas éclater en sanglots à la pensée de quitter les deux orphelins Robichaud.

Elle se penche vers eux pour les embrasser et leur fait une promesse qui fait sourire David.

– Je vais aider Michel à les trouver, vos parents. Vous allez venir un jour, dit Évangéline en caressant les cheveux des deux enfants.

– Voir votre petit bébé, enchaîne la fillette à travers ses larmes.

Jean-Baptiste Levasseur, venu avec madame Kirkland chercher les trois femmes et le bébé n'avait jamais vu pareille détresse. Une détresse qui le chavire et qui le bouscule jusque dans les replis de sa conscience de mécène. «Je les ramène avec moi à mon prochain voyage. Je n'ai pas envie qu'on en fasse des esclaves blancs», se dit-il, au fait du rapt d'enfants acadiens survenus dans le village voisin. Le sculpteur, qui n'avait pas prévu de revenir avant le mois de juin, se ravise, craignant que les familles de la French House soient déjà éparpillées dans des fermes pour y gagner de quoi subvenir à leurs besoins. Il confie son projet à Mary avant de prendre le bateau et il lui demande de veiller sur ces deux orphelins du destin jusqu'à son retour. Accroupi devant Marthe et David, il leur jure de revenir.

– Quand? demande David, toute l'inquiétude du monde dans ses grands yeux verts.

– Dans quelques semaines, avec de belles surprises.

– Avant que les pommiers soient en fleurs?

– Oui. Quand tu sentiras qu'une odeur de lilas vient des jardins.

– Il y en a, ici?

– Beaucoup, répond Mary.

– Mais monsieur Michel a dit qu'il viendrait nous chercher avec papa et maman, se souvient Marthe.

– C'est peut-être vous deux qui allez venir les rejoindre, répond Levasseur avec un sourire rassurant.

– Vous allez nous emmener vivre avec eux! suggère David.

– Je veux partir avec vous et mon frère! s'écrie Marthe, rayonnante.

Aux autres enfants de la French House, un carnet et un crayon à la main, il promet des cadeaux, notant ce que chacun d'eux souhaite recevoir. La promesse de son retour à Cambridge sème l'espérance dans le cœur des petits comme des grands.

– Le petit Moïse ne manquera de rien, promet monsieur Levasseur qui a repoussé son départ au 25 avril et s'est engagé à répondre des trois femmes et du bambin.

∞∞∞

À Québec, le ciel et le fleuve fusionnent dans un bleu saphir. Le vent est presque complètement tombé. Pour profiter de la fin du courant avant que le soleil soit à mi-chemin de sa descente sur la ligne d'horizon, le capitaine a maintenu une discipline rigoureuse. L'équipage entame maintenant les manœuvres d'approche en remerciant le ciel pour sa clémence. Les grands vents et la marée sournoise du fleuve Saint-Laurent ne sont pas que rumeurs. De ses moments d'accalmie, durant lesquels on oublie toute vigilance, à sa houle démontée, le tempérament de ce grand cours d'eau a rompu l'échine de plusieurs marins, les hautes falaises les ayant séquestrés dans un couloir de vents meurtriers.

Un panorama d'une beauté paradisiaque s'offre aux passagères de l'*Intrepid*. La vue du cap Diamant les transporte. À ses pieds, une dentelle de maisons à trois étages…

– Toutes construites d'une pierre dure comme le marbre, explique monsieur Levasseur.

– Je croirais revoir notre cap Blomidon ! s'écrie Clara.

– Mais on dirait des châteaux, là, sur le cap ! note Évangéline à qui treize jours en mer ont fait craindre un accouchement prématuré.

– C'est un château, mesdames ! Le château Saint-Louis. Il a l'air fier, n'est-ce pas ? Il a raison. Samuel de Champlain l'a fait construire dans les années 1620. C'était sa résidence officielle. Puis, il y a une soixantaine d'années, le comte de Frontenac en a fait construire un autre, plus grand, et il a ajouté le fort. C'est là qu'habitent nos gouverneurs.

Clara ne cesse de s'exclamer. Évangéline est impressionnée par un paysage aussi contrasté : boisés, villages, champs en culture et pâturages entourent un îlot d'édifices d'une architecture imposante ; cet îlot est rehaussé de fortifications plus imposantes que celles de Halifax.

Monsieur Levasseur s'esclaffe et dit :

– Champlain n'a pas eu le choix d'aménager un sentier pour assurer la liaison entre son château, en haut du cap, et la Basse-Ville. C'est un tracé en lacet ; on l'appelle la côte de la Montagne. On va la prendre en débarquant, Évangéline.

– Mon Dieu ! Je me demande si je serai capable de la monter, dit-elle.

– Tu devrais rester assise jusqu'à ce que le bateau accoste, lui recommande Éléonore.

– Mais c'est si beau à voir, je ne veux rien manquer !

– Tu auras bien des occasions de revoir ce spectacle. Tu n'es pas ici que pour quelques jours, réplique la sage-femme.

– Quand vous serez en forme pour visiter Québec, allez dans la Haute-Ville, mes belles dames. Si, de la rue Sainte-Ursule, vous suivez le petit ruisseau, il vous mènera à la rue Saint-Louis, vous fera tourner brusquement à la rue du Parloir, pour vous faire descendre la rue Desjardins jusqu'à la côte de la Fabrique. Puis, il vous conduira vers la rue Hamel, d'où vous le verrez culbuter du sommet du cap au pied de la côte Dambourges, pour aller enfin se jeter dans le fleuve.

Jean-Baptiste Levasseur connaît très bien sa ville. Ses descriptions sont parfumées de passion et de fierté.

Il est temps pour l'équipage d'apporter les voiles. Vaisseau ardent, l'*Intrepid* remonte souvent au vent. Tendance qui leur a facilité la traversée, mais qui exige que tout l'équipage travaille de façon précise et minutieuse pour le mouillage. L'ancre mord le fond et le câblot se raidit sur toute sa longueur. L'*Intrepid* affronte quelques bonnes vagues avant de s'immobiliser. Chaque marin reste à son poste pendant quelques minutes pour s'assurer que le voilier ne chassera pas. À tribord, la côte rocheuse s'étend sur tout l'horizon. Le capitaine jette un regard satisfait sur ses instruments. Le son animé des conversations reprend. Les vagues peuvent s'échouer sur la proue : le port est bien là, sous leurs yeux.

– Y aurait-il moyen de retourner dans la cabine ? demande Évangéline, tout à coup figée sur place, saisie, au bord de l'affolement.

– Tes eaux ? demande Clara. Un flux de liquide coule le long des cuisses d'Évangéline.

– Monsieur Levasseur, il faut l'emmener quelque part le plus tôt possible, le supplie Éléonore. Toi, Évangéline, tu restes assise bien tranquille et tu ne t'énerves pas. Y a encore du temps après la perte des eaux, dit-elle pour se rassurer elle-même.

– Dommage que l'Hôtel-Dieu ait brûlé l'été dernier. On serait si près. On va devoir aller à l'Hôpital Général, un peu plus loin. J'espère qu'on pourra se rendre jusque-là avant que vous…

– Pas besoin d'aller à l'hôpital pour ça. Il faut juste un endroit où l'installer, rétorque Éléonore.

– J'aimerais mieux vous y emmener. Vous avez toutes besoin de soins. Vous la première, Éléonore. La défaillance cardiaque que vous avez eue sur le bateau, ce n'est pas banal, même si vous prétendez qu'elle n'était pas inquiétante, insiste Jean-Baptiste.

– Je suis d'accord avec vous, monsieur Levasseur, dit Évangéline. Je préfère aller à l'hôpital. S'il fallait que mon bébé ait de la misère à respirer… ou que je…

– D'autant plus que l'Hôpital Général, c'est un hôpital pour des gens comme vous, madame Doucet, soutient monsieur Levasseur.

– Qu'est-ce que vous voulez dire ? demande Éléonore, un tantinet vexée.

– Eh bien… c'est là que vont les pauvres et les victimes d'épidémie. Ces religieuses-là en ont sauvé, des vies, depuis l'arrivée de la petite vérole dans notre ville.

En d'autres circonstances, la précision aurait profondément offensé les trois Acadiennes, réduites au rang de miséreuses. Évangéline s'enveloppe dans son manteau de tweed, cadeau de madame Kirkland. Sur sa tête, un fichu de laine a remplacé sa capeline. Monsieur Levasseur s'absente quelques minutes : il a deux mots à dire au capitaine de l'*Intrepid*. Il revient en toute hâte, fier d'annoncer :

– Vu que c'est pressant, le capitaine nous laisse prendre la calèche qui l'attend.

– Vous avez dû payer pour ça, suppose Évangéline.

– Ne vous en faites pas avec ces questions-là. Ça va aller dans le tiroir des indulgences… J'en aurai bien besoin au moment de rendre mes comptes à saint Pierre, rétorque-t-il, taquin.

Éléonore se tourmente pour la future maman.

– Les douleurs ne sont pas trop rapprochées ? s'inquiète-t-elle.

– Pas trop, répond Évangéline s'efforçant de ne pas l'affoler avec les douleurs lancinantes qui lui cassent les reins… toutes les quinze ou vingt minutes, estime-t-elle.

Balayés par l'inquiétude, les instants de contemplation sereine auront été de courte durée pour les passagères de l'*Intrepid*.

Au cocher de la grande calèche à deux sièges, tirée par un élégant alezan fier de sa robe feu, Jean-Baptiste présente une note signée de la main du capitaine et lui demande de se rapprocher du quai de la Place-Royale. Il fait monter Évangéline devant, entre le cocher et lui, les deux autres femmes et le bambin sur le siège arrière. La calèche s'engage sur la côte de la Montagne, puis sur la rue des Remparts, mais à l'entrée de la côte du Palais, Évangéline ne peut retenir un cri de douleur.

– Il faut que je descende, Éléonore.

L'enfant est prêt à naître. À deux pas, les ruines de l'Hôtel-Dieu de Québec et, à l'entrée de la cour intérieure, ce qui reste de l'incendie : les voûtes et les murs extérieurs du monastère, ainsi que les bâtiments de la petite ferme. Des ouvriers travaillent à réaménager la grange et l'étable. Des brebis, des dindes et des poules y logent déjà. Quelques religieuses s'affairent autour des bâtiments.

– Arrêtez-vous ici, exige Éléonore. Il doit y avoir de la paille dans la grange.

Jean-Baptiste saute de la calèche, court vers une des religieuses qui sort de la grange, l'informe de la situation et revient vers sa passagère. Au soulagement général, il a reçu l'accueil souhaité. Ces religieuses connaissent, de réputation, les sculpteurs de la famille Levasseur.

La mère supérieure et la mère économe, venues jeter un coup d'œil au travail en apportant le dîner aux ouvriers, accourent au-devant d'Évangéline et d'Éléonore. Mère Geneviève Duplessis de l'Enfant-Jésus, dépositaire des pauvres, réclame les couvre-sièges de la calèche. Mère Marie-Andrée Duplessis de Sainte-Hélène vient accueillir

Clara et son bébé et les entraîne vers la glacière où elle leur sert à boire et à manger.

– Vous pouvez repartir, monsieur, nous allons en prendre soin, dit la mère supérieure.

– Si ça ne vous dérange pas, révérende mère, j'attendrai ici… avec le cocher, au cas où… ces femmes sont mes protégées, et je…

Mère Geneviève Pattenotte de Sainte-Marthe, qui était occupée à soigner les poules, reconnaît monsieur Levasseur.

– Bonjour, monsieur ! Vous ne seriez pas un des sculpteurs de tabernacle ? lui demande-t-elle en lançant des poignées d'avoine dans la cour.

De fait, l'un d'eux a sculpté le maître-autel de la chapelle attenante à l'Hôpital Général.

– Jean-Baptiste Levasseur. Mes frères et moi en avons fait plusieurs, oui, répond-il sèchement, trop inquiet pour prendre plaisir à la conversation.

Ses volailles nourries, mère Geneviève Pattenotte de Sainte-Marthe se dirige vers lui, étonnée de le voir en présence de ces femmes à l'allure misérable, dont elle veut connaître la provenance. Le récit que lui fait monsieur Levasseur la bouleverse. Elle connaissait ses talents de sculpteur, mais elle découvre qu'il est aussi un homme d'une grande mansuétude.

– Nos épreuves ne sont rien quand on sait ce que ces femmes et ces enfants ont enduré ! s'exclame-t-elle, promettant de secourir avec les soins et les aumônes de sa communauté les quatre personnes qu'il a ramenées de Cambridge.

Jean-Baptiste Levasseur écoute distraitement les propos de la religieuse sur les mérites des âmes généreuses envers les déshérités…

– C'est derrière eux que se cache Jésus… pour éprouver la foi et la charité de ses disciples.

– Quelqu'un va nous donner des nouvelles… quand le bébé va être arrivé ? ose demander Levasseur, à bout de patience. Je sais bien que l'accoucheuse qui accompagne madame Évangéline a de l'expérience, mais on ne sait jamais, après l'hiver qu'elle a passé, cette pauvre dame.

– Je vais aller m'informer, décide la religieuse.

Mère Geneviève Duplessis de l'Enfant-Jésus, qui gérait les finances de l'hôpital avant qu'il soit incendié, a conduit Évangéline et Éléonore dans le fenil. Lorsque mère Geneviève Pattenotte de Sainte-Marthe, la supérieure, la rejoint pour prendre des nouvelles, les mots sont vains. Les pleurs du bébé, les éclats de joie de la mère et de l'accoucheuse témoignent du bon dénouement de l'événement.

– Tout va bien, rapporte la religieuse à monsieur Levasseur, qui trépigne d'impatience autour de la calèche.

– Une dernière faveur, révérende mère… j'aimerais les voir…

– Oh ! je ne suis pas sûre que cela soit convenable.

– Demandez-leur. Je les connais, elles vont être contentes.

Mère Geneviève Pattenotte de Sainte-Marthe retourne timidement vers la grange… d'où revient, au même instant, Éléonore. Jean-Baptiste court à sa rencontre.

– Évangéline, elle va s'en sortir ? son bébé ?

– Elles sont de la même trempe, ces deux filles-là. Des intrépides, lance l'accoucheuse dans un grand éclat de rire.

– Je pourrais…

– Les voir ? Bien sûr ! Donnez-moi deux petites minutes… je vous reviens, dit Éléonore repartie vers « la grange des miracles », comme elle l'appelle.

Le grand moment arrive enfin. Clara et monsieur Levasseur sont introduits dans le refuge improvisé. Éléonore, transfigurée de bonheur, les y accueille, portant dans ses bras une petite fille, emmaillotée dans le tablier bleu de mère Geneviève Duplessis de l'Enfant-Jésus et couverte du châle de sa mère. Clara tend les bras vers le bébé qui lui est remis avec une délicatesse belle à voir. Les mots s'évanouissent avant d'être prononcés. Jean-Baptiste les enlace. La fille d'Évangéline, bien enchâssée entre deux cœurs à marée haute, ferme ses paupières minuscules, translucides, et s'endort.

Évangéline aussi, s'endort… d'épuisement. Le couvre-siège marine sur lequel elle est étendue accentue la pâleur de son visage. Ses yeux bistre lui octroient dix ans de plus.

– Il faut la conduire à l'hôpital, murmure Éléonore, implorant de nouveau la générosité de monsieur Levasseur.

– Je m'y attendais. Je vais faire préparer la calèche.

– Mère Geneviève Duplessis de l'Enfant-Jésus nous conseille d'attendre une heure, pour qu'elle ait le temps de se reposer un peu.

– Ç'a été difficile ? devine Clara.

– Elle a perdu beaucoup de sang, dit Éléonore dont la voix tremblante trahit une grande fatigue.

– Vous avez toutes besoin d'être examinées et soignées, affirme de nouveau Jean-Baptiste Levasseur. Je fais venir une autre calèche, dit-il, un pied hors de la grange.

Mère Marie-Andrée Duplessis de Sainte-Hélène est parvenue à endormir Moïse, qui a déjà cinq mois. Elle tait la crainte qui l'habite : l'épidémie de petite vérole. Tant de jeunes enfants en sont morts déjà.

– Votre bienfaiteur a raison, dit-elle. Vous et votre enfant devriez aller à l'Hôpital Général. Il n'est pas rare de contracter des maladies contagieuses sur des bateaux, ajoute-t-elle.

– Dans les hôpitaux aussi, il paraît, rétorque Clara, réticente à l'idée de s'en remettre à la science de médecins inconnus pour prendre soin de la santé de son enfant.

– Nos religieuses sont très minutieuses et attentionnées, ma petite dame. Vous verrez. Aussitôt que vous serez hors de danger, elles vont vous diriger vers un refuge, en attendant que vous puissiez subvenir à vos besoins.

– Ce ne sera pas nécessaire. Monsieur Levasseur a promis de nous héberger tous les cinq dans une de ses maisons, lui annonce Éléonore.

– Quel saint homme ! s'exclame mère Marie-Andrée Duplessis de Sainte-Hélène.

À demi comateuse, Évangéline émet une plainte, se redresse péniblement et parvient à s'asseoir sur sa couche de paille. Ses yeux cherchent, son cœur supplie. De tout son corps épuisé par la délivrance, les yeux plongés dans ceux de Clara, elle réclame son bébé. Clara sourit, s'avance, s'accroupit près d'elle, et place son poupon dans ses bras.

Les larmes glissent sur les joues émaciées d'Évangéline. La tête de son enfant dans son cou, elle respire son odeur, palpe son petit corps, savoure avec gratitude le premier contact de leur peau. La main de sa petite déposée dans la sienne, elle la caresse comme la plume d'un oiseau. « Nos mains se ressemblent. » Encore toute chaude et moite, sa fille remue doucement comme pour la convaincre qu'elle est bel et bien vivante. Évangéline pleure et sourit, berce sa fille, berce Gabriel.

– Ma belle fille, mon petit amour, murmure Évangéline. Tu as attendu... merci mon petit ange. Tu es là, enfin ! Toi, Émeline. Oui. Émeline, ce sera ton nom. Émeline Melanson, la fille d'Évangéline et de Gabriel. La petite-fille de Marie-Ange et de Benoît Bellefontaine. C'est toi qui vas m'aider à retrouver ton papa. Il va te sentir, d'où il est, comme un aimant.

– ... quand vous serez bien rétablies, la prévient Éléonore. Vers la fin de l'après-midi, on devrait être capables de se rendre à l'Hôpital Général. Monsieur Levasseur a préparé une calèche exprès pour toi et ta fille. Tu es bien arrivée sur la rive, ma belle biche.

Évangéline se laisse faire. De toute son âme, elle appelle Gabriel. Le revoir, le sentir tout contre elle. Lui montrer leur petite Émeline, sa bouche parfaitement dessinée tout comme la sienne. Éléonore conseille à Évangéline, son bébé lové entre ses bras, de dormir un peu, pour reprendre des forces, pour ne pas courir de risques inutiles. La naissance de cet enfant a apporté un tel élan de joie, a balayé tant de peines. Clara et la religieuse conviennent d'attendre à l'extérieur le moment du départ pour l'Hôpital Général.

Éléonore regarde Évangéline, petite et fragile, tenant son bébé sur son cœur. Elle se dit que la fin de sa vie peut bien attendre un peu, le temps qu'elle amène la mère et la fille à bon port.

Évangéline s'est assoupie pendant une bonne heure. Clara et Éléonore l'aident à quitter sa paillasse et à revêtir les vêtements propres apportés par la sœur converse. Monsieur Levasseur et mère Marie-Andrée Duplessis de Sainte-Hélène sont appelés pour aider Évangéline à se rendre jusqu'à la calèche et à y monter. Sur le plancher de la voiture garni de paille et couvert d'une épaisse couverture, Évangéline s'allonge, sa fille dans les bras. Éléonore la contemple comme elle a jadis contemplé Marie-Ange. La vieille accoucheuse voit, encore une fois, le miracle de la vie estomper la douleur.

– Garde-la bien serrée dans tes bras. C'est le cœur de l'Acadie que tu tiens là, lui murmure-t-elle.

– Il n'y a pas un Anglais qui va pouvoir me l'enlever, répond Évangéline, le visage de sa petite tout contre le sien ; le cadeau de Gabriel contre son cœur.

Le cocher fait avancer doucement la calèche dans la rue des Remparts, descend la côte du Palais, emprunte la rue Saint-Vallier et aboutit sur le chemin de l'imposant édifice de pierres grises. La calèche transportant Éléonore, Clara et son bébé a pris du retard. Une brise d'air frais soulève les cheveux d'Évangéline. La mère resserre les langes sur le corps de son bébé. Le voyage est éprouvant : son dos contre la paroi de la voiture encaisse les coups, et son ventre, fragilisé par l'effort, se contracte douloureusement à chaque secousse. Mais les jours d'obscurité et les nuits suspendues entre la vie et la mort, Évangéline les a noyés dans ses efforts à mettre sa fille au monde. Avec l'arrivée d'Émeline, c'est la vie et l'espoir qui reprennent leurs droits.

L'attelage s'arrête devant l'entrée principale de l'Hôpital Général, Évangéline doit rassembler toutes ses forces pour s'asseoir. De la compassion plein les mains, Jean-Baptiste veut éviter la moindre souffrance à Évangéline, déjà si faible. Le plus petit mouvement la fait gémir, et il doute de réussir seul à la faire descendre de la voiture… sans danger. Un homme, tête haute dans le vent, les mains dans les poches, se dirige vers l'entrée de l'hôpital.

– Hé ! jeune homme ! Viendriez-vous me donner un coup de main pour descendre cette petite dame et son bébé ? l'interpelle Jean-Baptiste.

D'une seule enjambée, le grand maigrichon, les boucles éparses sur ses épaules, s'avance vers la calèche, pousse Jean-Baptiste, s'approche d'Évangéline et dit :

– Excusez, madame, je vais passer votre bras autour de mon cou.

Évangéline cesse de respirer. « Cette voix… cette façon de parler… Ce doit être mon état. Je divague. Mais cette douce folie est si savoureuse ! » Évangéline garde les yeux fermés et se laisse transporter un court moment… jusque sous le saule de la Grand'Prée. Lui revient l'odeur du printemps que le chagrin n'avait pas encore flétri. L'air salin, l'immense paysage vert et bleu. Gabriel, sa fougue et son sourire. Ses mots rien qu'à lui juste pour elle. Tous ces jours d'espoir et de déraison. Mais aussi, les maisons vidées des hommes et des petits garçons. Le craquement du bateau sous la tempête. Tout ça, dans cette voix…

Évangéline n'ose pas croire au plus beau. Elle garde les yeux clos, de peur de les rouvrir sur une déception qui la tuerait. Elle voudrait entendre cette voix encore et encore. Plus fort que toutes ses peurs, le courage lui vient soudain… de sa petite serrée sur son cœur, croit-elle. Sur un ton feutré, pour parer le choc d'une amère désillusion, elle murmure :

– Gabriel ?

Ravagé par des mois de souffrance physique et de tourments, il entend la voix de la Grand'Prée, de son pays et de son cœur.

– Évangéline ? Éva ? Ma belle Éva ! c'est toi ? Je deviens fou ! crie-t-il en cherchant les yeux, le cou, les épaules de sa bien-aimée.

– Gabriel. Oh, Gabriel ! C'est toi ! J'ai peur d'en mourir…

– Non, Éva. Non. Plus de mort. Que la vie, maintenant, ma belle Éva. Mon amour.

De longs sanglots, des gémissements… Dix mois d'agonie à petit feu, de funeste désespérance. Et au bout de ce chemin de Golgotha, quand tout espoir semblait perdu, la Vie. Émeline.

Évangéline soulève le drap qui voile la figure de leur fille.

Front contre front, Gabriel et Évangéline sont aspirés par ce petit être, par leur enfant.

– Oh ! Évangéline ! répète sans cesse Gabriel, posant tour à tour sa bouche sur sa femme et sur sa fille. C'est… ?

– C’est Émeline, répond Évangéline, dans un chuchotement de satin.

– Émeline, ma petite Émeline, c’est à toi et à ta maman que je pensais quand je nageais dans l’eau glacée pour me sauver des soldats, quand je me creusais un trou dans la neige pour dormir, pour ne pas perdre une jambe ou un bras. Ma petite Émeline, c’est comme si j’avais su que, quelque part, il y avait un bébé qui me dirait bientôt papa… Mon bébé. Notre fille. Notre petite Émeline!

Sa tête abandonnée sur l’épaule d’Évangéline, Gabriel sanglote. De bonheur, de faiblesse aussi. La petite vérole ne l’a pas épargné: ses bras décharnés, son teint livide, quelques cicatrices sur son front, son souffle haletant.

– Tu vas guérir, mon amour?

– Ça, c’est sûr, ma belle Éva… maintenant que vous êtes là… pour la vie.

– Tu es resté sur le *Pembroke*, toi?

– Oui. On a réussi à le détourner… plus tard, je te raconterai comment j’ai pu me rendre jusqu’ici.

– J’ai su pour le *Pembroke*. Les journaux en ont parlé, Gabriel.

– Michel Longuépée devait y revenir, dit-il, attristé.

– Michel… il était avec moi. Moi aussi, je te raconterai, Gabriel. Il se pourrait qu’il soit déjà ici, à Québec, avec ma plume d’aigle dans les cheveux, comme toi. Pourvu que…

Une grande peur rembrunit le regard d’Évangéline.

– Ce n’est pas le moment de t’inquiéter, mon amour. Je sais qu’on le reverra. On se retrouvera tous, un jour. Pour l’instant, ce qui presse, c’est que je prenne soin de mes deux trésors, dit-il en l'embrassant de nouveau. Je passe un bras autour de ton cou et l'autre sous tes genoux. Toi, tu ne t'occupes que de notre fille.

Évangéline et Émeline entrent à l'hôpital dans les bras de Gabriel.

Remerciements

Pour la réussite de ce roman, nombre de personnes m'ont apporté de précieuses informations et de judicieux conseils : Maurice Basque, directeur des études acadiennes de l'Université de Moncton ; Adeline Thomas, ex-épouse d'un Micmac ; Marguerite Maillet, éditrice chez Bouton d'or Acadie ; sœur Claire Gagnon, Augustine.

Je les en remercie.